1930년대 **문학의 재조명**과 **문학의 경계 넘기**

1930년대 문학의 재조명과 문학의 경계 넘기

고봉준
권유리야
류종렬
박경수
박형준
정훈
차선일

국학자료원

흔히 공부는 혼자 하지만, 학문은 함께 하는 것이라고 한다. 혼자 하는 학문은 궁색하기 쉽고, 자기 한계를 쉽게 넘어서기 어렵다. 학문하는 사람 끼리 대화가 필요한 까닭이 여기에 있다. 공동의 관심사를 두고 학문적 대화를 나누다 보면, 문제점과 한계를 넘어설 수 있는 지혜를 얻을 수 있다.

이 책에 글을 실은 사람들은 과거 부산외국어대학교 국어국문학과(현재는 한국어문학부)의 교수로 또는 학생으로 인연을 맺었던 사람들이다. 세월이 흘러 대학을 졸업하고 고투에 찬 학문의 길로 들어선 제자들이 한편으로 대견하면서도 다른 한편으로 안타까운 마음이 교차하던 중에, 그래도 인연의 끈으로 서로를 묶으며 학문적 대화를 나누기 위해 수 년 전부터 1년에 한 두 차례씩 만나기 시작했다. 사제지간의 정이야 바탕에 깔려 있는 것이지만, 그것보다 서로 학문적 대화를 나누는 공동체의 일원으로 만난다는 의미에 더 무게를 두고 싶었다. 그래서 서로가 만나서 잡담이나 하고 헛되이 헤어지는 것보다 공통의 관심사를 정해 각자의 관심 분야에서 접근한 글을 발표하면서 대화를 나누고자 했다. 그리고 대화를 통해 수렴한 글은 반드시 전공 학회지에 다시 발표하도록 했다. 그래야 학문적 대화가 생산적인 결과로 모아질 수 있다고 생각했기 때문이다.

일단 범박하게 대화를 나눌 수 있도록, 대화의 주제를 '1930년대 문학'으로 정했다. 1930년대의 문학 공간에서 문학의 근대성과 문학의 사회성이 어떤 치열한 문학적 탐구 노력 속에서 이루어졌는지 살펴보는 것을 목적으로 했다. 그러면서 종래 1930년대의 문학 논의에서 충분히 조명하지 못한 부분을 발굴해내거나, 새롭게 구명할 대상들을 포착하도록 노력하기로 했다. 제1부에 실린 글들이 이런 노력에 부응하기 위해 쓴 것들이지만, 아무래도 서울과 부산으로 떨어져 있는 사정들이 집중적인 논의 성과로 모아지는 데 한계로 작용했다. 그래서 제2부의 '현대문학의 경계 넘기와 공론의 장'을 두어 각자의 관심 분야에서 자유롭게 연구한 글들도 학문적 대화를 나눈 소중한 결과들로 생각하여 함께 모아서 펴내기로 했다.

우리는 이 책을 준비하면서 '문학과 도시'라는 새로운 주제를 가지고 다시 학문적 대화를 나누기로 했다. 이 대화의 결과는 다시 몇 년 후에 모아질 것이다. 비록 작은 학문적 공동체로 느리고 더디게 길을 가지만, 언젠가 함께 나아간 길이 제법 멀리 전진해 있는 모습으로 각인되기를 소망해 본다. 아직은 보잘것없는 학문적 대화의 산물이지만, 이를 모아서 공론의 장으로 넘기게 해준 국학자료원의 사장님과 관계자 여러분에게 깊은 감사의 말을 전하고 싶다. 그리고 학문을 함께 한 기쁨을 이 작은 책을 통해 나눌 수 있기를 바란다.

2010년 1월 8일
우암동 연구실에서 박경수 대표로 씀

차 례

제 **1** 부

1930년대 문학과 비평의 재조명

모더니즘의 초극과 동양 인식
– 김기림의 30년대 중반 이후 비평을 중심으로

고 봉 준

I. 들어가며

1933년에 등장한 ≪구인회≫의 모더니즘은 카프의 계급문학과 더불어 조선의 문학이 '근대'를 경험하는 하나의 방식이었다. 구인회의 맴버 중에서도, 특히 김기림은 모더니즘을 가장 의식적인 차원에서 지향하고 수용한 시인이자 비평가이다. 1930년대 후반, 이른바 서구적 '근대'의 종언에 대한 문명사적인 진단과 역사철학적 담론이 지배적 위치를 차지하기 이전까지, 그는 서구의 근대를 충실히 모방하고 수용한, 나아가 그것이 보편적 근대의 모습이라고 생각한 세계주의자의 한 사람이었다. 1930년대 후반에서 40년대 초반에 발표한 평문들이 서구적 근대에 대한 새로운 시각을 견지하고 있음에도 불구하고, 그의 문학이 항상 모더니즘의 맥락에서 언급되는 것도 이러한 사정과 무관하지 않은 듯하다. 본 연구는 1930년대 후반에서 40년대 초반, 김기림이 발표한 평론과 수필에 나타난 '근대'와 '동양'에 대한 인식의 변모가 당시 유행했던 '동양주의'나 '근대의 초극'이라는 논리와 어떤 상관성을 지니는가에 대해서 살펴보려 한다. 주요 연구 대상은 「모더니즘의 역사적 위치」(39.10), 「산」(39.2), 「동양의 미덕」(39.9), 「조선문학에의 반성(우리 신문학과 근대의식)」(40.10), 「동양에 관한 단장」(41.4) 등이다. 세계 공황(1929), 만주사변(1931)과 나치즘의 등장(1933)으로 시작되어 중일전쟁(1937)과 태평양전쟁(1942)으로 귀결되는 이 시기는 일본 군국주의의 지배가 파시즘적 성향으로 치달았던 시기이며, 이에 따라 많은 문인들이 '친일'로 급격하게 경사되던 때였다. 연이은 전쟁과 서구의 몰락, 그리고 일본의 급부상이라는 객관적 정세는 일본은 물론 조선의 지식인들에게도 '위기'의 감각으로 다가왔다. "현대는 역사의 전형기라 말한다. 전형기란 말그대로 커다란 위기이다."[1]라는 서인식의 진단처럼, 1차 세계대전과 세계 공황은 서구의 보편적 근대가 붕괴되고 있다는 느낌을 주기에 충분했으며, 일본과 조선의 지식인들은 이러한 위기론에 근거해 근대에 대한 총체적 비판과 새로운 세계의 지도원리를 모색해야 한다는 '세계사적 임무'를 스스로에게 부과했다. 고야마 이와오의 "세계사의 철학"이란 메이지유신 이후 '세계사' 속으로 편입되어 보편적인 '문명'의 수용자가 되기를 갈망했던 일본이 '세계사' 속에서 자기를 표상하는 한 방식이었다.

1937년 중일전쟁 이후, 일제의 식민지 통치는 더욱 강화되었는데, 이를 계기로 많은 지식인들이 '친일'에로 경사되었다. 물론 '친일'의 문제는 일제의 강압과 회유라는 정황적 증거만으로 설명될 수 없다. 1937년 중일전쟁을 계기로 근대화의 논리에 이끌려 친일로 나아간 사람들과, 1940년대 초반 근대의 초극이라는 논리에 근거해 신체제론에 대해 옹호한 사람들에게는 강압이나 회유 이상의 '논리'와 '사상'이 있었다. 같은 시기 김기림 비평 역시 이러한 '논리'에 근거해서 이해할 필요가 있다. 최근 김재용은 「동시성의 비동시성과 침묵의 저항」이라는 글에서 김기림이 "식민지"라

---

1) 서인식, 『역사와 문화』, 학예사, 1939, 223쪽.

는 조선의 특수성을 놓치지 않았으며, 그로 인해 구미의 근대와는 다른 자
신의 근대를 자각하고, 나아가 구미의 근대와 그것을 반복한 일본의 근대
를 동시적으로 응시함으로써 식민주의에 함몰되지 않을 수 있었다고 평가
했다.[2] 그러나 서구적 근대를 보편적 모델로 간주했던 30년대 초반의 김
기림에게 '식민지'에 대한 자각이 얼마나 강했는지는 의문이다. 주지하듯
이, 그는 18세에 일본으로 건너가 그곳에서 영문학을 공부했으며, 1925년
부터 1939년까지 사이에 그가 조선에 머물렀던 시기는 불과 5~6년에 지
나지 않는다. 이는 그의 근대 인식이 식민지라는 조선의 특수성보다는 당
시 일본에 의해 수입된 서구적 보편으로서의 근대에 머물렀을 가능성이
농후하다는 것을 말해준다. 1939년 이후 김기림이 발표한 글들이 흥미로
운 것도 이 때문이다. 선행 연구들에 의하면, 동의든 강제든 그가 구체적
인 친일·부일을 했다는 증거는 없다. 그럼에도 불구하고 그의 평문들은
1930년대 후반 당시 역사철학적 담론을 근거로 친일의 논리를 재생산해
온 일군의 지식인들, 그리고 자발적 동의와 타율적 강제에 의해 친일의 논
리를 반복한 문인들의 내적 논리와 놀라울 정도의 유사성을 보인다. 본고
는 30년대 후반 이후에 발표된 김기림의 평문들이 지속적으로 타자(일본)
의 시선에 의해 '근대'를 포착하고 있으며, 그러한 분열의 경험이 40년 이
후 그를 침묵으로 몰아간 것은 아닐까라는 가설에서 출발한다.

Ⅱ. 모더니즘의 결산과 근대의 초극

　김기림의 모더니즘은 세기말의 "센티멘탈·로맨티시즘"과 카프의 "편
내용주의"에 대한 이중의 부정에서 시작되었다. 그는 모더니즘이 "문명
속에서" 자라난 "문명의 아들"이자 "도회의 아들"이라고 주장했다. "조선

---

2) 김재용, 『협력과 저항』, 소명출판, 2004, 207~210쪽.

에서는 모더니스트들에 이르러 비로소 20세기의 문학은 의식적으로 추구되었다"3)라는 진술에서 확인되듯, 그에게 "20세기의 문학"과 "모더니즘"과 "근대문학"은 사실상 같은 것으로 인식되었다. 물론 일제 강점기 대부분의 지식인들이 그랬듯이, '모더니즘'이나 '근대' 혹은 '문명'에 대한 그의 이해는 일본이라는 대타자의 영향권 하에 놓여 있었다. ≪구인회≫로 대표되는 1930년대의 모더니즘 문학 역시 유럽이 아닌, 일본으로부터 수입된 '박래품'이었다. 김기림의 문학과 그 변화과정을 이해하기 위해서는 먼저 그의 삶의 여정에 관한 간략한 고찰이 필요하다. 1908년 함북 함성군에서 태어난 그는 1925년(18세)에 일본으로 건너가 1929년(22세)에 귀국하기까지 동경 입교(立敎)중학과 일본대학에서 수학했다. 1930년 대학 졸업과 동시에 귀국하여 ≪조선일보≫에 취직하지만, 1936년(29세) 다시 동북제대 법문학부로 두 번째 유학을 떠나 ≪조선일보≫에 복직하게 되는 1939년까지 거기서 머무른다. 그리고 1940년 ≪조선일보≫가 폐간되자 8월 귀향하여 고향 가까운 곳에서 교사생활을 했다. 이처럼 그는 젊은 시절의 대부분을 일본에서 보냈으며, 특히 만주사변(1931)과 중일전쟁(1937) 같은 역사적 사건을 그곳에서 경험했다.

김기림의 모더니즘 문학론은 '전통'에 대한 강한 반발에서 시작되었다. 그가 주장한 이른바 '과학적 시학'이란 근대 과학의 분석적 방법을 문학에 적용함으로써 문학을 '과학의 대상'으로 취급하려는 시도였다. 40년대 초반에 이르러 '모더니즘'에 대한 비판적 태도가 전면화 될 때조차 그는 '과학'이라는 관념을 버리지는 않았다. 이처럼 '과학'이 근대의 핵심적 척도로 등장할 때, '동양'의 위치는 의심의 대상으로 전락할 수밖에 없다. 그는 조선의 근대화가 더디고 기형적으로 진행되는 것은 봉건적·유교적 구사상이 사회에 독소처럼 퍼져있기 때문이며, 따라서 모더니즘으로 대표되는

---

3) 김기림, 「모더니즘의 역사적 위치」, 『김기림 전집 2』, 심설당, 1988, 56쪽.(이하에서는 전집을 인용할 경우 전집의 권수와 페이지만을 명기함)

과학적 시학은 "동양적 부동성에 반역하는 창조적 정신"이 되어야 한다고 주장했다. 또한 동양적·구세대적 글쓰기가 '감정'에 의존하는 것이었다면, 모더니즘·신세대의 글쓰기는 '지성'을 바탕으로 이성에 의해 '제작'되는 문학이어야 한다고 주장했다. 그는 조선의 근대적 특수성을 간과한 채 근대성을 보편적인 세계주의의 현실로 확대시키는 한편 그 위에 문명 비판을 세우는 것이 지성의 역할임을 굳게 믿었다. 결국 전통에 대한 강한 부정과 혐오는 전통과 근대, 자연과 과학, 감상과 지성이라는 이항대립의 체계를 바탕으로 창작에서 지성적인 의식의 작용이 필수적임을 역설하는 데로 나아갔다.

"새로운 시"를 써야 한다고 주장했던 그는 1939년 10월 ≪인문평론≫에 발표된 「모더니즘의 역사적 위치」에서 돌연 "영구한 모더니즘이란 듣기만 해도 몸서리치는 말이다"라는 말로 "모더니즘 결산서"를 제출한다. "모더니즘의 역사적 위치에 대한 물음"이라는 문제의식에서 기술된 이 글에서 김기림은 '모더니즘'을 "역사적 필연성과 발전"의 과정에서 생겨난 산물로 이해할 것을 주장함으로써 그것을 하나의 과정으로 평가절하 한다. 모더니즘은 근대 문학과 동일한 의미가 아니라, 다만 그것의 한 과정일 뿐이라는 것이다. 모더니즘에 대한 이러한 이해가 ≪구인회≫ 결성 당시부터 지속된 것이었는지, 아니면 30년대 후반의 역사적 현실 때문에 바뀌었는지는 명확하지 않다. 그러나 39년 이전에 발표된 여러 평문들을 살펴볼 때, 김기림에게 모더니즘이란 대개 근대 문학과 동일한 의미로 사용되었다고 할 수 있다. 김기림이 「모더니즘의 역사적 위치」에서 모더니즘의 '결산'을 주장하는 근거는 30년대 중반에 이르러 모더니즘이 위기에 봉착했다는 판단 때문이다. "「모더니즘」은 30년대 중쯤에 와서 한 위기에 다닥쳤다"는 인식이 바로 그것이다. 그러나 김기림이 모더니즘의 위기라고 주장한 1930년대 중반은 이상의 「날개」와 「지주회시」, 박태원의 「천변풍경」 등이 발표된 모더니즘의 전성기이기도 했다.[4] 김기림이 30년대 중반을 모더니즘의 위기라고 진단하는 근거는 크게 두 가지이다.[5] 하나는 모더니즘이 중요한 가치로 옹호했던 "말의 중시"가 "기교주의적 말초화"를 초래했다[6]는 것이며, 다른 하나는 "명랑한 전망 아래 감수하던 오늘의 문명이 점점 심각하게 어두워가고 이지러"졌다는 것이다. 전자가 문학 내적인 원인이라면, 후자는 문학 외적인 역사적 맥락에서 도출된 근거에 해당한다. 그는 모더니즘의 위기를 극복하기 위해서는 "시를 기교주의적 말초화에서 끌어"내는 한편, "문명에 대한 시적 감수에서 비판"에로 방향을 돌려놓아야 한다고 주장한다. 그가 이러한 문제의 해결책으로 제시한 대안이 바로 "경향파와 모더니즘의 종합"이다.

> 조선에 있어서의 지금까지의 신문화의 「코스」를 한 마디로 요약한다면 그것은 「근대」의 추구였다. 따라서 이른바 신문학의 발생 당초의 그 성격은 서양에 있어서의 「르네상스」와 부합되는 점이 많다. 그도 그럴 것이 「르네상스」는 근대정신의 발상이었고 「근대」를 추구하는 후진사회가 우선 「르네상스」의 정신과 방법을 채용한 것은 극히 자연스러운 일이었다. … 그러나 당장의 문제는 그런 데만 있는 것이 아니다. 실은 엉뚱한 딴 곳에서 튕겨져나왔다. 그것은 이것이다. 우리가 개화당초부터 그렇게 열심으로 추구해오던 「근대」라는 것이 그 자체가 한 막다른 골목에 부딪쳤다는 것이 바로 그 일이다. 그리하여 「르네상스」 이래 오늘까지도 근대사회를 꿰뚫고 내려오던 지도원리는 그것에서 연역할 수 있는 모든 답안을 남김없이 끄집어 내놓아 보였다. 그래서 얻은 최후의 해답이라는 것이 결국은 근대라는 것은 이 이상 발 하나 옮겨 놓을 수 없는 상태에 다달았다는 심각한 인상이다. 「파리」의 낙성으로써 가

---

4) 서준섭, 『모더니즘 문학 연구』, 일지사, 1988, 234쪽 참고.
5) "그것은 안으로는 <모더니즘>의 말의 중시가 이윽고 그 말류의 손으로 언어의 말초화로 타락되어가는 경향이 어느새 발현되었고, 밖으로는 그들이 명랑한 전망 아래 감수하던 오늘의 문명이 점점 심각하게 어두워가고 이지러가는 데 대한 그들의 시적 태도의 재정비를 필요로 함에 이른 때문이다. 이에 시를 기교주의적 말초화에서 다시 끌어내고 또 문명에 대한 시적 감수에서 비판에로 태도를 바로잡아야 했다." 『전집』 2, 57쪽
6) 「시에 있어서의 기교주의의 반성과 전망」, ≪조선일보≫, 1935.2.14.

장 상징적으로 표현된 곤혹이 바로 그것이다. 일찌기 이원조씨는 우리 논단의 원리의 상실을 통탄하였다. 원리의 상실이란 다름아닌 사상의 상실이라고 하면 오늘 남은 것은 사유만의 형해라는 것이 우리 자신의 속임없는 소묘일 것이다. 최근 10년간 우리가 끌어들인 여러가지 사상「모더니즘」·「휴머니즘」·「행동주의」·「주지주의」 등등은 어찌 보면 전후 구라파의 하잘 것 없는 신음 소리였으며「근대」 그것의 말기적 경련이나 아니었던가.

김기림이 1940년 10월 ≪인문평론≫에 발표한 「조선문학에의 반성」은 그가 ≪조선일보≫가 강제폐간 후 고향으로 돌아가기 직전에 씌어진 평문이다. 이 글에서 그는 조선의 신문화가 밟아온 '코스'를 "근대의 추구"로 요약한다. 여기에서 우선 주목할 사실은 그가 '근대'를 르네상스적 전통에 국한시켜 인식하고 있다는 점이다. "근대시민사회의 이데올로기로서의 근대정신의 발아"를 의미하는 르네상스의 정신이 세계와 인간을 발견했으며, 그것이 계몽주의 시기를 거치면서 '이성'에 의해 절대화되었다는 것이다. 사실, '근대'의 출발점을 르네상스에서 찾는 발상은 30~40년대 지식인들이 공유하고 있던 보편적 감각이었다고 해도 과언이 아니다.[7] '근대'의 기원을 르네상스에서 찾는 이러한 인식틀은 1942년 7월 일본의 잡지 『문학계』가 주도했던 「지적협력회의 : 근대의 초극」에서 스즈키 시게타카(鈴木成高)에 의해 재검토되지만, 커다란 반향을 일으키지는 못한 것처럼 보인다. 그는 '유럽적 근대'가 프랑스 혁명에서 출발하며, "정치상으로 데모크라시, 사상상으로 리버럴리즘, 경제상으로는 자본주의가 되며, 그런 것들이 19세기를 대표할 수 있다"고 주장했다.[8] '근대'를 민주주의·자유주의·자본주의로

---

7) 그것은 비슷한 시기에 발표된 김남천의 「소설의 장래와 인간성문제」(<춘추> 41.3)나 임화의 「휴매니즘 논쟁의 총결산 : 현대문학과 휴매니티의 문제」(<조광> 38.4)에서도 거의 동일하게 반복된다.
8) 이경훈 역, 「근대의 초극 좌담회」, 한국문학연구회 편, 『다시 읽는 역사문학』, 평민사, 1995, 219~221쪽 참고.

요약하는 스즈키의 논리는, 근대를 개인주의·자유주의·민주주의로 설명하는 김기림의 이해와 매우 닮았다. '근대'의 기원과 본질을 무엇에서 찾는가는 당시의 역사적 상황에서는 매우 중요한 문제였다. 그것은 일본의 '동아협동체'과 '동아연맹체'가 표면적으로 내세운 논리가 '근대의 초극'이었으며, 따라서 무엇을 '근대'로 설정하느냐에 따라 초극의 방향이나 전략이 달라질 수밖에 없기 때문이다.

다음으로 「조선문학에의 반성」에서 주목할 사실은 김기림이 '근대'를 '선진/후진'이라는 시간적 문제로 파악하고 있다는 점이다. 1930년대 중반까지 김기림에게 '근대'는 서구적 보편으로서의 근대와 동일한 것이었다. 그러나 30년대 후반을 거치면서, 특히 제1차 세계대전과 '파리의 낙성'이라는 세계사적 사건을 목도하면서 그러한 인식은 서서히 사라진다. 당시의 일본의 지식인들이, 그리고 조선의 지식인들이 그랬듯이 서구 문명의 몰락이라는 징후는 "근대라는 것은 이 이상 발 하나 옮겨 놓을 수 없는 상태에 다달"했다는 근대의 파산선고로 인식되고, 다시 그것은 "종점에서는 선후의 구별 없이 한데 모여 서게 되는 것이고 동시에 새로운 출발점에서는 한 열에 설 수 있"다는 자신만만한 확신으로 연결되었다. 이처럼 이 시기 김기림의 평문에서 확인되는 근대에 대한 인식은 일본 지식인들의 그것과 닮아 있다. 이 시기 서구의 몰락이라는 역사적 경험과 서구의 극복, 즉 근대의 초극이라는 문제의식은 하위주체인 식민지 지식들의 실감이라보다는 서양과의 최종 전쟁이 임박했다고 생각했던 일본에 가까운 것이었다.

그렇다면 적극적인, 혹은 자발적인 동의에 근거한 친일문학자가 아니었던 김기림에게서 왜 이런 시선이 발견되는 것일까? 그것은 일차적으로 김기림이 '근대'는 물론 '서구의 몰락'이라는 사건조차 '일본'을 매개로 삼아 경험했기 때문인 듯하다. 당시 일본과 조선의 지식인들에게 서구의 몰락이라는 역사철학적 경향은 1차 대전이라는 전쟁과 서구 근대의 상징이었던 파리의 함락 같은 세계사적 사건에서 촉발된 것이었다. 이런 의미에서 중일전쟁 직후에 상당수의 문인들이 이른바 친일의 길로 접어들었다는 것은 주목할 필요가 있다. 놓치지 말아야 할 점은 일본과 조선의 지식인들이 주장한 '역사철학적 경향'이라는 것이 영·미를 정점으로 하는 '서양'의 보편이 일본의 또 다른 이름인 '동양'으로 이동하는 것을 의미한다는 사실이다. "여기서 문제가 되는 것은 단순히 극동만이 아니라 서양에 대한 동양이다. 바꿔 말하면 그리스·로마문화에 뿌리를 둔 유럽문화권 국가에 대비되는 동양이다. 그것은 대체로 아시아에 해당한다고 할 수 있다. 아시아라고 하면 말할 나위도 없이 구세계의 북동부를 지칭한다."9) 특히, 김기림에게 있어서 '서양의 몰락'이라는 경험은 '모더니즘'에 대한 입장의 변화를 가져온다는 점에서 특히 중요하다고 할 수 있다. 인용문의 마지막에 등장하듯이, 그는 '서구의 몰락'과 '근대의 초극'을 통해 모더니즘을 한낱 "구라파의 하잘 것 없는 신음소리"로 여기게 되었다. 1930년대 초반 "주지적 시는 졸렌의 세계다 … 시는 나뭇잎이 피는 것처럼 물이 흐르는 것처럼 자연스럽게 쓰여져서는 안 된다. 피는 나뭇잎, 흐르는 시냇물을 지배하는 것은 자연의 법칙이다. 가치의 법칙은 아니다. 시는 우선 지어지는 것이다."10)에서 확인되듯이, '지성'을 중심으로 한 주지적인 모더니즘을 추구하던 그가 30년대 후반에 이르면 모더니즘을 조선문학이 거쳐야 하는 하나의 과정으로 평가절하 한다.

> 사실 오늘에 와서 이 이상 우리가 「근대」 또는 그것의 지역적 구현인 서양을 추구한다는 것은 아무리 보아도 우스워졌다. 「유토피아」는 뒤집어진 셈이 되었다. 구라파 자체도 또 그것을 추구하던 후열의 제국도 지금에 와서는 동등한 공허와 동요와 고민을 가지고 「근대」의 파산이라는 의외의 국면에 소집된 셈이다.

9) 고야스 노부쿠니(이승연 역), 『동아 대동아 동아시아』, 역사비평사, 2005, 114~115쪽.
10) 「감상에의 반역」, 『전집』 2, 79쪽.

벌써 한 지역만을 요리할 수 있는 원리의 성공이라는 것은 가망이 없다. 그것은 조만간 세계적 규모에서 시련을 이기고 승리를 증명하기까지는 오늘의 원리라고 불리워질 수가 없다. 이런 의미에서 우리는 오늘을 단순한 서양사의 전환이라고 부르지 않고 보다 더 함축있는 의미에서 세계사의 전환이라고 형용한다. 또 원리의 발견이라는 세계사적 계기는 반드시 구라파만의 당면한 특권이 아니다. 왜 그러냐 하면 종점에서는 선후의 구별없이 한데 모여서게 되는 것이고 동시에 새로운 출발점에서는 한 열에 설 수 있기 때문이다. 우리의 초조와 흥분은 실로 여기 유래하는 것이다.

앞서 지적했듯이, 모더니즘의 영향권 내에서 김기림은 '근대'의 문제를 시간의 선/후관계로 파악했다. 그러나 이제 '근대'의 문제는, "「근대」, 또는 그것의 지역적 구현인 서양"에서 확인되듯 공간의 문제로 전환된다. 근대의 문제를, 혹은 보편의 문제를 시간의 축에서 공간의 축으로 옮겨놓는 이러한 인식의 전환은 일본 제국주의가 내세운 '동양주의'와 '근대의 초극', 그리고 '동아협동체' 등의 논리를 이해하는 데 있어서 결정적이다. 인용문에서 김기림은 '근대'의 문제를 공간의 축으로 옮겨놓음으로써 서구의 근대를 "우스워졌다"라고 평가한다. 이런 맥락에서 본다면 "「유토피아」는 뒤집어진 셈이 되었다. 구라파 자체도 또 그것을 추구하던 후열의 제국도 지금에 와서는 동등한 공허와 동요와 고민을 가지고 「근대」의 파산이라는 의외의 국면에 소집된 셈이다."라는 부분이 갖는 상징적 의미는 크다고 할 수 있다. '전도된 유토피아'의 의미가 서구의 몰락을 의미하는지, 아니면 거기에서 촉발된 새로운 보편으로서의 동양주의를 의미하는지는 명확하지 않다. 다만, 일본의 '동양주의'가 서구의 근대/문명을 비판하고 동양적 정체성을 새로운 보편으로 설정하는 과정, 즉 근대를 시간의 축에서 공간의 축으로 이동시키는 태도와 김기림의 인식이 거의 일치한다는 것을 확인할 수 있다. 그것은 이어지는 문장, 즉 "벌써 한 지역만을 요리할 수 있는 원리의 성공이라는 것은 가망이 없다. 그것은 조만간 세계적 규모에서 시련을 이기고 승리를 증명하기까지는 오늘의 원리라고 불리워질 수가 없다"에서 보다 명확하게 드러난다.

보편적 근대를 의미하던 '서양'은 이제 "한 지역"의 보편성, 다시 말해 특수성으로 전락한다. 그러나 이러한 논리적 인식이 곧바로 세계사적 보편으로서의 '동양'으로 연결될 수는 없다. 서구의 보편성 상실이 동양의 보편성을 의미하는 것은 아니기 때문이다. 일본의 지식인들은 '유럽세계사'의 일원적 지배를 해체하기 위해 '다원주의'[11]와 '동양적 특수성'[12]이라는 논리를 사용하는데, 그것은 어느 순간 '세계사적 의미'[13]를 지니면서 '보편성'의 획득하게 된다. 김기림은 서구의 몰락, 다시 말해 유럽의 보편성이 상실되는 것을 "서양사의 전환"이 아니라 "세계사의 전환"이라고 못박는다. 이것은 미키 키요시를 비롯하여 고사카 마사아키, 니시타니 게이지, 고야마 이와오 등 교토학파를 대표하는 젊은 철학자들의 시각과 완전히 동일하다. 이러한 언표적 동일성은 이어지는 문장, 즉 "우리의 초조와 흥분"에서 절정에 도달한다. 이 흥분과 초조의 감정이 30년대 후반 역사철학적 전망 내지 '세계사의 관점'을 내세워 '동양'이 세계사의 보편적 담지가 된다고 공언했던 일군의 철학자·문학가들, 그리고 그러한 논리를 바탕으로 '동아신질서'를 주장했던 일본의 사상가들이 느꼈던 그것과 다르다고 할 수 있을까?

---

11) "우리는 지구상의 인유세계 속에서 무수한 세계사를 인정해야 하고 또 무수한 역사적 세계를 인정해야 한다. 일단 역사적 세계의 다원성을 인정하는 것이 세계사를 거짓 없이 고찰할 수 있는 필수 조건이다." 고야마 이와오, 『세계사의 철학』(고야스 노부쿠니, 앞의 책 37쪽에서 재인용)

12) "이 세계는 지리적·역사적·경제적 연대성이나 인종적·민족적·문화적 친근성에 기초하며, 나아가 긴밀한 정치적 통일성을 갖춘 세계라야만 한다. 그리고 그 정치적 통일성은 현실적으로 한 국가의 주도 하에 유지되어야 하며, 거기에 이른바 주권의 질적 분할과 새로운 배분적 조직이 필요하게 될 것이라고 생각한다." 같은 책, 46쪽.

13) "세계사적 민족이란 세계사적 문제를 해결하는 주체가 되는 민족이다. 이런 과제를 수행해가는 민족이다." 같은 책, 45쪽.

　　중일 전쟁의 세계사적 의의는 공간적으로 보면 동아의 통일을 실현
함으로써 세계의 통일을 가능하게 하는 데에 있다. 이제까지 '세계사'
로 일컬어져 온 것도 실은 유럽 문화의 역사에 지나지 않았다. 그것은
'유럽주의'의 입장에서 본 것이었다. 1914~1918년의 소위 세계전쟁은
서양의 사상가들도 말하는 것처럼 이 유럽주의의 자기 비판이라는 의
의를 지녔다. 유럽의 역사가 곧 세계사는 아니라는 것, 유럽 문화가 곧
세계 문화는 아니라는 것이 자각되기에 이르렀다. 유럽주의의 붕괴는
동시에 유럽 사상으로서는 세계사의 통일적인 이념이기를 포기한 것
이다. 이와 같은 유럽주의의 뒤를 이어 적극적으로 동아시아의 통일을
실현함으로써 진정한 세계사의 통일을 가능하게 하고, 세계사의 새로
운 이념을 분명하게 한다고 하는 것이 중일 전쟁이 갖는 의의라 하지 않
을 수 없다.(중략) 동아의 통일은 이제 새롭게 실현되어야 할 과제이다.
그리고 동아의 통일이 실현되지 않으면 진정한 세계의 통일은 존재하
지 않으며 동아의 통일은 세계로부터 고립되기 위한 것이 아니라 오히
려 세계가 진정으로 세계적으로 되기 위하여 요구되는 것이다.[14]

　　1931년 '동아협동체론'의 이론적 리더였던 미키 키요시가 쓴 「신일본
의 사상원리」의 일부분이다. 미키 키요시를 비롯한 당시의 '동아신질서
론'자들은 근대를 유럽이라는 특수성 내지 지역화함으로써 암묵적으로
동양을 세계사의 중심으로 옮겨 놓는 논리적 전략을 구사했다.[15] 미키 키
요시는 중일 전쟁의 의미, 나아가 일본·만주·중국을 포함하는 동아협
동체의 성립이 갖는 세계사적 의미를 "시간적으로는 자본주의 문제의 해
결, 공간적으로는 동아 통일의 실현"이라 요약했다. 물론, 미키 키요시의
'동아협동체론'은 일본·만주·중국의 연합체를 지향한다는 점에서 '조
선'의 자리는 없다. 일본은 만주와 중국에 대해서는 협동의 논리를 내세웠

---

14) 최원식·백영서 편, 『동아시아인의 '동양' 인식』, 문학과지성사, 1997, 53쪽.
15) 미키 키요시의 동아협동체론에 대해서는 함동주, 「중일전쟁과 미키 키요시의 동아협동
　　체론」, ≪동양사학연구≫ 56, 1996과 함동주, 「미키철학과 동아협동체론」, ≪이화사학
　　연구≫ 25, 1999 참고.

지만, 조선에 대해서는 내선일체를 강요했다. 그들에게 '조선'은 협동의 대상이 아니라 동화의 대상이었다. 미키 키요시의 '동아신질서론'은 만주와 중국의 지식인들을 향한 일본의 구상, 특히 중일 전쟁의 세계사적 의미를 드러내는 것이었음에도 불구하고 그의 세계인식이 30년대 당시 조선 지식인들의 그것과 매우 흡사하다는 것은 아이러니컬한 일이라고 할 수 있다.

Ⅲ. '동양주의'와 옥시덴탈리즘

1930년대 일본과 조선에서 '동양' 또는 '동양주의'라는 개념은 서구 근대에 대한 대타적인 의미로 사용되었다. 주지하듯이, 서구의 근대를 보편적 근대로 인식한 일본은 메이지 이후 서양의 문물과 제도를 급속하게 받아들임으로써 빠르게 근대화되었으며, 그러한 근대화의 힘은 '청일전쟁'과 '러일전쟁'을 통해 확인되었다. 특히 러일 전쟁의 승리는 일본이 아시아를 벗어나 유럽을 상대로 새로운 질서를 모색하는 결정적인 계기가 되었다. 1930년대 이후 일본에서는 '동아'라는 개념이 강한 정치적 의미를 띠게 되었고, 그 내포적 의미 또한 급속히 팽창되어 갔다.[16) 중일 전쟁을 전후한 시기부터 일본은 중국을 '지나'라고 부름으로써 동양의 일부분으로 격하시키고, 대신 '일본'과 '동양'을 실체적 차원에서 동일화하기 시작했다. 이처럼 1930년대에 등장한 '동양' 내지 '동양주의'는 단순한 지리적 차원과 문화권의 의미를 넘어서는 문명사적인 의미로 사용되었으며, 일본의 동양은 서양의 전체성을 대신한 일본 중심의 전체성을 가리키는 개념이었다. "아시아 또는 '동양'이란 바로 일본의 제국주의적인 침략에 의해 형성된 지역적 질서이다."[17) 나아가 일본에 의해 사용된 동양주의는 일종

---

16) 일본에서 '동양'이 문명론적인 개념으로 사용되기 시작한 것은 오카쿠라 텐신이 「동양의 이상」을 발표한 이후의 일이다.

의 전도된 오리엔탈리즘으로서의 옥시덴탈리즘(Occidentalism)이라고 할 수 있다.[18] 오리엔탈리즘이 동양을 타자화했다면, 옥시덴탈리즘은 스스로가 동양을 세계의 중심에 놓으려 한다는 점에서 동양중심주의 내지 거꾸로 선 오리엔탈리즘이라고 할 수 있다. 그러나 서구의 오리엔탈리즘에 의해 구성된 동양(Orient)이 실체적 진실과 무관하듯, 옥시덴탈리즘에 의해 재구성되는 동양 역시 실체적 진실이 아닌 이미지와 '상상의 공동체'에 불과하다. 1930년대 담론의 지형에서 '동양주의'가 중요한 까닭은 그것이 단순히 서양을 타자화하는 차원에서 그치지 않고, 나아가 일본을 제외한 동양의 여러 국가들마저 타자화함으로써 일본의 국가적·문화적 정체성을 확립했기 때문이다. 1930년대 조선의 지식인들이 역사철학적 감각이나 세계사적 관점을 내세워 서구의 근대를 '유럽'이라는 지역의 문제로 격하시키고, 그러한 지역의 논리를 앞세워 동양(일본)의 세계사적 의무를 강조한 것은 언표적 차원에서 접근한다면 일본의 논리를 그대로 반복한 것에 지나지 않는다.[19]

동양주의 담론에 대해 상술한 까닭은 앞서 살폈던 서구의 보편적 근대에 대한 비판이 결국 '동양'의 특수성이나 보편성을 긍정하는 데로 귀결될 수밖에 없기 때문이다. 아래에서는 1930년대에서 해방 이전까지 김기림이 남긴 평문과 '동양'을 언급한 수필들에 대해 살펴보려 한다. 사실 김기림의 글에서 '동양'에 대한 긍정적 언표나 예찬의 목소리를 발견하는 것은

---

17) 강상중, 『오리엔탈리즘을 넘어서』, 이산, 1997, 133쪽.
18) 동양주의와 옥시덴탈리즘의 관계에 대해서는 강상중, 이경덕·임성모 역, 『오리엔탈리즘을 넘어서』, 이산, 1997; 샤오메이 천, 정진배·김정아 역, 『옥시덴탈리즘』, 강, 2001 참고.
19) 조선의 지식인들이 모두 이러한 논리에 함몰되어 있었던 것은 아니다. 가령 서인식은 역사철학의 입장을 견지하면서도 "민족과 민족의 상극은 한 민족이 특수한 원리에 의하여 해소할 수 없으며 동양과 서양의 상극은 동양의 특수원리에 의하여 해소할 수 없는 것이다. 일반적으로 그 어떠한 사실의 대립이든 그 대립을 통일에까지 인상할 수 있는 것은 그 양자를 포섭할 수 있는 보담 높은 차원의 종합적 원리이다."라고 주장하면서 동양주의가 세계사의 원리가 될 수 없다고 주장했다. 서인식, 『역사와 문화』, 학예사, 1939, 212~213쪽.

무척 어려운 일이다. 그것은 그가 1930년대 중반까지 모더니즘의 영향권 하에서 세계주의자의 면모를 강하게 띠고 있었고, 모더니즘이나 서구적 근대에 대한 비판적 자세를 취한 30년대 중반 이후에도 '과학'에 대한 맹신만큼은 버리지 않았기 때문이다. 태평양전쟁의 전운이 무르익은 1940년대 초반, 조선의 많은 지식인·문학인들이 친일/부일의 길로 내달았을 때, 김기림은 "시의 과학으로서의 시학"을 구축하는 데 전념했다. 이러한 태도는 1940년 2월 ≪문장≫에 발표된 「시학의 방법」과 같은 해 10월 ≪인문평론≫에 발표된 「조선문학에의 반성」에서 명확하게 확인된다. 앞서 살펴듯이, 그 글에서 김기림은 서구적 근대가 결정적인 위기에 봉착함으로써 세계사적 보편의 의미를 상실하는 장면에서 감격과 흥분을 표현했다. 그는 서구적 근대가 르네상스에서 기인하는 것이며, 따라서 근대의 초극은 르네상스적 가치를 뛰어넘는 일이라고 주장했다. 그럼에도 불구하고 그는 서구의 근대 과학에 대한 평가만은 유보한다. "근대정신 그것 속에는 물론 버릴 것도 많겠으나 한편 추려서 새 시대에 유산으로 넘길 부분은 무엇무엇일까. 가령 사실의 정확한 계산과 법칙에 대한 열렬한 경도로써 표현할 수 있는 과학정신은 「근대」 그것의 청산장에서 어떻게 취급되어야 할 것인가. 그것은 근대문명 그것의 착잡 거대한 구조의 기사가 아니었던가. 그것을 부려온 고주의 실책은 오늘에 와서는 감출 수 없으나 그렇다고 해서 기사의 지식과 지혜의 산모인 과학정신조차를 고발하려는 것은 무모나 만용이 아닐까. 잘못된 것은 고주의 의욕이었다. 새로운 세계의 구조에 있어서도 과학정신은 의연히 가장 정확한 지표일 것이고 또 과학은 가장 신뢰할 수 있는 조언자일 것이다." 이러한 세계주의자, 또는 과학주의자의 면모를 고려할 때 동양이 긍정적인 의미로 인식되기는 어려운 듯하다.

1930년대 중반에서 40년대 초반까지 김기림은 '동양'에 관한 네 편의 글을 남겼다. 「동양인」(1935.4)과 「산」(1939.2), 「동양의 미덕」(1939.9), 「동양에 관한 단장」(1941.4)이 그것들이다. 이 중에서 「산」은 두 번째 유학 당시에, 나머지는 모두 국내에서 집필되었다. 효율적인 논의를 위해 다소 길지만 네 편의 글 중 중요한 부분을 차례로 인용한다.

(1) 대체로 동양인은 사물을 전체적으로 통솔하는 지성이 결여한 것이 통폐다. 서양인의 「피아노」는 「키」가 수십 개나 되는데 동양인의 피리는 구멍이 다섯 개 밖에 아니된다. 「타고어」가 그만한 성공을 한 것은 우연하게도 그가 위대한 우울의 시대를 타고난 까닭인가 한다. (중략) 인간의 결핍이 아니라 지성의 결핍은 동양의 목가적 성격의 결함인 것 같다. (중략) 이러한 결함을 자위하는 의견이 있다. 즉 동양적인 것의 본질은 정적인 데 있다는 자기 도취부터 의식적으로 그러한 방향에로 우리의 예술을 시들어버리게 하는 견해가 있다. 나는 이러한 퇴영적인 패배주의적 호소 속에서는 믿을만한 아무것도 찾아내지 못한다. (중략) 내가 기회 있는 대로 지성을 고조하고 「센티멘탈리즘」을 배격하려고 하는 것은 이 순간에 있어서의 모든 모양의 육체적 비만과 동양의 성격적 결함으로부터 애써 도망하려는 까닭이다.

(2) 갑자기 「東洋」이라는 말이 사람들의 입끝에 오른다. 진실로 「東洋의 얼굴」은 한 폭 목계(牧谿) 속에 숨어 있는지도 모르겠다. 만약에 오늘 서양이 걸어가는 길이 단순히 인간의 기계화의 길이라고 말하면 3, 4세기를 두고 꾸민 찬란한 의상을 두른 구라파보다는 차라리 한 폭 목계를 가릴 것이다. 참말로 오늘의 혼란을 구원할 예리한 교훈을 동양은 가지고 있느냐. 눈을 감고 숨을 죽이고 그윽히 지나오고 지나가는 바람 속에서 「東洋의 소리」를 들으려고 귀를 기울여본다.

(3) 이러한 서양적 행복의 내용에 하나 더 동양적인 조건을 가할 때, 나는 비로소 그 행복에 견딜 수 있으리라. 그것은 명상이다. 호화스러운 궁전이나 휘황한 야회를 차라리 피해서 한떨기 수선화를 가꾸거나 어린 사슴의 등을 어루만지는 시간에 오히려 더 행복을 느끼는 경우가 있다. 역시 그것은 동양의 미덕의 하나인가 보다. 혹은 가족과 사무를 함께 버리고 혼자서 산이나 바다로 간다든지 그렇지 않으면 가족을 모두

시골이나 극장으로 보내놓고 다만 혼자 자빠져서 달을 쳐다보는 괴벽의 효용을 잘 아는 것은 역시 동양사람일 성싶다.(중략) 나는 물론 「老僧이 忘歲月하고 石上에 看江雲」하는 그러한 허무에의 도망을 권하는 것은 아니다. 동양에는 확실히 그러한 유의 명상이 횡행했다. 굴욕과 무위에 찬 낡은 동양의 풍속이다. 젊은 동양이 가지고 싶어하는 것은 그러한 미풍은 아니다. 흘러가는 구름 위에도 오히려 역사의 물구비를 그려보고, 바람 소리 속에서도 세기의 잡담 밑에서 꿈틀거리는 새로운 동향을 만져보는 일이다. 고독과 정밀(靜謐) 속에 있는 때 비로소 우리는 일상적인 잡념을 거두어 버리고 본질적인 것과 가장 잘 마주설 수 있는 때문이다.

(4) 또 하나의 다른 감상주의가 있다. 오늘에 와서는 서양은 돌아볼 여지조차 없는 것이라 속단하고 그 반동으로 실로 손쉽게 동양문화에 귀의하고 몰입하려는 태도가 그것이다. 그것은 관념적으로는 매우 하기 쉬운 일이고 또 경솔한 사색 속에 즉흥적으로 떠오르기 쉬운 아름다운 포말이기는 하다.(중략) 서양문화가 일정한 거리에까지 물러선 것처럼 동양문화도 한번은 어느 거리밖에 물러가서 우리들의 새로운 관찰과 평가에 견디어야 할 것이다. 그래서 그것은 우리들의 새로운 태도와 방법으로써 다시 발견되어야 할 것이다. 동양은 그저 덮어놓고 경도될 것이 아니라 다시 발견되어야 하리라고 말했다. 그러면 어떻게 발견될 것인가. 서양적인 근대문화가 우리들의 시야에서 한창 관찰되기에 알맞은 거기로 마침 우리가 물러선 기회에 우리는 이 근대문화의 심판장에서 무엇을 명일의 문화로 가져갈 유산인가를 반성해야 할 것이다. 우리는 서양적인 근대문화가 다음 문화에 남겨줄 가장 중요한 유산의 하나는 「과학적 정신＝태도＝방법」이 아닌가 생각한다. 과학문명이 아니다. 과학하는 정신, 과학하는 태도, 과학하는 방법이다.(동양) 동양은 감상적으로 즉흥적으로 현학적으로 몰입되거나 감탄만 될 것이 아니라 바로 과학적으로 발견되어야 할 것이다.

1935년에 발표된 「동양인」은 그의 세계주의자로서의 면모가 잘 드러나는 글인데, 여기에서 그는 동양의 특징을 한 마디로 "지성의 결핍"이라고 정의한다. 피아노의 '키'와 피리의 '구멍'의 비교에서 잘 보여지듯, 그에게 '동양'은 서양과의 비교대상, 특히 서양의 우월성이나 동양의 후진성을 강조하기 위해 인용되는 부정적인 것에 불과하다. "내가 기회 있는 대로 지성을 고조하고 「센티멘탈리즘」을 배격하려고 하는 것은 이 순간에 있어서의 모든 모양의 육체적 비만과 동양의 성격적 결함으로부터 애써 도망하려는 까닭이다."라는 문장에서 드러나듯이, 여기에서 우리는 서구적 근대에 대한 비판적 문제의식이 전면화되기 이전 '지성'과 '모더니즘'에 경사되어 있는 김기림의 모습을 확인할 수 있다. 다음으로 (2)는 1939년 2차 유학에서의 귀국을 앞두고 센다이의 하숙집에서 씌어진 「산」의 일부분이다. 여기에서 주목할 점은 동양에 대한 재발견의 의지가 엿보인다는 사실이다. 이전 시기 동양에 대해 부정적인 판단으로 일관했던 그의 면모를 고려한다면, 이러한 재발견의 태도는 사뭇 다른 모습이라고 할 수 있다. 그러나 "「東洋의 소리」를 들으려고 귀를 기울여본다"라는 다소 모호한 진술을 근거로 동양에 대한 그의 사유를 동양주의에의 함몰이라고 판단할 만한 근거가 보이지는 않는다. 다음으로 (3)은 1939년 9월에 발표된 「동양의 미덕」의 일부분이다. '동양의 미덕'이라는 제명 자체가 흥미로운 이 글에서 김기림은 '동양'을 "「老僧이 忘歲月하고 石上에 看江雲」하는 그러한 허무에의 도망"과는 구분한다는 점에서 단순한 전통론과는 다르지만, '명상'을 동양의 미덕으로 평가한다는 점에서 동양주의의 혐의가 약간은 엿보인다.

한편 (4) 「동양에 관한 단장」은 1930년대에 유행했던 옥시덴탈리즘적인 동양관과는 사뭇 다른, 그러면서도 전통론으로 함몰되지 않는 독특한 동양관을 제시한다는 점에서 주목할 만하다. 이 글이 발표된 1941년 4월은 일본의 영미와의 최종전쟁이 목전에 임박한 시기였고, 그만큼 식민지에 대한 일제의 탄압 역시 가중되고 있었다. 이 글에서 눈여겨봐야 할 부분은

"근대문화는 모순 상극에 찬 그 말기 징후를 조만간 청산할 국면에 직면하여야 하였다"나 "근대문화의 말기 현상은 반드시「스펭글러」의「서양의 몰락」을 기다릴 것 없이도 식자의 걱정을 사기 시작하였던 것이다" 등에서 엿보이는 세계인식이다. 이러한 구절에는 이미 "세계사의 철학"이라는 일본 제국주의의 논리가 전제되어 있다.[20] 이 글에서 김기림은 '동양문화'가 올바로 이해되기 위해서는 객관적 거리가 필요하며, 그것은 곧 "새로운 태도와 방법"에 의해 재발견되어야 하는 것이라고 주장한다. 이러한 주장은 "오늘날 필요한 것은 동아 신질서의 건설이라는 일본의 사명이란 입장에서 일본 문화의 전통을 반성하는 것이다. 뿐만 아니라 이 신질서의 건설에는 신문화의 창조가 필요하며 일본주의는 단순한 복고주의여서는 안 된다."는 미키 키요시의 논리와 다르지 않다. '과학적 정신'이라는 근대적 가치를 앞세우는 김기림의 논리나, 일본의 전통에 대한 반성을 전제한 위에 협동주의를 내세우는 미키 키요시의 논리는, 동일하게 민족주의를 벗어나려는 노력의 하나라는 점에서 묘한 공통점을 지닌다. 한편 김기림은 유독 이질적인 문화의 접촉에 대한 관심을 강조하고 있는데, 그것은 "동양이 늙어 지쳤을 때 그는 젊은 서양과 만났던 것이다"에서 절정에 달한다. 이러한 논리적 방향이 동양주의 내지 아시아주의와 직접적으로 맞닿아 있는 것인지는 알 수 없지만, "동양에 태어난 문화인에게 있어서 이 순

---

20) 구모룡,「식민성 근대주의의 한 양상」,≪문학수첩≫ 2005년 여름호, 244쪽.「지적협력회의 : 근대의 초극」은 1942년에 열렸지만, 이 당시 이미 김기림은 '근대의 초극'이라는 일본의 담론으로부터 강한 영향을 받고 있었던 듯하다. 특히 해방 직후 간행된 시집『바다와 나비』의 서문에 등장하는 다음과 같은 구절은 당시 일본은 물론 조선의 지식인이 근대의 초극이라는 문제에 대해 얼마나 민감하게 반응하고 있었는가를 알려준다. "1939년 제2차 세계대전의 발발은 벌써 피할 수 없는「근대」그것의 파산의 예고로 들렸으며 이 위기에선「근대」의 초극이라는 말하자면 세계사적 번민에 우리들 젊은 시인들은 마조치고 말았던 것이다. 이러한 일들이 일본제국주의의 조선에 대한 점점 고조로 향하는 정치적 문화적 침략의 급한「템포」와 집중사격과 함께 다닥쳤으며 따라서 생활의 체험을 통해서 실감되어 왔던 것은 물론이다. 1945년 8월 15일까지 약5, 6년 동안의 중단과 침묵은 다름 아닌 우리 시단의 세계와 자신에 대한 이중의 커다란 고민을 품은 침통한 표정이었다." 김기림,『바다와 나비』, 1946, 머리말에서.

간은 바로 새로운 결의와 발분과 희망에 찰 때라 생각된다. 수동적으로 압
도된 모양으로만 넘쳐 들어오던 서양문화는 드디어 우리와의 사이에 한
거리를 두고 잠시 물러섰다. 아니 차라리 한 개 현혹에 가까운 태도로써
몸을 그 속에 던져 빠져 있었던 서양문화에서 잠시 우리가 물러서게 되었
다"라는 현실인식에서는 서양의 파탄과 동양문화의 특수성/보편성을 주
장했던 일본 사상가들의 목소리가 뚜렷하게 확인된다.

물론 김기림이 주장한 동양의 재발견은 동시대 조선의 지식인들이 경
사되었던 이데올로기로서의 동양주의와는 뚜렷하게 구분된다. 가령 ≪조
광≫ 42년 5월호에는 "동양정신특집"이라는 제하에 신남철의 「동양정신
의 특색」, 주병건의 「동양정신의 본질」, 서두수의 「문학의 일본심」, 듀란
트의 「서양문명의 몰락」, 손명현의 「동양정신과 서양정신」, 금강학인의
「동양정신의 인식론」 등 6편의 논문이 실려 있다. 슈팽글러의 『서구의 몰
락』을 개괄하고 있는 듀란트의 「서양문명의 몰락」을 제외하면, 신남철과
주병건은 '동양주의'의 두 가지 선택지를 보여준다는 점에서 흥미롭다. 신
남철은 「동양정신의 특색」에서 아시아의 역사철학적 특징을 특유의 정체
성(停滯性)에서 찾는다. "아세아의 역사철학적특징은 그 사회의 정체성
(停滯性)에 있다. … 이렇게 보아올 것 같으면 원시적 합일성에 의하여 특
징적으로 표현할 수 있던 주객의 대립, 자연과 인간과의 불이일원, 종교와
과학의 미분화 등 소이연이 해명될 것이라고 생각한다." 흥미로운 것은
근대 과학과 문명이라는 척도 하에서 부정적인 특징으로 간주되던 아시아
적 정체성이 이 시기에 이르면 긍정적인 의미로 뒤바뀐다는 사실이다. 다
음으로 주병건은 「동양정신의 본질」에서 동양정신과 서양정신의 차이를
'식염'과 '백당'에 비유한다. 그는 '동양' 문화의 보편성을 주장했던 미키
키요시와는 달리 '동양'의 상대적 특수성을 강조한다. 흥미로운 것은, 이
들 두 사람 모두가 '동양'의 특징이 공간적 차이에서 기인하는 것으로 판
단한다는 사실이다. 물론 이들 사이에는 차이점도 존재한다. 그것은 신남

철이 "동양사회의 문화적 정신의 현재라는 역사적 계단에 있어서 그것의 위상을 파악하여 동양이라는 한 개의 문화권을 구체적 보편자에 의하여 주체적으로 한 개의 「세계」로서의 통일적 성격을 부여하지 않어서는 아니 될 것이다"처럼 보편성을 강조하는 반면, 주병건은 동양과 서양의 차이를 "산천의 형승과 한서의 차이"같은 "자연의 형세"에서 찾음으로써 특수성을 강조하는 입장을 취한다는 점이다. 자연의 형세에 근거하는 주병건의 이러한 논리는 와쓰지 데쓰로우가 『풍토』에서 주장했던 내용과 매우 흡사하다.[21]

21) "식염은 함하고 백당은 감한 것이, 소금과 사탕의 본질이라. 색택은 같으나 그 본질이 다른 것을 소금더러 왜 달지 않으냐고 책하며, 사탕더러 왜 짜지 않으냐고 책한다면, 그 본질을 혼동시키는 것이니, 불합리에 심한 것이다. … 그러므로 동아에 생하여 서양의 문물사상만을 숭배함도 착오이며 서양에 서하면서 동아의 문물사상만을 칭미함도 허위이니 필야동양인은 동아의 시령 풍토며 문물, 제도, 사상에 생장하고 노사하며 서양인은 구주의 시령, 풍토며 문물, 제도, 사상에 생장하고 노사되는 것이니 그리해야만 되고 그리하게만 된다. … 동양의 정신은 먼저 동양인의 사(史)적 생활과 사상체계를 주로 고찰하여야 할 것이니, 국가생활로 보면 황국은 황조천조대신께서 황손경경저존에 신칙을 수하셔서 이 풍위원서수국에 강림하심으로부터 만세일계천황께옵서 황조의 신칙을 봉하여 영원히 치리하심으로 신민은 억조심을 일로하여 충효의 대도를 리하여 천업을 익찬함이 만고불이의 아국체이다. … 대개 관원도진의 애군의 지성과 남정성의 보국의 충의가 천백년이래로 함영하고 훈화하고 결정되여 금일 일본정신이 세계에 무차하고 동양에 유일한 즉 동양정신의 통일귀결된 직계를 성하니 차가어찌 우연함이리오. 상으로 성자신손의 계승하심과 하로 현준충의에 전통으로 융화결합된 대업이라하겠도다. … 천운의 순환함이 왕하고 복치 아니함이 없을 새 대동아의 건설이 일일일로 촉진됨을 따라 사천년 이래에 발원한 충효의 대도와 명분의 대의가 천지로 더부러 궁진함이 없고 일월로 더불어 광을 쟁하여, 동양의 정신적 통일은 고사하고 세계를 휘둘러 덮어서 우리의 정신이 천의 복한 바와 지의 재한 바와 일월의 조하는 바와 상□의 추하는 바와 다 통합될 날이 멀지 아니함을 추상케 된다. 진일토록 봄을 찾아 다니다가 봄을 보지 못하고, 집에 도라와보니 창전의 매화가지에 봄이 벌써 십분이나 차 있다 한 시와 같이 동양정신은 다른 데 찾을 것 없이 가까운 황국에 있다 일본정신이 곧 동양정신의 진수이니 국체의 존엄한 데 있다함은 등전동호가 벌서 말한 바이다. 유교가 지나에서 발원했으나 결실은 일본에 와 되었으니 황도에 순화한 유교가 곧 이것이다. 대개 비상한 사람이 있은 후에 비상한 공이 있는 것이니 충의의 사(士)가 천일에 맹세하고 금석을 관철할 성력을 다하여 이것을 초창하고 이것을 윤색하고 이것을 완미하고 계술하는 인물이 대대로 핍치 안이함이 어찌 우연함이리오 필야일출지국의 지령인결하고 식족병강하여 상에게서는 호생지덕으로 백성 사랑하기를 자와 같이 하고, 하의 신민은 일의로 봉상하기를 부모와 같이 함에 있지 아니한가. 천지자연의 물이 있으면 천지자연의 성이 있다함은 이미 상술

　　김기림의 동양에 대한 재발견이 신남철과 주병건이 보여주는 친일의 논리로서의 동양주의와 구분되는 것은 사실이다. 이는 모더니즘의 세례를 강하게 받았던 김기림과 역사철학적 경향에 노출되어 있었던 당시의 철학자들의 조건의 차이에서 발생하는 문제일 것이다. 유럽의 근대를 보편적 가치로 믿어 왔던 김기림은 서양의 몰락이라는 역사적 현실을 ‘세계사적 전환’이라고 인식한 일본의 시각에는 동의할 수 있었지만, 자신이 ‘감상주의’라고 비판했던 ‘동양’의 세계로 돌아갈 수는 없었던 듯하다. 이는 그가 서구의 근대를 떠받치고 있는 가치들을 비판할 때조차도 ‘과학’에 대한 믿음만큼은 결코 버리지 못한 장면에서도 확인된다. 1940년 이후 김기림의 ‘침묵’은 적극적인 의미에서의 ‘저항’이라기보다는 사유의 아포리아가 강제한 침묵이라고 할 수 있다.[22] 유럽의 보편성을 의심하는 순간 그의 세계주의와 모더니즘은 균열되기 시작했다. 나아가 일본을 정점으로 한 ‘동양’이 서양, 즉 유럽을 대신하여 세계사적 보편성을 획득했다는 일본 파시즘의 논리 앞에서 그의 비판적 사유는 정지되고 말았다. 서인식이 그랬듯이, 보편주의적 관점을 견지했던 김기림에게 ‘동양’은 특수성 이상의 의미로 인식될 수 없었기 때문이다.

한 바이다. 생을 동양에 둔 자 어찌 일일이라도 잊을 것이냐. 정신일도에 하상불성가.” 주병건, 「동양정신의 본질」, 《조광》 1942.5

[22] 서인식 역시 이 시기에 침묵을 지킨다. 그는 “동양도 보편성에서 제외되지 않는다”고 하면서, 서구적 보편성과 대비하여 동양적 특수성을 새로운 세계사의 원리로 상정하려는 태도에 대해 명시적으로 비판한다. “동양과 서양의 상극은 동양의 특수원리에 의해서 해결할 수는 없는 것이다. … 단순한 동양주의가 세계사의 원리가 될 수 없음은 두 가지 의미에서다. 하나는 기성의 도그마로서의 동양의 전통적 원리가 세계적 원리가 못 된다는 것, 다른 하나는 뮈토스로서 동양주의인데, 이 역시 동양적 뮈토스로서만 문제되는 한 그렇게 될 수 없다는 것이다.” 서인식, 「현대의 과제(2) ─ 전형기의 문화의 제상」, 『역사와 문화』, 학예사, 1939, 212~213쪽.

Ⅳ. 나오며

본고는 1930년대 중반 이후에 발표된 김기림의 평문과 수필을 중심으로 그의 문학이 근대의 초극과 동양의 재발견으로 귀결되는 과정에 대해 살폈다. 30년대 초반, <구인회>의 결성에서 시작된 김기림의 모더니즘 문학론은 중일 전쟁을 거치면서 급속히 일본 제국주의의 논리에 근접해 갔다. 당시 조선의 많은 문인들이 직·간접적으로 친일을 강요받았던 것과는 달리, 그는 자신의 사유의 흐름 속에서 일본 제국주의의 논리를 수용한 것처럼 보인다. 그것은 무엇보다도 그가 1920~1930년대의 대부분을 일본에서 보냈으며, 특히 예술과 철학에 관한 지식의 절대적 부분을 일본 유학을 통해 얻은 것과 무관하지 않다. 그는 무의식적으로 일본의 시선을 통해 서구를 응시했으며, 따라서 그의 모더니즘 역시 유럽의 그것이라기보다는 일본에 의해 번역된 박래품에 가까웠다. 모더니즘적인 성향과 일본 유학의 경험은 그를 세계주의자로 바꿔놓았으며, 이러한 세계주의적 관점 하에서 그는 시와 비평을 썼다고 할 수 있다. 그의 문학에서 조선의 식민지적 특수성에 대한 자각이 두드러지지 않는 이유도 여기에서 기인한다.

해방 직후 발간된 시집 『바다와 나비』의 서문에서 그가 밝혔듯이, '근대의 초극'이라는 세계사적 번민은 일본은 물론 조선의 지식인들에게도 상당한 영향을 끼쳤다. 1939년을 전후해서 발표한 일련의 평문들, 다시 말하면 「모더니즘의 역사적 위치」와 「동양에 관한 단장」에는 유럽의 근대를 넘어서 새로운 세계사적 질서를 창출해야 한다는 일본지식인들의 문제의식이 짙게 투영되어 있다. 그것은 가령 「조선문학에의 반성」에 등장하는 다음과 같은 구절에서 확연히 드러난다. "오늘에 와서는 한 민족만을 구할 수 있는 원리라는 것은 벌써 있을 수 없다. 한 민족을 건질 수 있는 것은 동시에 세계적인 원리여야 한다. (중략) 그런데 구주에 있어서 혹은 결산기 뒤에 앞으로 기대하는 신질서의 건설에는 제 민족이 민족의 자격으로 참가할 것으로 보이는데 이 민족을 내포하면서도 민족을 초월해야 할 신질서에 있어서 민족 상호간의 정신적 이해와 융합을 가능하게 할 유력한 수단은 무엇일까.” 한 민족의 구원하면서 동시에 세계적인 원리일 수 있는 것이란 미키 키요시가 “민족과 민족을 결합시키는 것은 이와 같은 비합리적인 것일 수 없으며 공공성을 띤 것, 세계성을 띤 것이 필요하다. 동아협동체의 사상은 합리적인 협동주의가 아니면 안 된다.”고 주장했던 동아협동체의 논리를 그대로 반복한 것에 불과하다. 김기림은 미키 키요시의 협동체론에서 조선이 협동의 대상이 될 수 없다는 것을 깨닫지 못했으며, 나아가 그러한 협동이 결국 중국에 대한 무력 침공이라는 방식을 통해서만 가능했다는 역사의 교훈 역시 고려하지 않았다. 김기림은 이러한 논리의 딜레마에 빠진 채 40년대 초반을 보냈으며, 곧 긴 침묵에 들어갔다. 따라서 1940년을 전후한 시기에 발표된 김기림의 평문이 “1930년대 초반부터 그가 걸어온 지적 행정에서 자연스럽게 도출된 것”이라고 주장은 재고될 필요가 있다. 특히 「조선문학에의 반성」에 등장하는 ‘민족’이 조선을 의미하는 것인지 일본을 의미하는 것인지도 명확하지 않다. 내선일체의 논리를 고스란히 수용하지 않는다면, 적어도 조선이 동양의 보편성을 획득하고 세계사적 임무를 떠맡을 수 있는 가능성은 전무했기 때문이다. 이런 점에서 당시 조선의 철학자들이나 문학자들의 주장에 등장하는 ‘조선’ 또는 ‘조선적인 것’의 함의가 재해석되어야 한다는 지적[23]은 새겨들을 만하다. 아울러 김기림의 모더니즘에 대한 질문 역시 여기에서 다시 시작될 필요가 있을 듯하다.

---

23) 김예림, 『1930년대 후반 근대인식의 틀과 미의식』, 소명출판, 2004, 43쪽.

참고문헌

김학동 편, 『김기림 전집1~6』, 심설당, 1988.

이경훈 역, 「근대의 초극 좌담회」, 한국문학연구회 편, 『다시 읽는 역사문학』, 평민사, 1995.

강상중, 『오리엔탈리즘을 넘어서』, 이산, 1997.

구모룡, 「식민성 근대주의의 한 양상」, ≪문학수첩≫ 2005년 여름호.

김민정, 『한국근대문학의 유인과 미적 주체의 좌표』, 소명, 2004.

김예림, 『1930년대 후반 근대인식의 틀과 미의식』, 소명, 2004.

김윤식, 『한국근대문학사상사』, 한길사, 1984.

김윤식, 『한국근대문학양식론고』, 아세아문화사, 1980.

김윤식, 『한국근대소설사연구』, 을유문화사, 1986.

김윤식, 『한국현대문학사상사론』, 일지사, 1992.

김재용, 『협력과 저항』, 소명출판, 2005.

박치우, 『현실과 이상』, 백양당, 1947.

서인식, 『역사와 문화』, 학예사, 1939.

서준섭, 『한국모더니즘문학연구』, 일지사, 1988.

손정수, 『개념사로서의 한국근대비평사』, 역락, 2002.

신남철, 「동양정신의 특색」, ≪조광≫ 1942년 5월호.

유성호, 「김기림 비평의 현재성」, ≪문학수첩≫ 2005년 여름호.

주병건, 「동양정신의 본질」, ≪조광≫ 1942년 5월호.

차혜영, 「근대의 역상으로서의 동양적인 것」, 『1930년대 한국문학의 모더니즘과 전통 연구』, 깊은샘, 2004.

최원식·백영서 편, 『동아시아인의 '동양'인식』, 문학과지성사, 1997.

히로마쓰 와타루(김항 역), 『근대초극론』, 민음사, 2003.

다케우치 요시미(서광덕·백지운 역), 『일본과 아시아』, 소명, 2004.

고야스 노부쿠니(이승연 역), 『동아 대동아 동아시아』, 역사비평사, 2005.

샤오메이 천(정진배·김정아 역), 『옥시덴탈리즘』, 강, 2001.

와쓰지 데쓰로우(박건주 역), 『풍토와 인간』, 장승, 1993.

1930년대 윤규섭 비평의
다혈질적 원칙주의 연구

권 유 리 야

Ⅰ. 서론

어떤 형태의 역사든 기록된 역사는 언제나 오류의 가능성을 내포하고 있다. 기록자의 욕망에 합치되느냐의 여부에 따라 선택과 배제의 갈림길에 서는 점에서 기록된 역사는 언제나 의심의 대상일 수밖에 없다. 문학사에서도 사정은 마찬가지다. 문학사적 사실들을 명쾌하게 한 줄에 꿰어야 하는 이유로 치열한 문학적 삶을 살았어도 기준에 합치 되지 않는 대상들은 후대에 망각되는 운명을 겪는 경우는 종종 있다. 비평가 윤규섭의 경우가 그러하다.

윤규섭은 1937년에 등단하면서 1962년 북한에서 문학적 생을 마감하기까지 치열하게 사회 현실에 관여하면서, 여러모로 강렬한 인상을 던져주었다. 「문학인의 생활의식」(『동아일보』, 1936) 「문단항변」(『조선일보』, 1937)으로 데뷔하여, 이어 「휴머니즘론」(『비판』, 1937.7) 「문단의 재인식」(『조선일보』, 1937.11) 「주체의 재건 문제와 현실적 생활」(『동아일보』,

1937.12) 등을 발표하면서 문단의 온갖 논쟁에 적극적으로 개입하였다. 1940년에는 당시 문단의 2대 세력이었던 『문장』과 『인문평론』에도 십수 편의 월평을 쓰는 등 양적인 측면에서도 왕성한 비평가였다.

이렇게 『조선일보』 『동아일보』 등 유력 일간지와 『문장』 『인문평론』 『비판』과 같은 주요문예지에서 1930년대 논쟁의 한 축을 분명하게 담당 했음에도 불구하고, 윤규섭에 대한 평가는 소홀하기 이를 데 없다. 간혹 몇몇 문학사에서 한 단락 혹은 한 줄짜리 언급이 윤규섭이 그 시대를 살았 음을 미미하나마 증명하여주고 있는 실정이다.[1] 그럴 수밖에 없는 것이 전형기에 관한 기록자들의 입장이 대체로 카프를 중심으로 한 평자들이거 나, 아니면 카프와 맞먹는 문단 권력을 가진 몇몇 비평가에만 시선을 둔 주류 중심의 평가에 익숙해 있다. 문학뿐만 아니라 모든 분야에서 주류에 대한 무조건적 신뢰는 연구자들이 피하기 어려운 함정이다. 1930년대 후 반 윤규섭이 분명하게 마르크스주의에 입각한 문학관을 전개했음에도, 카 프에 가입한 정통 카프파가 아니라는 출신성분상의 한계는 윤규섭을 카프 논의에 넣기 어려웠을 터이다. 더구나 대부분의 주류담론에 과격하게 비 판의 칼날을 들이댄 윤규섭의 평론은 어느 곳에서도 환영을 받을 수 없었 던 것은 당연한 일이다.

하지만 1930년대 후반기 한국비평사가 문단 권력을 장악한 몇몇 핵심

---

1) 문학사에서 김윤식의 『한국근대문예비평사연구』(일지사, 1976)와 김영민의 『한국문학 비평논쟁사』(한길사, 1992)에서 짧막하게 다루었을 뿐이다. 최근 최명표의 「인식의 비평 과 비평의 인식」(『문예연구』 2006년 여름)는 유일하게 윤규섭만을 단독으로 다루고 있으 나, 정밀한 자료검토와 해석이 동반되지 않아 윤규섭 연구의 필요성을 호소하는 정도에 서 머무르고 만다. 신재기의 「문학과 생활 실천의 통일」(『한국근대문학비평가론』, 월인, 1999)과 「1930년대 한국문학비평에 적용된 '미적 반영론' 연구」(『문학과 언어』 제23집, 2001)에서 윤규섭을 짧막하게 다루고는 있으나, 당대 비평의 지형 속에서 윤규섭 비평에 대한 객관적 입장을 견지하고 있어 주목된다. 가장 최근 연구로는 오하근의 「김환태의 인 상비평과 윤규섭의 경향비평」(『한국언어문학』 제57집, 2006)이 있는데, 이는 김환태와의 비교라는 점에서도 그렇고, 또 한 분석의 깊이라는 측면에서 아쉬움이 큰 논문이다. 연구 사라고 할 것도 없는 기록을 볼 때, 당대 왕성하게 활동하며 1930년대 비평계의 한 축을 담당했던 윤규섭의 비평을 연구하는 일은 매우 중요하다.

인물에게만 편중되는 것은 바람직하지 않다.[2] 시대를 주도했다고 믿어지는 소수의 비평가, 아니면 선행 연구가 다량 축적된 비평가에게 또 다시 연구를 보태는 관행이 근대비평가 연구에서도 지속되고 있다. 따라서 윤규섭을 당대 주류비평가와 비교하는 연구방식은 윤규섭 비평을 당대 주류비평가와의 관련 속에서만 찾는 여전한 주류중심주의적 시각일 수밖에 없다. 이 연구의 출발이 주류에 의해 소외된 비평가를 발굴하는 데 있다는 점, 그리고 윤규섭이 비주류로 분류되는 것이 노선과 계파의 문제라는 점을 떠올려 보면, 윤규섭을 단독으로 연구하는 것은 절실하다. 물론 윤규섭의 비평이 소외될 수밖에 없는 문학적 결함은 분명히 존재한다. 정밀한 분석대신 원칙만을 고수하며 무조건적이다 싶을 만큼 매사를 통렬하게 비판하는 모습에서 시대를 주도할 만한 탁월성은 찾아보기 어렵다. 하지만 윤규섭의 다혈질적인 비판이 당대의 논쟁에 더욱 거세게 불을 붙인 것이 사실이며, 이를 통해 1930년대 평단의 환부와 증상이 선명하게 포착된 점은 윤규섭을 단독으로 연구해야 할 필연성을 제공해준다. 다시 말해서 주류담론 중심의 1930년대 한국비평사 연구의 고정된 시각이라는 점에서 윤규섭 비평의 다혈질적인 면모를 연구하는 의미는 결코 가볍지 않을 것이다.[3]

[2] 윤규섭은 해방 직후 좌익노선을 택하지만, 임화 이원조 김남천 등의 조선문학건설본부와 노선을 달리하였으며, 1962년 이후에는 월북하였다. 1988년 해금과 함께 월북 작가에 대한 연구가 왕성하게 이루어진 점을 생각하면 유독 윤규섭에 대해서만 논의가 부족한 점은 유감스러운 점이 많다. 따라서 그간 소외되었던 윤규섭에 대한 연구 축적을 위해서도 윤규섭에 대한 단독 연구는 절실하다. 오하근, 「김환태의 인상비평과 윤규섭의 경향비평」, 『한국언어문학』 제57집, 2006, 381쪽 참조; 신재기, 「문학과 생활 실천의 통일」, 『한국근대문학비평가론』, 월인, 1999, 248쪽 참조.
[3] 신재기, 앞의 글, 249쪽 참조.

Ⅱ. 이론과의 결별, 다혈질적 실천의 함정

비평가 윤규섭이 등장한 것은 1936년이라는 불운하고 암울한 시절이었
다. 1935년 카프의 해체, 1935년부터 조선어 사용 금지, 그리고 1937년 일
본의 중일전쟁 승리 등은 곧 바로 문인들에게 온갖 형태의 억압과 설득의
논리로 다가왔다. 이 시점에서 사상 문제를 직접적으로 다루는 비평 역시
검열을 비껴갈 수는 없었다.[4] 이렇게 프로비평의 퇴조와 예술지상주의 급
부상이라는 상황에 직면하여 윤규섭은 강하게 정론비평의 재건을 부르짖
는다. 격렬한 민중투쟁의 경력을 쌓아온 윤규섭의 성격상 그의 비평이 온
건할 리도 없었지만, 1937년 등장한 비평의 정론성과 지도성을 내세웠던
프로문학 쪽에 대한 공세가 거세지는 시대 상황에서 윤규섭의 비평이 부
드러워서 될 일도 아니었다. 더구나 이제 막 비평을 시작하는 열정에 가득
찬 무명의 비평가 윤규섭이 '원칙으로서의 실천'을 거칠게 주장하는 것은
자명한 이치다.

> 科學의 理論은 고소를 基調로 한 만큼, 筆者의 生活이나 그에 依據한 世
> 界觀을 떠나서도 論理的 發展에 잇어서 過誤만 업다면 爲先의 目的을 達
> 할 수 잇스나, 파토스의 領域을 相對로 하는 文學에 잇어서는 비록 正當
> 한 世界觀일지라도, 그것이 生活的으로 血肉化하지 못한 限, 卽 빌려온
> 것이라면 讀者에게는 조금도 感興을 이르킬 수 업는 것이다. 따라서 作
> 家에 잇어서 世界觀의 問題는 곳 作家의 日常的 生活 問題에 歸着된다고
> 할 것이다. 文學과 生活, 이것은 어느 때나 文學의 基本 問題이다. 況且 作
> 家의 生活이 오늘과 가티 虛說된 때에 잇어서 그것을 不問에 부처서 올
> 을 것인가.[5]

---

4) 당시 평단은 현실을 통찰할 수 있는 뛰어난 평론가의 부재와 이로 인한 표절과 같은 비양
심적 문자 유희, 객관적 정세에 눌려 미온적인 문구와 논조를 나열로 지도력을 잃어버린
상태였다. 우연이라고 말하기 어려울 정도로 1937년 7월 중일전쟁 이후 발표된 구카프 계
열의 평론가들의 글을 보면 과거와 상당한 격차를 보인다. 이들이 기존의 세계관을 유보
하기 시작했다는 것이다. 이현식, 『일제 파시즘체제하의 한국 근대문학비평』, 소명출판,
2006, 287~288쪽 참조.

윤규섭의 초기 비평에서 나오는 "文學과 生活, 이것은 어느 때나 文學의 基本 問題"라는 명제는 윤규섭 비평 전반을 대변한다. 문학에서 가장 중요한 것은 "作家의 世界觀"이며, 이는 반드시 "作家의 日常的 生活 問題에 歸着"되어야 한다는 논리가 윤규섭 비평의 핵심이다. 이는 현실에 대한 몰이해적 관심과 비평가의 자기 배제와 겸손을 주장하는 예술지상주의자들의 자율적 문학론에 대한 대타적 성격이 짙다. 1930년대 후반 구인회와 예술파가 새롭게 부각되면서 프로문학 비평과 전혀 다른 방식으로 작가의 권위를 세워줄 수 있는 비평이 요청되었다.[6] 시대의 한계를 극복할 걸출한 영웅적 비평가의 부재, 삶의 푯대가 되는 시대정신의 부재는 자연스럽게 다양한 이론과 세계 원리의 탐구로 시선을 돌리게 했다. 그러나 문단을 들끓게 한 이론들은 세계를 주체적으로 사유하기보다 일본으로 대표되는 보편적 현실을 설명하면서 옹호하는 수단으로 변질된 측면이 강한 것은 부인하기 어려운 사실이다. 여러 이론 탐구가 파시즘의 공세로 흩어진 대오를 가다듬는 애초의 목적과 달리, 군국주의를 부정할 수 없는 사실로 긍정하는 친절한 해석자의 역할을 자임했다. 따라서 이론을 정립하는 과정에서 현실 타협에 대한 명분 쌓기와 자기합리화의 의지가 자신도 모르는 사이에 작용했으리라는 추론이 어렵지 않다. 논쟁의 중심에 선 비평가일수록 이론적 세련이 궁극에는 전향선언으로 선명하게 이어지는 경우는 허다했기 때문이다.[7]

사실 이론의 활황은 일본의 탄압에 대항할 여력이 없는 존재의 불안과 관련이 없지 않다. 보편법칙을 발견할 수 없는 세계에서 지식인이 할 수

---

5) 「文學의 再認識」, 『조선일보』, 1937.11.13, 최명표 편, 『인식론적 비평과 문학』, 새미, 2003, 70쪽.

6) 순수문학파의 중심에 서 있는 구인회의 성원들은 당시 4대 신문 문예란의 실질적인 책임자였고, 이들의 존재 방식은 매우 현실적인 효율성을 있는 것으로 여겨졌다. 전승주, 「1930년대 순수문학의 한 양상」, 『상허학보』 제3집, 1996, 356쪽.

7) 이론가와 문학가의 친일을 옹호하는 글과 규탄하는 글이 당시 신문에서 자주 등장했다. 역사신문편찬위원회 엮음, 『역사신문』, 사계절, 2003, 103~104쪽 참조.

있는 것은 사실의 힘을 추인하거나, 아니면 이론의 세계로 망명하는 길뿐이다. 이론이 어떤 문제에 대한 답변을 제시하는 것이 일반이긴 하지만, 때로는 그 안에 기만의 동기를 품는 경우도 있다. 관념의 영역에 골몰하도록 유인함으로써 현실을 망각하는 것 자체가 직무유기이기 때문이다.[8] 따라서 "世界觀의 問題는 곳 作家의 日常的 生活 問題"라는 이론적 세련이 없는 투박한 원칙주의는 실천을 포기한 시대에 오히려 진정성을 잃은 시대에 대한 대항적 기능을 수행한다. 윤규섭이 백철 비판에 주력한 까닭도 이와 관련된다.

> 더욱이 그 한 쪽을 代表하고 있는 朴英熙氏라든가, 白鐵氏에 잇어서는 무엇보다도 '거센 現實의 물결'에 怯儒를 늣기여 戰慄하고 잇는 만큼, 그들의 討論은 모도가 로고스를 떠난 파토스로서 一種의 保身的 衛生 論文에 지나지 안는 것이다.[9]
>
> 如何間 史的 唯物論에서 疏外된 氏의 歷史觀이 무엇을 지껄이든, 氏(백철－필자주)는 갈곳까지 갔으니 이 以上 氏를 追窮할 必要와 意義를 느끼지 않는다. 다만 檀君의 炯眼에 賣笑婦的 信心이 看破되지 않았다면, 氏를 爲하여 多幸일 뿐이다.[10]

1930년대 문학적 신념 없이 온갖 이론을 소개하는 데에만 능한 백철이 윤규섭의 문학관과 정면으로 배치되었다. 윤규섭은 백철의 인간묘사론이 "로고스를 떠난 파토스로서 一種의 保身的 衛生"이라고 강하게 질타한다.[11] 인간묘사론은 프랑스와 일본의 문예부흥 운동 비판과 르네상스의

---

8) 박영균, 「철학의 실천 실천의 철학」, 『지구화시대 맑스의 현재성』 제1집, 2003, 129쪽.
9) 「文學의 再認識」, 『조선일보』, 1937.11.9, 최명표, 앞의 책, 61쪽.
10) 「휴머니즘論」, 『비판』, 1937.7, 최명표, 앞의 책, 33쪽.
11) 윤규섭이 문단에 등장했을 때는 휴머니즘 논쟁이 한창이었다. 백철 임화 안함광 등을 비롯하여 김남천 한설야 등 당대 중요이론가들이 모두 참여하는 데에 김오성과 함께 윤규섭을 열정적으로 참여하며 자신의 이름을 문단에 알렸다. 김영민, 『한국문학비평논쟁사』, 한길사, 1992, 459~460쪽, 참조.

역사적 맥락을 추적하여 인간 탐구의 정열을 정당화하려 했지만, 그 실상은 실천성을 결여한 개인이 있을 뿐이었다. 이는 외부로부터 억압받지 않은 자유로운 인간을 강조하면서 현실변혁의 가능성을 자발적으로 포기하는 것이었다. 그러나 현실을 포기한 것은 비단 백철만이 아니었다. 정의가 올 때까지는 힘이 다스리며, 힘은 바로 합법이라는 보수성12)에 대부분의 평자들이 동의했다. 따라서 외세에 억류당한다는 사실만으로 백철을 비판하기는 어렵다. 백철이 비판받아야 하는 이유는 다른 데 있다. 백철은 사회주의이론 인간묘사론 등 전혀 다른 입장의 이론을 지속적으로 소개하면서 그때마다 입장과 원칙을 갱신해 나간 것이 아니다. "史的 唯物論에서 疏外된 氏의 歷史觀"이 "賣笑婦的 確信"이라는 발언대로 백철에게는 애초부터 원칙이 존재하지 않았다는 편이 옳다.

이때 원칙과 실천을 강조하며 '이론으로부터 망명'을 기획하는 윤규섭의 모습은 비판력이 절멸한 1930년대 평단에서 일정한 의미를 갖는다. 세계에 대한 보편적 기준이 상실되면서 대부분의 논자들이 개별적이고 이론 탐구로 안착해 버렸을 때, 사회주의 운동으로 2년 간 복역한 경력이 있는 윤규섭은 탄압과 변절의 시기에도 반일적인 평문을 지속적으로 발표한다.13) 실천이 없는 이론일수록 이론 자체에 엄청난 의미가 있는 것 같은 환상을 만들어 낸다. 이론이 현실을 반영하지 않고 이론가의 욕망을 뒤섞어 현실을 창조하는 것이다. 윤규섭의 경우에는 적어도 이론이 비평가의 욕망을 표출하는 통로가 되지는 않고 있다.

여기서 '적어도'라는 표현은 새겨둘 필요가 있다. 윤규섭의 비평이 실천에 대해 가지는 순결이 순수문학 진영의 논리를 정반대의 방식으로 재활용하는 데에서 나왔다는 사실에서 무조건적인 의의를 부여하기는 곤란

---

12) 윤지관, 『근대사회의 교양과 비평』, 창작과비평사, 1995, 97~98쪽.
13) 윤규섭은 최재서와 가까운 관계이면서도 최재서가 주재한 친일지 『국민문학』에는 한 편의 글도 쓰지 않았다. 오하근, 「김환태의 인상비평과 윤규섭의 경향비평」, 『한국언어문학』 제57집, 2006, 396쪽.

하다. 비평이 파시즘의 위력에 맥없이 무너지는 상황을 지켜보면서 비평
가들은 하나같이 프로문학비평의 정론성에 불만을 터트렸다. 작가의 권위
를 세워줄 수 있는 전문직 비평가가 등장하고, 작품의 내적 법칙을 규명할
수 있는 인상주의가 대두될 수 있는 바탕을 만들어준 것도 결국 프로문학
비평에 대한 거부감으로 작용했다.[14] 윤규섭은 반대편이 비판했던 점을
그대로 장점이라고 부를 뿐, 어떠한 다른 논거도 제시하지 못한다. 사실
위선을 감추는 포장지로 이론을 활용하는 전향자들의 윤리의식에 문제가
있는 것이지, 실천하지 않는 책임이 이론에 있지는 않다. 그런데도 윤규섭
은 이론에 대해서 무작정 비판을 가할 뿐, 왜 그래야 하는지 혹은 어떤 부
분이 문제가 있는지에 대해서는 자신만의 사유를 제시하지 못하고 있다.
이론에 대한 거부감과 실천에 대한 종교적 신념이 사실은 사유의 궁핍에
서 나온 것일지도 모른다는 의구심은 여기에 근거를 둔다. 따라서 실천을
현실에 대한 다양한 교섭 가능성으로 이해하지 않고, 실천을 의심이 필요
없는 당위로만 여기는 다혈질적 원칙주의에는 분명한 한계가 있다.

> 여기에 잇서서 可笑로운 것은 오직 韓雪野氏가 部分的으로 指彈하엿
> 슬 뿐, 모두가 沈黙을 직혓슴에 不拘하고 白鐵氏가 粗雜한 獨白에 興을 일
> 헛는지 "朝鮮 文學의 傳統的인 것을 생각할 제, 휴머니즘을 文學의 主流
> 로 마저드리는 데 오히려 不安과 懷疑를 늣기게 된다"고 스스로 悲鳴하
> 고 잇슴은, 實로 傍觀者로 하여금 哄笑를 不禁하는 바이다.[15]

모든 것을 실천의 가능성과 관련지어 말하고 있지만, 정작 그 실천이 어
떤 형태로 드러나야 하는가에 대해서는 침묵하며 오로지 원론적으로 실천
의 중요성만 강조하기 때문에 다혈질적 원칙주의라는 말이 가능하다. "哄
笑를 不禁하는 바", "지껄이든"라는 표현은 이성적인 논의라고 보기 어려

---

14) 전승주, 앞의 글, 358쪽.
15) 「文壇 抗辯 – 그 思想的 昏迷에 對하야」, 『조선일보』, 1937.4.6, 최명표, 앞의 책, 14쪽.

운 저급한 차원의 것이다. 비판이 설득력을 가지기 위해서는 충분한 근거가 확보될 필요가 있음에도 불구하고 논리적으로 해명하려는 노력은 크게 부각되지 않는다. 지성론 인간묘사론 휴머니즘론 등 비판을 가하지 않은 대상이 없었으며, 비판의 강도도 하나같이 격렬했다는 점을 보면 윤규섭의 비평은 그야말로 무모한 비판이다. 생활을 빈번히 강조하면서, 생활이 하나의 이미지로 고정되어 버리고 생활로서의 실체성과 현실성은 증발되어 있다. 당위가 곧 현실은 아닌 이상, 그것을 실현하는 데는 객관적 여건의 성숙과 주체적 역량의 성숙이 필요하다는 것은 상식이다. 그렇게 보면 윤규섭이 강도 높게 실천의 중요성을 외칠 수 있었던 것도 섬세하게 현실의 여러 측면을 깊이 있게 사유하지 못했기 때문일 수 있다. 윤규섭이 이즈음 야심차게 내놓은 평론들의 내용을 요약하면, 문학은 세계에 대한 인간의 실천적 행위이며, 문학은 사회 이데올로기의 한 형식이라는 점 등이다. 하지만 이는 마르크스주의 문학관의 초보적인 논리에 불과하다. 1930년대 후반 한국의 마르크스주의 문예미학이 국제적인 수준에 놓여 있었다는 점을 인정한다면 이 같은 윤규섭의 논지는 미학이론의 전개상 분명한 후퇴다.[16] 깊이 있는 자기논리를 펴기보다 논의를 정리하고 비판하는 데 주력할 수밖에 없었던 것도 이러한 사유의 궁핍에서 나온 결과다. 윤규섭 비평의 순혈주의를 순수한 신념의 산물로만 보기 어려운 이유는 여기에 있다.

흥미로운 것은 이러한 사유의 열악함이 예기치 않은 의미를 만들어 낸다는 점이다. 대부분의 동지들이 휴머니즘을 빌미로 친일로 돌아설 때, 오히려 휴머니즘의 의미를 헐겁게 해석함으로써 마르크시즘과의 연대가능성을 타진하고 있기 때문이다. 사실 일본을 통해서 수입된 휴머니즘론은 식민지 현실의 인간 소외와 억압을 외면하고 프로문학론의 한계와 그 사상적 배경인 마르크시즘을 비판하는 이론으로 변질되었다. 이런 맥락에서

---

16) 신재기, 「문학과 생활 실천의 통일」, 『한국근대문학비평가론』, 월인, 1999, 253쪽.

백철을 위시한 일련의 휴머니즘론자들을 비판한 윤규섭의 대응은 나름의 의미를 갖는다.[17]

> 同樣으로 휴머니즘을 어떤 思想 原理나 世界觀으로서가 아니라, 한 個의 態度로 볼 제, 文學에 있어서의 휴머니즘이 唯物論的 世界觀과 結合할 수 없는 것이 아니다. …(중략)… 따라서 今日의 휴머니즘은 階級의 方向과 人間性을 分離하지 않는 限, 리얼리즘의 相剋物이 아니라 오히려 그에게 豊饒性을 주는 營養素일 것이며, …(중략)… 一步 나아가서 리얼리즘만이 아니라, 맑시즘도 한갓 안티 휴머니즘일 수는 없는 것이다. 맑시즘 內部에서도 휴머니티를 力說할 點도 있는 것이며, 더욱이 今日의 時代的 特性을 고려할 제 그를 眞正한 意味에서 止揚시키는 任務를 버려서는 아니 될 것이다.[18]

윤규섭은 휴머니즘이 대두된 원인을 좌익사상의 냉각에서 찾는다. 즉 파시즘의 팽배와 함께 마르크스주의에 대한 정열이 퇴조하는 시점에서 위축된 지식인의 의식을 어떻게 신장시킬 것인가 하는 문제와 휴머니즘을 연결시키고 있는 것이다. 그에 대한 응답으로 윤규섭은 휴머니즘을 "어떤 思想 原理나 世界觀으로서가 아니라, 한 개의 態度"로 규정한다. 파시즘이라는 외압에 능동적으로 대처하는 태도로서의 휴머니즘을 생각할 때, 리얼리즘과 휴머니즘은 실천이라는 한 지점에서 무리 없이 만난다. 그런데 "맑시즘 內部에서도 휴머니티를 力說할 점도 있"으며, "리얼리즘의 相剋物이 아니라 오히려 그에게 豊饒性을 주는 營養素"가 된다는 불가능한 주장은 추상의 차원을 벗어나기 힘들다. 하나의 이상론일 뿐이다.

하지만 휴머니즘도 마르크시즘도 이론 안에서 접맥될 수 있다는 이상적 낙관론은 날로 가중되는 파시즘의 외압에 대해 중간파와의 공동 대응

---

17) 고봉준, 「1930년대 비평장(場)과 휴머니즘」, 『한국문학이론과 비평』 제40집, 2008, 489쪽.
18) 「휴머니즘論」, 『비판』, 1937.7, 최명표, 앞의 책, 46~48쪽.

을 위한 전략적 모색을 가능하게 했다. 반파시즘 공동 전선의 연대성 모색
이라는 측면에서 진보적 입장에 있으면서도 현실적인 여건 때문에 행동성
을 상실한 중간파 지식인을 포용하는 너그러움을 보여주기 때문이다.[19]
대부분의 논자들이 이론으로서의 휴머니즘으로 도피하는 것과 달리, 리얼
리즘의 입지가 절멸한 상황에서 휴머니즘과 리얼리즘의 접목 가능성을 타
진하려는 노력을 보였다는 데에서는 적지 않은 의미를 갖는다.[20]

　　요컨대 윤규섭의 실천과 원칙주의는 신예 비평가의 미성숙에서 나온
예기치 않은 부산물이다. 이론과 이념의 각축으로 아수라장이 되어버린
1930년대 후반, 강한 자만이 살아남는다는 문학 바깥의 논리를 단순하게
문학에 적용한 결과가 바로 실천과 원칙주의이기 때문이다. 따라서 시대
를 치열하게 고민했다는 긍정성, 그리고 비평의 수준을 후퇴시켰다는 한
계는 모두 경직된 원칙주의에서 나왔다는 점에서 윤규섭의 다혈질적 실천
비평을 그냥 넘길 수 없게 한다. 시대에 대항해 발언하려는 신예의 성급
함, 문학적으로 채 성숙되지 못한 한계가 충돌하면서 윤규섭의 비평은 비
판의 방식으로 주류비평에 제동을 거는 대타적 기능만은 분명하게 확인할
수 있기 때문이다.

Ⅲ. 정치적 교양의 주체, 독자와 저널리즘의 재발견

　　주류에 대한 대타적 공간에 대한 윤규섭의 비평적 탐색은 계속된다. 카
프의 해체로 사상의 구심점을 잃어버린 상황에서 문학의 지도성은 너무도
미약했다. 저항의 가능성이 원천적으로 차단되었던 1939~1940년, 혁명

---

19) 김영민의 『한국문학비평논쟁사』 498~499쪽과 신재기의 「문학과 생활 실천의 통일」
274~275쪽에서도 이와 유사한 견해를 보이고 있다.
20) 「문단항변」, 『조선일보』, 1937.4.28; 「휴머니즘론」, 『비판』 제38·39합병호, 1937.7; 「문단시
어」, 『비판』 제41호, 1937.9; 「지성문제와 휴매니즘」, 『조선일보』, 1938.10.20 등 윤규섭이 제
출한 일련의 휴머니즘론은 작가의 생활 실천에 대한 강조의 연장선상에 놓여 있다.

이 불가능한 이 시기에 윤규섭이 모색한 것은 '혁명이 불필요한 저항의 방식'이다. 이때 윤규섭이 현실 돌파를 위해 가장 눈여겨 본 것이 독자와 저널리즘이다.

> 그러면 이 같은 對立 錯綜된 原理 가운데에서 어느 것이 새 時代를 擔掌하고 나올 수 잇을 것인가. …(중략)… 그러타. 바꾸어 말하면 歷史的 發展 法則을 自己의 것으로 할 수 잇는 社會的 成層이 그 知性과 感情을 기울려 새로운 行動의 主體가 될 제, 轉換의 到達點(肯定的 時期)은 明時될 수 잇는 것이며, 거기에 이르는 方法도 나올 수 잇는 것이다.[21]

1939년 윤규섭은 "歷史的 發展 法則을 自己의 것으로 할 수 잇는 社會的 成層"과 "知性과 感情을 기울려 새로운 生動의 主體"가 절실하다고 말한다. "轉換의 到達點(肯定的 時期)"의 책임자로 윤규섭이 지목한 것은 비평가도 작가도 아닌 독자다. 우리 문단에서 독자론은 1930년대 해석학적 비평에 대한 불만, 그리고 순수문학 논의가 대두되면서 비로소 작가와 독자의 대화로서의 문학 커뮤니케이션 과정의 한 요소로 대두되기 시작했다. 일제의 가혹행위, 그리고 문단은 문단대로 독자에 무관심하면서 독자는 이중의 소외를 경험해야 했다. 김환태, 김진섭 등 여러 작가들이 독자론을 간헐적으로 제시하기는 하였지만, 체계적인 독자론이 존재하였다고 보기는 어렵다.[22] 이런 상황 속에서 「현대소설독자론」(『문장』, 1939년 8월호), 「독자론」(『조선일보』, 1940.4.19~4.25) 등 집중적으로 독자론을 논의[23]한 윤규섭의 평론은 눈여겨 볼 만하다. 사실상 1936년 12월의 조선

---

21) 「文化 時評」, 『동아일보』, 1939.11.18, 최명표, 앞의 책, 197쪽.
22) 간헐적으로 대두된 독자론은 1910년대의 계몽주의적 경향, 1920년대의 프로문학 경향, 1930년대의 통속적 대중문학의 경향을 거치면서 다양한 독자관이 표출되었으나, 대체로 큰 줄기는 계몽주의적 독자관과 공리주의적 독자관이 표출되었으니 한 마디로 효용론적 독자관이다. 민병덕, 「한국근대문학비평사에서의 독자론에 대한 연구」, 『어문논총』 제6~7집, 충남대학교 문리과대학 국어국문학과, 1990, 286쪽.
23) 민병덕, 앞의 글, 289쪽.

사상범보호관찰령 공포에 이은 대검거로 조선공산당 재건운동의 심각한 타격을 입었고, 사회주의 운동은 지하활동이나 비밀결사의 형태로 될 수밖에 없는 상황에서 더 이상 작가와 비평가에게 기대를 걸기는 어려웠다.[24]

> 文化現象으로서의 文學은 一段 生産的인 文學者와 仲介者인 저널리즘과 消費者인 讀者 大衆에 依하여 成立된다고 볼 수 잇다. 그러나 이제까지 讀者의 問題는 文學者에 잇서서 보다도 저널리즘에 잇서서 한層 熱心히 探究되어 왔다. 따라서 讀者의 問題는 理論的 對象으로서보다도 捷徑 消費者, 卽 購買力으로서 把持되엇스며, 讀者는 單純한 商品의 顧客으로서 質보다도 그 量이 問題의 對象이 되어 왔다.[25]

윤규섭은 독자가 "理論的 對象으로서보다도 捷徑 消費者, 卽 購買力으로서 把持"된 통속문학의 현실을 강하게 비판한다. 독자의 흥미에 영합함을 부정적으로 인식한다. 독자를 "單純한 商品의 顧客으로" 보는 태도이며, 더욱 잘못된 것은 독자의 "質보다도 그 量"을 중시하는 태도라고 한다. 이때 문화적 주류 운운하는 것은 일제 파시즘에 타협하는 순수문학의 등장과 깊은 관련이 있다. 순수문학을 표방하는 구인회가 생겼다는 점은 마르크스주의자들에게는 모종의 위기의식을 불러일으킬 만한 커다란 문학적 사건이었다. 윤규섭이 "讀者의 問題"를 소비자가 아닌 특별한 존재로서 인식하는 것은 마르크스주의를 지키려는 절박한 시선돌림으로 볼 수 있다. 제2의 작가, 의식화된 작가 예비군으로 독자를 재규정하는 윤규섭의 논리는 군국주의 파시즘으로 정론적 비평이 극도로 제한되던 시대의 색다른 저항이다.

---

24) 임경석, 「국내 공산주의운동의 전개과정과 그 전술(1937~1945년)」, 『일제하 사회주의 운동사』, 한국역사연구회 1930년대 연구반, 한길사, 1991, 218쪽.
25) 「讀者論」, 『조선일보』, 1940.4.19, 최명표, 앞의 책, 291쪽.

　　그러므로 오늘에 있어서의 讀者層이란 現代 文化의 現實的 地盤을 이
룬 것이라고 볼 수 있을 뿐만 아니라, 때로는 그것이 오늘의 民衆을 代辯
할 수 있을 만큼 廣範圍의 大衆層을 包括한 것이라고 볼 수 있는 것이다.
…(중략)… 오늘날 우리들이 當面한 모든 個別的 文化 問題에 있어서는,
반드시 그 低部에 하나의 讀者論을—(그것이 어떠한 形態의 것이었든)—
想定함이 없이는 如何한 論議도 發展시킬 수 없다는 것을 認識하게 되는
것이다. …(중략)… 그러나 現代小說의 참다운 讀者를 찾는다면, 亦是 '文
學的 讀者' 가운데에서도 特히 現在의 人間 生活에 對한 積極的 關心을 가
지고 小說 가운데 民衆의 마음을 읽으려 하며, 同時에 自己의 映像을 求하
는 者가 아닌가 한다.26)

　　따라서 "讀者層이란 現代 文化의 現實的 地盤을 이룬"다는 발언은 기존
의 독자관과는 다르다. 윤규섭은 "現代小說의 참다운 讀者를" "現在의 人
間 生活에 對한 積極的 關心을 가지고 小說 가운데 民衆의 마음을 읽으려
하며, 同時에 自己의 映像을 求하는 者"로 정의한다. 프로문학 비평가들이
정치적 경향을 주입받는 수동적 존재로서만 독자를 인식한 것과 달리, 독
자를 현실 견인력을 지닌 정치적 주체로 격상시킨다. 문학에 심취하면서
도 "民衆을 代辯"하는 독자는 그런 점에서 '정치적 교양의 주체'로 볼 근
거를 마련한다.

　　일반적으로 교양이라고 하면 개인의 자기완성이라는 측면만 본다. 하
지만 이는 현실과 괴리된 상황에서 행해지는 나약한 지적 세련일 수 있다.
개인의 자기완성이 결국 사회적 완성으로 이어진다는 점에서 교양이 사적
교양의 차원으로 국한될 수만은 없다. 따라서 1930년대 파시즘에 능동적
으로 대응하는 교양은 곧 정치적 교양이며, 민중을 대변하는 독자는 정치
적 교양의 주체가 된다. 이렇게 독자를 정치적으로 인식하려는 데에서 카
프문학에 대한 짙은 향수를 발견할 수 있다. 계급적 이데올로기의 확립을

---

26) 「現代 小說 讀者論」, 『문장』, 1939.8일자, 최명표, 앞의 책, 174・180쪽.

전적으로 지지하고자 했던 과거 카프파의 문학은 윤규섭에게 있어서 극복의 대상이 아니라, 회복해야 할 하나의 모범이었다. 따라서 윤규섭은 비록 1937년부터 1938년까지 2년 동안 카프에 가담한 적은 없지만, 그의 비평에서는 문학보다 정치적인 논리가 언제나 전면에 돌출하고 있었다.[27] "現在의 人間 生活에 對한 積極的 關心을 가지고 小說 가운데 民衆의 마음을 읽으려 하"는 것은 바로 정치적 교양의 주체로서 독자에 내재된 혁명의 기운을 발견했다고 할 수 있다. 여기서 윤규섭의 독자론이 사적 완성의 추구와 공적 의미가 결합하는 지점에서 총체적 세계의 완성을 기대하고 있다는 점을 보게 된다.[28] 현실 대응력을 상실한 비평가의 자리를 독자가 대신하면서[29] "轉換의 到達點(肯定的 時期)"에 "이르는 方法도 나올 수 잇"다는 기대를 걸어보는 것이다.

이렇게 윤규섭이 독자론에 대해 열정을 보이는 이유는 당시 주류였던 해석학적 비평을 넘어서려는 의욕 때문이다. 당시 현실을 외면하고 작품에만 시야를 좁히는 해석학적 비평의 위력은 대단했다. 해석학적 비평의 중심에 놓여 있으면서 윤규섭과 동향인 김환태에 따르면, 비평가의 주된 임무는 작가의 의도를 파악하는 것이다.[30] 이러한 비평가가 작가와 협동해야 한다[31]는 해석학적 비평은 당시는 물론 지금에도 논란거리다. 비평이 마땅히 가져야 할 독자대중의 자기교육과 자치의 기회를 차단한다는 점에서 해석학적 비평은 의도했든 그렇지 않았든 파시즘 체제를 긍정하는

---

27) 신재기, 앞의 글, 279쪽.
28) 윤지관, 앞의 책, 113~120쪽 참조.
29) 실제로 고전주의를 지나면서 교양의 개념은 무질서와 야만의 시대를 버티는 대항 개념으로 종종 인식되곤 했다. 독일 고전주의의 교양 개념이 진보적 지식인들이 시대적 모순을 극복하는 중요한 정치적 개념으로 변용되었던 기억이 있다. 시민사회의 억압된 열망을 혁명을 거치지 않고 실현하는 방법, 즉 혁명을 불필요한 것으로 만드는 방법을 독일의 지식인들은 교양이라는 개념 속에서 찾았기 때문이다. 김종철, 「인문적 상상력의 효용」, 『외국문학』 1987년 봄, 113쪽.
30) 윤규섭과 김환태의 관계에 대하여는 오하근의 앞의 글, 참조.
31) 김환태, 「비평문학의 확립을 위하여」, 『김환태비평선집』, 남송우, 「1930년대 전환기 비평의 해석학적 연구」, 부산대 박사논문, 1990, 11~13쪽에서 재인용.

결과를 낳았기 때문이다. 해석학적 비평이 지도성을 포기함으로 인해 통속문학이 대세를 이루게 되었고, 독자는 쾌락의 주입을 기다리는 수동적 존재로 보였다. 윤규섭이 순수문학의 활황과 같은 시기에 집중적인 독자론을 쏟아낸 것은 바로 이 때문이다. 그런 점에서 윤규섭의 논의가 저널리즘론으로 이러지는 것은 독자론과 관련해서 중요한 의미를 갖는다.

> 그러나 政治的, 示唆的인 問題는 다시 思想에 連結되며, 思想은 또한 哲學을 同伴하게 되므로, 저널리즘의 內容은 恒常 社會人이 갖고 잇는 世界觀, 哲學의 한 個의 直接的인 表現이 아닐 수 없으며, 그 世界觀的인 統一은 다시 分科的인 諸 文化, 專門的인 諸 科學을 聯關시키는 엔사이크로페틱한 特徵을 發揮하게 되는 것이다. 그러므로 이 같이 저널리즘을 새로히 簡明하게 될 제, 무엇보다도 從來의 認識을 是正해야 할 것은 그것이 單純한 報道 現象이 아니라, 批評的인 機能을 갖고 잇다는 점이다. 眞正한 저널리즘은 日常的이며 示唆的인 토픽을 그저 表現하고 報道하는 것이 아니라, 그것을 評價하고 批判하는 데 보다 根本的인 機能이 잇는 것이다.[32]

윤규섭이 독자론에 집중적인 시간을 투자하던 1939년 말부터 단행된 언론기관 통제책인 1道 1紙 원칙에 따라 신문의 통폐합이라는 초유의 사태가 벌어졌다. 1940년에는 『동아일보』와 『조선일보』의 폐간이 예정되어 있었다.[33] 대부분의 비평가들이 일제 파시즘의 나팔수로 변하는 이러한 상황에서 독자를 정치적 교양인으로 훈련시킬 공간으로 저널리즘이 떠오른다. 저널리즘의 독자가 대체로 지식인이며, 사실을 지식의 형태로 가공하여 전달한다는 점에서 저널리즘은 중요한 정치적 교양의 매체다. 그

---

32) 「文化時評 – 쩌널리즘의 任務」, 『동아일보』, 1939.11.22, 최명표, 앞의 책, 203~204쪽.
33) 조선총독부경무국의 출판물 통제 작업은 1941년 대체로 완료되었다. 1940년 9월 일본 독일 이탈리아의 3국동맹이 결성되면서 일본은 노골적으로 파시즘 세력의 편에 가담하게 된다. 역사신문편찬위원회 엮음, 앞의 책, 105~107쪽 참조.

런데 저널리즘에서 흔히 교양이라고 부르는 식별이 가능한 한 묶음의 이념들이 사실은 사회의 다른 모든 이념들에 대해 획득하고 쟁취해낸 헤게모니라는 점에서 본질적으로 비평의 기질을 갖고 있다.[34]

비평의 총체적 마비의 시점에 윤규섭은 저널리즘이란 "單純히 報道 現象이 아니라, 批評的인 機能을 갖고 잇다"고 하면서 비평의 의무를 저널리즘에 투영한다. "示唆的인 問題는 다시 思想에 連結되며, 思想은 또한 哲學을 同伴하게 되므로, 저널리즘의 內容은 恒常 社會人이 갖고 잇는 世界觀, 哲學의 한 個의 直接的인 表現"이라는 말로 저널리즘과 비평을 본질을 같은 것으로 이야기한다. 즉 저널리즘이란 "評價하고 批判하는 데 보다 根本的인 機能이 잇"다는 말은 저널리즘과 정치적 주체로서의 독자와 연결되며, 이는 다시 비평의 본질로 이어지는 사유방식을 본다. 정치적 교양이 개별 독자를 사회 전체와의 관련성에서 사고하게 만들어주며, 이 총체적 사유는 파편화된 비평가들에 대한 강력한 반격이 된다. 강력한 반격이라는 점에서 비평과 저널리즘은 닮아 있다. 윤규섭은 저널리즘에서 독자와 비평을 묶을 가능성을 발견할 것이다.

> 다음으로 저널리즘의 特色은 그 現實 行動性, 다시 말하면 時事性에 잇다고 할 것이다. 時事性(actuality)은 歷史上으로는 現在性으로서, 存在上으로는 現實性으로서, 行爲上으로는 活動性으로서, 生活上으로는 社會性으로서 規定되는, 말하자면 우리들의 日常 生活−常識의 世界에 잇어서 가장 積極的인 內容을 意味한다. 常識의 主體라고 할 수 잇는 公衆이 公衆으로서 關心을 갖는 實際 問題는 이러한 規定에 依해서만이 理解할 수 잇는 時事問題로서, 그것은 늘 政治的 性格을 띠게 되는 것이다. …(중략)… 여기에 잇어 우리는 다시금 이 땅의 저널리즘이 이 같은 文化的 機能을 忘却하고, 怠業 狀態에 잇다는 것을 소리 높여 웨치지 안흘 수 없다. 오늘의 저널리즘은 마땅이 世俗的인 저널리즘에서 正常的인 저널리즘

---

34) 윤지관, 앞의 책, 129쪽.

에로 止揚되는 데 잇어 비로소 文化的 意義를 갖을 수 잇는 것이다. 저널
리즘의 요충에 잇는 자 - 다같이 反省을 要한다고 본다.[35]

그러나 이러한 기대와는 달리, 당시 저널리즘은 비평의 "이 같은 文化
的 機能을 忘却하고, 怠業 常態에 잇"었다. 중일전쟁 직후 저널리즘은 대
륙의 문화에 깊은 관심을 표명한 바 있다. 저널리즘의 주된 테마가 중일전
쟁이었고, 마르크스주의와 영미사상에 대항하기 위해 고전탐구를 빌미로
하는 일본주의는 하나의 대세였다. 한국문학의 번역에 보였던 열띤 관심
도 사실은 동양문화사론과 함께 조선 만주 중국 및 남방제국에 대한 저널
리즘의 흥미라는 혐의가 짙다. 더욱이 중일전쟁으로 인해 준전시체제에
돌입한 일본은 국민정신총동원운동의 일환으로 언론 통제를 강화했으니,
이것은 사상전의 필요를 강조한 언론기관의 이용과 통제 및 문화인의 동
원을 의미했다.[36] 이렇게 저널리즘이 역사적 계급적 본질을 호도하고, 부
르주아적 예술을 무슨 영원한 진리로 착각하는 것에 대해 윤규섭은 판단
을 상실한 "世俗的인 저널리즘"에 "反省"을 요구한다.

그러나 이러한 시기에 "正常的인 저널리즘"을 추구하는 주장은 윤규섭
의 논리만은 아니다. 그의 평문에는 상식으로밖에 볼 수 없는 당위적 발언
들이 빈번하게 목격된다. 그러나 이보다 더욱 중요한 것은 정치적 성격이
명백한 정상적인 저널리즘이 되기 위해서는 "常識의 主體라고 할 수 잇는
公衆"의 요구에 부합해야 한다는 말의 실효성 여부다. 윤규섭은 정치적 교
양인으로서의 독자를 "歷史上으로는 現在性으로서, 存在上으로는 現實性
으로서, 行爲上으로는 活動性으로서, 生活上으로는 社會性으로서 規定되
는" 존재, 즉 "公衆"이라는 말로 정의한다. 이때 상식의 주체인 공중이 독

---

35) 「文化時評 ― 쩌널리즘의 任務」, 『동아일보』, 1939.11.22, 최명표, 앞의 책, 204쪽.
36) 육해군 보도부는 작가들을 펜부대라 해서 특파, 르포르타쥬를 저널리즘에 담았다. 대신
   문사들은 전황기사에 경쟁적이었고, 각 대신문사 특파원이 천여 명에 오르내렸다. 김윤
   식, 앞의 책, 392~396쪽.

자와 같은 존재임은 분명하다. 그런데 여기서 전문문학인을 제외하고 과연 이러한 조건을 갖춘 순수한 민중이 존재하는지 의문이다.

이러한 예외를 저널리즘으로 일반화하는 것은 윤규섭의 주장이 정신주의에 빠져 있다는 추론을 가능하게 한다. 이는 앞서 말한 독자론과 맞물리는데, 예외적인 교양의 주체로서의 독자가 되기 위해서는 일상적 자아를 넘어서 최상의 자아가 되어야 한다. 그러나 독자가 예외적인 엘리트이어야 한다는 사실에서 윤규섭의 저널리즘에는 모순이 드러난다. 저널리즘의 대중성과 독자의 위상이 현격하게 다른 데에서, 윤규섭이 말하는 저널리즘은 시대에 대한 대타적 의미 정도로 만족해야 하고 실효성을 인정하기는 어려운 이상론에 머물고 만다. "常識의 主體"라는 표현을 사용하고 있지만, "專門的인 諸 科學을 聯關시키는 엔사이크로페틱한 特徵을 發揮"할 수 있는 독자는 사실 공중이 아니다. 따라서 윤규섭의 저널리즘론과 독자론은 돌파구를 마련하려는 의욕에서 시작한 것이지만, 결국에는 전문비평가의 자기반성으로 귀착되는 아쉬움을 남긴다.

물론 그럼에도 불구하고 저널리즘과 독자론을 통해서 정론비평을 끝까지 고수하려는 의지는 그것대로 의미를 갖는다. 비록 고민의 차원에서 그치고 말았지만, 독자와 정치적 교양을 지속적으로 논의할 공간으로 저널리즘을 부각한 의미는 적지 않다. 따라서 공중의 개념이 비록 견실한 의미가 없고 알맹이 없는 비현실의 추상이라 하더라도, 비판의 화살이 윤규섭의 지적 한계 이상으로 나아가서는 곤란하다. 예술주의 비평이 적대적 타자로 등장하면서 프로비평이 힘을 잃어버린 데 대한 비평가로서의 치열한 자기반성의 의지까지 문제 삼지 말아야 한다는 뜻이다. 파시즘이 건강한 사유 능력까지 빼앗아 버린 시점에서 정치를 부정하는 것이 아니라, 오히려 저널리즘과 독자 속에서 이데올로기 비평의 가능성을 새롭게 발견하는 윤규섭의 비평은 그런 점에서 윤리적 측면의 연구로 나아갈 필요를 느끼게 한다.

Ⅳ. 대안 없는 부정(否定)의 인식론, 비판에 내재된 자기구별의 의지

윤규섭의 비평은 시대에 대한 치열한 실천을 강조했다는 점에서 문학적이라기보다 윤리적이다. 1930년 즈음 학생 신분으로 고려공산당청년회 사건으로 재판에 회부되어 2년형을 언도받은 사실에서, 확신을 바로 실천으로 옮긴다는 점에서 윤규섭의 문학은 윤리의 차원에서 다룰 필요가 있다. 윤규섭이 문단에 등장하여 「문단 항변 - 그 사상적 혼미에 대하야」[37]를 발표한 때는 수형생활을 마치고 출옥한 직후인 1937년 7월이었다.[38] 출옥과 등단이 맞물려 있는 사실, 신인의 글로는 보기 어려운 격앙된 어조만 보더라도, 윤규섭의 비평이 양심적 지식인의 고해성사와 같은 성격으로 볼 근거를 마련한다. 1930년대 전반은 문학의 울타리 바깥에서 변혁을 꿈꾸는 행동가로서[39], 후반은 마르크스주의 비평가로 존재근거를 찾았다. 하지만 그의 삶 전반을 꿰뚫는 것은 집단의 미래를 근심하는 윤리와 양심이다. 윤규섭의 비평이 문학의 의의를 발견하는 데 인색하고, 오직 비판으로 일관하는 것도 문학 밖의 지식인의 양심 때문이다. 1939년 즈음 윤규섭이 전통론에 대해 강경한 거부감을 표시한 것도 같은 맥락이다. 당시 파시즘의 진군과 서구 패러다임의 몰락으로 여기에 직면한 지식인에게 절실한 문제는 자기정체성의 재확립이었다. 이 시기 문화의 전 영역에 걸쳐

---

37) 『조선일보』, 1937.4.3~10.

38) 고향의 운봉보통학교를 졸업하고 전주고보에 진학한 그는 1930년 동향 출신으로 신간회 전북지부의 간부였던 이명수의 지시에 의해 전주여고보의 임부득, 전주농림학교의 양판권 등과 함께 동맹휴학을 선동하였다. 그들은 여학생 중심의 비밀 결사체를 통해 『뉴쓰』 창간호를 5,000~6,000매 등사하여 전국의 여자중등학교에 발송할 예정이었으나, 1930년 7월 23일 전주극장에서 열린 전주교육회 주최 음악회에서 "언론, 집회, 결사, 연구의 자유를 획득하라! 식민지 노예교육을 철폐하자! 조선인 본인의 교육을 실시하자! 일본 제국주의와 항쟁하라! 조선 민족 해방 만세!" 등의 격문을 배포하던 중에 발각되었다. 윤규섭은 이 사건의 배후인물로 검거되었지만, 경성의 고려공산당사건과 연루된 혐의가 추가되어 서울로 압송되었다. 최명표, 「인식의 비평과 비평의 인식」, 『문예연구』 2006년 여름, 36~37쪽.

39) 오태영, 「'향토'의 창안과 조선문학의 탈지방성」, 『한국근대문학연구』 제14호, 2006, 228쪽.

동양적인 것과 조선적인 것에 대한 탐구가 활기를 띠었던 것은 이러한 정황을 반영한 것이다. 그러나 윤규섭에게는 전통론은 그저 양심을 잃어버린 식민지 지식인들의 일본추수주의일 뿐이다.

> 그러나 우리가 記憶하지 않으면 아니 될 것은 그 같은 地域的 要素, 즉 로컬 컬러란 地理的, 社會的 條件의 制限으로 말미아마 特質的, 精神的 交通이 杜絶되지 頻敏하지 못한 古代나 中世에 있어서만이 可能한 것이오, 오늘과 같이 交通手段의 發展에 따라 모든 文化의 交流가 世界化 하는 데 있어서는, 그것은 稀薄 또는 全然 抹消되지 않을 수 없다는 점이다. …(중략) … 따라서 傳統은 文化의 創造的 底力일 수도 있으며, 또한 그를 沈滯케 하는 足鎖일 수도 있는 것이다. 여기에 있어 우리들은 廢棄할 傳統과 攝取할 傳統의 批判的 識別을 必要로 하며, 同時에 그것은 文化의 批判的 創造를 前提로 하고서만이 意味를 갖일 수 있는 것이다. …(중략) … 우리가 要求하는 文學은 반다시 朝鮮的 이데아를 갖인 朝鮮 文學이 아니라, 우리를 참으로 살니는 文學인 것이다. 우리들은 文化의 傳統的 側面에만 執中하야 文學의 歷史性, 文化性을 忘却하게 될 제, 즉 民族的인 것, 朝鮮的인 것만을 압세우게 될 제 참으로 大衆을 움지길 수 있는 산 文學은 期待할 수 없는 것이다.[40]

전통론에 대한 비판이 중요한 것은 양심에 대한 윤규섭의 입장이 색다른 방식으로 드러나기 때문이다. 당시 다양한 전통론에 대해 윤규섭은 "文化의 創造的 底力일 수도 있으며, 또한 그를 沈滯케 하는 足鎖일 수" 있는 양면성 중 후자에 무게를 싣는다. 지금 "우리가 要求하는 文學은 반드시 朝鮮的 이데아를 갖인 朝鮮文學이 아니라"고 한다. "民族的인 것, 朝鮮的인 것만을 압세우게 될 제" 아무런 목적도 이룰 수 없다는 것이다. 천황제 일본의 파시즘이 내세운 신체제론은 서구식 자유주의 및 합리주의를 포기하고 일본주의적 절대주의에 광분하면서 전시체제를 확립하자는 것

---

40) 「傳統과 文化」, 『청색지』, 1938.8, 최명표 편, 『인식론적 비평과 문학』, 새미, 2003, 132~134쪽.

이었다. 이에 따라 소위 대동아공영권을 내세워 일본 중심의 동양문화론을 제기하였다. 이러한 정세 하에서 한국문단의 선택은 일본에 야합하거나, 아니면 절필을 선언하거나 하는 양자택일밖에 없었다. 동양문화 속에서 조선문화는 철저하게 일본문화의 지방으로 보려는 로컬 컬러라는 표현이 횡행했다. 사실 1942년 11월 4일 동경서 열린 제1차 대동아문학자대회가 치러지기 전인 중일전쟁 직후에 이미 저널리즘의 중심테마가 일본주의라는 사실만으로도 한국문단의 굴욕은 짐작이 가능하다. 대동아문화권이라는 대전제 하에 조선문학 만주문학 지나문학 등이 지방문학으로서 일본문학에 포함된다는 이론이 팔굉일우를 바탕으로 이룩되었던 것이다.[41] 이렇게 로컬 컬러라는 표현이 전향주의자의 입에서 흘러나오고 조선주의를 외치지만, 사실은 이와 정반대인 일본주의에 열을 보이고 있는 것에 대한 여러 반감들이 분출하기 시작했다.

윤규섭 역시 "로컬 컬러"는 "抹消되"어야 한다는 주장으로 전통론 뒤에 깔려 있는 일본주의에 날을 세운다. 여기서 놓칠 수 없는 점은 윤규섭이 한국문학 만주문학 대만문학이 일본문학에 대한 지방문학의 위치로 포섭되는[42] 상황에서 문학이 아닌 "文學의 歷史性"을 강조했다는 사실이다. 미리 말하자면 윤규섭이 전통론 논쟁에 끼어든 것은 전통론 속에 내재된 논의 자체에 홍미가 있어서는 아니라는 사실이다. 식민지 시대에 민족은 회복되어야 하는 당위에 속하며, 전통은 원초적인 민족 정서와 직결되기 마련이다. 윤규섭은 민족과 전통이 논리보다 홍분과 분노의 영역에 존재한다는 허술한 틈에 주목한다. 나라 잃은 시대에 전통을 논의하는 것은 근본적으로 나라를 지켜내지 못한 지식인의 양심이 언급되는 지점에서 비판의 가능성은 드러난다. 요컨대 윤규섭은 어떠한 경우에도 비판할 수 있는 대상이 필요했고, 비판이 가장 용이한 대상으로 전통론을 발견했던 것이

---

41) 김윤식, 앞의 책, 392쪽.
42) 김윤식, 앞의 책, 391쪽.

다. 비판은 곧 권력이다. 비판의 주체는 결국 권력을 목표로 하기 때문이다.[43] 비평가로서 주목을 받지 못한 윤규섭이 전통론에 뛰어들면서 당대의 유명비평가에게 과격한 언사를 날림으로써 문단 내의 입지를 선명히 하려는 신예 비평가로서의 야심이 작용했다고 할 수 있다.

이러한 비판과 야망의 관련성은 등단 이전부터 찾아볼 수 있다. 고교시절 동맹휴학을 주도하고, 공산당 사건에 연루되지 않았다면 행동가로서의 이름을 날리기 어려웠다. 비슷하게 윤규섭이 문단에 참여할 수 있었던 것도 백철[44] 김남천 임화 등 당대 유명비평가들을 집요하게 비판한 이후다. 실제 윤규섭은 1937년 『동아일보』에 평문을 발표하면서 평단에 등장을 했지만, 문단 참여는 가능하지 않았다. 1940년대 매우 과격한 비판의 글을 날린 이후에야 1945년 9월 17일 결성된 조선프롤레타리아문학동맹에 참여할 수 있었다.[45] 이후에도 윤규섭의 비판은 계속되었고 비판이 계속될 때마다 윤규섭의 문단 내 입지는 조금씩 나아지고 있음이 확인된다. 신예 비평가로서 위상을 확보하기 위한 노력의 하나로서 윤규섭은 당대 최고 비평가였던 임화를 논쟁의 주요 표적으로 설정함으로써 주목을 끌었던 것이다. 이러한 임화와의 대립은 월북 후에도 계속 이어진다.[46] 임화와 대립 각을 세워 결국 임화는 숙청의 대상이 되고, 윤규섭은 윤세평으로 필명으

---

43) 니체(이진우 옮김), 『반시대적 고찰』, 책세상, 2005, 271쪽 참조.
44) 김혜니, 『한국 근현대비평문학사 연구』, 월인, 2003, 158~159쪽 참조.
45) 윤규섭은 프롤레타리아문학동맹에서 활동하면서도 여전히 비판정신을 버리지 않는다. 이기영, 한설야 등과 함께 당파성을 내세우며, 박헌영의 이른바 8월 테제인 부르주아민주주의 단계를 과도기적으로 파악하여 인정하지 않는 태도를 보였다. 이러한 그의 태도는 1946년 2월 8~9일 결성된 조선문학가동맹 이틀째 모임에 고향의 신석정, 서정주, 이근영 등과 함께 출석하여 평론부 위원으로 선출된 이후에 임화, 김남천 주도의 조선문학가동맹 노선에 불만을 피력한 글을 발표한 사실로 이어졌다. 최명표, 앞의 글, 51~53쪽.
46) 윤규섭은 가족을 이끌고 월북한 이후 1946년 3월 25일 결성된 북조선예술총연맹(위원장 한설야)의 집행위원으로 선출되었다. 1949년부터 1954년까지 김일성종합대학 조선문학 강좌장을 지내면서 고전문학을 체계화하는 작업을 마쳤다. 1958년 조선작가동맹 출판사 단행본 주필과 조선작가동맹 중앙위원회 상무위원회 후보위원으로 임명된 윤규섭은 조선인민위원회선전국과 민주조선사 등에서 근무했고, 조선작가동맹 평론분과위원장과 『문학신문』 주필을 역임했다. 최명표, 앞의 글, 39쪽.

로 북한 민족문학의 기틀을 마련하게 된다.[47]

　이렇게 비판의 정신은 대상을 파괴하면, 한편으로 무엇인가 새롭게 창조를 요구하는 이중성을 지닌다. 윤규섭이 당대의 논객들을 비판하면서 문단 내의 힘을 갖게 되었다면,[48] 파괴된 것은 양심의 진실성이다. 윤규섭은 "大衆을 움지길 수 있는 산 文學을 期待할 수 없"다는 이유로 조선적 이데아를 부정한다. 윤규섭의 말대로 전통 논의의 와중에서 나온 향토의 개념은 지식인의 자의식에 만들어진 관념적 대상에 불과한 것이 사실이다. 지식인들은 심적인 위안처로서 향토를 상상하였다. 지식인의 자의식에 의해 만들어진 환상이라는 점에서 고향은 사유의 훈련을 받지 못한 대중을 소외시키는 결과를 낳았고, 따라서 전통의 강조는 독자와의 연대라는 점에서 심각한 문제를 만들어냈다.[49] 독자에 지극한 관심을 보였던 윤규섭은 여기서도 전통과 민족대신 대중 쪽으로 시선을 보낸다. 대중을 설득할 수 있는가는 바로 어떠한 형태든 권력을 가질 수 있는가의 문제로 직결된다.

　그렇게 보면 문학 내부의 기준을 버리고 바깥의 시선으로 전통을 활용하는 윤규섭의 태도는 그런 점에서 진실한 것이라 보기 어렵다. 윤규섭에게 중요한 것은 문단 내의 확실한 입지, 비평가로서의 위상이다. 비평가로서의 욕망이 앞서게 되면 강력한 비판을 날릴 수 있는 어디서고 문학적 대상을 찾아내야 하는 절박함에 시달리게 된다. 첨예한 관심이 맞부딪치는 전통론을 비판한 것은 이런 맥락이다. 그런 점에서 윤규섭의 양심과 윤리

---

47) 윤규섭이 월북 후에 북한에서 민족문학이론가로 고전문학주해자로 활약한 모습에 대하여는 전영선, 「북한의 민족문학이론가·문학평론가 윤세평」, 『북한』 2000년 9월호, 192~201쪽을 참조할 것.
48) 윤규섭이 당대 거물급 비평가를 비판하면서 얻는 반사이익이 컸다면, 가장 소득이 컸던 인물은 아무래도 임화다. 임화의 「사실주의의 재인식」에 대하여 윤규섭은 「문학의 재인식」으로 임화를 추상적인 고고주의라고 했으며, 임화의 「주체의 재건과 문학의 세계」에 대하여는 「주체의 재건문제와 현실적 생활」이라는 평문으로 임화를 도식주의로 비판했다. 휴머니즘론에서도 윤규섭은 「휴매니즘론」과 「지성문제와 휴매니즘」으로 임화의 「조선문화와 신휴머니즘」에 맞선다. 신재기, 앞의 글, 265~277쪽 참조.
49) 오태영, 앞의 글, 236~237쪽.

는 정치논리에 따라 좌우되는 매우 가변적인 것이라는 점이 분명해진다. 논쟁의 시대 비판만이 열악한 처지를 극복할 수 있는 유일한 출구라면, 그 비판은 어떤 논자보다 과격해야 했고, 그리고 무조건적이어야 했을 것이다. 비판의 대상이 필요했기 때문에 비판하는 것이다. 비판할 내용을 선험적으로 전제하는 비판 의지에서 윤리의식은 힘을 갖고 개입하기 마련이다.

> 그러나 우리는 오늘의 創作이 內容的으로 如何히 貧困한 것이라 할지라도, 漸次 作家들에게 움트는 現實에 對한 認識 態度를 엿볼 수 있으며, 評論에 잇어서도 그것이 점차 作品評으로 옮아가는 데 잇어 作品의 世界뿐만 아니라, 現實의 世界와 모든 文學的 現像을 對象으로 現實 認識을 깊이 하고 잇음을 알 수 잇다. 이 같이 創作과 批評이 相互 聯關하야 現實面을 파헤치게 될 때 現實이 갖고 잇는 歷史性, 다시 말하면 現實이 갖고 잇는 倫理를 追及해서 마츰내는 原理的 指導 精神을 探索하여 낼 것은 必定의 事實이라고 할 것이다.[50]

전통론을 비판하는 근거로 윤규섭은 "現實에서 그가 갖고 잇는 歷史性, 즉 倫理를 찾어내는 데"에서 찾는다. 여기서 현실의 역사성과 현실의 윤리를 연결시키는 대목에 주목할 필요가 있다. 앞서도 언급한 바 있지만, 윤규섭은 전형기에서 가장 절실히 요구되는 덕목으로 작가의 현실적인 생활과 실천이라고 한다. 임화가 생활 실천이나 사회적 실천 대신에 예술 실천을 내세운 것과는 사뭇 다른 모습이다. 윤규섭은 작가의 투철한 세계관은 예술이나 문학 속에 매개되는 것이 아니라, 문학 이전의 작가의 생활 속에서 드러나야 한다고 한다. 그러나 이는 작가의 실천이 예술적 실천보다 우선해야 하는가에 대한 답은 논리의 차원을 벗어나 있다. 문학의 모든 문제가 작가의 생활에 귀속된다는 데에서 윤규섭이 문학을 정치윤리로 오해하

---

50) 「世紀的 桎梏에서 어떠케 朝鮮文學은 벗어날까」, 『동아일보』 1939.1.31, 최명표, 앞의 책, 161쪽.

고 있음을 알 수 있다. "現實이 갖고 있는 倫理를 追及해서 마츰내는 原理的 指導 精神을 探索"하는 것이 문학 밖에서 이루어진다면 이미 문학이 아니다. 이론과 철학으로 발전되지 못하고 오직 현실과 윤리의 차원에 머물고 있는 윤규섭의 비평은 문학담론으로서는 한참이나 후퇴한 것이다.[51] 윤리가 가장 중요한 판단 기준이 될 때, 어떤 비평가도 이 윤리의 비판으로부터 자유로운 사람은 없다. 문학논쟁을 윤리비판으로 바꾸어 자신의 사회적 입지를 다지려는 윤규섭에게 문학은 이미 빈 공간으로 남게 된다. 윤규섭 자신의 명명인 인식론도 예외 없이 이 함정에 걸려든다.

> 大體로 作品이나 批評에 이 같은 多樣性이 나타나게 되는 것은 詳述한 바와 같이, 原理를 갖지 못하는 데서 由來한 것이다. 批評이 그가 갖어야 할 規準을 갖지 못하고, 印象 追跡 乃至 現實 生活의 感情的 追跡에서 再出發하게 될 제, 그들의 現實 解釋 우에는 多樣性이 아니 나올 수 없는 것이며, …(중략)… 따라서 現實에 對하는 一元的인 態度란, 現實에 對한 正確한 認識을 前提로 하여서만이 可能한 것이다.(그러기에 나는 오늘의 批評을 認識論으로 끌고 가는 데 있어 잃어버린 原理를 찾으려고 한 것이다.) …(중략)… 이 같이 認識 問題를 科學的 認識論의 基礎 우에 끌고 갈 제, 우리는 現實에 대한 作家의 一元的 態度뿐만 아니라, 評價의 科學性까지도 能히 勘當할 수 있는 可能性을 갖게 되는 것이다.[52]
>
> 따라서 否定은 어느 의미에 잇어선 批評의 特權이다.(批評에서 흔히 볼 수 잇는 욕설과 攻駁은 批評의 이러한 否定的 機能의 是正的인 抹消 形態라고 할 것이다.) …(중략)… 여기에 잇어 우리는 어찌하야 批評이 文藝에만 局限될 수 없다는 것과 아울너 文藝 批評이 科學的 批評이 아니어서는 아니 된다는 것을 離會할 수 잇다고 본다. 科學的 批評이란 본 途上의 認識論 機能을 營爲하는 크리티시즘(批評)을 떠나서 잇을 수 없는 것이다.[53]

51) 신재기, 앞의 글, 267~269쪽 참조.
52) 「批評과 作品의 多樣性」, 『문장』, 1940.1, 최명표, 앞의 책, 242~244쪽.
53) 「科學的 批評의 問題」, 『동아일보』, 1940.2.9, 최명표, 앞의 책, 259쪽.

윤규섭은 인식론이란 역사적 사유와 논리적 사유와 밀착된 것이며, 비평은 바로 이 역사와 개인의 논리의 결합 속에서 성립한다고 하였다. "나는 오늘의 批評을 認識論으로 끌고 가는 데 있어 잃어버린 原理를 찾으려고 한"다는 윤규섭의 인식론은 임화 김남천 등이 맥없이 사상을 포기했던 1940년에도 여전히 마르크스미학을 고수[54]하는 점에서 주목할 만하다. 이는 비평의 추진력을 문학의 외부인 시대의 중심적 과제에서 구하는 정치일원론이다. "現實은 一元的"인 시선으로 볼 수밖에 없다는 일원론자에게 "作品이나 批評에 이 같은 多樣性이 나타나"는 現象은 當然히 "原理를 갖지 못하는 데서 由來"한 것이라 하여 비판의 대상이 될 수밖에 없다. "現實에 對한 正確한 認識"이란 바로 윤리다. 그런데 하나의 정답만이 통용되는 윤리의 속성상, 인식이 다양성을 부정하고 일원론적 입장으로 흐르는 것은 자명하다. 사실 윤규섭이 "否定을" "批評의 特權"으로 보는 것도 일원론적 인식론이 전제되기에 가능한 일이다. 다양성 대신 하나의 원리만을 보고 역사 대신 윤리를 생각하는 것이 "科學的 批評"이라 할 경우, 모든 것은 비판의 대상이 된다.

윤규섭의 인식론이 윤리의 차원, 당위의 차원으로 흐르는 이유는 그의 문학 속에 진짜 현실이 존재하지 않기 때문이다. 인식론의 핵심이 현실이 아닌, 인식 행위 그 자체에 있다는 말이다. 그렇다면 멀리서 바라 본 현실은 하나의 추상이며 불변의 고체덩어리다. 현실에 밀착하여 보면 현실은 역동적으로 변화하며, 여기에 대응하는 인간 역시 끊임없이 자신의 처세를 고민할 수밖에 없게 된다. 윤규섭이 사사건건 비판했던 백철과 임화가 자신의 위치를 거듭 조정해 나간 것도 이들에게는 진짜 현실이 존재했다는 점에서 윤규섭의 윤리적 인식론의 한계를 분명히 넘어선다. 임화가 전향의 길을 걸은 것이 비록 윤리적으로는 문제가 있다 하더라도 다른 측면

---

54) 신재기, 「1930년대 한국문학비평에 적용된 '미적 반영론' 연구」, 『문학과 언어』 제23집, 2001, 31~32쪽 참조.

에서 현실에 지나치게 깊이 밀착되어 있었기 때문이라면, 윤규섭이 전향하지 않은 것은 그의 비평이 현실을 잃어버린 인식론 때문이다. 만일 가짜 현실에 바탕을 두지 않았다면, 윤규섭이 줄기차게 비평에서 사회 윤리와 정치 윤리를 주장할 수는 없었을 터이다. 경직된 하나의 시선으로만 세계를 손쉽게 재단해 버리는 일원성도 바로 현실의 부재에서 비롯된다. 선험적으로 현실이 존재하고 비평은 언제나 현실 밖에 선차적으로 존재하는 것이다.

비판은 반드시 다른 대상과 맺는 관계 속에서만 존재한다. 더 정확히 말하면 관계 그 자체다. 맹목적인 윤규섭의 비판이 더욱 문제인 것은 비판은 비판의 주체가 진실하다고 믿게 하는 착각을 낳는다. 자신이 명확히 알지도 못하고, 또 스스로 그렇게 되지도 못할 진실을 가능하다는 오해를 만들어낸다는 것이다. 또한 비판은 진실 획득에 대한 과다한 확신으로 남용하는 폐단도 많다.[55] 따라서 윤규섭이 사회주의 비평가로 2년 간 복역을 했다는 사실에 지나치게 얽매일 필요는 없다. 윤규섭이 의지적으로 전향하지 않았다는 말은 정확한 표현이 아니다. 윤규섭에게는 현실이 고정된 상태였고 그 현실이 자기중심의 완성된 현실이었기 때문에, 늘 그곳에 있는 윤규섭은 굳이 전향할 필요가 없었던 것이다. 윤규섭의 저술 전체가 비평이라는 점, 그리고 이외에도 그가 비평의 본질과 역사, 성격을 근본적으로 질문하는 메타비평의 형식의 글을 꾸준하게 발표해왔다는 사실, 아울러 그가 식민지시대의 어떤 비평가보다도 비판에 대한 투철한 자의식을 지녀왔다는 사실 그 자체에서만 제한적으로 의미를 발견할 수 있을 뿐이다.

---

55) 김선희, 「비판, 파르헤지아 그리고 아이러니」, 『강원인문논총』 제17집, 2007, 242~245쪽 참조.

V. 결론

　1930년대 후반 윤규섭 비평의 모든 작업은 비주류성과 관련된다. 주류에 대한 대타적 입장에서 윤규섭은 자기 비평의 핵심을 생활 실천으로 규정하고, 이론중심주의를 비판하면서 정치적 실천으로 나아갔다. 독자를 정치적 교양의 주체로 삼아 이들의 훈련 공간으로 저널리즘을 재조명한 것은 기존의 논자들과는 선명하게 자신을 구별하려던 비주류의식의 소산이다. 윤규섭의 인식론은 이 두 가지 논리의 종합이다. 문학을 사회 윤리와 당위 차원으로 고정시키면서 주류 문학비평에 비판의 날을 세우는 것이 인식론이라면, 인식론이야말로 문학을 무시한 가장 강력한 비주류담론이다. 문학이 없는 생활 실천의 강조, 정치적 교양으로서의 독자와 저널리즘, 그리고 윤리 비평으로서의 인식론, 이 모든 내용은 문학과는 거리가 먼 다혈질적 사회비판의 양상으로 드러난다. 그렇게 본다면 윤규섭의 비평에서 선명하게 포착되는 비판은 결국 문학 밖에서 만들어지고 활용된 셈이다. 당대 윤규섭의 발언이 평단의 공감을 얻어내지 못한 결정적 이유는 이렇게 비평을 과도하게 문학 밖으로 끌어낸 데 있다. 문학 내적인 논리에서 사유하지 못하니, 그의 비평은 문학적 대안이나 사유를 보여주지 못하고 윤리비평으로 나아갈 수밖에 없었던 것이다.

　하지만 이러한 한계에도 불구하고 윤규섭의 평론이 가지는 의미는 적지 않다. 정치 아래 문학이 짓눌린 상황에서 사회 현실에 대한 정확한 인식을 주장한 것은 어떤 세련된 문학적 논리보다 건강성을 갖는다. 윤규섭의 인식론이 문학을 벗어난 정론성에 지나치게 치우쳐져 있다고 해서 그의 비판 자체가 의미 없다는 말은 성립하지 않는다. 미적 인식론에 근거한 창작방법론이 조선 현실의 특수성을 무시함과 동시에 세계관의 일탈로 나아간 계기를 제공했다는 점에서 보면, 이론의 투박함은 변절의 논리를 갖지 않았다는 점에서 오히려 순수함으로 볼 수도 있다. 비록 윤규섭의 다혈질적인 원칙주의가 다소 무모해 보일지라도, 비주류이었기에 뒤탈을 크게

의식하지 않아서인지 정치적 주장을 거침없이 발산한 윤규섭 비평은 중요
한 의미를 갖는다.

▪참고문헌

최명표 편,『인식론적 비평과 문학』, 새미, 2003.
김영민,『한국문학비평논쟁사』, 한길사, 1992.
김윤식,『한국근대문예비평사연구』, 일지사, 1976.
김혜니,『한국근현대 비평문학사연구』, 월인, 2003.
역사신문편찬위원회 엮음,『역사신문』, 사계절, 2003.
윤지관,『근대사회의 교양과 비평』, 창작과비평사, 1995.
이현식,『일제 파시즘체제하의 한국 근대문학비평』, 소명출판, 2006.
니체(이진우 옮김),『반시대적 고찰』, 책세상, 2005.
고봉준,「1930년대 비평장(場)과 휴머니즘」,『한국문학이론과 비평』 제40집,
        2008.
김선희,「비판, 파르헤지아 그리고 아이러니」,『강원인문논총』 제17집, 2007.
김종철,「인문적 상상력의 효용」,『외국문학』 1987년 봄.
남송우,「1930년대 전환기 비평의 해석학적 연구」, 부산대 박사논문, 1990.
민병덕,「한국근대문학비평에서의 독자론에 관한 연구」,『어문논총』 제6~7집,
        충남대학교 문리대학 국어국문학과, 1990.
박영균,「철학의 실천 실천의 철학」,『지구화시대 맑스의 현재성』 제1집, 2003.
신재기,「문학과 생활 실천의 통일」,『한국근대문학비평가론』, 월인, 1999.
신재기,「1930년대 한국문학비평에 적용된 '미적 반영론' 연구」,『문학과 언어』
        제23집, 2001.
오하근,「김환태의 인상비평과 윤규섭의 경향비평」,『한국언어문학』 제57집,
        2006.
오태영,「'향토'의 창안과 조선문학의 탈지방성」,『한국근대문학연구』 제14호,
        2006.
임경석,「국내 공산주의운동의 전개과정과 그 전술(1937~1945년)」, 한국역사연
        구회 1930년대 연구반,『일제하 사회주의운동사』, 한길사, 1991.
전승주,「1930년대 순수문학의 한 양상」,『상허학보』 제3집, 1996.
전영선,「북한의 민족문학이론가·문학평론가 윤세평」,『북한』 2000년 9월호.
최명표,「인식의 비평과 비평의 인식」,『문예연구』 2006년 여름.

1930년대 김두용의 반파시즘
프로문예운동의 세 방향

박경수

Ⅰ. 서론

김두용(金斗鎔, 1903~?)은 일제하 한일 양국에서 프로문예운동을 활발하게 전개했던 재일 문학인이지만, 그의 문학활동에 관한 논의는 매우 제한된 범위에서 이루어졌다. 그가 재일의 상황에서 일본에서 주로 문학운동을 전개했다는 점에서 오랫동안 국내 학자들의 관심권 밖에 놓여 있었으며, 설사 그의 문학에 관심이 있었다고 하더라도 자료 조사의 미비 등 여러 한계 때문에 부분적인 논의에 그쳤다고 말할 수 있다. 김두용의 문학에 관한 논의가 활발하지 못했던 요인은 남북 분단으로 인한 정치적 대립이 오랫동안 지속되었던 사정에도 놓여 있었다. 그의 문학이 기본적으로 사회주의 사상에 입각한 좌익 프로문예운동의 노선과 연결되어 있었다는 점, 그리고 해방 후 그의 정치적 선택이 북한이었다는 점 등에서 그의 문학운동에 관한 논의가 자유롭지 못했기 때문이다.

납・월북 작가 작품에 대한 해금조치가 이루어진 이후, 카프(KAPF)의 프로문예운동의 전개과정을 논의하는 자리[1]와 1930년대 중반 사회주의 리얼리즘의 수용과 관련된 창작방법 논쟁을 검토하는 자리에서 그의 이름이 거론되기 시작했다.[2] 이런 가운데 유문선은 김두용의 개인적 이력을 가능한 대로 밝히면서 그의 문학론이 당대의 정치적 과제와 결부된 문학운동의 측면을 갖는다는 점을 처음으로 본격 논의했다.[3] 비록 김두용 관련 자료를 충분히 확보하지 못한 가운데 진행된 논의였지만, 그의 문학운동이 전개된 과정을 시기별로 조망하는 한편, 특히 국내 문단에 제기한 방향전환론과 창작방법론의 성격을 분명하게 파악하는 성과를 거두었다고 말할 수 있다. 유문선에 이어 김외곤은 1930년대 중반 이후에 김두용이 제기한 반파시즘의 통일전선론이 안함광이나 임화보다 반파시즘 인민전선론의 핵심을 정확하게 이해한 바탕에서 구인회와의 전술적 협력을 주장했던 점을 특별히 주목하여 살폈다.[4]

김두용의 문학운동은 그의 정치적 입장이나 투쟁 노선과 분리해서 생각하기 어렵다. 그의 문학과 문학론은 언제나 정치적 과제와 연결되어 있

---

1) 임규찬 편, 『일본 프로문학과 한국문학』, 연구사, 1987, 62~64쪽; 역사문제연구소 문학사 연구모임, 『카프문학운동연구』, 역사비평사, 1990, 53~54쪽; 박명용, 『한국프롤레타리아문학연구』, 글벗사, 1992, 103~106쪽; 김영민, 『한국문학비평논쟁사』, 한길사, 1992, 154~170·197~222쪽; 권영민, 『한국 계급문학 운동사』, 문예출판사, 1998, 119~179쪽. 이상의 논저들에서 카프의 두 차례 방향전환과 관련하여 김두용의 문학활동과 문학론이 부분적으로 논의되었다.

2) 김윤식이 『한국근대문예비평사연구』, 일지사, 1976, 97~103쪽에서 처음 김두용을 언급한 이후, 장사선, 『한국리얼리즘문학론』, 새문사, 1988, 141~160쪽; 최유찬, 「1930년대 한국 리얼리즘론 연구」, 이선영 외, 『한국근대문학비평사연구』, 도서출판 세계, 1989, 368~380쪽; 조정환, 『민주주의 민족문학론과 자기비판』, 연구사, 1989, 272~294쪽; 김영민, 앞의책, 1992, 402~430쪽; 정희모, 「1930년대 창작방법 논쟁과 카프문학의 미학」, 『한국 근대 비평의 담론』, 새미, 2001, 91~101쪽. 이상의 논의와 최근 조진기의 『한일 프로문학론의 비교 연구』, 푸른사상, 2000, 173~175·337~342쪽 등을 거치면서 1930년대 프로문학의 리얼리즘론 내지 창작방법론을 논의한 다수의 논저에서 김두용에 관한 논의를 찾을 수 있다.

3) 유문선, 「정치적 과제와 문학운동 - 김두용론」, 김윤식·정호웅 편, 『한국문학의 리얼리즘과 모더니즘』, 민음사, 1989, 361~383쪽.

4) 김외곤, 「1930년대 후반의 한국문학과 반파시즘 인민전선 - 김두용론」, 『외국문학』, 1991. 이 글은 김외곤, 『한국근대리얼리즘문학비판』, 태학사, 1995, 349~366쪽에 재수록되었다. 참고한 글은 김외곤, 1995에 수록된 글이다.

으면서, 실천적 정치투쟁의 성격을 지녔다고 말할 수 있기 때문이다. 이런 점에서 김인덕은 김두용의 면모를 일제하 재일 조선인의 민족해방운동의 차원에서 파악하려는 노력을 했다.[5]

일본에서도 김두용의 행적, 특히 재일조선인운동과 관련한 행적을 파악하려는 노력이 이루어졌다. 박경식(朴慶植)이 일찍이 재일조선인운동사를 논의하면서 김두용 등의 활동을 비판적으로 성찰한[6] 이래, 일제하 재일조선인운동, 특히 사회주의운동을 논의하는 글에서 김두용은 중요한 인물로 거론되었다. 이런 가운데 호시노 타츠오(星野達雄)는 특별히 개인적 관심에서 김두용과 그의 일본인 부인의 행적을 추적한 결과를『金斗鎔と星野きみ(김두용과 호시노 키미)』란 소책자로 간행했다.[7] 이 책에서 김두용의 출생 이후 월북까지의 주요 행적에 관하여 김두용의 부인으로부터 들은 증언과, 관련 자료, 북한 방문에 의한 탐문 등을 통해 알게 된 내용을 수록했다. 내용의 정확성을 갖추지 못한 부분이 많지만, 김두용의 인간적인 면모에 대해 새로운 내용을 보여주고 있다. 그러나 이 책은 비매품으로 간행되었던 까닭에 다음 단계 김두용의 연구에 제대로 활용되지 못했다.

호시노의 노력과는 별도로 임전혜(任展慧)는 일제하 일본에서 이루어진 재일 한국인 문학의 역사를 기술하는 자리에서 김두용의 카프동경지부, 무산자사, 동지사 등의 활동을 논의했으며,[8] 후지이시 타카요(藤石貴代)는 치밀한 자료 조사를 통해 김두용의 생애와 함께 재일 조선인의 문화

---

5) 김인덕, 「식민지시대 재일조선인운동과 김두용」, 『일제시대 민족해방운동가 연구』, 국학자료원, 2002, 33~55쪽.
6) 朴慶植, 『在日朝鮮人運動史－8·15解放前』, 東京: 三一書房, 1979, 214~217쪽과 같은 이의 『解放後在日朝鮮人運動史』, 東京: 三一書房, 1989, 49~51쪽에서 김두용 등 당시 극좌적 노동운동과 사회운동을 비판적으로 고찰한 바 있다.
7) 星野達雄, 『金斗鎔と星野きみ』(비매품), 自家本, 1992, 1~43쪽. 이 책을 쓴 星野達雄은 김두용의 부인인 호시노 키미(星野きみ)가 그의 부친의 사촌여동생으로 종매 관계였음을 밝히고 있는데, 이런 인척 관계로부터 김두용에 관한 호기심이 발동되어 생전의 호시노 키미(星野きみ)로부터의 증언 등을 토대로 이 책을 썼다고 했다. 귀중한 이 책의 사본을 보내주신 동경학예대학 李修京 교수께 이 자리를 빌어 감사의 뜻을 표한다.
8) 任展慧, 『日本における朝鮮人の文學の歷史』, 東京: 法政大學出版局, 1994, 183~207쪽.

운동과 노동운동을 주도한 김두용의 면모를 폭넓게 파악하고자 했다.[9] 그리고 정영환(鄭榮桓)은 김두용이 재일조선노동총동맹의 일본노동조합전국협의회로의 해소와 천황제 타파론을 주장한 점에 주목하여, 김두용의 재일조선인운동의 성격을 독자성보다 국제주의적 연대의 관점에서 새롭게 조명하고자 했다.[10] 그리고 최근 이수경은 김두용의 사회운동의 성격을 반제국주의의 관점에서 파악하되, 특히 동경제국대학 신인회와의 관련을 주목하는 한편 그의 사회운동이 프로문예운동과 깊이 연계되어 진행되었음을 밝혔다.[11]

이상에서 보듯이, 김두용에 관한 국내외의 선행 연구들을 통해 이제는 그의 생애와 문학운동 내지 사회운동의 성격이 상당 부분 밝혀진 것이 사실이다. 그렇지만 대부분의 연구들이 생애나 연보상의 중요 사항에 따라 그의 문학운동이나 사회운동의 면모를 편철해가는 방식을 취함으로써 개괄적인 논의를 넘어서지 못하거나, 아니면 김두용이 특정한 시기에 발표한 글들에 치중함으로써 그의 사상 변화와 운동과정의 전후 사정을 충분히 돌보지 못했다. 또한 초기의 연구들은 국내나 일본에서 발표한 김두용의 글들을 매우 제한적으로 살펴본 것들이기 때문에 김두용이 한일 양국에서 펼쳤던 문학운동의 면모와 성격을 제대로 드러내지 못했다.

필자는 이 글에 앞서 김두용의 문학운동의 면모와 성격을 반제국주의의 시각 속에서 새롭게 조명하기 위한 목적으로, 그의 반제국주의 문학 이념의 토대가 된 사회주의 사상의 형성 과정을 파악하고, 제3전선사부터 코프(KOPF: 일본프롤레타리아문화연맹)의 해체에 이르기까지 그가 펼친

---

9) 藤石貴代, 「金斗鎔と在日朝鮮人文化運動」, 大村益夫 外, 『近代朝鮮文學における日本との關係樣相』, 東京: 綠蔭書房, 1998, 191~227쪽.

10) 鄭榮桓, 「金斗鎔と「プロレタリア國際主義」」, 『在日朝鮮人史硏究』 제33호, 在日朝鮮人史硏究會, 2003, 5~20쪽.

11) 李修京에 의해 김두용의 사회운동 면모와 성격을 파악하려는 연구가 진행되었다. 李修京, 「金斗鎔の思想形成と反帝國主義社會運動」, 『日本語文學』 제38집, 日本語文學會, 2007, 361~380쪽.

문학운동의 면모와 성격을 집중 논의한 바 있다.[12] 여기서 김두용의 문학운동은 크게 3단계로 전개되었다고 보고, 제3전선사 시절부터 카프 동경지부를 거쳐 무산자사 시절까지(1927.3~1931.11)에 이른 제1단계와 동지사의 결성과 그에 이어진 코프 조선협의회로의 해소, 그리고 1933년 12월 구금되기까지(1931.11~1933.11)의 제2단계를 논의했으며, 이 글은 그 후속 연구로 1934년 출옥 후 소강상태를 거친 후 조선예술좌와『生きた新聞(살아있는 신문)』을 중심으로 문학운동을 전개하다 검거, 기소되기까지(1934.5~1937.8)의 제3단계의 문학운동을 집중 논의한 것이다.

김두용의 제3단계 문학운동에 해당하는 1930년대 중반 이후 문학운동은 크게 세 가지 방향으로 전개된 것으로 파악된다. 첫 번째 문학운동의 방향은 조선예술좌에 가담하여 전개한 진보적 민족극 운동이며, 두 번째 문학운동의 방향은 사회주의 리얼리즘의 수용을 둘러싼 창작방법 논쟁에서 제기한 혁명적 리얼리즘에 입각한 문예창작운동론이며, 마지막 세 번째 문학운동은 구인회와의 협력을 통한 반파시즘 통일전선의 문예조직운동론이라 말할 수 있다. 이들 세 방향의 문학운동은 비록 매우 짧은 시기에 걸쳐 있지만, 각 방향의 문학운동은 당대 문학의 새로운 방향 모색과 관련하여 매우 문제적인 논의를 포함하고 있다는 점에서 결코 가볍게 논의하고 지나칠 사항은 아니다. 김두용의 문학운동이 전개된 과정과 성격을 밝히는 동시에 당대 그의 문학운동이 갖는 문학사적 성격을 파악하는 것을 목적으로 이 글의 논의를 진행하고자 한다.

Ⅱ. 한일 정치현실의 성찰과 반파시즘 문학운동의 세 방향

김두용은 일제의 탄압으로 무산자사의 조직이 와해되자 이북만과 함께

---

12) 박경수, 「일제하 재일 문학인 김두용의 반제국주의 문학운동 연구－제3전선사에서 코프(KOPF)의 해체까지」, 『우리문학연구』 제25집, 우리문학회, 2008, 283~325쪽.

동지사를 결성했다가 곧 코프(KOPF) 내의 조선협의회로 해소하는 과정
에서 중심적인 활동을 했다. 동지사의 코프로의 해소를 통한 한일 연대의
프로문예운동이 '재일'의 조건에서 반제국주의에 대한 문예투쟁을 효율
적으로 전개할 수 있다고 전략적인 계산을 했기 때문이다. 그러나 정치투
쟁의 우위를 강조하는 코프의 문화운동 방침은 1932년 6부터 일제의 강력
한 탄압을 불러오게 되고, 지도부의 검거와 기관지의 발매 금지 등을 당하
다 코바야시 타키지(小林多喜二: 1903~1933)의 옥사를 계기로 급격히 위
축되었다. 그후 코프의 정치주의적 성향에 대한 하부 조직원들의 반발과
함께 전향이 잇따르다, 1934년 2월 작가동맹의 해체 선언에 이은 코프 가
맹 단체들의 해산에 따라 동년 4월에 마침내 코프도 자동 해체되고 말았
다.[13] 김두용도 코프 산하 조선협의회의 중심적인 인물이었던 까닭에 일
제의 강경한 탄압이 진행되면서 여러 차례 검거, 구류, 투옥을 거치게 되
었다. 그의 문학운동도 이 시기 가장 위축되었다.

김두용은 1934년 코프의 해체와 함께 출옥했지만, 일본의 정치적 현실
은 파쇼 정치에 의한 강경한 사상 탄압으로 말미암아 과거와 같이 정치투
쟁을 우위로 한 프로문예운동을 전개할 수 있는 기반이 철저히 파괴된 상
태였다. 김두용의 제3단계 문학운동은 이렇게 프로문예운동의 조직이 와
해된 상태에서 새롭게 출발하지 않으면 안 되었다.

코프의 해체 이후 김두용은 일제의 감시와 탄압 때문에도 공개적으로
일제의 파시즘에 저항하는 문학운동이나 사회운동을 전개하는 것은 곤란
했다. 김두용은 여기서 문학 출발의 초기부터 꾸준한 관심을 보였던 연극
운동을 재개하되, 비정치적인 취지를 내걸고 은밀하게 진보적인 문학운동
을 펼치는 길을 선택했다. 그것이 조선예술좌에 합류하여 진보적 연극운
동을 도모하는 길이었다. 그는 코프 해산 후의 정치현실의 변화를 냉정하

---

13) 三好行雄 外 編, 「コップ KOPF」, 『日本現代文學大事典－人名・事項 篇』, 東京: 明
治書院, 1994, 405쪽.

게 받아들이되, 그렇다고 반제국주의 문학운동의 길을 포기하는 방향으로 가지 않았다. 정치현실의 객관적 성찰을 토대로 프로문예운동의 새로운 돌파구를 마련하기 위해 창작방법으로서의 혁명적 리얼리즘을 주장했고, 구인회와의 협력을 전제로 반파시즘의 통일전선을 위한 문예운동을 제기했다. 그는 실천적 문예투쟁이나 정치투쟁이 막혀 있는 상황에서 행동보다 글쓰기를 통해서 반파시즘의 문학운동과 사회운동[14]을 전개하고자 한 것이다.

이제 김두용이 전개했던 반파시즘 문학운동을 조선예술좌를 통한 진보적 민족극 운동, 사회주의 리얼리즘의 수용과 연관하여 창작방법론으로 주장한 혁명적 리얼리즘의 문예창작운동론, 그리고 구인회와의 협력에 의한 반파시즘 통일전선의 문예조직운동론으로 크게 구분하여 차례대로 구체적인 논의를 진행해 보자.

1. 조선예술좌를 통한 진보적 민족극 운동

김두용이 1934년 출옥 당시 재일 조선인의 연극운동은 심각한 쇠퇴의 길에 있었다. 코프 산하 일본프롤레타리아연극동맹(프롯트)의 지원을 받고 있던 3.1극장이 정치적 곤란과 재정적 어려움을 이유로 1934년 10월 고려극단으로 개칭하여 재출발하고자 했으나 3개월을 조금 넘기고는 1935년 1월 자진 해산을 결의하고 말았다.[15)]

---

14) 金斗鎔은 특히 자신이 편집에 관여했던 『生きた新聞(살아있는 신문)』에 일제하 조선의 농촌현실에 관하여 구체적인 기록들을 바탕으로 일제의 식민지 정책을 비판하는 글을 연속하여 집중적으로 발표했다. 이를 제시하면 다음과 같다. 「農業朝鮮より工業朝鮮へ(농촌조선에서 공업조선으로)」, 『生きた新聞』, 1934.12; 「朝鮮開國についての諸學說(조선 개국에 대한 제 학설)」, 『生きた新聞』, 1935.2; 「火田民・土幕民の話(화전민과 토막민 이야기)」, 『生きた新聞』, 1935.2; 「インテリゲンチャ論は何故擡頭したか(인테리켄챠론은 왜 대두되었는가)」, 『生きた新聞』, 1935.4; 「プロレタリアに春は來たか(프롤레타리아에게 봄은 왔다)」, 『生きた新聞』, 1935.5; 「農村に夏は來たけれど(농촌에 여름은 왔건만)」, 『生きた新聞』, 1935.7.
15) 朴慶植(1979: 280).

고려극단이 해산되자 일시적으로 재일 조선인의 연극운동이 동경신극연구회와 조선예술좌로 분열되는 상황을 맞게 된다. 최병한(崔丙漢) 등이 중심이 되어 "민족 고전연극 예술의 국제적 소개와 신연극운동의 올바른 이론적 연구를 그 임무로" 1935년 2월에 동경신극연구회를 창립하자, 김파우(金波宇, 본명은 金宝鉉)는 김두용과 함께 동경신극연구회 비참가자들을 중심으로 "프롯트의 영향에서 벗어난 예술적인 기술자 중심의 순연한 흥행극단"을 표방하며 1935년 3월부터 조선예술좌의 창립 준비 공연을 시작하게 된다. 그렇지만 두 연극 단체는 과거처럼 정치적 목적을 배제하고, 민족의 고전연극을 계승, 발전시키겠다는 점에서 유사한 취지를 표방하고 있었다. 다만 동경신극연구회는 정치주의적 편중을 비판하면서 정치적 편향을 강하게 탈피하고자 했다면, 조선예술좌는 설립 취지에서 직접적으로 정치적 성향을 드러내지는 않았지만 '진보적' 민족연극을 지향한다는 점에서 동경신극연구회와 차이가 있었다. 실제 공연 성과에서도 5회에 걸쳐 창립 준비 공연을 성공적으로 마친 조선예술좌는 상대적으로 미약한 공연 활동을 보인 동경신극연구회를 압도했다. 이처럼 조선예술좌가 재일 조선인 연극을 주도하고 있는 상황에서, 1935년 7월 당시 연극잡지 『テアトロ(떼아트르)』의 책임을 맡고 있던 무라야마 토모요시(村山知義: 1901~1977)의 권유를 받고 합동 회합을 거친 조선예술좌는 최병한 등 동경신극연구회의 회원들을 받아들임으로써 1936년 1월 5일 두 단체의 통합이 이루어지게 된다.[16] 이 두 단체의 통합에 중심적인 역할을 한 인물은 바로 김두용이다.

김두용이 조선예술좌의 위원장을 맡게 된 때는 창립 준비 공연과 관련된 재정 문제로 창립 책임자였던 김파우가 1935년 6월 제명되면서부터이

---

16) 동경신극연구회와 조선예술좌의 창립과 통합, 그리고 그 이후의 과정에 대해서는 金政明 編, 『朝鮮獨立運動 Ⅳ - 共産主義運動 篇』, 東京: 原書房, 1966, 1048~1051쪽 참조. 이외 민병욱, 『일제 강점기 재일 한국인 연극운동』, 연극과 인간, 2000, 42~46쪽과 안광희, 『한국 프롤레타리아 연극운동의 변천과정』, 도서출판 역락, 2001, 154~164쪽 참조.

다.[17] 그는 조선예술좌의 위원장을 맡고나서 진보적 연극운동을 한층 강화했다. 조선예술좌의 제1회 공연은 김두용의 지도 아래 개최되었는데, 이기영(李箕永) 원작 한홍규 각색의 <서화(鼠火)>와 한태천(韓泰泉: 金史良의 필명)의 <토성랑(土城廊)>을 1935년 11월 25일과 26일 양일간 츠키지소극장(築地小劇場)에서 공연하여 상당한 호평을 받았다.

김두용은 동경신극연구회의 흡수, 통합 후 규약을 통해 3.1극장의 혁명적 전통을 계승할 것을 선언하고, 연극운동을 통해 "재일 조선인의 문화(연극)적 욕구를 충족시키는 동시에 조선의 진보적 연극의 수립을 기함"을 목적으로 내세웠다. 이를 위해 구체적으로 첫째, 연극 활동을 통해 재일 조선인의 미조직 대중의 계몽과 전선 통일의 역할을 담당할 것, 둘째 합법적 범위에서 민족연극을 통한 민족의 계급의식을 앙양하는 데 노력하고 동시에 전선통일을 도모하여 조선인의 해방운동을 목적을 달성하는 역할을 수행할 것, 셋째 공산주의 사상을 기조로 진보적 연극운동을 통한 재일 조선민중이 비판적 정신을 갖도록 지도 앙양하여 자본주의에 의한 착취와 억압을 여실히 이해시켜 그들을 해방전선으로 유도할 것"을 제시했다.[18] 이는 조선예술좌가 합법적 민족연극 운동을 통해 반제와 반자본주의를 위한 재일 조선인의 대중적 계몽과 전선 통일의 역할을 담당하도록 하겠다는 것이다. 조선예술좌의 조직도 종전의 경영부, 문예부, 기술부에서 경영부를 서무부로 변경하는 한편 교육부와 기획부를 신설하여 조직적인 연극운동을 통한 대중적 계몽을 의도했다. 그리고 자신은 위원장을 맡는 동시에 문예부 부원, 기술부의 연출반을 맡음으로써 희곡 창작과 연극 연출에도 깊이 관여하게 되었다.

김두용은 틈틈이 연극비평에도 관심을 두었다. 이시다 미쯔조우(石田

---

17) 金政明 編(1966: 1049)・李修京(2007: 371)에 의하면, 조선예술좌의 창립 기념 팸플릿으로 『우리무대－조선예술좌창립기념 특별 팜푸렡』(1935.6)을 만들어 배포했는데, 이 팸플릿에 김두용이 위원장으로 「조선예술좌 창립을 축함」(8쪽)이란 축사가 들어 있다고 했다.
18) 金政明 編(1966: 1050~1051).

三成) 작 <人物の素質(인물의 소질)」에 대해 우수한 연출 연기와 비유적 풍자성을 높이 평가하면서도 대중생활과의 교섭에 의한 대중의 고뇌를 제대로 담아내지 못했을 뿐만 아니라 역사에 대한 세계관, 즉 역사 발전에 대한 전망이 부족하다고 비판했다(「作者の意圖はどこ?ー轉向非轉向の比喩劇」, 『社會運動通信』, 1935.10.1). 그리고 츠키지(築地)소극장에서 상연된 쿠이타 에지로(久板榮二郎) 작 <斷層(단층)>(2막)은 많은 사건을 배경으로 한 인간의 경험적 심리를 나타내고 있으나 전편이 체념적 인생관으로 가득 차 있으며, 프롤레타리아트 계급의 투쟁적 현실과 거리가 먼 일상생활만을 묘사함으로써 현실의 근본적인 계급관계를 말살하고 있다고 비판하며 아쉬움을 토로했다(「劇評「斷層」の批評ー眼覺める藝術性」, 『社會運動通信』, 1935.11.22). 그는 또한 조선예술좌의 지구 순회공연에 대한 성과를 반성적으로 성찰하면서, 근로대중의 생활체험을 역사 발전의 토대 위에서 반영한 간단하고 쉽게 이해되는 스토리를 가진 극본이 되어야 한다고 주장했다(「朝鮮藝術座の近況」, 『テアトロ』, 1936.5). 그는 이러한 일련의 연극비평을 통해 여전히 예술성과 정치성을 대립적인 관계로 생각하며, 계급관계의 진실을 포착하는 작가의 세계관을 강조함으로써 정치적 당파성에 우위를 둔 연극을 진보적 연극의 관념으로 이해하여 긍정적인 평가를 하고, 그렇지 못한 경우에는 비판적인 평가를 하고 있음을 파악할 수 있다.

조선예술좌는 합동 후인 1936년 1월 28일부터 2월 3일까지 우라다(蒲田), 츠루미(鶴見), 타마가와(玉川), 시바우라(芝浦) 등지로 지구 순회공연을 갖는데, 이때 김사량 작 <토성랑>(1막)과 유치진 작 <소>(3막)를 성황리에 공연하여 호평을 받게 된다. 여기서 김두용은 유치진 작 <소>를 직접 연출했다. 이와 같이 조선예술좌의 지구 순회공연은 동경지역뿐만 아니라 재일 조선인 거주지역을 중심으로 45회나 행해졌는데,[19] 연극 공

---

19) 이강렬, 『한국사회주의연극운동사』, 동문선, 1992, 79쪽.

연의 기획과 연출에 김두용의 역할이 매우 컸을 것으로 생각된다.

한편 조선예술좌의 제2회 중앙공연을 동년 4월 중순에 갖기로 했는데, 이때 최병한 작 <춘향전>(5막), <아리랑고개>(5막)와 김두용 작 <농촌의 봄>을 상연하고자 했으나 모두 내용이 부적합하다는 판단을 받아 상연이 중지되었다. 그러자 김두용은 김삼규 등과 함께 조선예술좌 소속 구성원들이 진보적 민족극의 활동가로서의 의식을 갖추도록 1936년 6월부터 9월까지 연구회를 조직하여 작가 작품 중심의 연극 연구와 연극 기술 향상에 주력했다.[20] 물론 그의 이러한 노력은 오래 가지 못했다. 1936년 8월부터 10월까지 조선예술좌에 대한 일제의 검거가 진행되면서 김두용과 김삼규 등이 체포, 구금되었는데, 1937년 8월 3일 예심청구를 받아 기소되었다. 그러다 1939년 2월 20일에 1년 8개월의 실형을 선고받고 복역하다 1940년 5월경에 석방되었으나,[21] 이미 ‘전향’의 꼬리표를 단 뒤였다.

이상에서 김두용은 조선예술좌의 위원장으로 있으면서 직접 희곡을 창작하는 한편 연극 연출과 연극비평을 담당하면서 적극적인 연극운동을 펼쳤다. 그가 문학 활동의 초기부터 가졌던 연극을 통한 대중계몽의 뜻을 가장 활발하게 실행했던 때가 이때가 아닌가 한다. 그리고 비록 공연되지 못하고 그 대본도 전하지 않지만, 김두용의 희곡 <농촌의 봄>은 그 제목을 통해 일제하 국내 조선과 일본에서 겪는 농민들의 소작쟁의 현실을 극화하면서 농민들이 권익을 쟁취하는 내용을 담고 있는 작품일 것으로 추정해 볼 수 있다.[22] 이는 김두용이 제2회 중앙공연을 준비하면서 쓴 「朝鮮藝術座の近況(조선예술좌의 근황)」에서 “예술좌의 금후 레퍼토리에서 한 가지 명백한 사실은 창작극에서 2막은 조선의 현실, 2막은 일본의 현실을

---

20) 金斗鎔은 앞의 글(「朝鮮藝術座の近況」), 107~109쪽에서 조선예술좌의 지구 순회 공연에 대해서 자세히 소개하고 있다.
21) 藤石貴代(1998: 202~203).
22) 藤石貴代(1998: 202)는 김두용의 희곡 <농촌의 봄>을 그 제목에서 소설 <봄>을 연상하게 한다 하여 두 작품과의 관련성을 조심스럽게 언급했으나, 소설 <봄>의 배경이 농촌과 무관하다는 점에서 두 작품과의 관련성은 없는 것으로 보인다.

넣은 것이 좋다는 생각이 든다."(109쪽)고 했는데, 이를 고려하면 희곡 <농촌의 봄>은 전체 4막으로 2막은 조선의 농민 현실을, 2막은 일본의 농민 현실을 극화한 작품으로 볼 수 있기 때문이다.

그런데 김두용의 조선예술좌를 통한 진보적 연극운동은 오랫동안 지속되지 못한다. 일제는 조선예술좌의 이러한 진보적 연극운동에 대해 공연 금지 처분 등의 탄압을 해오다 1936년 8월 중순 위원장 김두용을 비롯한 김삼규, 김봉원 등 조선예술좌의 핵심 간부들을 검거하고, 다시 10월에는 나머지 중요 인물들을 검거하게 된다. 조선예술좌는 일제의 잇따른 검거 사건으로 조직이 와해되면서 결국 해체되는 상황으로 가고 말았다.[23] 그렇지만 조선예술좌의 민족극 운동은 비록 정치적 목적의 계몽성을 강하게 지닌 연극운동이었지만, 재일 조선인들의 통합과 정체성 확인, 사회의식 고양을 위한 구심체 역할을 담당하고, 민족어 연극에 의한 민족교육의 일 익을 담당한 것[24]으로 평가할 수 있다.

2. 세계관 우위의 혁명적 리얼리즘과 문예창작운동론

김두용은 조선예술좌를 통해 연극운동을 활발하게 전개하는 한편, 국내와 일본문단에서 중요한 쟁점이 되었던 사회주의 리얼리즘의 수용과 관련한 창작방법론의 논쟁에 가담하여 자신의 문학론을 적극 개진했다.

먼저 사회주의 리얼리즘의 수용과 관련된 1930년대 중반 이후 전개된 창작방법론의 논쟁에서 김두용이 어떤 관점에 따라 사회주의 리얼리즘의 문제를 논의했는지 파악해 보자. 사실 1930년대 사회주의 리얼리즘의 수용과 관련된 창작방법론에 관해서는 이미 상당한 논의가 진행되었고, 김두용의 창작방법에 관한 입장과 주장의 특징을 파악하기 위한 논의도 진행되

---

23) 朴慶植 編(1979: 531~532).
24) 정혜경 「1930년대 재일 조선인 연극운동과 학생예술좌」, 『1930년대 예술문화운동』, 국학자료원, 2003, 32쪽에서 조선예술좌의 연극운동이 갖는 의의를 짚은 바 있다.

었다.25) 따라서 여기에서 사회주의 리얼리즘의 수용과 관련된 전후의 사정이나 창작방법론의 복잡다기한 문제들을 모두 들추면서 김두용의 창작방법론을 새삼스럽게 장황하게 논의할 필요는 없다. 다만 김두용이 제기한 창작방법론이 자신의 일련의 문학운동 과정과 어떻게 연계되고, 또 그가 줄곧 견지했던 마르크스주의 문예관과 연관하여 어떤 연속성과 변화를 보여주는지 파악하는 논의는 기존의 연구에서 제대로 진행되지 못했다.

김두용은 당시 국내 문단이 아니라 일본 문단에서 먼저 비평적 목소리를 내기 시작했다. 그는 당시 좌익적 경향의 잡지인 『生きた新聞(살아있는 신문)』의 편집에 관여하면서, 쿠라하라 코레히토(藏原惟人)와 키타 간지로(北嚴二郎) 사이의 논쟁뿐만 아니라 나카노 시게하루(中野重治), 모리야마 게이(森山啓)가 키타 간지로(北嚴二郎), 사분 다케시(佐分武), 쿠보 사카에(久保榮) 사이에 전개되었던 사회주의 리얼리즘 논쟁에 끼어들어, 사회주의 리얼리즘의 우익적 편향을 비판하면서 혁명적 리얼리즘을 강력하게 주장했다.

김두용은 먼저 「＜文化戰線の見透し＞を批判す(＜문화전선의 전망＞을 비판한다)」(『生きた新聞』, 1935.5)에서 쿠라하라(藏原惟人)가 일본의 당시 상황을 부르주와 민주주의 혁명의 단계로만 파악하여 반봉건적 잔존물을 파악하지 못한 오류를 보였으며, 키타(北嚴二郎)는 부르주와 민주주의 혁명의 단계와 프롤레타리아혁명의 단계를 분리해서 보는 것에서 소부르주와적 경향으로 빠져든 오류를 보였다고 싸잡아 비판했다. 그는 부르주와 민주주의 혁명의 단계에서 프롤레타리아혁명의 단계로 나아가는 것은 역사 발전의 연속성에 의한 전망을 보여주는 것이며, 반자본주의와 반봉건주의를 모두 혁명의 과제로 삼아 다수자인 농민의 획득에 의한 근로대중의 임무를 자각하도록 해야 한다고 했다. 말하자면 그는 당대 일본의 정치현실을 정확하게 인식하는 데에서 프롤레타리아 문화전선의 전망을

가진다고 보았다.

당대 일본의 정치현실에 대한 김두용의 이러한 인식은 프롤레타리아문화와 문학운동에 대한 기본적인 방향을 정립하는 기초가 되는 것은 물론이다. 그런데 그는 당대의 정치현실에서 조직적인 프롤레타리아문화와 문학운동을 전개하기가 거의 불가능한 상황임을 인정한다. 이 점이 무산자사 시절 이전과 크게 달라진 점이다. 비합법적 문예투쟁을 통한 조직 강화와 정치적 진출을 도모했던 과거와 달리 합법적 조직의 틀 속에서 최대한의 문예투쟁을 전개할 수밖에 없다는 현실론으로 물러선 셈이다. 문제는 비합법적 문예투쟁에서 합법적 문예투쟁으로 방향 전환을 하는 데 있는 것이 아니라 일제의 정치적 탄압이 문예운동 조직의 와해를 불러오면서, 우익적 또는 좌익적 편향이 대두되어 점차 확산된다는 것이다. 그는 「文化文學諸問題をめぐる右翼的左翼的偏向について(문화 문학의 제 문제를 둘러싼 우익적 좌익적 편향에 대하여)」(『生きた新聞』, 1935.6)를 통해 이런 점을 집중 비판했다. 우익적 편향으로 소부르주와적 경향이 로맨티시즘, 대중문학론, 혹은 사회주의 리얼리즘의 주장 속에 나타나고 있으며, 좌익적 편향으로 실천과 유리된 채 이론투쟁만을 주장하는 분파(섹트)주의와 후쿠모토주의의 경향이 대두되고 있다는 것이다. 김두용은 프롤레타리아문화의 저널리즘을 주장한 쿠보카와 쯔루지로(窪川鶴次郎)는 당파성을 몰각했다는 점에서, 그리고 사회주의 리얼리즘을 주장하면서 혁명적 리얼리즘을 무조건 부정한 모리야마(森山)와 나카노(中野)는 문학과 정치를 분리하는 오류를 보였다는 점에서, 그리고 사회주의 리얼리즘의 주장을 비판한 사분(佐分武)은 프로문학을 부르주와문학에 대한 실천적 투쟁으로 보지 않았다는 점에서 모두 우익적 편향 내지 회색주의를 보여주는 것으로 비판했다. 그리고 키타(北巖二郎)는 문화운동이 정치투쟁과 경제투쟁을 포괄하는 계급투쟁임을 제대로 파악하지 못하고 분파주의적 이론투쟁만을 강조하는 극좌적 편향을 보여주었다고 지적했다.

　김두용의 일본 프로문단에 대한 비판은 사회주의 리얼리즘을 주장한 모리야마(森山)와 나카노(中野)에게 집중되었다. 「社會主義的リアリズムか×××リアリズムか(사회주의 리얼리즘인가 ××× 리얼리즘인가)」(『文學評論』 2:7, 1935.6)와 「森山啓君の批判－批評の任務のために(모리야마 게이에 대한 비판－비평의 임무를 위하여)」(『生きた新聞』, 1935.7)의 비평문들이 이를 잘 보여준다.

　일본에서 사회주의 리얼리즘의 수용을 찬성하는 대표적인 비평가가 모리야마(森山), 나카노(中野), 미야모토 유리코(宮本百合子)라면, 이들을 반대하면서 혁명적 리얼리즘을 주장했던 이가 이토우 테이수케(伊藤貞助), 쿠보 사카에(久保榮), 카미야마 시게오(神山武夫) 등이다.[26] 김두용은 이토우(伊藤)로부터 이어진 혁명적 리얼리즘론을 기본적으로 긍정하는 입장에 있으면서 모리야마(森山)와 나카노(中野)의 주장이 갖는 문제점을 비판하는 데 같은 편이 되었던 셈이다. 그는 사회주의적 사회로 나아가는 소비에트의 현실을 정확하고 진실하게 반영해야 한다는 점을 강조하기 위해 제시된 "현실을 진실하게 묘사하라"라는 창작방법의 슬로건을 리얼리즘의 일반적이고 단순한 명제로 받아들이면서, "현재 생활하고 있는 역사적 단계 속의 내용"으로부터 문학이 탄생된다는 반영론의 원칙에서 문학의 리얼리즘을 파악했다. 이에 따라 소비에트와 같이 사회주의 혁명이 성공하고 더불어 제1차 경제개발 5개년 계획의 성과가 반영되고 있는 단계의 나라에서 창작방법의 기준은 사회주의 리얼리즘이 될 수밖에 없지만, 프롤레타리아트의 힘이 말살되고 문화·문학의 조직이 해체된 일본의 정세에서는 계급투쟁의 혁명적 현실을 정확하게 묘사하는 혁명적 리얼리즘이 정당하다는 것이다.

　김두용은 사회주의 리얼리즘에서 '사회주의'란 용어를 사회체제의 문제와 관련하여 파악하는 것을 인정하면서도, 근본적으로 그것을 마르크시

---

26) 조진기(2000: 298~312).

즘의 사상체계를 뜻하는 보편 개념으로서의 '사회주의'(socialism)로 이해
한다. "원래 사회주의는 사상체계이며 사회주의 속에는 사회질서로서의
사회주의는 존재하지 않는다"(「社會主義的リアリズムか×××リアリズ
ムか」, 130쪽)는 자신의 발언이 이를 입증한다. 그는 사회주의란 용어를
사회주의 사상이란 보편 개념으로 받아들이기 때문에 소비에트의 사회주
의 리얼리즘을 사상성이나 당파성과 결부된 정치사상적 인식의 문제가 더
중요한 쟁점이 되어야 한다고 생각했다. 따라서 그는 소비에트의 사회주
의 리얼리즘에서 "역사적 구체성, 형상화의 정확성"을 요구하는 창작방법
이 작가의 올바른 세계관, 즉 마르크시즘의 사회주의 사상에 의해 가능하
며, 이는 사회적 실천에 의해서 의미를 가진다는 입장을 가졌다. 그가 사
회주의 리얼리즘에 포함된 사회적 실천으로서의 정치적 임무를 창작방법
보다 더 중요하게 생각했던 이유가 여기에 있는 것이다.

> 사회주의 리얼리즘은 … ×××(필자: 혁명적) 리얼리즘으로 이해하지
> 않으면 안 된다. 이것이 창작방법과 동시에 정치적 임무와 결부된 것이
> 라는 점이 강조되지 않으면 안 된다. [社會主義的リアリズムは … リアリズ
> ムとして捉へられなければならない。これが創作方法と同時に政治的任務と
> 結び付いたものであろことが強調されなければならない。
> 　　　　　　　　　 － 「社會主義的リアリズムか×××リアリズムか」, 130쪽]

　김두용은 사회주의 리얼리즘에서의 창작방법론을 미학적 인식과 결부
시켜 이해하는 단계로 거의 나아가지 못했다.[27] 문학의 예술성과 정치성
의 관계에서 정치성, 즉 경제적 토대에 의해 규정되는 정치현실이 문학의
예술성을 또한 규정한다는 마르크시즘의 일반론에 충실한 입장에 있었고,

---

27) 이런 점은 국내의 사회주의 리얼리즘 수용을 둘러싼 논쟁에서 보편적으로 나타나는 문
　　제점이지만, 특히 세계관을 강조하는 리얼리즘 주창자들에게 두드러진 한계로 나타난
　　다고 지적된 바 있다(정희모, 2001: 91~101).

사상 내지 내용 중심적 편향에 빠져 있는 관념론자의 오류를 그대로 보여주었다. 그는 일본에서 사회주의 리얼리즘의 수용을 찬성하는 논의가 문학의 정치성을 비켜가는 창작방법으로서의 예술성 논의로 나아가는 데 비판적일 수밖에 없었다. 그것은 창작방법의 지나친 강조가 사회적 실천으로서의 정치적 임무를 몰각하는 소부르주와의 우익적 편향이며, 진정한 마르크시스트가 되지 못한다는 반동성을 스스로 인정하는 것으로 규정했기 때문이다.

김두용의 혁명적 리얼리즘 주장은 일본에서 독창적인 견해로 처음 제기된 것은 물론 아니다. 그리고 그것은 사회주의 리얼리즘의 전면적 부정이나 비판도 아니었다. "일본 프롤레타리아 문학도 언젠가는 소비에트와 같은 사회주의 리얼리즘이 될 것이라는 일반적인 전망 하에서는 역시 사회주의적 리얼리즘을 고려해야 한다."(「森山啓君の批判－批評の任務のために」, 63쪽)고 했다. '전망'의 차원에서 일본의 현단계 혁명적 리얼리즘은 장차 사회주의 리얼리즘으로 진행할 것이라는 것이다. 그는 유물변증법적 리얼리즘이 비판되고 다음 단계의 사회주의 리얼리즘으로 나아가는 도정에 혁명적 리얼리즘을 중간 단계로 설정한 셈이다. 이는 크게 두 가지 점에서 긍정적이다.

첫째는 당대 일본의 정치현실에 대한 객관적 성찰과 함께 이에 바탕을 둔 프로문학과 문화운동의 목표에 대한 자각을 변함없이 보여주고 있었다는 점이다. 사회주의 혁명이 일어나지 않은 역사적 단계에서 이를 위한 프롤레타리아트 계급의 반자본주의 반봉건주의의 정치투쟁은 결코 중단될 수 없다는 인식은 프로문예운동가로서의 정치적 임무에 대한 자각을 분명히 보여주는 것이다.

둘째로 그의 문학운동과 결부된 정치적 신념의 일관성과 견고성이 여전히 유지되고 있었다는 점이다. 그는 일제의 강력한 사상 탄압에 의해 사회적 실천을 위한 문학과 문화운동 조직이 와해된 가운데서도 사회주의 혁명에 대한 신념을 버리지 않고 있었으며, 전향의 대열로 쉽게 나아가지 않았다. 그러나 이러한 사상적 무장에도 불구하고, 김두용은 무산자사 시절까지 유지했던 반제국주의의 문예투쟁 목표를 겉으로 내놓고 거론하지 않았다. 그 대신 반자본주의와 반봉건주의에 혁명적 리얼리즘의 목표를 두었는데, 이는 당대의 정치적 상황을 고려하여 김두용이 전략적으로 일보후퇴한 상황에서 문예운동을 전개했던 것으로 받아들일 수 있다.

　김두용은 일본 문단에서 한 것처럼 먼저 국내의 정치현실을 진단하면서 당시의 문학 판도와 향후의 문학 전망을 논의하는 자리를 마련한 다음(「전환기와 명일의 조선문학」, 『동아일보』, 1935.6.5~7), 사회주의 리얼리즘 논쟁에 가담하게 되었다. 그 시기는 1935년 8월 이후로, 이기영과 안막 사이의 논쟁이 지나고, 한효와 안함광 사이의 논쟁으로 다시 사회주의 리얼리즘 논쟁이 가열되기 시작한 때였다. 그는 일본에서 사회주의 리얼리즘 논쟁을 경험하며 자신이 펼쳤던 주장을 '선진적 이론'이란 의식을 가지고 둘 사이의 논쟁에 끼어들게 된다. 「창작방법의 문제」(1935.8.24~9.3)가 논쟁에 끼어든 김두용의 첫 글인데, '조선적 현실'을 그려야 한다는 안함광의 주장을 일단 편들면서, 한효의 주장이 일본의 모리야마(森山), 나카노(中野), 카와구치(川口浩)의 주장을 추수 내지 모방한 것에 불과하며, 심지어 누마다(沼田英一)와 아베(阿部秀夫)의 글을 직역, 표절한 것이라고 폄하했다. 그는 사회주의적 현실로 나아가는 소비에트의 역사적 진실을 반영해야 한다는 명제로 킬포친이 말한 "현실의 진실을 정확하게 그려라"라는 규정을 거듭 사용하며, 정치적 비약을 위해 대중의 혁명적 투쟁이 이루어지는 일본이나 조선은 소비에트의 사회주의적 현실을 반영하는 '사회주의적' 리얼리즘과 달리 '혁명적' 리얼리즘이 되어야 한다고 했다.

　김두용과 한효 사이의 논쟁이 더욱 가열된 까닭은 사회주의 리얼리즘의 창작방법론에서 전자는 창작 주체의 세계관을, 후자는 창작 주체의 표현방법상 자율성을 각각 우위에 두었기 때문이다. 안함광 역시 한효와 논쟁을 하면서 "일반법칙인 유물변증법이 예술이라서 그를 관통하지 못할 이론적 근거가 나변에 있단 말인가?"(「창작방법 문제 재검토를 위하야」, 『조선중앙일보』, 1935.7.3)라고 반문하면서, 창작행위의 전체를 관통하는 사유는 바로 세계관이며, 주체의 세계관 차이에 따라 창작의 실천적 행위도 달라진다는 입장에 있었다. 이런 점에서 안함광과 김두용은 창작 주체의 세계관을 우위에 두고, 세계관이 창작의 방법과 행위를 규정한다고 보는 점에서 의견을 같이 했다. 김두용은 따라서 작가의 세계관 확립을 중시한 안함광을 편들면서 "맑스주의적 철학적 방법인 유물변증법적 인식 밑에서 모 ─ 든 현실을 본질적으로 대립적으로 발전적으로 전체적으로 인식해가지고 이 인식 우에 서서 모 ─ 든 현실을 구체적으로 현실적으로 그려야 되겠다는 것을 말함에 불과한 것이다"(「창작방법의 문제에 대하야 재론함(2)」, 『동아일보』, 1935.11.7)라고 했다. 이에 대해 한효는 유물변증법 자체가 창작방법이 될 수 없다고 하면서, 철학적 방법론과 창작방법을 혼동하고 있다고 안함광과 김두용을 모두 비판했다. 이처럼 세계관 우위의 리얼리즘 인식과 창작방법의 특수성을 세계관과 분리시킨 리얼리즘 인식은 쉽게 합의점을 찾을 수 없는 것이었다.

김두용의 입장에서 세계관보다 창작방법의 특수성을 이유로 예술성을 강조하는 리얼리즘의 논자에 대해서는 자연스럽게 사상성을 의심하게 되는 것이다. 김두용이 한효를 집중 비판했던 근저가 여기에 있었다. 물론 그는 과거 유물변증법적 리얼리즘 주장이 창작적 실천과정에서 유물변증법의 기계적 적용과 공식주의를 낳았던 오류를 보였다는 점을 인정하고, 변화된 현실에서는 그 나라의 사정을 반영한 창작방법으로 전환되어야 한다고 했다. 그런데 "창작도 근본에 있어서는 객관적 현실의 인식이라는 것이 토대가 되고 있는 이상 창작활동에 있어서도 결국은 철학적 세계관이라는 것이 작용하게 되는 것"(「창작방법의 문제에 대하야 재론함(9)」, 『동아일보』, 1935.11.16)으로 보았기 때문에, 계급혁명의 투쟁적 현실에 놓여 있는 당대 조선에서는 마르크시즘의 세계관이 작용하는 혁명적 리얼리즘이 되어야 한다는 것이다.

김두용은 사회주의 리얼리즘의 우익적 편향을 비판하면서도 그것이 혁명적 리얼리즘과 배치되는 것이 아니라 리얼리즘의 내용을 단지 달리 말한 것에 불과하다고 했다. 그것은 앞서 언급했듯이, 일반적 의미에서 '사회주의'는 사회주의 사상을, 그리고 '사회주의적' 임무는 곧 계급혁명의 의무를 그 내용에 따라서 말하는 것이기 때문에 사회주의 리얼리즘에서 그 내용적 특수성을 말할 때 혁명 적 리얼리즘이 된다는 것이다(「창작방법의 문제에 대하야 재론함(11)」, 『동아일보』, 1935.11.27). 여기서 사회주의 리얼리즘에 대한 김두용의 이해는 논리적 일관성을 잃고 논리적 당착을 보여준다. 왜냐하면 그는 사회주의 리얼리즘이 일본이나 조선 사회에 적합하지 않다는 주장을 펴면서도 프롤레타리아트의 혁명 단계에 있는 일본과 조선에서는 소비에트와 같은 사회주의 리얼리즘을 '전망'의 차원에서는 받아들일 수 있다고 했기 때문이다. 그렇다면 김두용은 사회주의 리얼리즘을 한편으로 사회발전의 단계와 관련시켜 이해하기도 하고, 다른 한편에서는 사회주의 사상에 입각한 리얼리즘이라는 단순하면서도 일반적인 의미로 받아들이기도 한 이중성을 보였던 것이다. 문제는 이러한 논리적 모순 내지 당착이 사회주의 리얼리즘 논자와의 합치점을 찾는 묘한 방편이 되었다는 점이다. 김두용과 한효 사이에 창작적 실천으로서의 세계관과 창작방법에 대한 의견의 일치를 보지 못했음에도 불구하고, 사회주의 리얼리즘에 대한 김두용의 이중적인 이해는 한효와의 의견 절충이 가능한 바탕이 되었던 것이다.[28]

이상에서 한일 양국에서 사회주의 리얼리즘의 수용과 관련하여 김두용

---

28) 「사회주의 리얼리즘 재검토」, 『조선문학』 제7호(1936.6)에서 한효, 안함광, 임화, 김두용 사이의 의견적 절충을 도모하는 서신을 공개하고 있다.

이 펼친 혁명적 리얼리즘론은 무엇보다 당대 정치현실에 대한 객관적 성찰을 근거로 전개되었다는 점에서 긍정적이다. 그리고 문학운동의 초기부터 견지한 세계관, 즉 사상성과 정치성을 우위에 두고 예술성보다 작가의 문학적 실천에 의미를 두었던 관점이 변함없이 유지되었다는 점도 문학가의 세계관이 일관성을 보였다는 측면에서 긍정적이다. 그러나 세계관 우위의 문학관은 문학의 예술성과 정치성의 복합적 관련에 대한 미학적 탐구로 나아가는 데 장애물로 작용했고, 사회주의 리얼리즘의 이론적 진전을 따라가기에는 자신의 문학에 대한 고정관념을 갱신하지 못하는 역부족을 보였다.[29] 비합법적 문예투쟁과 반제국주의의 문예투쟁을 정당화했던 무산자사 시절 이전의 강경한 입장은 이 단계에서 상당히 완화되었고, 그 대신 반자본주의 반봉건주의 투쟁을 위한 창작의 실천과 근로대중에 대한 사상 계몽에 문학행위의 중요한 의의를 두었다. 그렇지만 이는 일제의 파시즘 압력이 그만큼 거세었던 당대의 현실에서 김두용이 직접적으로 파시즘의 세력에 맞서기보다 전략적으로 사상 계몽운동을 표면에 내세움으로써 문예운동의 정치적 임무를 은밀하게 숨기고자 했던 것으로 이해할 수 있다.

3. 구인회와의 제휴, 반파시즘 통일전선의 문예조직운동론

김두용은 사회주의 리얼리즘의 수용과 관련한 논쟁을 펼치는 가운데, 다른 한편으로 당시 카프가 해체의 국면을 맞게 되는 상황에서 이를 타개하기 위한 전략적 방안으로 이른바 통일전선의 문예운동론을 제기했다.

그는 당시 조선의 문학 상황을 프로문학은 쇠퇴하고 초계급적 민족주의

---

29) 채호석, 「리얼리즘의 성과」, 역사문제연구소 문학사연구모임, 『카프문학운동연구』, 역사비평사, 1989, 109쪽에서 "김두용의 논리에는 작가의 세계관과 창작방법이 갖는 복잡한 상호관계, 그리고 당파성과 객관성의 변증법적 관계에 대한 깊은 철학이 없었다. 따라서 그는 사회주의 리얼리즘이 그 이전 단계와는 다른 이론의 새로운 단계임을 보지 못했다."고 문제점을 지적한 바 있다.

문학이 급격하게 발흥하고 있다고 진단했다. 그러면서 장차의 문학은 조선의 농민현실과 노동자의 비참한 현실을 그리는 농민문학과 노동문학이 민족문학의 근간이 되어야 하는데, 여기에 프로문학만이 대안이 될 수 있다고 주장했다(「전환기와 명일의 조선문학」, 『동아일보』, 1935.6.5~7).

그런데 김두용은 프로문학을 옹호하면서도 유독 '구인회(九人會)'에 대해 특별한 관심을 가졌다. 카프가 쇠퇴하는 기로에서 카프에 대한 반항으로 결성되었다고 본 구인회지만, 이들은 카프와 부르주와 민족주의문학 진영의 어느 쪽에도 가담하지 않는 이른바 중간파적 작가들로 향후 진보적 작가로의 변화가 가능할 수 있다고 생각했기 때문이다. 그렇지만 이들의 당대 문학 경향에 대한 김두용의 전체적인 평가는 일단 비판적이었다. 구인회는 작가별 성향의 차이를 보여주지만, 공통적으로 개인주의적 순수예술을 주장하는 집단이라는 것이다. 김두용은 "아무 사상성도 없는 문학이라는 것은 세상에 존재할 수 없는 것"(「「구인회」에 대한 비판(2)」, 『동아일보』, 1935.7.30)이라고 하며, 예술작품의 위대성은 예술성에 있는 것이 아니라 사상성, 즉 작가의 세계관에 있다는 평소의 지론에 따라 구인회 작가들이 사상성을 거부하고 예술성을 옹호하는 것은 소부르주와적 의지만을 드러낸다고 비판했다. 그럼에도 그는 구인회를 완전히 배격하기보다 오히려 카프의 지도적 역할을 전제로 카프와 제휴할 것을 다음과 같이 주장했다.

> 조선의 푸로작가, 비평가는 「카프」가 해체된 오늘날 다시 과거를 재비판하고, 다시 전진하는 동시에 무엇보다도 자기 자신의 실력을 강화시키는 동시에 그 힘에 의하야 「구인회」 작가와 손을 잡고 정당히 이를 지도하면서 전진하여야 될 것이다. 기계적 배척 혹은 반박은 가장 우열한 일이다. 동시에 「구인회」 작가들도 조선민중의 생활의 길을 찾으려 헤매는 이때에 자아의 완성 속에 들어 백이지 말고 참으로 붓을 칼날로 삼고 용진하여야 될 것이다

— 「「구인회」에 대한 비판(4)」, 『동아일보』, 1935.8.1

　김두용은 구인회를 비판하면서도 '기계적 배척 혹은 반박'은 가장 어리석은 일이라 하며 카프와의 제휴를 주장했다. 왜 그랬을까? 이에 대해 김외곤이 1935년 6월 21일부터 25일까지 프랑스 파리에서 개최된 문화옹호 국제작가회의의 결의문이 국내에 소개되고, 이어서 모스크바에서 개최된 코민테른의 제7차 대회(1935.7~8)에서 「파시즘의 공세와 파시즘에 반대하고 노동자계급의 통일을 지향하는 투쟁에서의 코민테른의 임무」가 채택되었던 사실과 관련하여 파악한 바 있다.[30] 그런데 김두용의 구인회에 대한 비판과 제휴 주장이 시기적으로 위의 회의 결과에 대한 국내의 소개나 논의보다 앞서 있다[31]는 점에서 국내의 사정으로부터 자극을 받았을 개연성은 희박하다. 문화옹호 국제작가회의와 제7차 코민테른의 회의 결과가 일본에서 먼저 소개되고 논의되었던 사정을 감안한다면, 김두용이 일본 내의 문단 사정으로부터 자극을 받아 반파시즘 인민해방의 통일전선을 위한 일환으로 일본에서 조선예술좌와 동경신극연구회와의 통합과 병행하여 국내 문단에 대해서도 카프와 구인회 세력과의 전략적 제휴를 제안했을 것으로 본다.

> 　조선에 있는 문학자의 협조 문제를 논의할 때에 우리는 신자유주의 운동으로서의 이 문제를 수리할 것이 아니라 근본적에 있어서는 이 문제를 반팟쇼 전선통일의 문제로서 환영할 필요가 있다. 이것은 순전한 이론적 문제가 아니요, 실천적 문제이요 힘의 문제일 것이다.
>
> — 「조선문단의 평론 확립의 문제」, 『신동아』 제54호, 1936.4, 62쪽

---

30) 김외곤(1995: 351~365).

31) 정인섭이 「최근세계문예사조」, 『신동아』 제47호(1935.9)에서 문화옹호 국제작가회의의 결과를 처음 소개했으며, 『동아일보』는 1935년 10월 12일부터 19일까지, 『조선일보』는 1936년 1월 3일과 4일에 그 내용을 알렸다. 김두용의 구인회에 대한 비판이 1935년 7월 28일부터 8월 1일까지 이루어졌으니, 국내의 국제작가회의 소개에 비해 그 시기가 상당히 빠른 편이다.

김두용은 국제작가회의의 결과를 정인섭(鄭寅燮), 최재서(崔載瑞) 등이 파시즘의 비합리주의와 반지성주의에 대항하는 좌우 문학 진영의 협력을 통한 신자유주의 문학운동으로 해석한 것[32]을 「문학의 조직상 문제」(『조선중앙일보』, 1935.11.26~12.5)를 통해 강하게 비판하면서, 그것은 반파시즘의 전선 통일을 위한 실천적 조직과 힘의 강화를 위한 것이라고 파악했다. 그리고 이는 사상성을 방기한 예술성의 옹호가 아니라 고상한 차원에서의 사상성과 예술성의 결합을 추구하는 것이며, 부르주와 자유주의에 대항하는 진보적 작가의 단결을 통한 통일전선을 부흥시키는 것이라고 했다. 김두용은 프롤레타리아적 경향과 그와 동반하려는 진보적 작가들에 대해서만 미래의 전도가 있다고 파악하고(「프로문학의 전도」, 동아일보』, 1935.1.7), 궁극적으로 프로작가들과 진보적 작가들의 협력을 주장했던 것이다.

그런데 진보적 작가의 단결을 위한 통일전선의 대상이 왜 구인회였는가? 여기에 구인회의 작가들 중 특히 유치진에 대한 김두용의 개인적 이해와 평가가 중요하게 작용했다고 본다. 김두용은 구인회 작가들 중 유치진에 대해서만은 "「철저한 현실의 파악」을 창작의 기본적 방법"으로 삼고 있는 작가라 하고, '가장 진보적 작가'라는 수사도 붙이고 있다. 비록 유치진의 과거 작품들인 <토막>이나 <버드나무 선 동리의 풍경>은 니힐리즘적 경향을 보여주었지만, 일본 동경에 있으면서 "현실의 파악으로부터 「대중성의 개척」을 목표로 재출발"했으며, 이에 따른 첫 작품이 <소>라는 것이다(「「구인회」에 대한 비판(1)」, 『동아일보』, 1935.7.28). 유치진의 희곡 <소>에 대한 김두용의 긍정적인 평가는 후일 그가 직접 이 작품을 연출하여 조선예술좌의 공연에 올리기도 한 이유가 되며, 다음과 같이 구인회와의 협력 이유가 되었던 것이다.

---

32) 정인섭의 위의 글(「최근세계문예사조」)과 최재서의 「이상적 인간에 대한 규정 – 지적 협력 국제협의 담화회 보고」, 『조선일보』, 1937.8.23~8.27

　　이번에 조선예술좌의 지구공연을 통하여 근 삼천여 명 관중의 유치진 작
「소」에 대한, 혹은 한태천 작 「토성랑」에 대한 소감을 들을 때에, 더욱이 「소」
에 있어서는 퍽이나 흥미 있게 보았다고 한다. 물론 그것의 연출에 있어서 작
가의 일관한 「니힐리즘」과 퇴폐적 요소는 배제하고, 조선 현실의 역사적 내
용을 전면에 고조한 관계(3막은 커트한 데가 4개소 중 2개소이었다)도 있었
지만, 적어도 우리로써 조선의 작가의 작품 속에서 진보적 요소를 살리고 그
것을 발전시키고 협력할 이유는 작품을 통하여서도 명백하지 않은가 생각
한다. 그러므로 나는 전에 구인회 작가와 협력하고 지도하라는 말을 한 일이
있었다.

— 「조선문단의 평론 확립의 문제」, 64~65쪽

　　김두용은 이와 같이 '진보적 작가'로서의 유치진에 대한 기대, 특히 작
품 그의 희곡 <소>의 긍정적 평가를 배경으로 구인회 작가들과의 협력
을 주장했다. 그러나 김두용과 사회주의 리얼리즘 논쟁을 벌이고 있던 한
효는 민족문학파와 계급문학파와의 협조는 물론 계급문학파와 '중간적
그룹'으로 규정한 해외문학파, 구인회 등과의 협조도 불가능한 일로 단정
하고 김두용의 주장을 다음과 같이 반박했다.

　　해외문학파, 구인회 등의 중간적 그룹에 대하야 이들은 엄연한 의미
에 있어서 한 개의 사상적 내용을 가진 문학적 유파는 못 된다. 그것은
항상 동요되고 분화되는 소뿌르조아층이다. …(중략)…
　　우리는 민족문학파만은 그것이 반동적이고 비계급적이면서도 사
실상에 있어서 …(중략)… 한 개의 문학적 유파로 간파하고 또한 승인할
수 있으나 해외문학파만은 아모러한 편견을 가지고도 문학상의 한 개
의 유파로 인정할 수가 없는 것이다. 물론 구인회 역시 그러타!
　　그럼으로 이들과 계급문학 혹은 민족문학파와의 협조란 엄정한 의
미에 있어서 불가능한 것이다. 그것은 협조될 성질의 것이 아니라 그 자
신의 계급적 분화에 의하야 필연적으로 어느 계급에 귀속되어질 성질
의 것인 까닭이다.

1930년대 김두용의 반파시즘 프로문예운동의 세 방향 ∣ 박경수　97

― 「조선문단 협조 문제」, 『예술』 제4호, 1936.1, 24~25쪽

한효는 해외문학파와 구인회를 진보성을 가진 중간적 그룹으로 보지만, 사상적 통일성을 가진 문학적 유파로 인정하지 않았기 때문에 계급문학파와의 협조 자체가 원천적으로 성립될 수 없다는 입장이다. 김두용은 이에 대해 협조와 협력은 서로 다른 것으로, "전진하기 위한, 진보적 작가를 예를 들면 오늘날 정세 하에 있어 협동전선을 취할 필요상"(「로맨티시즘론―창작방법 문제 재론의 계속(완)」, 『동아일보』, 1935.12.10) 협력하되, 그것은 프로작가의 지도를 전제로 한 것이라고 응수했다. 프로작가와 구인회 작가와의 협력에 의한 프로문예운동, 즉 반파시즘의 통일전선에 의한 문예운동은 김두용의 적극적인 제안에도 불구하고 실천되지 못했다. 이른바 '전주사건'으로 비롯된 카프 맹원에 대한 일제의 전면적인 검거 사건으로 카프는 결국 해체되고 말았고, 구인회도 문학이념의 결속성을 갖지 못한 채 여러 작가들의 친목적 모임 내지 군집의 성격을 크게 벗어나지 못하고 작가 개인의 문학활동에 맡겨진 채 흐지부지 해체되고 말았다. 이런 점에서 김두용의 반파시즘 통일전선의 문예운동 주장은 개인적 주장을 넘어서지 못했을 뿐만 아니라 실천적 의미를 획득하지 못한 한계를 가진 것이었다. 그러나 김두용 자신의 경우, 문예운동의 정치적 복무를 일관되게 주장하면서 사회주의 이념의 경직성에 치우쳤던 그동안의 한계에서 벗어나 정치성과 예술성의 결합을 추구했다는 점에서 프로문예의 미학적 인식을 위한 개방적 사고의 가능성을 보였다. 더 나아가서 문학사적 측면에서 김두용의 통일전선론은 당대 진보적 문학의 결속을 위한 실천적 성과를 거두지 못했다고 해도 진보적 문학의 새로운 타개책을 제시했다는 점에서 긍정적인 평가를 할 수 있다.

Ⅲ. **결 론**

이 글은 1930년대 중반 이후 김두용의 문학운동이 조선예술좌의 참가를 통한 진보적 민족극 운동, 사회주의 리얼리즘을 둘러싼 창작방법 논쟁에서 제기된 혁명적 리얼리즘과 관련된 문예창작 운동론, 그리고 반파시즘 통일 전선론의 일환으로 구인회와의 협력을 주장한 문예조직 운동론의 세 방향 으로 전개되었다고 파악하고, 각 방향의 문학운동의 구체적 전개과정과 특 징을 집중적으로 고찰했다. 그 결과를 정리하여 제시하면 다음과 같다.

첫째, 김두용은 1933년 12월 검거로부터 1934년 4월 출옥하기까지의 소강상태를 거친 후, 1935년 5월 조선예술좌의 결성에 참여하는 것을 계 기로 새롭게 문학운동을 전개했다. 그는 조선예술좌의 위원장으로 있으면 서 직접 희곡을 창작하는 한편 연극 연출과 연극비평을 담당하면서 적극 적인 연극운동을 펼쳤다. 공연 대본이 전하지 않지만, 김두용의 희곡 <농 촌의 봄>은 일제하 국내 조선과 일본에서 겪는 농민들의 소작쟁의 현실 을 극화하면서 농민들이 권익을 쟁취하는 내용을 담고 있는 작품일 것으 로 추정할 수 있었다. 조선예술좌를 통한 진보적 연극운동은 일제의 탄압 으로 오랫동안 지속되지 못했지만, 재일 조선인들의 통합과 정체성 확인, 사회의식 고양, 민족어 연극을 통한 민족교육 등 민족극 운동으로서의 의 의가 컸다고 보았다.

둘째, 김두용이 사회주의 리얼리즘의 수용과 관련하여 한일 양국에서 펼친 혁명적 리얼리즘론은 무엇보다 당대 정치현실에 대한 객관적 성찰을 근거로 전개되었다는 점에서 긍정적으로 평가할 수 있었다. 그리고 문학 운동의 초기부터 견지한 세계관, 즉 사상성과 정치성을 우위에 두고 작가 의 문학적 실천을 강조했던 문학관이 일관되게 유지되었다는 점도 호의적 인 평가를 할 수 있었다. 그러나 세계관 우위의 문학관은 문학의 예술성과 정치성의 복합적 관련에 대한 미학적 탐구를 저해했으며, 사회주의 리얼 리즘의 이론적 진전을 미처 따라가지 못하는 역부족을 보였다. 그렇지만 비합법적 문예투쟁과 반제국주의의 문예투쟁을 정당화했던 무산자사 시절 이전의 강경한 입장은 이 단계에서 상당히 완화되었고, 그 대신 반자본주의 반봉건주의 투쟁을 위한 창작의 실천과 근로대중에 대한 사상 계몽에 중요한 의의를 두고 리얼리즘론을 전개했다.

셋째, 김두용의 반파시즘 통일전선의 문예운동 주장은 문화옹호 국제작가회의와 제7차 코민테른의 회의 결과에 자극 받아 제기된 것으로, 일본 내에서 조선예술좌와 동경신극연구회와의 통합을 성사시켰으며, 이에 힘입어 국내에서는 카프와 구인회와의 협력을 실천적 방안으로 제기하는 것으로 나타났다. 그러나 사회주의 이념의 경직성에서 일정 정도 벗어나면서 정치성과 예술성의 결합을 추구했다는 점에서 프로문예에 대한 미학적 인식의 계기를 마련했다. 아울러 문학사적 측면에서 당시 진보적 문학이 나아갈 활로를 현실적 차원에서 모색했다는 점에서 의의를 부여할 수 있었다. 그러나 국내에 제기한 반파시즘 통일전선의 문예운동론은 구체적 실천을 이끌어내지 못하고 개인적 차원의 주장을 넘어서지 못했다는 점에서 상당한 한계가 있었다.

김두용의 문학운동에 관한 논의는 일제하의 문학공간만을 대상으로 할 수 없다. 그의 문학운동이 해방기와 북한의 문학에도 연결되어 있다는 점에서 문학운동의 전개과정과 성격을 전체적으로 아우르는 논의가 펼쳐질 필요가 있다. 그리고 그의 진보적 문학운동이 갖는 의의와 한계도 다양한 시각에서 조명될 필요가 있으며, 그의 생애와 문학운동의 과정에 놓여 있는 많은 틈새도 좀 더 풍부한 자료 조사와 검토를 통해 메워져야 할 것으로 생각한다.

▪참고문헌

권영민,『한국 계급문학 운동사』, 문예출판사, 1998.

김영민,『한국문학비평논쟁사』, 한길사, 1992.

김외곤,『한국근대리얼리즘문학비판』, 태학사, 1995.

김윤식,『한국근대문예비평사연구』, 일지사, 1976.

김인덕,『일제시대 민족해방운동가 연구』, 국학자료원, 2002.

민병욱,『일제 강점기 재일 한국인 연극운동』, 연극과 인간, 2000.

박경수,「일제하 재일 문학인 김두용의 반제국주의 문학운동 연구 － 제3전선사
　　　에서 코프(KOPF)의 해체까지」,『우리문학연구』 제25집, 우리문학회,
　　　2008.

박명용,『한국프롤레타리아문학연구』, 글벗사, 1992.

안광희,『한국 프롤레타리아 연극운동의 변천과정』, 도서출판 역락, 2001.

역사문제연구소 문학사연구모임,『카프문학운동연구』, 역사비평사, 1990.

유문선,「정치적 과제와 문학운동 － 김두용론」, 김윤식・정호웅 편,『한국문학
　　　의 리얼리즘과 모더니즘』, 민음사, 1989.

이강렬,『한국사회주의연극운동사』, 동문선, 1992.

이승희,『한국 사실주의 희곡, 그 욕망의 식민성』, 소명출판, 2004.

임규찬 편,『일본 프로문학과 한국문학』, 연구사, 1987.

장사선,『한국리얼리즘문학론』, 새문사, 1988.

정혜경,「1930년대 재일 조선인 연극운동과 학생예술좌」,『1930년대 예술문화
　　　운동』, 국학자료원, 2003.

정희모,「1930년대 창작방법 논쟁과 카프문학의 미학」,『한국 근대비평의 담론』,
　　　새미, 2001.

조정환,『민주주의 민족문학론과 자기비판』, 연구사, 1989.

조진기,『한일 프로문학론의 비교 연구』, 푸른사상, 2000.

최유찬,「1930년대 한국리얼리즘론 연구」, 이선영 외『한국근대문학비평사연구』,
　　　도서출판 세계, 1989.

金政明 編,『朝鮮獨立運動 IV－共産主義運動 篇』, 東京: 原書房, 1966.

藤石貴代,「金斗鎔と在日朝鮮人文化運動」, 大村益夫 外,『近代朝鮮文學におけ
　　る日本との關係樣相』, 東京: 綠蔭書房, 1998.

朴慶植 編,『在日朝鮮人關係資料集成 第2卷』, 東京: 三一書房, 1975.

朴慶植,『在日朝鮮人運動史－8・15解放前』, 東京: 三一書房, 1979.

朴慶植,『解放後在日朝鮮人運動史』, 東京: 三一書房, 1989.

三好行雄 外 編,『日本現代文學大事典－人名・事項篇』, 東京: 明治書院, 1994.

星野達雄,『金斗鎔と星野きみ』(비매품), 自家本, 1992.

李修京,「金斗鎔の思想形成と反帝國主義社會運動」,『日本語文學』제38집, 日本
　　語文學會, 2007.

任展慧,『日本における朝鮮人の文學の歷史』, 東京: 法政大學出版局, 1994.

鄭榮桓,「金斗鎔と「プロレタリア國際主義」」,『在日朝鮮人史研究』제33호, 在
　　日朝鮮人史研究會, 2003.

박용철 시론 연구

정 훈

I. 머리말

서른다섯의 짧은 인생을 살다 간 박용철(1904~1938)은 우리에게 시론 가라기보다 시인으로 더 잘 알려져 있다. 창작과 시론을 병행하여 1930년 대 모더니즘 조류의 한복판에 있었던 시인 김기림이 정작 시인보다 시론 가로 더욱 명성을 얻은 사실과 또 다른 측면에서 볼 때 박용철에게 시인이 란 이름이 더 낯설지가 않다. 그가 죽고 난 이듬해 간행된 『박용철 전집』(동광당서점, 1939)에는 창작 시뿐만 아니라 번역, 시 비평, 시론들처럼 여 러 장르에 걸친 그의 글들이 실려 있다. 또한 시 전문지 『시문학』(1930)의 발행인으로서 1930년대 문단에 활기를 불어넣었다. 그는 순수시의 옹호 자이자 서구 시론에 밝은 이론가로서 일관된 목소리를 낸 사람이기도 했 다. 김윤식은 1930년대 전후 한국 시사를 규명하기 위해서는 박용철의 저 변을 알지 못하고는 거의 불가능할 것[1]으로 보았는데, 박용철의 시론이

---

1) 김윤식, 「순수시론－박용철론」, 『한국근대작가논고』, 일지사, 1974, 124쪽.

갖는 시대 의미뿐만 아니라 그의 존재 자체가 여러 방면에 끼친 영향을 무시할 수 없다는 사실을 나타낸 것이라 볼 수 있다.

박용철이 활동했던 시기가 근대 신문학의 초창기를 지나 서구 문학 이론이 속속 소개되고 이른바 모더니즘파 문인들이 각기 재량을 뽐내던 때임을 감안하면, 그의 등장은 주류 문단의 한 모서리에서 개성을 띤 존재로 이해해야지만 그의 부각과 독특한 면모를 가늠할 수 있다. 그는 시인이기 전에 잡지발행인으로서, 독문학을 전공한 외국문학가로서 각각 수완과 서구 교양을 갖췄다. 당시에 일정한 서구 문학의 지식과 시 창작을 가능하게 하는 감수성을 지닌 문사라면 대부분 그랬듯이 그도 상경과 일본 유학을 통해 문학의 자양을 길러 왔다.[2] 어릴 때부터 총명해서 수재란 말을 곧잘 듣고 자란 그가 시에 전력을 다하게 한 직접 원인은 김영랑이었다. 『시문학』 창간 때 정지용과 함께 영랑의 이름이 들어가 있고, 그가 죽을 때까지 죽마고우로서 또한 문학의 동지로서 함께 해 왔던 이들의 우정은 한국 문단에 드물다.

카프의 쇠퇴와 판에 박힌 모더니즘과 주지·과학 시론[3]의 등장 속에서

---

2) 전집에 따르면 박용철은 1904년 전남 광산군에서 태어나 광주 공립보통학교를 나오고, 상경하여 배재학당, 배재고등보통학교를 다녔다. 배재에 적을 둔 문인으로는 박영희·김기진·김복진 들이 있었다. 그뒤 일본으로 건너가 靑山學院, 동경 외국어학교 독일문학과에 들어가 수학하고 연희전문학교 문과에 편입하게 된다. 그러나 그는 어느 학교도 끝내 졸업하지 못하였고 처음부터 문학에 전심한 것이 아니라 여기저기 방황한 것 같고 『시문학』을 창간할 때까지 향리생활을 해 온 것으로 되어 있다. 김윤식은 이를 '장자의식'과 누이를 통해 심리적 균형을 확보하려는 'sister-complex'에서 찾고 있다. 김윤식, 위의 책, 125~126쪽 참조.

3) 대개 김기림을 두고 이러한 비판을 한다. 30년대를 대표하는 비평가로 최재서, 김환태와 함께 김기림을 내세운 김인환은, 김기림의 비평이 단순하게 모더니즘이라는 말로 일괄할 수 없으며 또한 형식주의자와 일견 갈라지는 면이 있다고 보았다. 김기림의 분명한 개성을 찾아볼 수 있는 「모더니즘의 역사적 위치」(김기림, 『시론』, 백양당, 1947, 75쪽)에서 '말의 음으로서의 가치, 시각적 영상, 의미의 가치, 이 여러 가지 상호작용에 의한 전체적 효과를 의식하고 일종의 건축학적 설계'를 포함한 것이 자신이 생각하는 새로운 시의 성질이라고 한 점을 들어 김기림의 시 비평의 장점을 짚어내는 김인환의 관점은, 이 대목에서 유추할 수 있는 '전체시론'의 형식성을 간과했다고 볼 수 있다. 김인환, 「김기림의 비평」, 『문학과 문학사상』, 悅話堂, 1978, 89~93쪽 참조.

박용철은 '조선시의 정통'을 찾기 위한 모색을 하게 된다. 그의 시작(詩作)과 잡지 발행과 시론은 이러한 일념에 이루어진 것이다. 그의 순수시론은 어찌 보면 시의 본질에 이르고자 하는 모색이었으며 탐색이었다. 이 글은 박용철 시론의 특색과 방향을 그가 쓴 시와 비평 의식 사이의 상관관계를 중심으로 살펴보고 아울러 그의 시론이 지니는 의미를 고찰하는데 목적이 있다.

Ⅱ. 시와 시론의 관계 양상

창작과 비평을 겸한 문인의 문학세계를 고찰할 때 몇 가지 연구 방법이 있을 수 있다. 그 둘을 따로 떼어내어 연구하는 것과 서로 묶어서 종합을 꾀하는 방법이 있다. 그리고 연대기를 통한 방법이다. 지금까지 박용철에 대한 연구가 시보다는 시론 쪽에 집중해 있고 연대기나 전기의 측면에서 그의 문학을 규명하는 방법이 흔했다.[4] 초점을 어디에 두느냐에 따라 한 작가의 문학 의미가 달라진다. 시인 박용철을 문제 삼을 때 김영랑과 비슷한 시의 세계를 가졌다든가 『시문학』 창간으로 그의 시관(詩觀)의 일단과 함께 순수시를 창작한 정황 등을 고려해야 한다. 그는 처음부터 문학에 뜻을 두지 않았고 여러 학교를 다니면서 우등생이었으며 잡기에 능한 이공계 지망생이었다. 또한 누이를 둔 장남[5]으로서 집안의 기대를 한 몸에 받

---

4) 김용직은 박용철에 대한 연대기 연구 방법이 갖는 한계를 이렇게 지적하기도 한다. "그러나 이 때(연대기 방법을 취하는 경우 − 정훈) 우리는 상당한 부작용에 부딪히기도 한다. 한마디로 정보 − 자료라고 하지만 그것은 이미 그 자체로 움직이기를 그친 여러 사실의 단편들에 지나지 않는다. 그들을 효과적으로 수용해서 문맥화하지 않고는 한때 살아 숨쉬고, 그 나름대로 독특한 발자취를 남긴 인간이 기능적으로 되살아나지 못한다. 그런 의미에서 연대기적 입장의 작가론은 지양·극복되어야 한다." 김용직, 「순수와 변용 − 박용철론」, 『한국현대시인연구』(하), 서울대출판부, 2000, 79쪽.
5) 전집에 따르면 위로 아들이 둘 있었지만 어려서 죽었기 때문에 용철이 법률상 장자가 되었다고 한다.

는 처지였다. 그런 그가 뒤늦게 시 잡지 발행과 시를 쓰게 되었다면 여기에 따르는 포부 또한 남달랐을 것이라는 사실을 충분히 짐작할 수 있다. 시에 대한 의식이 싹트고 문단에 갓 발을 들여놓은 박용철에게 다가온 시인 의식은 기존의 시단에 대한 비판과 함께 새로운 시 정신의 발휘에서 시작한다.

> 시라는 것은 시인으로 말미암아 창조된 한낱 존재이다. 조각과 회화가 한 개의 존재인 것과 꼭 같이 시나 음악도 한낱 존재이다. 우리가 거기에서 받는 인상은 혹은 비애 환희 우수 혹은 격렬 숭엄 등 진실로 추상적 형용사로는 다 형용할 수없는 그 자체수대로의 무한수일 것이다. 그러나 그것이 어떠한 방향이든 시란 한낱 高處이다. 물은 높은 데서 낮은 데로 흘러 나려온다. 시의 심경은 우리 일상생활의 수평정서보다 더 고상하거나 더 우아하거나 더 섬세하거나 더 장대하거나 더 격월하거나 어떠튼「더」를 요구한다. 거기서 우리에게까지「무엇」이 흘러「나려와」야만 한다.(그「무엇」까지를 세밀하게 규정하려면 다만 편협에 빠지지 말뿐이나) 우리 평상인보다 남달리 고귀하고 예민한 심정이 더욱이 어떠한 순간에 감득한 희귀한 심경을 표현시킨 것이 우리에게「무엇」을 흘려주는 자양이 되는 좋은 시일 것이니 여기에 감상이 창작에서 나리지않는 중요성을 갖게 되는 것이다.[6]

‘시란 한낱 高處이다.’는 명제를 가능하게 하는 밑바탕에는 시인과 시가 한데 맞물려 있지만 시가 시인이 창조한 ‘한낱 존재’인 사실이 깔려 있다. 일상생활의 정서와 다른 시의 정서는 시를 고귀하고 순정한 것으로 바라보는 관점에서 비롯한다. 존재론의 측면에서 일상의 삶의 감정과 어긋나고 예술로 더욱 비약하는 과정을 중요하게 여긴 박용철의 시관을 엿볼 수 있는 대목이다. 그가 순수 서정시만을 고집했다는 것과 여러 산문을 통해 시의 본질을 논하는 목소리에 힘을 줬다는 점을 생각할 때 귀족스러운

---

6) 박용철,『시문학』창간에 대하여,『전집』, 현대사, 1986, 142~143쪽.

시 세계와 시어(詩語)관을 희구했을 것이란 사실을 짐작할 수 있지만, 실상 그의 순수시관은 고답스러운 문학관과는 다르다. 일상생활에서 얻는 정서를 무시하는 것이 아니라 거기에서 깊이와 심안(心眼)을 갖춘 눈을 요구한다는 점에서 이를테면 사물의 이면을 들추어내는 시인의 자질을 시 창작의 기본 요소로 삼을 따름이다. 여기에는 언어의 조탁과 연마가 필요 조건으로 따른다. 그러나 그보다 더 중요한 것은 시인을 시인되게끔 하는 창조성이다. 이 창조성은 「시적변용에 대해서」에서 말한 "心頭에 한 點 耿耿한 불"을 잘 다스리는 데서 싹튼다. 시를 하나의 존재라고 단언하는 사유의 배경에 이런 시에 대한 가치관을 두고 있다는 사실은 나중에 그의 시론과 실제비평의 분석을 통해 확연해진다. 그러면 먼저 박용철의 시에서 어떻게 드러나는지 살펴보자. 그는 시문학파 동인인 정지용, 김영랑, 신석정과 아울러 시를 사회의 산물이 아니라 시인의 개성의 발로에 가까운 시작품을 만들어낸다. 개인의 심정이 언어로 표출하는 과정에서 생기는 시 전체의 분위기는 시인이 의도한 시 성취와 상관없이 한 개의 언어 존재로 그 휘광을 두른다. 그의 대표작 「떠나가는 배」는 서정시이면서 감정에 따라 흔들리지 않고 절제하는 어조가 느껴지는 시다.

나 두 야 간다
나의 이 젊은 나이를
눈물로야 보낼거냐
나 두 야 가련다

안윽한 이 항구-ㄴ들 손쉽게야 버릴거냐
안개같이 물어린 눈에도 비최나니
골잭이마다 발에 익은 뫼ㅅ부리 모양
주름ㅅ살도 눈에 읽은 아-사랑하든 사람들

버리고 가는이도 못 잊는 마음
쫓겨가는 마음인들 무어 다를거냐
돌아다보는 구름에는 바람이 희살짓는다
앞대인 언덕인들 마련이나 있을거냐

나 두 야 가련다
나의 이 젊은 나이를
눈물로야 보낼거냐
나 두 야 간다.

ㅡ「떠나가는 배」

위의 시와 「고향」을 두고 김용직은 "그의 우수나 상실감정 속에는 대개 사유의 속성이 깃들여 있는 것이다. 범박하게 보면 이것은 호흡 영역의 확장 시도인 동시에 정신의 깊이를 수용하려는 노력"[7]이 보인다고 지적하고 있다. 그러나 서정시의 정상에 해당하는 시를 쓰려고 했던 박용철에게 시의 주제나 사상 내용보다 앞섰던 것은 순간의 느낌이나 정서를 붙들어 매고 환하게 결빙시키는 일이었다. 8년 남짓한 창작 기간 동안 남긴 수작이 몇 편 되지 않았던 까닭도 이러한 완벽주의 창작태도에서 비롯하지 않았을까 생각한다. 「떠나가는 배」의 경우 허송한 세월을 떠나보내려는 시인의 마음에 깃든 결의가 '눈물'에 함축해 있는 칠정(七情)의 온갖 배설물들에 흡수되지 않겠다는 표현으로 드러나고 있다. 이 부분은 여러 가지 함의를 가지고 있다고 볼 수 있다. 1920년대의 감상과 허무에서 벗어나 시의 시다운 창작 의지를 불태우는 것과 함께 시인 개인의 문제와도 무관하지 않다.[8] 장남으로서 집안에 큰 기대를 받았으나 수월하지 않았던 저간의

---

7) 김용직, 앞의 책, 85쪽.
8) 김윤식의 분석에 따르면 「떠나가는 배」의 '이 세상에 마음 끌릴 곳 없어/호올로 이러나다 스사로 사러지는/즐거움 모르는 바람'의 상태는 그가 사랑과 문학을 향한 열정의 출발일 따름이라고 하여, 그것은 곧 제2의 청춘의 출발의 의미이며, 사랑과 시가 이 싸늘한 시인에게 표리의 관계로 은밀히 타올랐던 것이라 보고 있다. 김윤식, 앞의 책, 128쪽.

시골생활과, 여동생 교육 문제와 여성 문제처럼 그의 발목을 잡았던 여러 문제들에서 벗어나 해결의 실마리를 잡고 더욱 큰 포부를 위하여 상경하는 청년의 원대한 꿈에 이 시는 놓여 있는 것이다. 그가 산문을 쓰면서도 시 창작에 게을리 하지 않은 점은 죽고 나서 부인 임정희가 전집 간행을 위해 발견한 많은 미발표시들에서도 확인할 수 있다. 그 가운데 제목을 붙이지 못한 몇 편의 시들 중에서 그가 일관하여 주창해 온 시의 순수 관념과 실제의 괴리에 고민을 한 흔적이 엿보이는 작품이 있어서 눈길을 끈다.

조그만 시인이여 어찌 내 앞에와 서는가
내 앞에 와서 무슨 말을 써보려는가
아프리카의 탁 터져 끝없는 벌판에
욱어진 숲그늘과 촬촬거리는 시내물이 그리워
내눈이 눈물을 흘린다고 마치
계집애의 사랑을 잃고 가슴짜내여 우는
두볼 여윈 시인의 얼골로 내날을 그리려는가
나의 가슴을 네 가슴에 받아드리여
나의 굵은 말을 네 말을 삼으라 시인이여

—「失題」

시란 한낱 존재라는 시인의 사고를 상기할 때 높은 자리에서 아래로 흘러내리는 시의 발현은 바야흐로 창조의 상태를 야기하면서 당당히 드러난다. 이 시에서 '나의 굵은 말'과 '네 말'은 일상의 감정 상태에서 더욱 비껴난 정서의 고양에서 주고받는 상상의 체험인바 뮤즈의 강림으로 시를 쓰기가 어려울 뿐만 아니라 '조그만 시인'이란 구절에서도 알 수 있듯이 시인보다는 그로 말미암아 나오는 '존재'의 실체인 '시'를 갈구하는 마음이 좀 더 크다. '순수'는 박용철에게 고통스러운 시작(詩作)의 과정에서 탄생하는 실체의 이미지이다. 이는 사회의 문제를 담은 시대의식이나 사회의식을 배제하고[9] 심미 가치를 중요하게 여기는 가운데 끄집어낼 수 있는 개념이다. 이것은 그가 「시적 변용에 대하여」에서 말하는, 시에 앞서는 '선시(先詩)'의 문제로써 박용철의 시론에서 핵심을 차지하는 부분과 관련이 깊다.

Ⅲ. 순수시론과 비평의식

죠르쥬 뿔레는, 비평의식은 다른 사람의 의식에 흐르는 어떤 것을 자신의 것으로 포착하는 독자의 의식[10]이라고 했다. 작품에 들어 있는 자연스럽고 근본이 되는 의식 형태를 발견하고 이를 수용과정에서 현상화하는 일이라고 볼 수 있다. 이런 관점의 특징은 작품과 수용자 사이에 놓여있는 예술의 공분모를 추출하여 존재의 본질에까지 사유하게 만드는 통로가 가능하다는 점이며, 예술가와 비평가의 합일 지점을 나타낼 수 있는 점이다. 1930년대 한국문학에서 적어도 시 작품의 근저에 흐르는 무형의 원질을 창작 행위뿐만 아니라 소통의 문제에서 회복해야 할 가치문제로 의식한 비평가로 박용철을 들 수 있다. 여기서 카프파의 반영론과 사회 효용론이 지니는 대응 관계는, 언어를 매개로 해서 작품의 본질 양상을 환기, 독자에게 아름다움의 쾌감을 주는 순수시론에 따르면 부정해야 할 도식에 지나지 않게 된다. 시의 존재를 사회 효과의 측면에서 부정하는 것이 아니라 더욱 높은 차원에 있는 시심(詩心)을 회복하고 현현(顯現)하는 미의 효용을 강조한다는 점에서 그의 시론은 당시 한국 시단에 독특한 데가 있다. 그의 순수시론과 비평의식은 A.E 하우스만의 시론에 영향을 받은 부분이 크다. 그 자신이 하우스만의 「시의 명칭과 성질」을 번역했다는 사실이 이를 뒷받침한다. '시는 말해진 내용이 아니라 그것을 말하는 방식'이라는

---

9) 김명인, 「밀실과 절망의 순수의식」, 『떠나가는 배』, 미래사, 1991, 125쪽 해설부분 참조.
10) 죠르쥬 뿔레(조한경 옮김), 『비평과 의식』, 탐구당, 1990, 284쪽.

명제로 집약할 수 있는 하우스만의 이 글의 요지는 시를 바라보는 시각에서 독자의 감성과 인상, 표현의 독창성에 무게를 두어 시 표현에서 순간의 미감을 설명한다. 우리는 이것이 일종의 낭만주의의 예술과 관련이 있음을 눈치 챌 수 있다. 시인의 영감이 창조의 원천이 되는 '천재' 개념의 의미 또한 여기서 발원한다. 박용철 시론이 낭만스럽고 센티멘탈한 특징이 있다면 하우스만의 낭만스러운 시 해석과도 무관하지 않을 것이다.

> 내가 내 마음속을 살펴서 여기 대한 더 명확한 判別을 해본다면 나는 詩的想이라는 그런 것이 따로 있다고 말할 수는 없다. 내 생각 같아서는 산문으로 표현하기에 너무 고귀한 진리 너무 심원한 관찰 너무 고양된 감정이란 있지 않다. 내가 인증할 수 있는 최고는 이렇다. 어떠한 想들은(다른 것들은 그렇지 않은데) 친절하게도 시적 표현에 몸을 허락하는 것이고 또 그것들은 시로부터 제게 영광을 입히고 저를 거진 변용시킬 만한 騰揚을 받는 것이오 시가 그것과 別物이라는 것도 분석에 의해서가 아니면 관찰되지 못한다.[11]

산문과 다른 시 표현이란 쉽게 말해 시 언어에 의해 '몸을 허락하는 것'이다. 그렇지만 시의 언어 형식과 시 속에 담긴 내용이 별개의 것이 아니라는 사실도 유추할 수 있는데, 하우스만에 따르면 시의 상들은(또는 이미지나 주제) '변용'이라는 과정을 거쳐야만 하는 것이고 이것이 시를 낳게 만드는 영감을 유추하는 단서가 된다. 하우스만은 이 글의 다른 대목에서 시를 "이성적인 것보다는 육체적인 것"이라고 보았다. 시를 통해 감각을 불러일으키게 하는 요소를 사상과 불가분의 체험요소로 상정하는 일은 예술 작품 자체의 형식에 주목하는 형식주의에 시인의 타고난 재능의 용해를 의미화하는 작업이 보태질 때 좀 더 용이해진다. 또한 박용철은 릴케의 예술관을 주로 인용하여 자신의 시론을 전개하는 「시적 변용에 대하여」

---

11) A.E 하우스만(박용철 옮김), 「시의 명칭과 성질」, 『전집』, 58~59쪽.

에서는 유려한 언어로 다음과 같이 말한다.

> 영감이 우리에게 와서 시를 잉태시키고는 수태를 고지하고 떠난다. 우리는 처녀와 같이 이것을 겸허히 받들어 길러야 한다. 조금이라도 마음을 놓기만 하면 消散해 버리는 이것은 鬼胎이기도 한다. 완전한 성숙이 이르렀을 때 태반이 휘둥그란이 돌아떨어지며 새로운 창조물 새로운 개체는 탄생한다.[12]

시인에게 어느 순간 다가온 영감을 시화(詩化)하기 위한 능력은 연마하고 조탁하는 부지런함이 요구된다. '선시(先詩)'의 문제를 시 쓰기의 가장 중요한 요소로 여겼던 박용철인 만큼 시 이전의 불기둥과도 같은 강렬한 상태를 조련하기 위해서는 성숙하기를 간절히 바라고 기다리는 자세 또한 시인의 자질 가운데 하나가 되는 것이다. 그러나 이렇게 한편의 시가 창조되었다고 할 때, 작품이 '효용'을 가지기 위해서는 부득이하게 독자의 능력 또한 문제되는데, 그의 「효용주의적 비평론강」에서 이에 대한 견해를 추출할 수 있다. 예술 작품을 평가할 때 고려해야 하는 사항들을 열거 · 설명하고 있는 이 글은, 그가 '시적 변용'이 일어나는 과정인 그의 전체 예술 비평의 한 단면의 뜻을 지닌다. 이러한 부분들은 좀 더 세분화해서 '사회적 사실' · '효과의 실증적 측정' · '비평가의 직능' · '在來의 비평론' · '예술의 특성' · '비평의 요강'으로 나누고 이들에 대한 꼼꼼한 서술을 이끌어낸다. 위 항목들에서도 알 수 있듯이 비평의 소임에 주의를 기울인다. 작품이 창작되는 일련의 과정에서 그의 순수시론의 대강을 드러내고 여기에 비평의 가치를 언급함으로써 '시인 — 작품 — 독자(비평)'의 전체 메커니즘에까지 그의 사유가 확대됨을 우리는 확인할 수 있다. 이 비평이 「문예월간」 창간호에 실렸다는 사실을 염두에 두면, 박용철이 당시 시단에 던진 회심의 역작임을 쉽사리 간파할 수 있다. 임화의 계급주의 문학관과

---

12) 박용철, 「시적 변용에 대하여」, 위의 책, 8쪽.

선을 긋는 것은 물론 과거의 인상주의 비평이 가진 개인 체험의 국한성에 대해서도 비판의 칼날을 들이댄다. 그가 마르크스 비평이 지닌 폐해는 예술발생학의 무지와 관련한다고 보고 예술의 독특한 존재를 다시금 일깨워야 한다는 대목에 이르러 단순히 작품의 효용가치를 사회 토대에만 두고 있지 않음을 확인시킨다.

> 최근에 문예비평의 신방면을 개척한 것이 맑스의 유물사관을 예술학에 이용한 예술의 사회학이다. 그 전의 문학이론이 많이는 개인의 천재 재능에 치중하고 예술을 다른 사물에서 독립시켰음에 반하야 예술도 다른 정신현상과 同一히 사회적 경제적 기초 우에 핀 꽃이라 하야 예술의 발생을 그 사회의 물질적 생활과 경제조직에서 연역적으로 설명하려 한다. 맑스주의가 우리 심리에 따라 예술의 사회적 기초를 설명하는 데는 적지 않은 성공을 얻었으나 그 반면에 예술의 생리학이라고 부를만한 예술의 특성—웨 많은 사회현상 가운데 예술 현상이 분화되여 오는가 웨 한 계급의 예술적 표현이 특히 甲 이라는 예술가를 통해서 이루어지는가 웨 예술가 乙 은 예술가 丙보다 더 강한 표현력을 가졌는가 —에 대한 고구가 아즉까지 부족하여 예술발생학으로서의 완성을 보지 못하고 있다. 또 작품의 평가에 있어서도 그의 정치적 영향만을 결정하기에 급하야 그 영향을 일으키게 하는 예술 獨特의 경로를 이해치 못하는 嫌이 있다.[13]

예술의 발생과 분화에 대한 이해와 작품의 평가에서 정치의 영향 따위를 우선하는 경향을 비판하고 있다. 비록 마르크스주의 예술론을 범박한 수준에서 이해하고 있다 하더라도 그의 예술관이 단순한 사회 경제의 밑바탕에 근저하고 반영론에서 벗어나고 있음을 알 수 있다.

그의 순수시론은 김기림·임화와 함께 벌인 기교주의 논쟁과 정지용·김기림·김영랑 들에 대한 실제비평을 통해 더욱 세밀해진다. 시론이

---

13) 박용철,「효용론적 비평론강」, 위의 책, 29~30쪽.

원론의 측면에서 접근하는 이론의 성격이 강한데 비해서 실제비평은 시론의 큰 틀을 바탕으로 각 작품의 가치평가를 행하고 그 예술 수준을 가늠한다는 점에서 현실의 적용에 가깝다. 그는 기교주의 논쟁14)에서 그의 '선시적'인 의미를 드러내고 있다. "우리가 두 개 이상의 언어를 한 자리에 모아놓으면 그 의미를 가지고 또 음향을 가진 단어들은 충돌하기도 하고 어울리기도 하여서 그 한 단어의 의미나 몇 단어의 논리적 총화로서만은 측정할 수 없는 미묘하고 무한히 傳播해가는 효과를 우리 심리에서 일으킨다. 그것을 이론적으로 강조시킨 것은 분명히 현대시의 공적이다. 그야 언어(그 의미와 음향의 종합체인)를 가지고 기하 모양의 도안(흔히 말하는 저 대단한 기하학적 예술의 意가 아니라) 이 사람의 심리에 일으키는 것과 유사한 효과를 일으키는 종합을 시킬 수도 있을 것이다. 그러나 필자가 고집하는 관점은 이것이 우성적(accentric)이 아니여야 한다는 것이다. 출발을 규정하는 목적없이 그저 무어든 맨들어보리라는 목적 밖에는 없이 이것 저것을 맞추다가 「아 이것 그럴듯하고나」 식으로 이루어지는 것이 아니라 이미 정신 속에 성립된 어떤 상태를 표현의 가치가 있다고 판단하고 그것을 표현하기 위해서의 길로 가는 것을 말함이다."15) 현대 모더니즘의 방향에서 나타나는 과학 시론의 문제점을 들고 이 방법론이 야기하는 언어의 조합보다 '정신 속에 성립된 어떤 상태'에 대한 정교한 관찰을 우선해야 한다는 논지이다. 그의 선시론은 어떻게 보면 시의 궁극을 파헤치려는 의지의 산물이라 해야 한다. 그가 기교의 문제를 두고 그것이 "목적에

---

14) 이 논쟁은 임화가 박용철을 김기림과 동일한 기교주의자로 몰아친데서 발단했으나 정작 박용철은 김기림을 상대로 나왔다. 이 논쟁에서 박용철은 "김기림씨의 기교주의 시론이라는 것은 필자가 전 능력을 경주해서 격파하고자 하던 多年의 숙제로, 그러나 實地에 成遂하지 못한 대상 그것"이라 분명히 밝히고 있다. 김기림의 성급한 도식주의-소위 센티멘털 로맨티시즘이라 하여 성급한 낭만주의 공격(흄의 사상을 오해한 경우), 존재의 시와 단위의 시로서의 대립, 청각과 시각으로서 구분 따위를 박용철은 격파하려 했던 것이다. 이상은 김윤식, 위의 책, 142쪽.
15) 박용철, 「「기교주의」 설의 허망」, 『전집』, 22~23쪽.

도달하는 도정"이라거나 그보다 먼저 "예술 이전이라고 부르는 표현될 충
동이 있어야 한"다고 보는 것도 이에 해당한다.

그가 정지용과 김영랑의 시를 고평했다는 사실은 널리 알려져 있다. 더
욱이 김영랑의 四行曲이 천하일품이라거나, 정지용을 두고 '시인의 시인'
이라는 찬사를 보낸 점이다.

> 우리가 한가지 강렬한 감정에 잠길 때에는 우리의 호흡과 맥박에 변
> 동이 생기고 영혼의 미분자의 파동은 異形을 그릴 것이다. 정지용씨는
> 이 시(「유리창」을 말함 – 정훈)에서 호흡을 호흡으로 표현하므로 그의
> 전감정을 표현하려고 한 것이다. 이 얼마나 엉뚱한 변설의 앙양이냐.[16)

이를테면 신들림의 상태에서 쓴 시가 바로 「유리창」이라는 것이고, 호
흡을 날것으로 하여 시 언어로 표현한 데서 시가 빛을 발하는 것이라는 말
이다. 박용철의 비평은 이렇듯 상당히 유려한 특징을 보이면서도 정작 시
창작에는 「떠나가는 배」를 포함해서 몇 편을 빼곤 이렇다할만한 성과를
내지 못하고 있다. 이것은 두 가지 측면에서 논의할 수 있다. 첫째, 시론과
비평을 비롯하여 창작, 번역, 에세이까지 아우르고 있는 그의 글쓰기에서
비평 글쓰기에 그의 장점을 발휘한다. 두 번째로 『시문학』(1930), 『문예
월간』(1931), 『문학』(1934) 과 같은 시 잡지 창간과 아울러 순수시 정립을
위해 시문학파의 문학 태도를 논리성 있는 언어로 표현하고 입지를 강화
시키기 위해 각별히 비평에 노력을 기울였다는 점이다. 이 두 가지 측면은
동시에 진행되기도 하고 우리가 그 진의를 따질 수 없는 연유가 있겠지만,
그의 시론과 비평이 당시 문단의 눈길을 받기에 충분했다는 사실은 부인
해서는 안 될 것이다. 그가 일찍 죽는 바람에 그의 문학 업적이 더 이상 진
척되지 못한 점은 아쉬운 일이다. 비평에 대한 자의식이 남달랐으며 이때

---

16) 박용철, 「을해시단 총평」, 위의 책, 92쪽.

까지 한국문학에서 가져보지 못한 순수시론의 정립을 위해 공력을 들였던 문학 정신은 마땅히 다시 평가받아야 할 것이다.

Ⅳ. 순수시론의 지향점과 그 의미

1920년대부터 한국문학은 크게 민족문학과 계급문학이 서로 대립하는 형태로 발전해 왔다. 여기에 해외문학파가 가세해 1930년대에 들어서면서 우리 문학은 양으로나 질로나 이전 시기와 견줄 수 없을 만큼 다채로워졌다. 그러나 카프가 침체에 빠지고 해산하기에 이른 것과 맞물려서 계급문학은 더 이상 활로를 개척하지 못하고 그 역사의 의미를 상실해 가고 있었고 '조선심'으로 대변하는 민족문학은 시조부흥운동과 같은 지엽의 문제에 매달려 그 시대의 문학 구성원들의 중심이 되기에는 모자랐다. 이렇게 민족문학·계급문학의 특징이 문학을 어떤 방법의 도구나 수단으로 여겨 자신들의 사상 헤게모니를 이루려고 한 점은 아직 우리 문학의 초창기의 의식 형태에서 완전히 벗어나지 못했다는 반증이 되거니와 이후 모더니즘과 '순수서정시'17)의 뚜렷한 성과는 '문학' 자체가 지닌 특성을 의미심장하게 되새겨보는 기회를 마련하는 계기가 된 점에서 다행이라 볼 수 있다.

시문학파의 등장은 비단 박용철을 중심으로 한 몇몇 동인들의 의욕뿐만 아니라 순수서정시가 지닌 언어의 물질 존재 양상의 고찰이 이루어져야 한다는 분위기 형성도 크게 한몫을 했다고 보아야 할 것이다. 시문학파의 구성원이었던 이양하는 줄곧 서구 시론의 소개에 주력하였던 바, 그의

---

17) 정효구는, 1930년대 순수서정시 운동의 시대 의미에서 조금 첨가할 부분이 있다고 하면서, 그것의 시대 의미를 탐구하는 일과, 당대에 창작된 순수서정시의 실상을 밝히고 역시 그것의 시대 의미를 따져보는 일이 필요하다는 문제의식을 내보인다. 정효구, 「1930년대 순수서정시 운동의 시대적 의미」, 김용직·김은전 외,『한국현대시사의 쟁점』, 시와시학사, 1991, 283쪽.

「조선 현대시의 연구―그 비평 이전의 향수과정에서」(1935)에서는 I.A
리차즈의 이론을 바탕으로 시와 비평의 정의와 기준을 확정할 수 없는 말
이전의 체험의 중요성으로 말하는 부분은 '언어'를 문학의 중심 문제로 올
려놓은 시문학파 경향과 맥을 함께 한다. 그는 "우리가 이러한 설명이나
정의에서 엇는 것이 잇다면 그것은 우리가 시의 엇더한 것인가를 曾得하
는 데 잇다느니보다 도로혀 우리의 전달 수단인 언어가 시를 말하기에 아
직 엇더케 조잡한 것이며 불완전한 것인가를 깨닷는 데 잇다는 것이 정당
하지 아니할까 한다."[18]고 말하며 언어의 불완전성과 시의 관계가 밀접하
게 연결되어 있음을 내비친다. 이양하의 견해가 시문학파의 언어관을 대
변한다고 보기에는 무리가 있지만 박용철의 순수시론 또한 '先詩적'인 것
과 '존재론적'인 것으로 자신의 시론을 전개하고 언어와 세계가 맺는 불연
속적인 속성에 주목하고 있는 점에서 서로 연결된다. 당시 김기림이나 임
화의 논점에 비판을 하고 나선 박용철의 시론이 기교주의 논쟁을 기점으
로 자기만의 논리로 부각된 점은 특이할만하다. 주지주의를 소개하고 이
를 자신의 시론의 거름으로 삼은 김기림과, 비록 해산되었지만 카프의 맹
렬한 일원이었던 임화의 틈바구니에서 제 자신의 목소리를 내었던 박용철
이다. 그는 기술과 도구로서 시를 파악하는 관점에 반기를 들었다. "행이
던 불행이던 시는 인간적이오 기술은 어데까지나 목적에 대한 수단이
다."(「기교주의의 허망」)고 진술한다. 시를 존재 자체라고 보는 관점이 시
가 인간으로부터 만들어져 나온 구조물이라는 사실을 부정하지 않는다는
점을 알 때 시에 부여한 '인간적'이란 술어는 쉽게 이해할 수 있다. 다만
그는 시를 창조하는 인간의 체험과 감정 상태를 중요하게 바라보았다는
점이고, 이 상황에서 꽃 피운 시 예술의 독특성에 '선시적'이라는 중요한
과정을 설정하였던 것이다.

---

18) 이양하, 「조선현대시의 연구」, 『조선일보』, 1935.10.4~11; 이상은, 김윤식 편, 『한국모
　　더니즘비평선집』, 서울대학교 출판부, 1991, 125쪽 참조.

김춘수의 무의미시론이나 이승훈의 비대상시론 이후에 전개되고 있는 비인간의 시가 '순수시'라는 이름으로 일컬어지고 있는 현실의 상황에서, 여러 가지 역사의 맥락과 시인 개인의 체험이 융합되어 표출하는 '순수시'의 복층을 음미할 필요가 있다. 박용철은 분명히 조선 시에 대한 탐구와 모국어의 사랑에 그의 순수시론을 전개했다. 언어의 형식뿐만 아니라 그 언어에 녹아 있는 정신 또한 그에게는 본질에 이르는 중요한 성분으로 보았던 것이다. 물론 언어의 형식과 내용은 뗄 수 없는 관계에 있다. 언어 형식을 통해서 정신을 유추할 수 있는 것이 아니라 언어란 매개가 바로 존재성을 띠고, 이 존재성이 배태되어 나온 자리에 어떤 언어로도 풀이할 수 없는 시의 정신이 들어 있다는 것이 박용철 시론의 핵심이다.

참고문헌

편집부 편,『박용철 전집』, 현대사, 1986.

박용철,『떠나가는 배』, 미래사, 1991.

김윤식,『한국근대작가논고』, 일지사, 1974.

김윤식 편,『한국모더니즘비평선집』, 서울대학교 출판부, 1991.

김인환,『문학과 문학사상』, 悅話堂, 1978.

김용직,『한국현대시인연구』(하), 서울대출판부, 2000.

김용직・김은전 외,『한국현대시사의 쟁점』, 시와시학사, 1991.

죠르쥬 뿔레(조한경 옮김),『비평과 의식』, 탐구당, 1990.

「소설가 구보씨의 일일」 연구

차 선 일

Ⅰ. 문제제기

박태원은 문학 자체의 자율성과 예술성에 대한 철저한 인식을 바탕으로 새로운 창작기법을 적극적으로 실천함으로써 1930년대 모더니즘 소설의 확립에 크게 기여한 작가이다. 그러나 그는 후기에 이르러 모더니스트로서의 면모를 탈피하고 현실세계의 객관적 제시에 치중하는 리얼리즘 작가로 변모한다. 박태원 소설연구의 한 가지 난관은 이러한 모더니즘 소설에서 리얼리즘 소설로의 변모과정을 쉽사리 해명하기 힘들다는 점이다. 그 어려움의 근본적인 원인은 그러한 변모가 박태원 개인의 문학적 행보를 넘어서 1930년대 모더니즘 문학의 한계와 극복이라는 문학사적 문제와 관련되어 있기 때문이기도 하다.

그런데 대체로 박태원의 모더니즘 소설은 긍정적인 평가를 받는 반면에 리얼리즘 소설에 대해서는 부정적 평가가 지배적이다. 부정적인 평가의 이유는 박태원의 리얼리즘 소설들이 당대 현실 사회에 대한 객관적인 제시에는 성공하였으나, 사회구조적인 모순에 대한 냉철한 비판의식과 역사적인 총체성 속에서 바라보는 역사의식은 부족[1]하다는 것이다. 모더니즘 소설에 대한 긍정적인 평가 역시 미적 가공 기술의 혁신과 언어의 세련성[2] 등 기법상의 성과에 한정되며, 그 사상성의 감퇴에 대해서는 부정적인 평가가 뒤따르고 있다. 내용과 형식을 분리하여 문학적 가치를 평가하는 잣대는 원론적인 차원에서 재고될 필요가 있지만, 보다 본질적인 문제는 긍정과 부정의 엇갈린 평가가 고착되면서 전기 모더니즘 소설에서 후기 리얼리즘 소설로 나아간 변모를 단절적인 것으로 파악하게 된다는 점이다. 요컨대 박태원 문학에서 모더니즘과 리얼리즘의 상관성이 단절적인 양상으로만 포착되고 연속성의 측면이 부각되지 않는 것이다.

본고는 커다란 격차를 지닌 박태원의 문학적 변모를 연속적인 관점에서 해명할 수 있다는 전제 하에, 그의 작가적 세계관이 집약되어 있으며 후기 리얼리즘 소설로의 이행을 예시하는 단초가 담긴 「小說家 仇甫씨의 一日」을 면밀하게 분석하는데 목적을 둔다. 흔히 『川邊風景』을 기점으로 그의 후기 리얼리즘 소설이 본격적으로 시작된다고 하지만, 『川邊風景』은 변화된 작가적 세계관이 완결된 지점에서 발표된 작품이기 때문에 그 변화의 과정을 직접적으로 살펴볼 수는 없다. 「小說家 仇甫씨의 一日」은 박태원의 모더니즘 문학이 하나의 정점에 다다른 작품이자 그 한계마저 분명하게 드러나고 또한 반성적으로 인식되고 있는 작품이다. 박태원의 리얼리즘 계열의 소설에 대해서 현실 사회에 대한 객관적 제시에만 그치고 사회구조적 모순을 꿰뚫어보는 비판의식이 부족하다는 평가는 일면 타당하지만, 보다 중요한 것은 『川邊風景』과 같은 "생활도 아니고 실험도 아닌"[3] 중립적인 시각의 세태소설로 귀결될 수밖에 없었던 어떤 인과적

---

1) 정현숙, 『박태원문학연구』, 국학자료원, 1994, 333쪽.
2) 서준섭, 『한국 모더니즘문학 연구』, 일지사, 1988.
3) 김윤식, 『한국현대문학사상사론』, 일지사, 1992, 68쪽. 김윤식은 『川邊風景』을 두고 "고현학 쪽에서 보면 여지없는 수준 미달의 작품이며 생활(리얼리즘) 쪽에서 보면 모랄이 빠

필연성을 밝히는 작업이다. 박태원의 문학에 있어서 후기 리얼리즘 소설에서 드러난 한계는 전기 모더니즘 소설을 철저하게 검토함으로써 해명할 수 있으리라는 것이 본고의 관점이다.[4]

II. '仇甫'의 탄생

'소설가 仇甫'는 박태원 자신의 분신으로 가공된 인물이다. 박태원은 '仇甫' 외에도 '泊太苑', '夢甫', '丘甫' 등의 필명을 썼는데,[5] '仇甫'라는 이름은 「소설가 구보씨의 일일」에서 처음으로 사용되어 이후 박태원과 동일시되는 칭호로 굳어진다. 작품에서 박태원과 소설 속 인물 '仇甫'의 동일시 현상은 「소설가 구보씨의 일일」이라는 작품과 박태원의 연관성으로 인해 당대의 독자들이 양자를 일치시킨 측면이 강하지만, 이는 결과적으로 박태원이 의도한 결과라고 할 수 있다. 작품 발표 이후에 박태원이 '仇甫'라는 이름을 자신의 필명으로 차용함으로써 독자에게 소설 속 인물과 작가 자신을 일치시키도록 하였다는 사실이 그것을 증명한다.[6] 이런

져 버렸거나 세계관의 결여로 말미암은 한갓 세태풍속 묘사의 소설 수준에서 멈춘 작품"이라고 비판한다. 이는 『川邊風景』이 방법론상 고현학에서 전면 후퇴한 작품으로 보는 것인데, 실상 『川邊風景』은 고현학의 방법론에 가장 충실한 작품이라고 할 수 있다. 「小說家 仇甫씨의 一日」, 「애욕」 등의 작품도 고현학의 방법론에 따라 쓰여졌지만, 이들 소설들에서는 고현학 자체에 대한 탐구, 고현학이 가능한 조건과 고현학을 행하는 관찰자에 대한 물음이 보다 중요한 문제가 된다. 고현학의 방법론을 모더니즘의 방법론과 일치시키게 되면 고현학조차 모더니즘과 리얼리즘의 어느 한쪽에 속하는 것으로 양단되어 버린다. 고현학은 모더니즘적 사유를 거쳐 리얼리즘적 모습으로 완성된 박태원 고유의 방법론으로 이해하는 것이 타당하다.

4) 이와 관련하여 「세태소설론」에서 임화는 『川邊風景』을 비판하고 있으면서도 「小說家 仇甫씨의 一日」과 『川邊風景』의 연속성을 인식하는 관점을 보여준다는 점에서 주목된다. "그러나 나는 『仇甫氏의 一日』과 『川邊風景』과의 사이에는 作者 朴泰遠氏의 精神的 變貌가 潛在해있다고는 생각지 않는다. 똑같은 정신적 立場에서 씨워진, 두개의 作品이라고 보는게 가장 妥當하 觀察일 것이다." 임화, 『文學의 論理』, 學藝社, 1940, 350쪽.

5) '泊太苑'은 초기에 시, 평론 등을 발표할 때 사용하고, '夢甫'는 1930년에서 1931년 사이 주로 번역할 때 사용된 필명이다. 정현숙, 앞의 글, 30쪽.

사정으로 「소설가 구보씨의 일일」 이후 '仇甫'라는 아호는 박태원이라는 본명을 대신하게 되는데, 훗날 박태원은 이에 관해 다음과 같이 술회한다.

> 다만 「小說家 仇甫氏의 一日」을 발표하였던 인연으로 하여 以來 10여년 「仇甫」가 나의 아호 행세를 하고 있다는 것을 여기서 밝힌다. 지금도 「仇」자를 불쾌히 생각하여 「九甫」로 대하려는 이가 있거니와 내 자신도 결코 이 아호아닌 아호에 조금이나 애착을 느끼고 있는 것은 아니다. <u>當者의 의사나 감정은 털끝만치도 존중한 줄 모르는 文友諸君이 기어코 일을 그렇게 꾸며버리고 만 것이다.</u> 이제부터 나는 단연 「丘甫」인 것을 선언한다.[7](밑줄은 인용자)

이 대목에서 소설 속의 '仇甫'가 '자연인 박태원'을 대신하였다는 사실을 확인할 수 있는데, '자연인 박태원'과 '소설가 仇甫'의 차이는 작가 박태원이 의도적으로 고안해낸 장치의 일종이다.[8] '소설가 仇甫'라는 허구적 장치는 '자연인 박태원'의 존재와 동일시 현상을 수반함으로써 이루어지는 미학적 자의식 또는 자기반영성의 한 형태이다.[9] 요컨대 미학적 자

---

6) 이는 仇甫라는 명칭의 이중적 사용을 통해 독자를 박태원의 의도 속으로 끌어들이는 역할을 하는 또 다른 허구적 장치를 작품 바깥에서 실행하는 것이다. 류수연, 「고현학과 관찰자의 시선」, 『민족문학사연구』 제23호, 2003, 342~343쪽.

7) 박태원, 『聖誕祭』, 乙酉文化社, 1948, 「後記 – 안하여도 좋은 말들」; 정현숙, 앞의 책, 30쪽에서 재인용.

8) 김윤식은 '자연인 박태원'과 '소설가 仇甫'를 의도적으로 구분하는 명칭의 고안을 소설제작과정을 그대로 드러내기 위한 '고현학'의 방법론이라고 보았다. 그에 따르면 '고현학(modernologie)'이란 본래 현대인의 생활을 조직적으로 조사 연구하여 현대의 풍속을 분석 해설하는 학문을 일컫는데, 그것이 박태원에 의해 소설의 방법론으로 수용될 때는 소설가라는 공적인 인간의 사생활을 드러내는 한편 소설제작과정 자체를 소설화하는 두 측면으로 나타난다고 파악한다. 김윤식, 「고현학(考現學)의 방법론」, 『한국현대문학 사상사론』, 일지사, 1992, 46~75쪽.

9) 김윤식은 이러한 박태원 특유의 미학적 자의식이 곧 고현학의 방법론이라고 보았다. 그런데 류수연에 따르면, 본래 리얼리즘적 경향을 드러내는 한 방식인 고현학이 모더니스트 박태원에게 있어서는 모더니즘적 실험의 일환으로 수용된 것이다. 그러한 연유는 외부세계에 대한 고현학적 관심이 미성숙한 근대의 우울한 모습을 지닌 경성의 거리에 반사되어 근대적인 한 개인인 관찰자의 내면을 객관적으로 관찰하는 것에 집중되었기 때문이다. 즉 박태원에게 있어서 고현학의 대상은 외부세계가 아니라 관찰자의 내면세계가

의식의 전략은 동일시와 차이를 통해 이중적으로 수행되는 것이다. 그렇다면 이러한 미학적 자의식의 목적과 그것이 가능한 발생적 조건은 무엇일까?

　우선 '소설가 仇甫'라는 문학적 장치가 작품 밖에서도 실행되기 위해서는 객관세계 자체가 일종의 허구적 담론으로 재구성될 수 있는 새로운 담론 영역과 자율적 장의 토대가 마련되어야 한다. 주지하다시피 박태원은 '갓빠 머리'로 경성거리를 활보하며 세인의 관심을 끄는 등 세련된 도회적 감각으로 당시 유행을 선도하였던 것으로 유명한 모던 보이였다. 또한 대학노트를 끼고 다니다가 다방에 앉아 소설을 집필하는 모습도 세인과 문단 내에서 화제를 낳았던 가십거리의 하나였다. 이러한 박태원의 모습은 새로운 문물과 문명을 추구함으로써 20세기의 문학을 실현하려고 하였던 모더니스트의 사상을 생활과 문학에서 실천하려는 의식의 산물이다.[10] 모더니스트로서 박태원의 문화적 의식과 기호, 행위패턴 등은 새로운 문학담론을 구성하기 위한 구체적인 생활영역에서의 실천적 표지에 해당한다. 그러한 실천적 표지들이 사회적으로 공인되고 그 가치를 인정받게 됨에 따라 박태원을 비롯한 모더니스트들의 사상과 신념은 하나의 공적 담론으로 기능할 수 있게 된다. 그러나 이상과 함께 박태원의 작품은 당시 독자들로부터 거센 항의와 비난을 받았고, 박태원의 경우 연재소설을 중단하기도 했다. 당대 독자들과 모더니스트들이 지녔던 근대적 지식 수준의 현격한 괴리에도 불구하고 박태원 등이 문학적 신념과 사상을 포기하지 않고 지속적으로 작품활동을 할 수 있었던 배경에는 구인회 문인들의 특수한 존립방식이 놓여 있다.

되는 것이다. 류수연은 박태원의 소설에서 모더니즘적 요소와 함께 리얼리즘적 성격과 전근대적인 가치에 대한 옹호가 드러나는 이유를 리얼리즘에 기반한 고현학을 모더니즘적 수법으로 변용시킨 박태원 특유의 고현학의 성격에 찾는다. 류수연, 앞의 글, 355쪽. 류수연의 논의는 고현학을 사소설적 경향으로도 이해했던 김윤식의 논의와는 부분적으로 상반되고 있다.
10) 김기림, 「모더니즘의 역사적 위치」, 『김기림 전집 2』, 심설당, 1988, 56쪽.

카프 등과 같은 선명한 문학이념을 내세우거나 조직적 실체성이 명료한 문학단체와 달리 구인회는 발표매체의 장악을 통해서 문단질서의 재편을 추구하였던 집단이었다. 『조선중앙일보』의 학예부장인 이태준을 비롯, 『매일신보』의 학예부장인 조용만, 『조선일보』의 기자 김기림, 『문학타임스』 및 『조선문학』 초기 발행인이자 『동아일보』의 객원기자인 이무영, 『가톨릭청년』의 문예면을 담당한 정지용 등 구인회 구성원들은 당시 영향력 있는 저널리즘 매체를 대부분 장악하고 있었다.[11] 이러한 문인들의 저널리즘 장악은 문학이 공적 영역으로서 사회적 소통기능을 발휘할 수 있는 사회적 기반이 확보되었다는 사실을 말해주는 것이다. 공적 담론으로 유통되고 소비될 수 있는 문학적 담론의 사회적 기반 강화는 구인회 집단이 추구하였던 예술로서의 문학에 자각, 즉 문학의 자율성에 대한 미적 신념과 결합되면서 새로운 문단 세력에 의한 강력한 문학 담론을 생산하게 된다.

이상, 박태원 등이 새로운 문학적 경향과 기법을 의식적으로 실험하며 문단 내 무관심과 독자들의 항의와 불만에 직면해서도 예술가적 자부심과 높다란 자존심을 잃지 않았던 배경에는 구인회 집단이 담론적 생산영역과 소통영역을 장악한 문학 내적 상황이 놓여 있었다. 박태원의 미학적 자의식을 형성하는 한 줄기는 구인회 집단의 존립방식과 실증적인 연관성을 가진다고 할 수 있다. 특히 구인회의 다른 구성원들과 달리 박태원, 이상, 김유정 등은 문인이라는 직함 외에는 특별히 다른 직업에 종사하지 않았던 예외적 인물들이다. 이와 같은 사실은 그들이 구인회 내에서도 순수한 예술가 또는 문인의 사회적 존재방식에 대해 누구보다 뚜렷한 자의식을

---

11) 대부분의 기존 논의에서 구인회는 그 조직적 실체성이 의심스러운 문학단체로 간주되곤 하지만, 그것은 구인회를 카프에 대항하는 최대의 집단조직으로 규정하면서 카프의 조직적 성격에 상응하는 실체성을 구인회에 투사한 것에 지나지 않는다. '구인회의 조직적 성격은 언표된 문학이념의 유무나 조직적 실체의 명료함으로 판명되는 것이 아니라', 발표 매체의 장악을 통해서 이루어진 것이다. 박헌호, 「구인회를 어떻게 볼 것인가」, 『근대문학과 구인회』, 깊은샘, 1996, 18~19쪽.

가졌을 것이라는 추측을 뒷받침한다.

'仇甫'라는 이름 자체에서도 구인회와의 관련성이 어느 정도 암시되고 있고, 본명으로 대신해버린 자신의 아호에 대한 박태원의 술회에서도 '仇甫'라는 이름이 "文友諸君"에 의해서 존속될 수 있었던 상황을 말해주고 있다. 여기서 "文友諸君"이란 직접적으로 구인회 집단을 가리키는 것으로 보아도 무방하다. 요컨대 '소설가 仇甫'는 "文友諸君"이라 불리는 특정한 문인집단의 호명에 의해서 비로소 존재하게 된다. 작품 밖에서도 실행되는 문학적 장치로서 '소설가 仇甫'의 발생적 조건은 "文友諸君", 즉 구인회 집단의 존립, 그리고 자율적인 문학장의 사회적 기반과 밀접한 관련성을 지니는 것이다.

"文友諸君"들 덕분에 '仇甫'로 행세할 수 있었던 박태원은 그러한 외부적 맥락, 곧 자율적인 문학장의 존재방식 혹은 소설쓰기에만 전념하는 문인의 생활방식 자체를 사유의 대상으로 삼는다. '소설가 仇甫'는 대학노트를 끼고 경성 거리를 산책하며 다방에 앉아 소설을 쓰는 구체적 개인으로서 박태원 자신을 대상화하는 한편 스스로가 생활세계와 대립하는 순수한 예술가 또는 문인의 모델로서[12] 제시되어 자율성을 추구하는 문학장의 존재방식이라는 문제를 인식할 수 있도록 매개하는 문학적 장치로 사용된다. 작품의 안팎에서 '소설가 仇甫'는 끊임없이 작가 박태원과 동일시되지만, '소설가 仇甫'는 미적 가상일 뿐이며, 1인칭이 아닌 3인칭으로서 '仇甫'라는 이름 자체가 그러한 동일시에 저항한다. 동일시되는 한편 대상화하고 객관화시키는 차이작용의 거리를 통해 소설쓰기 자체, 예술가적 문인의 존재방식, 자율적인 문학장의 사회적 기반 등 문학의 내재적 관계가 의식되고 사유의 대상이 되는 것이다.

「소설가 구보씨의 일일」의 방법론이자 사상적 주제와 등가에 놓이는 미학적 자의식은 문학이 사회적·문화적 자본가 맺고 있는 내재적 관계를

---

12) 여기에는 이상, 김유정 등을 포함시켜야 한다.

고백하며, 생활세계와 관련된 문학의 사회적 기반을 회의적 시선으로 탐색한다. 「소설가 구보씨의 일일」은 모더니즘이라는 낯선 형식을 창출하기 위해 그 객관적 대상물인 도시적 풍경을 찾아 나서는[13] 고현학의 방법론이 좌초된 지점에서 그 원인을 반성적 자의식으로 성찰하는 소설이다. 근대적 풍경을 기록하는 고현학, 곧 모더니즘을 창출하기 위한 소설쓰기가 실패할 수밖에 없었던 원인을 문학의 내재적 관계와 외재적 관계를 함께 고찰하는 사유의 산책을 통해 살피는 것이 「소설가 구보씨의 일일」인 것이다. 이를 위한 핵심적인 방법론적 장치가 '소설가 仇甫'의 창안이라고 할 수 있다. 그것은 자율적인 문학의 존재방식을 외적 관찰에만 의존하여 탐색하지 않고 문학의 내재적 관계를 고백하고 숙고함으로써 미적 합리성의 가능성에 대해 반성적으로 접근하기 위한 방법이라고 할 수 있다.

III. '仇甫'의 고독

'仇甫'는 고독하다. '仇甫'의 고독은 존재론적 결핍에서 기인하는 것이 아니라, 특수한 사회적 상황의 산물이다. '仇甫'의 어머니는 "고등학교를 졸업하고도, 또 동경"유학까지 다녀온 아들이 무직자로 지내는 사실을 납득하지 못한다. 근대적 지식을 습득한 예술가적 문인으로서 '仇甫'는 생활을 영위할 경제적 수단과 지식인이자 작가로서 자신의 사회적 지위를 유효하게 만들어주는 사회적 제도의 보호를 받지 못한다. 그러나 금전적 가치로 환원되지 않더라도 특권적인 사회적 인정을 쟁취하려는 자율성의 정신에 따를 때, 그것은 부르주아적 삶과 일상의 세속적 욕망에 대한 혐오와 거부를 통해서 이루어진다.

---

13) 류보선, 「이상(李箱)과 어머니, 근대와 전근대」, 『박태원 소설연구』, 깊은샘, 1995, 62쪽.

황금광시대(黃金狂時代)—

저도 모를 사이에 구보의 입술을 무거운 한숨이 새어 나왔다. 황금을 찾아, 황금을 찾아, 그것도 역시 숨김 없는 인생의, 분명히, 일면이다. 그것은 적어도, 한 손에 단장(短杖)과 또 한 손에 공책을 들고, 목적 없이 거리로 나온 자기보다는 좀더 진실한 인생이었을지도 모른다. 시내에 산재한 무수한 광무소(鑛務所), 인지대 백 원. 열람비 오 원. 수수료 십 원. 지도대(地圖代) 십팔 전… 출원 등록된 광구, 조선 전토(全土)의 칠 할. 시시각각으로 사람들은 졸부(猝富)가 되고, 또 몰락하여 갔다. 황금광시대. 그들 중에는 평론가와 시인, 이러한 문인들조차 끼여 있었다. 구보는 일찍이 창작을 위하여 그의 벗의 광산에 가보고 싶다 생각하였다. 사람들의 사행심(射倖心), 황금의 매력, 그러한 것들을 구보는 보고, 느끼고, 하고 싶었다. 그러나, 고도의 금광열은, 오히려, 총독부 청사, 동측 최고층, 광무과(鑛務課) 열람실에서 볼 수 있었다. … 14)

경성역 대합실에서 '仇甫'는 쇠잔한 노파와 거리를 두며 꺼려하는 부르주아 신사를 경멸하고, "날마다 기름진 음식이나 실컷 먹고, 살찐 계집이나 즐기고, 그리고 아무 앞에서나 그의 금시계를 꺼내 보"는 "중학시대"의 벗에 대해 혐오스런 감정을 드러낸다. 그러나 "서정시인조차 황금광으로 나서는" 시대에 금전적 부와 일상적 행복을 추구하는 삶이 생활의 방도도 없이 "한 손에 단장(短杖)과 또 한 손에 공책을 들고, 목적 없이 거리"를 배회하는 소설가보다 "진실한 인생"일 수 있다고 고백하는 '仇甫'는 자신의 세속적 욕망을 부분적으로 승인하는 모습을 보인다. 자본주의적 일상의 세속적 욕망 추구를 전면적으로 부정하는 방식을 통해 부르주아적 삶의 허위성과 속물성에 저항하며 보헤미안적·댄디적 삶의 방식을 발명하는 서구 예술가 모델에 비교할 때, '仇甫'는 생활인으로서의 소외와 예술가로서의 고독을 견디지 못하고 양자 사이에서 갈등하고 배회하며, 가치판단에 있어서 유보적인 태도를 취한다.

---

14) 박태원, 「소설가 구보씨의 일일」, 『한국소설문학대계19 − 성탄제 外』, 동아출판사, 1996, 178~179쪽. 이하 인용은 본문에 쪽수만 표시.

젊은 내외가, 너덧 살 되어 보이는 아이를 데리고 그곳에가 승강기를
기다리고 있었다. 이제 그들은 식당으로 가서 그들의 오찬을 즐길 것이
다. 흘낏 구보를 본 그들 내외의 눈에는 자기네들의 행복을 자랑하고 싶
어하는 마음이 엿보였는지도 모른다. 구보는, 그들을 업신여겨볼까 하
다가, 문득 생각을 고쳐, 그들을 축복하려 주려 하였다. 사실, 4, 5년 이상
을 같이 살아왔으면서도, 오히려 새로운 기쁨을 가져 이렇게 거리로 나
온 젊은 부부는 구보에게 좀 다른 의미로서의 부러움을 느끼게 하였는
지도 모른다. 그들은 분명히 가정을 가졌고, 그리고 그들은 그곳에서 당
연히 그들의 행복을 찾을 게다.(163쪽)

소부르주아 가족의 일상적 행복에 일시적으로 동화되는 '仇甫'에게는
행복을 전유할 물질적 · 문화적 수단이 부재하거나 효력을 상실한 상태이
다. "한 손의 단장과 또 한 손의 공책"으로 상징되는 예술가적 삶의 방식
은 더 이상 행복을 보장해주지 못한다. 이는 "모더놀로지(modernologt, 考
現學)"와 "독서를 게을리하기"가 이미 오래되고, "지식의 고갈을 느끼"는
지적 · 정신적 정체 현상으로 나타난다.

처음 '仇甫'는 "조선 박람회"로 상징되는 근대적 문명과 도시 문물을
동경하고 향유하는 모던 보이이자, 새로운 문학적 모험을 감행하는 모더
니스트였다. 박태원의 실질적인 데뷔작이자 「소설가 구보씨의 일일」을
예고하고 있는 소설 「적멸」에서 소설가 '나'와 '레인트리를 입은 사나이'
가 보여주는 근대에 대한 막연한 동경과 현실인식의 추상성은 '초기 仇
甫'15)의 모더니즘적 지향이 다분히 의식적이고 관념적인 층위에서 이루

---

15) '초기 仇甫'는 본고에서 편의적으로 사용하는 개념이다. 류수연은 「적멸」에 나오는 "두
    인물, 관찰자로서의 '나'와 관찰되는 인물로서의 사나이가 사실 박태원의 내면을 분열
    시킴으로써 얻어진 인물일 수 있다는 가능성"을 설득력 있게 논증하고 있다.(류수연, 앞
    의 글, 340쪽) 요컨대 「적멸」의 소설가 '나'와 '레인트리를 입은 사나이'는 아직 일체화
    되지 못한 '소설가 仇甫'의 분열된 모습인 것이다. 「소설가 구보씨의 일일」의 미학적 자
    의식이 일차적으로 작가 박태원 자신의 내면을 대상화하여 반성적 자각을 이끌어내기
    위한 목적을 가지며, 그것이 '소설가 仇甫'라는 문학적 장치를 통해 방법론적 구체성을
    획득할 때, 「적멸」은 사유의 측면에서나 방법론의 측면에서 아직 미완의 단계에 머물러

어졌다는 사실을 말해준다.16) 그러나 그러한 모더니즘적 열정은 근대적 교육제도를 통해 학습된 한갓 관념이자 사상에 지나지 않았다. 근대적 풍경이 완전히 자리 잡지 못한 불균형한 상태의 도시 식민지 경성17)에서 모던 보이의 '갓빠 머리', 고현학, 미적 자율성 등은 일상적 삶과 현격하게 괴리된 상태로 추구됨으로써 현실적 기반 위에 착근될 수 없었다. '仇甫'가 고독을 사랑했던 일도 근대적인 것에 대한 맹목적인 모방 욕망이 만들어낸 가장(假裝)이었다.

> 일찍이 구보는 고독을 사랑한 일이 있었다. 그러나 고독을 사랑한다는 것은 그의 심경의 바른 표현이 못 될 게다. 그는 결코 고독을 사랑하지 않았는지도 모른다. 아니 도리어 그는 그것을 그지없이 무서워하였는지도 모른다. 그러나 그는 고독과 힘을 겨루어, 결코 그것을 이겨 내지 못하였다. 그런 때, 구보는 차라리 고독에게 몸을 떠맡기어 버리고, 그리고, 스스로 자기는 고독을 사랑하고 있는 것이라고 꾸며 왔는지도 모를 일이다. …(164쪽)

'가장된 고독'이 은폐하는 것은 세속적인 가치들에 대한 욕망이다. '仇甫'는 "약간의 금전이 가져다줄 수 있는" 행복에 만족하고 싶은 자신의 세속적 욕망을 정직하게 고백함으로써 스스로의 '고독'의 진정성에 대해 질문하는 반성적 자의식에 이른다.

내면에 억압된 세속적 욕망에 대한 예술가의 자기 승인은 "황금광으로 나서는" "서정시인"의 운명을 예감케 한다. 그러나 "음료 칼피스"의 "외설(猥褻)한 색채"마저 경멸하는 '仇甫'의 미각적 취향은 이미 부르주아적 삶의 속물성에 과민한 반응을 일으키는 리트머스 시험지가 된 것과 다를 바 없다. '仇甫'에게는 세속적 욕망과 예술가적 욕망, 혹은 모던한 것에 대한

있는 작품이다.
16) 류보선, 앞의 글, 62~68쪽.
17) 류수연, 앞의 글, 341쪽.

욕망 가운데 하나가 상대적으로 압도적인 우위를 차지하지 못한다. '仇甫'
는 대립되는 두 가지 욕망 사이에서 "만성습성의 중이가닮아", 시력저하
등 신체적 질병을 앓고, 목적 없이 거리를 배회하는 자신의 고독과 "인간
본래의 온정을" 상실한 대중들의 고독을 함께 느끼고, 그들을 연민한다.

> 그러나 오히려 고독은 그곳에 있었다. 구보가 한옆에 끼여 앉을 수도
> 없게시리 사람들은 그곳에 빽빽하게 모여 있어도, 그들의 누구에게서
> 도 인간 본래의 온정을 찾을 수는 없었다. 그네들은 거의 옆의 사람에게
> 한마디 말을 건네는 일도 없이, 오직 자기네들의 사무에 바빴고, 그리고
> 간혹 말을 건네도, 그것은 자기네가 타고 갈 열차의 시각이나 그러한 것
> 에 지나지 않았다. 그네들의 동료가 아닌 사람에게 그네들은 변소에 다
> 녀올 동안의 그네들 짐을 부탁하는 일조차 없었다. 남을 결코 믿지 않는
> 그네들의 눈은 보기에 딱하고 또 가엾었다.(176~177쪽)

'仇甫'의 고독은 대립된 하나의 욕망이 필연적으로 다른 하나의 욕망을
좌절시키는, 배리된 두 욕망의 산물이다. 따라서 그러한 고독한 상태를 벗
어나려는 '仇甫'의 행복찾기[18)는 이율배반적인 두 욕망의 갈등 해소와 밀
접한 관련을 지닌다. 그러나 식민지 도시 경성의 이곳저곳을 배회하더라
도 그러한 행복, 세속적 욕망과 예술가적 욕망의 화해가 모색될 수 있는
현실적 장소는 존재하지 않는다. '仇甫'는 그 사실이 안타까운 것이다.

Ⅳ. '茶房'의 공간

'仇甫'는 "대체, 얼마를 가져야 행복"할 수 있을까 생각한다. 그러나 부
의 축적, 금전적인 성공 따위 세속적 욕망의 최대치는 예술가적 욕망을 충

---

18) 이 때의 '행복'은 소설의 결말에 이르기까지 그 내포적 의미가 미결정적인 것이다. '행
　복'을 생활적인 것의 범주로 예단하는 기존의 논의는 재고되어야 한다.

족시키지 못한다. 차라리 '仇甫'는 "벗과 같이 있을 때" "명랑할 수 있었"
고, "혹은 명랑을 가장할 수 있었다." 이 때의 벗은 곧 "文友諸君"이다. 거
리를 배회하다 때로는 문인이 아닌 "그리운 옛 동무"들을 만나기도 하지
만, "인간 본래의 온정"이 사라진 일상적 현실에서 그러한 벗들과 마주칠
때 '仇甫'는 더욱 고독해질 뿐이다. '仇甫'는 한 잔의 홍차를 마시며 문학
과 예술에 대해서 함께 토론할 수 있는 그러한 벗을 그리워한다.

'仇甫'가 벗을 만나기 위해 찾아가는 곳은 '茶房'이다. 혹은 굳이 벗과
약속이 없더라도 혼자 '茶房'에 앉아 차를 마시고, 소설을 집필한다. '茶
房'은 예술적 삶의 양식을 발명하려는 예술가들이 사교와 토론을 목적으
로 모여드는 특화된 사회적 공간이다.[19] '仇甫'는 '茶房'에서 자신이 창작
한 소설에 대해서, 그리고 아울러 자신의 문화적 취미와 생태에 대해서 호
의적이고 관대한 벗과 대화를 나누면서 잠시 고독을 잊고, "명랑을 가장"
할 수 있다.

> 마침내 벗이 왔다. 그렇게 늦게 온 벗을 구보는 책망할까 하고 생각
> 하여 보았으나, 그보다 먼저 진정 반가워하는 빛이 그의 얼굴에 떠올랐
> 다. 사실, 그는, 지금 벗을 가진 몸의 다행함을 느낀다.
> 그 벗은 시인이었음에도 불구하고, 극히 건장한 육체와 또 먹기 위하
> 여 어느 신문사 사회부 기자의 직업을 가지고 있었다. 그것이 때로 구보
> 에게 애달픔을 주지 않는 것은 아니다. 그래도, 그래도 그와 대하여 있
> 으면, 구보는 마음속에 밝음을 가질 수 있었다.
> "나, 소다스이를 다우"
> 벗은, 즐겨 음료 조달수(曹達水)를 취하였다. 그것은 언제든 구보에
> 게 가벼운 쓴웃음을 준다. 그러나 물론 그것은 적어도 불쾌한 감정은 아
> 니다.
> 다방에 들어오면, 여학생이나 같이, 조달수를 즐기면서도, 그래도

---

19) 1930년대 '茶房' 문화에 대해서는 손유경, 「1930년대 茶房과 '文士'의 자의식」, 『한국
　　현대문학연구12』, 월인, 2003 참조.

벗은 조선 문학 건설에 가장 열의를 가지고 있었다. 그러한 그가 하루에
두 차례씩, 종로서와, 도청과, 또 체신국엘 들르지 않으면 안 되었던 것
은 한 개의 비참한 현실이었을지도 모른다. 마땅히 시를 초(草)하여야
만 할 그의 만년필을 가져, 그는 매일같이 살인 강도와 방화 범인의 기사
를 쓰지 않으면 안 되었다. 그래 이렇게 제 자신의 시간을 가지면 그는
억압당하였던, 그의 문학에 대한 열정을 쏟아 논다.

오늘은 주로 구보의 소설에 대하여서이었다. 그는, 즐겨 구보의 작품
을 읽는 사람의 하나이다. 그리고, 또, 즐겨 구보의 작품을 비평하려는
독지가(篤志家)였다.(184~185쪽)

벗은 '仇甫'의 소설을 즐겨 읽고 비평하려는 "독지가"이며, '仇甫'는 그
런 벗이 홍차가 아닌 "여학생"처럼 "음료 조달수"를 마시는 취미에 관대
하며, 사회부 기자로서의 직무에 쫓겨 시를 쓰지 못하는 사실에 안타까워
한다. 서로를 환대하고, 그들의 작품과 문화적 취미에 대해서 호의적인 예
술가들이 자기들 사이의 친밀성에 따라 만남을 갖고 직접적인 사교와 토
론이 가능한 '茶房'의 공간은 예술가들의 사회라는 일종의 특권적인 사회
적 인정을 확보해주는 기반이다. 예술의 자율성 정복은 사회적 규범체계
에 대한 특정한 문화적 도전과 위반의 행위들을 예술가적 삶의 방식으로
특화시켜 사회적 인준을 획득함으로써 이루어진다. 자율성이 사회적으로
합법화되는 과정은 다른 사회적·정치적 장들과의 직접적인 상호작용과
교환을 통해 전개되는데, '茶房'이 그러한 교류의 장소를 제공하게 된다.
예술 자체에는 자율성을 합법화할 수 있는 진짜 심급들이 없기 때문에 결
국 정치적 권력자의 요구나 제재, 시장논리에 따르는 매체와 출판의 상업
적 제약 등 다른 장들의 중개를 통해서 특수한 독립적 심급이 구성된다.[20]
'仇甫'는 "고등학교를 졸업하고도, 또 동경"유학까지 다녀왔지만, 그 사실
이 문인 또는 예술가로서 사회적 인정을 보장하는 심급으로 작용하지는

---

20) 부르디외, 『예술의 규칙』, 동문선, 1999, 73~100쪽.

못한다. 그리고 또한 정치적 심급의 식민성이 압제로 작용하는 상황에서 예술의 자율적 심급의 구성은 근본적인 한계를 안고 있다고 할 수 있다. 식민 권력이 지배하는 정치적 장이 배제된 여건에서 문학 장의 합법성은 시장의 인준과 제약, 독자들의 관심과 비판 등이 중요한 매개변수로 작용하여 획득된다.

이러한 불균등한 장들의 역학관계가 행사하는 내재적 명령에 따라 자율성을 확보해야 하는 조건이 '仇甫'가 세속적 욕망을 승인하게 되는 자의식을 근원적으로 틀지우는 것이라고 할 수 있다. 자율적 장의 구성에 있어서 시장의 막대한 영향력은 생활의 문제에 대한 관심과 인식으로 귀결된다. 직접적으로는 시장에서 유통되는 작품에 대한 수입금을 통해서, 간접적으로는 신문·출판 등 모든 형태의 산업적 문학의 기반에 의해서 행사되는 시장의 영향력에의 종속은 예술가적 욕망이 강한 '仇甫'로 하여금 세속적 욕망에 민감하게 반응할 수밖에 없도록 하는 것이다. 시장에 종속되지 않고 생활적 기반을 확보하여 자율적 장을 형성하려는 노력은 예술가 또는 작가들이 직접 '茶房'을 경영하며, '茶房'을 일종의 '공동집필실'로 만들려는 시도로 드러난다.21) 박태원의 "치렁치렁한 장거리 문장"이 발휘된 「방란장 주인」은 문인들이 직접 다방을 경영하기가 얼마나 어려운가 하는 점을 소재로 취한 작품이다. '茶房' 취미를 전파시킨 장본인이자, '茶房'의 생태 그 자체를 창작의 원동력으로 삼은 박태원에게 있어 '茶房'은 문학 장이 시장에 구조적으로 종속된 관계 내에서 자율성을 확보해야 하는 문제를 매개해주는 장소이다.

세속적 욕망을 승인하고 생활의 문제에 얽매일 수밖에 없는 '仇甫'의 갈등은 문학 장이 거의 전적으로 시장에 종속되어 자율적 심급을 구성할 수밖에 없는 상황과 일치한다고 할 수 있다. 그러한 구조적인 종속관계를 어느 정도 극복할 수 있는 하나의 대안은 근대적 지식과 예술적 심미안을

---

21) 손유경, 앞의 글, 106~116쪽.

가진 독자층의 형성이다.

> 이 사내는, 어인 까닭인지 구보를 반드시 '구포'라고 발음하였다. 그
> 는 맥주병을 들어 보고, 아이 쪽을 향하여 더 가져오라고 소리치고, 다
> 시 구보를 보고, 그래 요새두 많이 쓰시우. 무어 별로 쓰는 것 '없습니
> 다.' 구보는 자기가 이러한 사내와 접촉을 가지게 된 것에 지극한 불쾌
> 를 느끼며, 경어를 사용하는 것으로 그와 사이에 간격을 두기로 하였다.
> (중략) 그는 구보에게 술을 따라 권하고, 내 참 구포 씨 작품을 애독하지.
> 그리고 그러한 말을 하였음에도 불구하고 구보가 아무런 감동도 갖지
> 않는 듯싶은 것을 눈치채자, 사실, 내 또 만나는 사람마다 보고,
> "구포 씨를 선전하지요."
> 그러한 말을 하고는 혼자 허허 웃었다. 구보는 의미몽롱한 웃음을 웃
> 으며, 문득, 이 용감하고 또 무지한 사내를 고급(高給)으로 채용하여 구
> 보 독자 권유원을 시키면, 자기도 응당 몇십 명의, 또는 몇백 명의 독자
> 를 획득할 수 있을지 모르겠다고 그런 난데없는 생각을 하여 보고, 혼자
> 속으로 웃었다.
> (중략)
> 구보가 간신히 그것들이 좋은 작품이라 하였을 때, 최군은 또 용기를
> 얻어, 참 조선서 원고료(原稿料)는 얼마나 됩니까. 구보는 이 사내가 원
> 호료라 발음하지 않는 것에 경의를 표하였으나 물론 그는 이러한 종류
> 의 사내에게 조선 작가의 생활 정도를 알려 주어야 할 아무런 의무도 갖
> 지 않는다.(200~202쪽)

'茶房'에서 만난 "구보를 반드시 '구포'라고 발음"하는 독자에게 '仇甫'
는 "불쾌를 느끼"며 실망한다. 근대적 지식과 예술적 심미안을 갖추지 못
한 독자는 시장에 저항하는 자율적 심급으로써 '구보'를 '구포'로 오인하
게 되는 것이다. 그리고 그 "용감하고 또 무지한 사내를" 채용하여 "생명
보험회사의 외교원처럼" "구보 독자 권유원을 시"켜보려는 '仇甫'의 공상
은 독자에게 기대할 수 있는 것이 시장의 구조적인 종속을 벗어나는 방법

이 아니라 오히려 그 반대로 종속을 강화시키는 것임을 암시하고 있다. ‘仇甫’는 시장의 구조적인 종속으로부터 벗어나는 한 가지 방안이 현실적으로 차단되었음을 깨달는다. 그리고 “가난한 소설가와, 가난한 시인”이 직접 “조그만 한 개의 다료를 경영하기도 수월치 않”은 “구차한 내 나라를 생각하고 마음이 어두”워진다.

예술의 자율적 장을 구성하기 위한 장들 사이의 교환이 이루어지는 장소로서 ‘茶房’은 식민지적 현실의 제반 여건들로 인해 온전한 기능을 수행하지 못한다. ‘仇甫’의 예술가적 욕망은 현실적 장벽에 부딪혀 좌절된다. 그러나 예술가적 욕망은 세속적 욕망의 전면적 승인을 제어하는 최소한의 장치이다. “모두가 그의 갈 곳이”자 “한 군데라 그가 갈 곳”이 없는 ‘仇甫’의 배회는 사실상 ‘거리’와 ‘茶房’ 사이의 왕복운동으로 단순화시킬 수 있으며, 그러한 왕복운동이 곧 두 욕망 사이의 합일점을 찾기 위한 탐색의 과정이라고 할 수 있다.

V. ‘仇甫’와 연애

‘거리’와 ‘茶房’, 세속적 욕망과 예술가적 욕망 사이의 합일점을 찾는 모색은 ‘여인’에 대한 지속적인 가치판단에 의해 이루어진다. ‘仇甫’의 내면의식에 가장 빈번하게 포착되는 대상이 바로 ‘여인들’인데, 간략히 열거해보면, 버스에서 만난 맞선을 본 여자, 짝사랑했던 벗의 누이, 중학교 동창인 벗의 애인, 여성편력이 심한 벗의 아내, 동경에서 사랑했던 여자, 혼자 아이들을 키우는 벗의 아내, 벗이 흥미를 가지는 카페 여급, 여급 모집 광고를 물어보는 아낙네, 화신상회 옥상에서 만나자는 제의를 거절한 계집아이에 가까운 여급, 그리고 저녁 무렵 거리에서 마주치는 많은 노는 계집들과 ‘茶房’을 찾아드는 노는 계집이 아닌 여인들에 이르기까지 ‘仇甫’의 시선은 우연히 포착되는 ‘여인들’을 그냥 지나치지 않으며, ‘여인들’에 대한 주목과 사고는 산만하게 전개되는 내면의식에 최소한의 일관성을 부여해준다.

'여인'은 '仇甫'의 세속적 욕망과 예술가적 욕망이 겹쳐지고 만나는 육체적 장소이다. '仇甫'는 '여인들'의 삶이 보여주는 아름다움과 추함, 순수와 타락, 고결함과 저급함, 총명함과 무지의 양면적인 모습에서 자신의 두 욕망이 이중적인 것으로 현상할 수밖에 없는 현실을 관찰한다. '여인'을 바라보는 '仇甫'의 시선 혹은 관점을 분석해보면, 우선 대상에 대한 미적인 판단이 기본적으로 내재되어 있고, 그러한 '여인'과의 연애 또는 결혼이 행복을 가져다줄 수 있는가 하는 가치판단의 문제로 연결된다. 버스에서 맞선을 보았던 여자에게 알은 체를 못하고 놓쳤을 때, '仇甫'는 "여자가 가지고 있는 온갖 아름다운 점을 하나하나 세어 보며, 혹은 이 여자말고 자기에게 행복을 약속하여 주는 이는 없지나 않을까", "여자는 능히 자기를 행복되게 하여 줄 것인가" 의문을 품는다. 그리고 과거 짝사랑했던 벗의 누이를 이번 봄에 찾아갔을 때 '仇甫'는 그 의문에 대해 부정적인 판단을 내린다.

> 이번 봄에 들어서서, 구보는 벗과 더불어 그들을 찾았다. 이미 두 아이의 어머니인 여인 앞에서, 구보는 얼굴을 붉히는 일 없이 평범한 이야기를 서로 할 수 있었다. 구보가 일곱 살 먹은 사내아이를 영리하다고 칭찬하였을 때, 젊은 어머니는, 그러나 그 애가 이 골목 안에서는 그중 나이 어림을 말하고, 그리고 나이 먹은 아이들이란, 저희보다 적은 아이에게 대하여 얼마든지 교활할 수 있음을 한탄하였다. 언제든 딱지를 가지고 나가서는, 최후의 한 장까지 빼앗기고 들어오는 아들이 민망하여, 하루는 그 뒤에 연필로 하나하나 표를 하여 주고 그것을 또 다 잃고 돌아왔을 때, 그는 골목 안의 아이들을 모아, 그들이 가지고 있는 딱지에서 원래의 내 아이 물건을 가려 내어, 거의 모조리 회수할 수 있었다는 이야기를, 젊은 어머니는 일종의 자랑조차 가지고 들려 주었었다. …

구보는 가만히 한숨짓는다. 그가 그 여인을 아내로 삼을 수 없었던 것은, 결코 불행이 아니었다. 그러한 여인은, 혹은, 한평생을 두고, 구보에게 행복이 무엇임을 알 기회를 주지 않았을지도 모른다.(170쪽)

과거 "동경의 마음을 갖기에 알맞도록 아름답고, 깨끗"하였던 벗의 누이를 사랑하며 "그와 결혼할 수 있다"면 "응당 자기는 행복"하리라 여겼던 '仇甫'는, 그러나 젊은 어머니가 된 그녀의 삶에 실망한다. 자기 자식만을 이기적으로 편애하는 그녀의 모습은 세속적 삶의 윤리적 무감각함을 반증할 뿐이었다. '仇甫'가 바라는 행복은 일차적으로 세속적 욕망과 예술가적 욕망의 갈등과 불화를 해소할 때 얻어지는 정서적 상태라고 할 수 있는데, 아름다웠던 벗의 누이의 결혼 후 삶은 "인간 본래의 온정"이 사라진 자본주의적 일상에 만연된 공동체적 유대감의 상실을 드러내며 그것은 세속적 삶의 한 귀결점이다.

그런데 "황금광 시대"의 세태는 사실 더욱 심각하다. "서정시인조차 황금광으로 나서는" 절망적 현실은 아름다운 여자가 속물적인 졸부와 연애를 하는 저속한 현실과 동일한 맥락에 놓인다.

여자는, 여자는 확실히 어여뻤다. 그는, 혹은, 구보가 이제까지 어여쁘다고 생각하여 온 온갖 여인들보다도 좀더 어여뻤을지도 모른다. 그뿐 아니다. 남자가 같이 '가루삐스'를 먹자고 권하는 것을 물리치고 한 접시의 아이스크림을 지망할 수 있도록 여자는 총명하였다.

문득, 구보는, 그러한 여자가 왜 그자를 사랑하려 드나, 또는 그자의 사랑을 용납하는 것인가 하고, 그런 것을 괴이하게 여겨 본다. 그것은, 그것은 역시 황금 까닭일 게다. 여자들은 그렇게도 쉽사리 황금에서 행복을 찾는다. 구보는 그러한 여자를 가엾이, 또 안타깝게 생각하다가, 갑자기 그 사내의 재력을 탐내 본다. 사실, 같은 돈이라도 그 사내에게 있어서는 헛되이, 그리고 또 아깝게 소비되어 버릴 게다. 그는 날마다 기름진 음식이나 실컷 먹고, 살찐 계집이나 즐기고, 그리고 아무 앞에서

나 그의 금시계를 꺼내 보고는 만족하여할 게다.

　(중략)

　그러나 여자는, 확실히 어여뻤고, 그리고 또 …구보는, 갑자기, 그 여자가 이미 오래 전부터 그자에게 몸을 허락하여 온 것이나 아닐까, 생각하였다. 그것은 생각만 하여 볼 따름으로 그의 마음을 언짢게 하여 준다. 역시, 여자는 결코 총명하지 못했다. 또 생각하여 보면, 어딘지 모르게 저속한 맛이 있었다. 결코 기품 있는 인물은 아니다. 그저 좀 예쁠 뿐.
…(180~181쪽)

　서정시인조차 자본에 종속되는 현실인 동시에 아름다운 여인 역시 자본에 종속되는 현실을 '仇甫'는 관찰한다. 여기서 '아름다운 여인'은 의미론적으로 서정시인에 비준하는 미적 주체이다. 서정시인의 타락은 "조그만 한 개의 다료를 경영하기도 수월치 않"은 "구차한 내 나라"의 어두운 현실에서 비롯된다. '仇甫'는 예술가가 미적 영역을 자구할 수 없는 사회적 현실을 인정한다. 그러한 현실인식이 '仇甫'가 자신의 세속적 욕망을 승인하게 된 근원적 동기이다. 현실을 인정한 '仇甫'의 관심은 자본과 시장의 위력이 지배하는 암울한 상황에서 예술가가 타락하지 않는 한편 고독한 삶을 영위하지도 않는 절충적 방법은 무엇인가 하는 점이다. 그러한 절충적 방법의 추구가 소설에서 연애와 결혼의 문제로 나타난다. 즉 "어떠한 여자를 아내로 삼든 반드시 불행하게 만들어"주지 않고, 또 "자기를 행복되게 하여 줄" 여자와의 연애와 결혼에 대한 고민은 결국 세속적 욕망과 예술가적 욕망, 사회적 현실과 미적 이상을 어떻게 이상적으로 결합시킬 수 있는가 하는 문제와 동일한 것이다.

　'仇甫'가 동경하는 이상적인 연애와 결혼의 관념은 동경의 로맨스에서 확연하게 드러난다. 동경에서 한 "미인"을 사랑하게 된 "로맨스의 발단"은 어느 끽다점에서 우연히 그녀의 '윤리학 노트'를 발견하였던 일이다.

동경의 가을이다. 간다(神田) 어느 철물전(鐵物廛)에서 한 개의 네일 클리퍼(손톱깎기)를 구한 구보는 진보초(神保町) 그가 가끔 드나드는 끽다점을 찾았다. 그러나 그것은 휴식을 위함도, 차를 먹기 위함도 아니었던 듯싶다. 오직 오늘 새로 구한 것으로 손톱을 깎기 위하여서만인지도 몰랐다. 그중 구석진 테이블. 그중 구석진 의자. 통속작가들이 즐겨 취급하는 종류의 로맨스의 발단이 그곳에 있었다. 광선이 잘 안 들어오는 그곳 마룻바닥에서 구보의 발길에 차인 것. 한 권 대학노트에는 윤리학 석 자와 '임(姙)'자가 든 성명이 기입되어 있었다.(190쪽)

동경의 로맨스에서 핵심은 '동경'(진)과 '윤리학 노트'(선)와 '미인'(미)의 삼위일체이다. '동경'은 장소이며, '윤리학 노트'의 주인인 '미인'은 '仇甫'의 이상이 투사된 미적 주체라고 할 수 있다. 서정시인과 미인의 세속적 타락을 방지할 수 있는 안전장치는 무엇일까? '仇甫'의 대답에 따르면 그것은 윤리학이다. '윤리학 노트'는 미적 영역과 사회적 영역의 절충적 결합을 매개하는 연결고리로 제시된다.

그런데 의미심장한 것은 동경의 로맨스에 관한 추억담이 박태원이 스스로 밝힌 적이 있는 이중노출의 수법으로 서술된다는 점이다. 즉 '仇甫'가 "대창옥(大昌屋)"에서 벗이 관심을 가지는 "벗의 다료 옆 카페 여급"을 만나는 현재와 동경에서 윤리학 노트의 주인인 미인을 만나는 과거가 교차편집으로 짜여져 동시적으로 구성되는 것이다. 과거와 현재의 교차편집은 곧 이상과 현실의 공간적 대비이다. "이러한 종류의 계집으로서는 드물게 어여"쁜 벗의 카페여급은 퇴폐적인 미적 주체이다.[22] 카페여급은 "조그만 한 개의 다료를 경영하기도 수월치 않"은 "구차한 내 나라"의 낙

---

22) 카페와 '茶房'은 서로 이질적인 공간이다. '茶房'이 예술가들의 고상한 취미를 만족시킬 수 있는 공간이라면, 카페는 저급한 세속적 취미에 물든 공간인데, 양자를 구별시켜주는 문화적 지표는 술이다. 유럽의 살롱과는 달리 1930년대 경성의 문인들은 홍차 또는 커피를 술과 엄격히 구별되는 고상한 예술적 취미의 대상으로 인식하였다. 손유경, 앞의 글 참조.

후한 현실에서 미적 주체의 현실적 위상에 대한 알레고리이다. 그리고 카페여급과 벗의 퇴폐적인 연애는 식민지 도시 경성에서 재현되는 미적 근대성의 현실적 모습이다. 그러한 퇴폐와 타락에 빠져드는 미적 주체의 진정성과 건전성을 회복하기 위한 '仇甫'의 대안적 희망이 동경의 로맨스에 담겨 있고, 그것은 '윤리학'의 요청으로 귀결된다. 요컨대 '仇甫'는 동경의 이상적 로맨스와 '지금, 여기'의 벗과 카페여급의 연애를 비교하면서 식민지 현실에서 미적 주체의 향방을 모색하는 것이다.

그러나 세속적 욕망에 굴복하는 미적 주체의 타락을 방지하기 위한 윤리성의 요청은 근본적인 해결책이 되지는 못한다. '윤리학'은 미적 영역과 사회적 영역의 불화와 갈등, 불균형을 해소하고 결합을 도모하는 방책으로 제시된 듯 보이지만, 사실상 그와는 반대로 양자의 결합 불가능성을 수렴할 수밖에 없는 현실적 한계를 인정한 결과 도출된 대안에 지나지 않는다. 미적 영역과 제반 사회적 영역의 통합의 문제는 식민지 근대사회의 구조적 파행성에 그 맥이 닿아 있으며, 그러한 구조적 요인이 미적 주체의 한계와 가능성을 결정하는 것이다. 이런 점에서 볼 때, '윤리학'은 미적 주체의 타락에 대한 현상적 진단과 타개에 불과하며 주체의 한계를 규정하는 사회 구조를 시술하는 방법으로 성립하기는 어렵다.

이와 같은 '윤리학'의 한계는 연애의 예견된 실패를 통해 명시되고 있다. '윤리학'을 요청한 '仇甫'의 이상적인 동경의 로맨스는 그 '윤리학'으로 인해 좌절된다. '윤리학 노트'의 주인인 '미인'은 이미 약혼한 남자가 있었고, 그는 '仇甫'의 중학시대의 동창생이었다. 그의 "우둔하고 또 순직(純直)한 얼굴"과 "선량한 눈을 생각"하면서 '仇甫'는 의리와 비난 때문에 결국 '미인'과 결별하게 된다. '연애'와 '윤리'는 동시에 성취될 수 없는 대립적인 관계라는 사실이 실패한 동경의 로맨스에서 확인되는 것이다. 이와 함께 벗과 카페여급과의 연애도 실은 연애가 아니라는 점이 뒤늦게 밝혀진다.

처음에, 벗은 그러나, 구보의 말을 좇지 않았다. 혹은, 벗은 그 여급에 게 흥미를 느끼지 않고 있었던 것인지도 모른다. 그러나 만약 그가 그 여 자에게 무어 느낀 게 있었다 하면 그것은 분명히 흥미 이상의 것이었을 게다. 그들이 마침내, 낙원정으로 그 계집 있는 카페를 찾았을 때, 구보 는, 그러나, 벗의 감정이 그 둘 중의 어느 것도 아니었다는 것을 알았다. 혹은, 어느 것이든 좋았었는지도 몰랐다. 하여튼, 벗도 이미 늙었다. 그 는 나이로 청춘이었으면서도, 기력과, 또 정열이 결핍되어 있었다. 까 닭에 그가 항상 그렇게도 구하여 마지않는 것은, 온갖 의미로서의 자극 이었는지도 모른다.(204쪽)

벗은 카페여급에게서 단순한 "흥미 이상의 것", 곧 연애의 감정을 느끼 지 않았다. 늙은 벗에게는 이미 "기력과, 또 정열이 결핍"되어 있기 때문 이다. 벗이 카페여급에게 관심을 기울이는 까닭은 흥미도 아니고 흥미 이 상의 것도 아닌, "온갖 의미로서의 자극이었는지" 모른다고 '仇甫'는 추측 한다.[23] 과연 벗이 카페여급에게서 얻고자 했던 자극은 무엇일까? 한 가 지 분명한 것은 벗이 "구하여 마지않는" 자극을 '仇甫' 역시 느끼고 인식 하게 되었다는 사실이다.

갑자기 구보는 온갖 사람을 정신병자라 관찰하고 싶은 강렬한 충동 을 느꼈다. 실로 다수의 정신병 환자가 그 안에 있었다. 의상분일증(意 想奔逸症), 언어도착증(言語倒錯症), 과대망상증(誇大妄想症), 추외언어 증(醜猥言語症), 여자음란증(女子淫亂症), 지리멸렬증(支離滅裂症), 질투 망상증(嫉妬妄想症), 남자음란증(男子淫亂症), 병적기행증(病的奇行症), 병적허언기편증(病的虛言欺騙症), 병적부덕증(病的不德症), 병적낭비증 (病的浪費症)……

---

23) 이 대목에서 박태원이 벗의 실제 모델로 짐작되는 이상의 문란한 성적 방종을 어떻게 이 해하고 있는지 추측할 수 있다. 박태원이 이상에 대해서 가지는 자의식은 그의 작품 여 러 곳에서 확인할 수 있으며, 이상은 박태원의 문학적 방향을 결정짓는 중요한 영향력을 행사하는 영감이라고 할 수 있다.

> 그러다가, 문득 구보는 그러한 것에 흥미를 느끼려는 자기가, 오직
> 그런 것에 흥미를 갖는다는 것만으로도 이미 한 것의 환자에 틀림없다,
> 깨닫고, 그리고 유쾌하게 웃었다.(205쪽)

중요한 것은 정신병의 증상이 아니라 "관찰하고 싶은 강렬한 충동" 그 자체이다. 정신병에 "흥미를 갖는다는 것만으로도 이미" 정신병 환자가 되는 셈인데, 그것을 깨닫는 것조차 유쾌한 것은 관찰의 흥미를 회복하였기 때문이다. "온갖 의미로서의 자극"이란 '仇甫'에게는 관찰의 흥미, 곧 소설 창작의 자극이라고 할 수 있다. 카페여급을 쫓아다니는 벗의 행동은 일종의 정신병의 수준이지만, 정신병 환자가 되더라도 벗은 어떤 창작의 자극을 "구하여 마지않"았던 것이다. '仇甫'가 벗을 통해 깨달은 점은 바로 그러한 소설창작에의 자극과 흥미를 되찾을 수 있는 감각의 회복이다.

그러한 감각의 회복은 새로운 인식적 내용을 포함하고 있다. 그 새로운 인식적 내용은 연애가 불가능한 현실에서 대안으로 선택한 '윤리학 노트'의 구체적 내용과 일치한다. 그것은 연애가 아닌 연민이며 동정이다. 연민과 동정은 "애정과 구별"되며, 한편으로 "극히 애정과 유사하면서도 그것은 결코 애정일 수 없"는 감정이다. '仇甫'에게 연애의 문제는 사적으로는 세속적 욕망과 예술가적 욕망을 어떻게 통합할 수 있는가 라는 질문이며, 동시에 미적 영역과 사회적 영역의 갈등과 불균형을 어떻게 해소할 수 있는가 라는 질문의 소설적 주제였다. 그러나 연애는 성취될 수 없는 이상에 불과했다. 궁핍하고 구차한 식민지 도시에서 근대적 연애, 예술 등은 애초에 성립될 수 없는 근본적 한계를 내재하고 있었다. 미적 이상과 현실과의 괴리를 깨달은 '仇甫'는 과거 모더니즘이라는 관념과 고독이라는 사상에 심취했던, 중단된 소설쓰기를 다시 시작할 수 있는 새로운 자극을 느끼게 된다. '仇甫'가 고현학을 다시 시작할 수 있게 된 장소는 "무지한 노는 계집"들과 그녀들을 쫓아다니는 벗과 함께, 문학과 예술에 대한 토론이 아

닌 농담이나 주고 받는 카페이다.

구보는 속주머니에서 만년필을 꺼내어 공책 위에다 초(草)한다. 작가
에게 있어서 관찰은 무엇에든지 필요하였고, 창작의 준비는 비록 카페
안에서라도 하여야 한다. 여급은 온갖 종휴의 객을 대함으로써, 온갖 지
식을 얻으려 노력하였다―잠깐 펜을 멈추고, 구보는 건너편 탁자를 바라
보다가, 또 가만히 만족한 웃음을 웃고, 펜 잡은 손을 놀린다. 벗이 상반
신을 일으키어, 또 무슨 궁상맞은 짓을 하는 거야―그리고 구보가 쓰는
대로 그것을 소리내어 읽었다. 여자는 남자와 마주 대하여 앉았을 때, 그
다리를 탁자 밖으로 내어 놓고 있었다. 남자의 낡은 구두가 탁자 밑에서
그의 조그만 모양 있는 숙녀화를 밟을 것을 염려하여서가 아닐 게다. 그
는, 오늘, 그가 그렇게도 사고 싶었던 살빛 나는 비단양말을 신을 수 있었
다. 그리고 그것은 그렇게도 자랑스러웠던 것임에 틀림없었다.
흥, 하고 벗은 코로 웃고 그리고 소설사와 벗할 것이 아님을 깨달았
노라 말하고, 그러나 부디 별의별 것을 다 쓰더라도 나의 음주불감증만
은 애기 말우―그리고 그들은 유쾌하게 웃었다.

소설쓰기의 자극을 회복할 수 있었던 것은 관념과 사상으로부터 벗어
나 현실을 직시할 수 있었기 때문이다. 그리고 그러한 현실인식의 계기는
궁핍하고 구차한 식민지 현실과 그곳에서 살아가는 여인들의 삶과 운명에
대한 연민과 동정이다. 연민과 동정은 연애가 불가능한 지점에서 발생하
는 인식론적 차원의 변모이다. 세속적 욕망과 예술가적 욕망 사이에서 방
황하던 '仇甫'는 연민과 동정에 기반한 '윤리학'을 통해 대립된 두 욕망을
희석시킬 수 있게 된다. "카페 창 옆에 붙어 있는" 광고가 "녀급대모집"
광고임을 알게 되었을 때, "혐오와 절망의 얼굴"로 사라지던 아낙네의 모
습을 보며 '仇甫'는 "온갖 여급"과 "아낙네" 중 "누가 좀더 불행할까, 누가
좀더 삶의 괴로움을 맛보고 있는 걸까"를 생각한다.[24] 카페여급이든 아낙

---

24) 이 대목에서 「소설가 구보씨의 일일」이 원환적(圓環的) 구성을 취하고 있는 작품이라는

네이든 모던걸이든 여학생이든 그리고 어머니이든 식민지 현실에서 살아가는 모든 여인들의 삶은 불행할 수밖에 없다. 문인 역시 마찬가지이다.

'仇甫'가 연애의 기술로서 모더니즘적 사유로부터 연민과 동정를 동반하는 현실수렴적인 리얼리즘적 정서로 나아갔던 길에는 당대 여성들의 불행한 삶이 매개물로 놓여져 있다. '仇甫'의 윤리학은 미적 이상이 사회적 현실과 결합될 수 있는 식민지적 근대의 파행성을 깨달은 지점에서 얻은 것이라 할 때, 여성들의 삶을 통한 그러한 문제의식의 드러냄은 그의 사유의 구체성을 증거하는 것이라 할 수 있다. 또한 '仇甫'의 윤리학은 나름의 치열한 모더니즘적 사유를 통해 문학의 자율성에 대한 통찰력 있는 탐색을 보여주며 그리하여 도달한 하나의 결론이자『川邊風景』의 리얼리즘을 예고하는 인식론적 단초이다. 이러한 근본적인 발생 동기와 경로, 현상된 모습이 다른 박태원의 리얼리즘에 대해서는 단일하고 절대적인 리얼리즘의 잣대가 아닌 다양한 리얼리즘의 길을 열어놓는 논의 속에서 새롭게 재고되어야 할 필요가 있을 것이다.

VI. 결론을 대신하며

「小說家 仇甫씨의 一日」은 1930년대 식민지 도시 경성에서 살아가는

점을 상기해야 한다. 「소설가 구보씨의 일일」의 첫 장면은 어머니의 시점에서 서술되는데, 어머니는 동경 유학까지 다녀왔음에도 직업과 아내를 얻지 못한 스물여섯 살짜리 아들에 대한 근심과 걱정을 토로한다. 요컨대 어머니의 시점에서 외출하는 아들 구보를 딱하게 바라보는 장면에서 시작한 「소설가 구보씨의 일일」은 귀가를 앞둔 구보가 어머니와 같은 한 아낙네를 바라보며 딱한 마음을 감출 수 없는 장면으로 마무리된다. 즉 구보는 자신을 딱하게 바라보는 어머니의 자리에서 다시 아낙네로 상징되는 경성 여인들의 불행한 삶을 바라보는 것이다. 조그만 다방조차 경영할 수 없는 식민지 도시 경성의 생활을 한탄하며 카페 여급들의 속물적인 삶을 혐오하던 구보는 마침내 어머니가 직업과 아내를 얻지 못한 자신을 딱하게 바라보듯 식민지 도시 경성의 세속적 삶을 딱한 시선으로 끌어안게 되는 것이다. 이러한 원환적 구성방식의 의미에서 알 수 있듯이 「소설가 구보씨의 일일」은 동경으로 상징되는 근대적 삶을 꿈꾸던 모더니스트 구보가 자신에 대한 반성적인 인식을 거쳐 식민지 도시의 삶을 연민과 동정의 윤리로 포용하는 작품이다.

예술가의 존재방식을 미학적 자의식을 통해 반추하고 문학의 자율성에 대한 깊은 성찰을 통해 궁극적으로 문학과 사회의 새로운 관계정립을 모색하는 작품이다. 박태원이 자율적인 문학의 존재방식을 탐구하기 위해 고안의 미학적 자의식의 기법 중 하나로 '소설가 仇甫'의 창안을 주목할 수 있다. '仇甫'는 박태원 자신의 분신으로 동일시되는 한편 차이를 가진 가공의 인물로 등장한다. 박태원과 '仇甫' 사이의 동일시와 차이를 통한 이중적 거리의 확보는 박태원 자신을 대상화하는 한편 문학의 내재적 관계를 사유의 대상으로 취할 수 있는 여지를 마련한다. '仇甫'는 소설 속 인물이지만 박태원의 아호로 사용되고 사실상 박태원을 대신하는 칭호로 전파됨으로써 작품의 내부와 외부의 경계가 모호해지는 효과를 낳는다. 요컨대 '仇甫'의 창안은 작품의 외부를 내부로 끌어들임으로써 문학의 내재적 관계를 드러내기 위한 문학적 장치의 발명이다.[25]

「小說家 仇甫씨의 一日」은 경성의 이곳저곳을 정처없이 배회하는 '仇甫'의 하루일과를 서술한 작품이다. 그런데 뚜렷한 목적지가 없는 '仇甫'의 산책은 '거리'와 '茶房'을 왕복하는 운동으로 단순화시킬 수 있다. '仇甫'는 거리를 산책하며 경성의 풍경에 자신의 내면을 투사하고 군중 속에 고독을 느끼는 한편 '茶房'에 들어가 벗을 기다리거나 소설쓰기에 대해 고민한다. 「小說家 仇甫씨의 一日」이 '거리'와 '茶房' 사이를 왕복하는 '仇甫'의 하루를 기록한 작품이라고 볼 때, 두 공간 사이의 운동은 세속적 욕망과 예술가적 욕망 사이에서 갈등하고 혼란을 겪는 '仇甫'의 내면을 그대로 반영하는 것이다. '거리'를 배회하며 '仇甫'는 부르주아의 속물주의를 혐오하고 경멸하는 예술가로서 미적 합리성의 정신을 보여주는 한편 자본

---

25) 여기서 작품의 외부란 반영론적 관점에서 사회 현실을 직접적으로 가리키는 개념으로 쓰이지 않는다. 예컨대 '仇甫'의 모델인 박태원과 같이 작품이 취하는 대상이나 제재가 작품 자체와 자기 지시적인 관계에 놓여 있을 때에 한하여 작품의 내부와 외부를 구별한다. 따라서 작품의 외부란 곧 작품 그 자체이다. 같은 의미에서 '仇甫'의 외부는 박태원 자신이며, 자율적인 문학 장의 외부는 문학 장 그 자체, 즉 문학의 내재적 관계를 가리키는 것이 된다.

주의적 일상의 삶이 보장하는 소시민적 행복에 안주하고픈 자신의 세속적 욕망을 부분적으로 승인하게 된다. '仇甫'의 고독이란 결국 세속적 욕망과 예술가적 욕망 사이의 대립된 억압이 빚어내는 의식의 산물이다. 그리고 고독한 상태를 벗어난 '행복찾기'란 배리 관계에 놓인 두 욕망 사이의 갈등을 해소할 수 있는 길을 찾는 것이 된다.

그런데 한편 '仇甫'는 고독을 잊고 위안을 얻을 수 있는 벗을 만나기 위해 '茶房'을 찾아든다. '茶房'은 예술적 삶의 양식을 발명하고자 하는 예술가들의 사회를 구성하는 장소이다. 1930년대 예술가와 작가들은 '茶房'을 통해 자신들의 미적 이상이 투영된 상상의 공간을 특화된 사회적 공간으로 변환시킴으로써 자율적인 문학 장을 구성하려고 하였다. 요컨대 '茶房'은 예술가들의 사회라는 일종의 특권적인 예술가 집단으로서 사회적 인정을 확보해주는 기반이 되는 장소이다. '仇甫'가 '茶房'에 앉아 소설을 쓰고 벗을 기다리는 행위는 문학의 자율성을 추구하는 모더니스트로서 예술가적 욕망을 실천하는 것이다. '茶房'에 앉아 벗과 사교를 맺고 문학과 예술에 관해 토론하고 소설을 쓰는 것이야말로 가장 이상적인 예술적 삶의 양식의 하나라고 할 수 있다.

그러나 그러한 '茶房'의 공간도 현실적으로는 '仇甫'의 이상에 부합되지 못한다. 스스로 자율적 심급을 생산할 수 없는 문학 장이 자율성을 획득하기 위해서는 다른 제반 사회적·경제적·정치적 장과 인준이나 제약의 교환이 이루어져야 한다. 요컨대 자율성이 사회적으로 합법화되는 과정은 다른 사회적·정치적 장들과의 직접적인 상호작용과 교환을 통해 전개되는데, '茶房'이 그러한 교류의 장소를 제공하게 되는 것이다. 그런데 1930년대 식민지 도시 경성은 식민지적 근대의 파행성으로 인해 장들 간의 균형적인 발전이 이루어지지 못한 한계를 갖는다. 이러한 식민지적 파행성으로 말미암아 자율적인 문학 장의 형성에 있어서도 근본적인 한계가 주어지게 된다. 그것은 우선 식민 권력이 지배하는 정치적 장이 배제된 여건에서 문학 장의 합법성 추구가 수행된다는 점이다. 이로 인해 문학 장의 합법성은 경제적 영역, 곧 시장의 압도적인 영향력 아래서 인준을 얻을 수밖에 없게 된다. 이렇게 볼 때 '仇甫'가 자신의 세속적 욕망을 승인하게 되는 것은 소시민적 지식인의 내적 결함에서 비롯된다기보다는 식민지 근대사회의 구조적인 파행성에서 그 근본적인 원인을 찾을 수 있다. 즉 시장이 신문, 잡지 등 발표매체에서부터 문학작품의 생산, 유통, 소비 등 문학의 제도적인 존립기반 전체에 광범위한 영향력을 행사함에 따라, 예술가 개인이 겪게 되는 고민은 상업성과 타협할 수밖에 없는 생활의 문제로 귀결되는 것이다.

「小說家 仇甫씨의 一日」의 핵심적인 문학적 주제의 하나는 연애의 문제이다. 연애 혹은 결혼에 대한 '仇甫'의 관심은 미적 영역의 문제와 관련이 없는 단순한 생활의 문제에 국한되지 않는다. 오히려 연애 혹은 결혼은 세속적 욕망과 예술가적 욕망의 조화로운 결합이 가능한가 라는 문제의식을 소설적 주제로 응용하는 문학적 담론이다. 이때 연애/결혼의 상대자로서 '여인'은 미적인 것의 담지자로 나타난다. '仇甫'는 늘 어떤 '여인'과의 결합이 행복을 보장해줄 수 있는지 의문을 가지는데, 결국 아름다운 여인들의 삶을 돌아보면서 '미인'으로 표상되는 이상적인 미적 가치만으론 행복을 얻을 수 없다는 인식에 도달한다. 그리하여 세속적 욕망과 예술가적 욕망, 사회적 현실과 미적 이상의 결합을 가능하게 만드는 매개항으로 윤리성을 요청한다.

박태원이 윤리성을 환기하는 근본적인 동기는 낙후한 식민지적 현실에 대한 연민 어린 관찰에서 비롯된다. 박태원의 '윤리학'은 현실을 있는 그대로 수렴하는 태도이며, 결과적으로 사회적 현실과 미적 이상의 결합이 실패할 수밖에 없다는 식민지적 낙후성을 자각한 인식의 귀결이다. 따라서 '윤리학'의 구체적인 내용은 연애의 기술이 아닌 연민과 동정의 정서이다. 그것은 연애의 기술로서 모더니즘적 사유가 후퇴하고 현실을 끌어안으려는 리얼리즘적 정서로의 이행을 암시한다. 박태원의 후기 리얼리즘 소설에서 비판의식과 역사의식이 결여된 것은 애초에 현실을 변혁시키려는 의지가 없는, 현실의 모성적 포용에 관심이 놓여 있었기 때문이다. 박태원의 '윤리학', 곧 연민의 리얼리즘에 대한 평가는 새롭게 재고될 필요가 있을 것이다.

참고문헌

김기림, 「모더니즘의 역사적 위치」, 『김기림 전집 2』, 심설당, 1988.

김윤식, 「고현학(考現學)의 방법론」, 『한국현대문학 사상사론』, 일지사, 1992.

김윤식, 『한국현대문학사상사론』, 일지사, 1992.

류보선, 「이상(李箱)과 어머니, 근대와 전근대」, 『박태원 소설연구』, 깊은샘, 1995.

류수연, 「고현학과 관찰자의 시선」, 『민족문학사연구』 제23호, 2003.

박태원, 「소설가 구보씨의 일일」, 『한국소설문학대계19 - 성탄제 外』, 동아출판사, 1996.

박태원, 『聖誕祭』, 乙酉文化社, 1948.

박헌호, 「구인회를 어떻게 볼 것인가」, 『근대문학과 구인회』, 깊은샘, 1996.

서준섭, 『한국 모더니즘문학 연구』, 일지사, 1988.

손유경, 「1930년대 茶房과 '文士'의 자의식」, 『한국현대문학연구12』, 월인, 2003.

임　화, 「世態小說論」, 『文學의 論理』, 學藝社, 1940.

정현숙, 『박태원문학연구』, 국학자료원, 1994.

부르디외, 『예술의 규칙』, 동문선, 1999.

제 **2** 부

현대문학의 경계 넘기와 공론의 장

지성주의의 파탄과 국민문학론
- 중일 전쟁 이후의 최재서 비평을 중심으로

고 봉 준

I. 들어가며

최재서의 '국민문학'은 지성주의의 파탄과 부정에서 출발한다. 1930년 대 중반, 영미의 주지주의에 근거해 비평 활동을 시작한 그는 '개성', '지성', '모랄론', '풍자문학론', '리얼리즘론' 등 30년대 비평계에 주요한 논점을 제공함으로써 카프 해체 이후의 비평계에 새로운 방향성을 제시했으며, ≪인문평론≫(1939), ≪국민문학≫(1941)의 창간과 편집을 맡으면서 친일문학에로 기울었다. 식민지 시기 최재서의 비평은 대략 세 시기로 구분된다. (1) 평론집『문학과 지성』(1938)으로 대표되는 주지주의 시기. (2) ≪인문평론≫과 ≪국민문학≫을 창간하고 일제의 국책문학에 동조하던 시기. 일문(日文) 평론집『전환기의 조선문학』(1943)은 바로 이 시기의 사상을 집약하고 있다. (3) 1944년 1월 이시다 고조(石田耕造)로 창씨개명을 하고 일제의 천황제 파시즘과 그 문학적 이념인 국민문학론에 매진하던 시기. 1944년 4월 ≪국민문학≫에 발표된「받드는 문학」은 이 시기의 대표적인 비평문이다.

　최근 포스트 콜로니얼리즘과 동아시아 담론의 등장으로 인해 친일문학에 대한 재평가 작업이 활발하다. 탈국가·탈민족주의적 관점에서 친일문학을 새롭게 조명하려는 이러한 시도는 식민지 시기의 문학에 대한 이분법적 평가의 실효성에 대한 질문을 함축하고 있다. 이는 식민지 시기의 문학이 민족적 감정으로 환원될 수 없는 그 이상의 논점들을 내포하고 있음을 의미한다. 민족주의적 관점에서 접근할 때, 최재서의 국민문학은 주지주의로부터의 일탈이자 반민족적 문학 행위로 평가될 수밖에 없다. 그러나 최재서의 국민문학론 내에는 간과할 수 없는 단절이 존재하며, 이 단절로 인해 그의 국민문학론은 주지주의와 일정한 연속성마저 보여준다. 이러한 관점에서 이 글은 세 시기의 연속과 단절의 지점을 새롭게 구성함으로써 최재서 비평에서 국민문학론이 갖는 함의와 사상적 배경을 살펴보려 한다. 주지하듯이 식민지 조선에는 세 가지 비평적 흐름이 존재했다. 민족주의와 계급주의(카프의 국제주의), 그리고 세계주의(모더니즘)가 그것들이다. 중일전쟁 이후 조선의 비평계가 급속하게 친일문학으로 경사되는 과정에서 목격되는 소위 '친일의 논리'는 결코 하나가 아니었는데, 이는 친일문학 내에도 사상적 편차가 존재했음을 의미한다. 친일문학을 일제의 국책문학과 동일한 것으로 간주하는 경향이 있지만, 실제로 친일의 논리는 조선의 지식인들에게 수용되는 과정에서, 각각의 비평가들이 견지하고 있던 사상의 맥락에 따라 상이한 굴절을 보여주었다. 1930년대 후반, 일본은 조선에 대해 내선일체를 강요했지만 조선의 비평계가 그것을 받아들이는 방식은 사상의 편차에 따라 매우 다른 양상을 보였다. 이러한 관점 하에서 본 연구는 중일전쟁 이후, 최재서의 내선일체의 논리가 주지주의 비평에 어떻게 습합되었는가를 살펴보려 한다.

Ⅱ. 주지주의와 지성주의

최재서는 1934년 ≪조선일보≫에 「현대주지주의 문학이론의 건설」
(1934.8.7~20)과 「비평과 과학 – 현대주지주의 문학이론의 건설 속편」
(1934.8.31~9.7)을 발표하면서 본격적인 비평 활동을 시작했다. 카프의 지
도비평이 한계에 도달한 상황에서 최재서의 주지주의 문학론은 '현대정신'
의 방향을 탐구하는 한 방법으로 등장했다.[1] 비평집 『문학과 지성』의 첫머
리에 실려 있는 이 글들에서 최재서는 T.E.흄, T.S.엘리엇, H. 리드, I.A.리
차즈 등 20세기의 초반 영국문단에서 유행했던 '주지적 경향'을 수입・소
개하고 있다. 특히, 최재서는 흄의 '불연속적실재관'에 근거한 "과학적 절
대태도와 기하등적 예술과 고전주의적 문학"이 "과거 전통에 대한 시대적
불만을 이론적으로 인식하고 신시대의 막연한 교망(翹望)을 의식적으로 추
구"[2]하는 한편 낭만주의의 '연속적 실재관'과 '인본적 태도'에 대해 단절
의 선을 그었다고 평가한다. 비록 흄의 『명상록(Speculation)』을 요약한 것
에 불과하지만, 낭만주의에 대한 비판에서 현대의 정신을 찾으려했던 영국
의 비평가들에 주목했다는 점에서 최재서의 비평적 태도는 일정 정도 동시
대성을 획득하고 있었다.

이 시기 최재서는 네 사람의 주지주의 사상가들에게서 낭만주의적 세
계관과는 근본적으로 구분되는 현대정신의 가능성을 목격했으며, 이 현대
정신을 근거로 혼란스러운 현대에 새로운 질서를 도입하고자 노력했다.
그가 엘리엇의 몰개성론이나 전통론에 커다란 관심을 보인 까닭도 그것이
개인을 "무한한 가능성을 가진 그릇"으로 정의하는 낭만주의적 인간관에
대한 비판으로 제시되었기 때문이었다. 그는 「현대주지주의문학이론」에
서 고전주의에 대한 흄의 다음과 같은 정의를 인용한다. "우리는 고전적

---

1) 김윤식은 『한국근대문학사상연구 1』에서 최재서에게 주지주의는 피상적이거나 기질적
　　측면에 속하는 비본질적인 것이었으며, 따라서 한갓 고의적 실수에 불과했다고 평가한다.
　　김윤식, 『한국근대문학사상연구 1』, 일지사, 1984, 234~247쪽 참고.
2) 최재서, 『현대주지주의문학이론』, 「문학과 지성」, 인문사, 1938, 2쪽.

견해를 이(낭만주의 – 주:인용자)와 정반대의 것이라고 정의할 수 있다. 즉 인간이란 지극히 고정되고 제한된 동물이여서 그 본성은 영구불변하다. 그래서 인간으로부터 좀 가치 있는 것을 기대하랴면 전통과 조직화에 의하야 이를 훈련할 수밖에 없을 것이다.” 이처럼 최재서의 주지주의는 낭만주의적 세계관(“인생관에 있어서의 인본주의요 예술에 있어서 자연주의요 문학에 있어서 낭만주의”)에 대한 비판에서 출발한다는 점에서 김기림과 유사하지만, ‘지성’, ‘모랄’ 등의 정신적 태도를 절대시한다는 점에서 김기림과 구분된다.

> 現代가 混沌하다함은 다시 말하면 現代가 依據할 傳統과 信念을 잃었단 말이다. 이 잃어진 傳統과 信念에 代身될만한 傳統과 信念을 探求하고 摸索하는 精神이 곧 不安과 焦燥를 特徵으로 삼는 現代精神이다. 그리고 現代人은 이 엄청난 代用物을 科學가운데에 求하랴고 한다. 果然 科學이 次代의 人類를 統制할만한 人生觀을 提供하겠느냐함에 對하야 疑惑이 不無하다. 現代精神의 悲劇的 一面은 반듯이 이곳에서 생겨난 것이라고 볼 수 있다. 그러나 何如튼 現代精神이 科學에 絶對的 期待를 갖이고 있는 것만은 事實이다. 따라서 우리가 現代批評理論 가운데서 많은 科學授用을 目睹함은 當然한 일이라 할 것이다. 나는 이러한 主知的 傾向을 鮮明하게 表示하는 批評家로서 리챠-즈와 리이드 두 사람을 든다.[3]

싸르트르가 ‘1850년대 세대’라고 명명했던 19세기 유럽의 모더니즘 운동은 파리와 비엔나를 중심으로 전통에 대한 단절과 부정, 새로운 삶의 조건인 도시화가 개인에게 강요하는 긴장과 분열에 대한 심리적 반응을 예술화하는 방향으로 나아갔다. 아방가르드 운동이 부정 자체를 자신의 전통으로 삼음으로써 개인의 윤리를 강조하는 방향으로 나아갔다면, 영국의 주지주의는 전통의 대체, 즉 새로운 전통을 발견함으로써 개인의 개성을

---

3) 최재서, 『비평과 과학』, 「문학과 지성」, 인문사, 1938, 19쪽.

역사적 전통 속으로 안착시키려는 방향으로 나아갔다. 현대의 '혼돈'이란 바로 현대 이전의 전통과 신념이 상실되었음에도 불구하고 그것을 대신할 전통과 신념이 부재하는 상황을 가리키며, '불안'과 '초조'는 그 부재의 심리적 상태라고 할 수 있다. 최재서는 "현대정신의 비극적 일면"이 종교(기독교)와 맑스주의로 대표되는 보편적 질서의 부재에서 기인하며, 이러한 보편적 질서가 부재하는 현대를 사실의 세기라고 명명한다. 「현대주지주의문학이론」에서 강조하는 '사실(리얼리티)'이란 바로 이것이었다.[4] 유럽의 모더니즘과 달리 최재서에게는 질서에 대한 강박이 존재한다. "질서는 결코 소극적이 아니라 창조적이고 또 사람을 불완전과 죄악으로부터 피난하야 주는 힘이 된다. 따라서 사회제도는 필수불가결하게 된다"(「현대주지주의문학이론」)나 "항결가티 자기의 개유적 개성을 주장하는 것보다는 도리혀 우리가 발견할 수 있는 최타당한 통제원리를 탐색하는 것이 현명할 것이다"(「시대적 통제와 예지」) 같은 진술이 이를 증명한다. 즉, 이 시기 최재서는 단층파나 이상(李箱)의 문학이 보여주는 '의식의 분열'이 보편자(전통과 질서)의 부재에서 발생하는 현상이라고 생각했으며, 주지주의적 세계관에 근거해서 새로운 '절대적 가치'(전통)를 세움으로써 현대의 혼돈을 극복할 수 있다고 보았다. 이러한 관점에서 그는 전통을 "과거에 지나간 것을 지각할 뿐만 아니라 과거가 지금도 존재하고 있다는 것을 지각함"이라는 역사적 의식으로, 시인을 "보통적 정서와 사상을 독자적으로 결합할 특별한 매개를 갖이고" 있는 존재로 정의한다. 최재서는 예술가에게 전통이 중요한 까닭은 그것이 "작가에 의하여 지켜져야 할 바 하나의 궤도를 주기 때문이 아니라, 개성을 풍부하게 하고 또 개성의 기교성(寄矯性)을 훈련하여 바른 역사적 의식을 가지"도록 하기 때문이다.[5]

최재서의 주지주의 문학론에서 주목할 점은 두 가지이다.

<hr>

4) '사실의 세기'에 관해서는 이양숙, 「최재서와 모더니즘 그리고 국민문학」, ≪문학수첩≫ 2005년 가을호, 462쪽 참고.
5) 최재서, 「비평과 모랄의 문제」, 『최재서평론집』, 청운출판사, 1961, 21쪽.

첫째, 고전적 의미에서의 전통을 국민이나 민족 단위로 정의하는 것이다. 그는 「시대적 통제와 예지」에서 전통을 "국민이나 민족의 경험의 총합이며 예지의 체계"로 정의한다. 코스모폴리탄적인 감각을 바탕으로 세계시민주의를 지향했던 김기림과 달리 최재서는 전통의 확립에 주목함으로써 국가와 민족이라는 근대적 단위를 벗어나지는 않았다. 그러나 그는 식민지 조선에서 계승할 전통을 발견하지 못했고, 이는 훗날 동양 혹은 일본이라는 확장된 단위에서 전통을 발견하려는 노력으로 이어진다. 식민지 시기 제국의 담론이었던 동양론이 조선의 지식인들에게 중요한 논점을 제공한 것은 바로 이 때문이었다. 전통에 대한 논의는 결국 40년대의 국민문학론 속에서 문화와 국가를 동일한 것으로 간주하는 방향으로 나아가는데,[6] 이는 "예술에는 국경이 없다하더라도 예술가에게는 조국이 있다"[7]라는 진술로 압축된다.

둘째, 새로운 전통과 질서를 '과학'에서 찾으려했다는 점이다. 식민지 시기 조선의 문단은 일본의 직접적인 영향권에 있었고, 이로 인해 영미의 주지주의는 "시에 있어서 과학적 방법"[8]이라는 의미로 수용되었다. 최재서가 「비평과 과학」에서 H.리이드의 심리학과 I.A.리챠즈의 『시와 과학』을 집중적으로 소개하고 있는 것도 이 때문이다. 주지하듯이 중일전쟁 이후 일본은 동양론과 근대초극론을 내세워 유럽의 과학주의를 비판하는 방향으로 나아갔다. 당시 '과학주의'와 '휴머니즘'은 세계최종전쟁을 직감하고 있었던 일본의 사상계에서는 상식으로 통용되고 있었다. 그러나 영

---

6) "문화 옹호와 국가 옹호는 별개의 것이 아니라 가깝지도 멀지도 않은 사이임을 우리들은 프랑스의 비극으로부터 배웠다. 문화를 옹호하기 위해서 국가를 옹오한다고 하는 것은 어폐가 있지만, 원래 양자는 동일한 것이기 때문에 문화를 위해서라도 국가를 지켜야만 한다는 말은 지당할 것이다. 그것이 그렇지 않다고 생각한 것은 역시 19세기 코스모폴리타니즘의 환상이었던 것이다. 국가적 굴레를 벗어나서만 문화는 발달할 수 있다고 하는 문화주의적 사고방식은 19세기적 환상과 함께 대포소리에 낳아가버리고 말았다." 최재서, 「문학정신의 전환」, 『전환기의 조선문학』, 영남대출판부, 2006, 29쪽.
7) 최재서, 「우감록(偶感錄)」, 『전환기의 조선문학』, 영남대출판부, 2006, 118쪽.
8) 김윤식, 『한국근대문학사상연구1』, 일지사, 1984, 240쪽 참고.

국의 주지주의에서 출발한 최재서에게는 과학주의에 대한 비판의 논리가 없었으며, 이는 과학으로 과학을 극복해야 한다는 사상적 딜레마로 작용할 위험이 있었다.

Ⅲ. 신체제와 국민문학론

중일전쟁은 일본과 조선의 지식인들에게도 커다란 영향을 끼쳤다. 1937년 7월 중일전쟁을 감행한 일본은 제2차 국공합작으로 인해 전쟁이 장기전의 국면에 접어들자 1938년 국가총동원법을 공포, 본격적인 전시동원체제를 구축하기에 이른다. 만주국의 수립과 중일전쟁을 기점으로 본격화된 일본의 대륙침략은 아시아주의가 전면화되는 직접적 계기가 되었으며, 무한 점령 직후인 1938년 11월 고노에 내각에 의해 발표된 동아신질서(東亞新秩序) 건설의 구상은 사회주의자들이 전향하고 조선 지식인들의 반일의식을 약화시키는 역할을 했다.[9] 실제로 동아신질서 구상이 함축하고 있었던 반자본주의적 성격은 사회주의자들에게 새로운 희망으로 인식되었다. 주지하듯이 동아신질서는 당시 일본의 수상이었던 고노에 후미마로(近衛文麿)가 무력에 의한 정복정책을 포기하고 중국과 화해할 뜻을 밝힌 대(對)중국 전략의 일환이었다. 고노에 내각은 중일전쟁이 교착상태에 빠지자 "동아시아에서 이웃하고 있는 일본과 만주와 支那의 삼국이 각자의 개성을 존속시키면서도 東亞保全의 공동사명 하에서 굳게 단결하여야 하는 관계를 지닌 것은 진정 역사의 필연"이라는 논리를 내세워 중국의 민족주의를 회유하기 시작했다. 중일전쟁이 침략전쟁이 아니라 동양의 영구적 평화를 정착시키기 위한 성전이라는 논리가 등장한 것도 바로 이 때인데, 이를 위해서 일본은 전쟁을 백인종과 황인종의 대결로 몰아감으

---

9) 중일전쟁을 전후한 시기 사회주의자들의 전향에 대해서는 홍종욱, 「중일전쟁기(1937~1941) 사회주의자들의 전향과 그 논리」, 서울대 석사논문, 2000 참고

로써 나름의 정당성을 확보하려 했고, 또 이를 근거로 조선의 지식인들에게 협조를 구하기도 했다. 고노에의 이론적 후원자였던 미키 키요시와 소화연구회가 제시한 동아협동체론은 결국 동아신질서 선언의 이론화작업이었던 셈이다.[10]

30년대 후반 일본의 아시아정책은 두 가지로 담론화되었다. 하나는 미키 키요시의 동아협동체론이며, 다른 하나는 이시하라 간지의 동아연맹론이다.[11] 이들 대아시아정책은 결국 동아신질서를 이론적으로 뒷받침하기 위해 제시된 것이었다. 지배의 범위가 넓어지면서 일본은 종래의 정체성은 물론 식민지와 본국의 관계를 지속적으로 조율해야 한다는 요청에 부딪히게 되었다. 이런 점에서 아시아주의 혹은 아시아 담론의 등장은 필연적이었다. 나아가 이러한 요청은 새로운 정체성에 맞춰 일본 내부도 개혁되어야 한다는 새로운 상황으로 이어졌다. 순혈민족론과 혼합민족론이, 그리고 동아협동체론과 동아연맹론이 동시에 등장할 수밖에 없었던 이유도 이 때문이었다.

1941년 11월 최재서에 의해 창간된 ≪국민문학≫이 조선총독 미나미 지로(南次郎)에 의해 1940년 10월 제창된 '신체제운동'의 문학적 표현인 것은 사실이지만, 최재서의 국민문학론 내부에는 조선의 특수성을 보전해야 한다는 논리와 함께 아시아의 세력관계 속에서 우위를 점하려는 식민지 지식인들의 무의식이 짙게 투영되어 있다. 주지하듯이 일본의 대아시아정책은 각각의 국가나 민족에 따라 다르게 적용되었다. 일본은 조선에 대해서는 내선일체(內鮮一體)를 주장했는데 이는 합방 이후 반복적으로 등장했던 일시동인(一視同仁)이나 동조동근론(同祖同根論)과 별반 다르지

---

10) 미키 키요시의 사상과 동아협동체론에 대해서는 함동주, 「중일전쟁과 미키 키요시(三木 淸)의 동아협동체론」, ≪동양사학연구≫ 56호, 동양사학회, 1996, 161~170쪽 참고.

11) 윤대석은 동화와 이화라는 관점에서 당시 일본의 대아시아정책을 고찰할 필요가 있으며, 이때 일본의 대아시아정책이 갖고 있는 논리적 모순성·양가성이 동아협동체론과 동아 연맹론이라는 사상을 통해 드러난다고 보았다. 윤대석, 「1940년대 '국민문학' 연구」, 서 울대 박사논문, 2006, 32~48쪽 참고.

않은 것이었다. 동아신질서론의 대체물인 대동아공영권의 구상 속에서 일본은 조선과 대만에는 동화정책을, 그 외의 지역에 대해서는 협동주의를 택했는데,[12] 이러한 정책의 차이는 조선의 지식인들이 조선 이외의 지역에 대한 심리적 우월감을 갖게 되는 계기가 되었다. 따라서 최재서의 국민문학론을 이해함에 있어 간과하지 말아야 할 점은 국민문학론의 구상이 일본의 국책문학이라는 단일한 문제의식으로 설명될 수 없으며, 이는 조선과 일본의 관계를 어떻게 설정하느냐에 따라 상이한 방향으로 나아갈 수밖에 없다는 것을 이해하는 것이다. 이러한 방향의 변화는 최재서 개인의 이력, 다시 말해 지성주의의 포기와 창씨개명이라는 사건과 밀접한 연관성을 지니고 있다. 이광수는 1940년 2월 12일 창씨개명 접수가 시작된 다음날 가야마 미쓰로(香山光郞)으로 창씨개명을 한 반면, 국민문학론였던 최재서가 1944년 1월에 이르러서야 이시다 고조(石田耕造)로 창씨개명한 까닭은 무엇이었을까.

일본 문단에서 국민문학론에 관한 논의가 시작된 것은 1937년 이후이다.[13] 아사노 아키라(浅野晃)를 비롯하여 ≪일본 낭만파≫와 ≪문학계≫에 의해 주장된 국민문학론은 시민의식에 근거한 서구 근대문학의 개인주의와 자유주의를 비판하는 한편, 고대 일본의 문화예술을 발굴하고 복고적 전통주의에 근거하여 천황제파시즘을 옹호하는 국책문학의 성격이 강했다. 아시아주의의 전면화로 인해 동양과 서양이 반정립 관계로 인식되는 상황에서 일본적인 것, 동양적인 것에는 근대의 종언과 초극이라는 의미가 부여되었다. 서구의 근대 예술이 자유주의적 개인들의 개성의 산물임에 반해 국민문학은 강력한 국가주의를 바탕으로 서구적 문학과는 질적으로 구분되는 가치를 제시하고 나아가 서구적 근대의 한계를 극복하겠다는 의도를 띠고 있었다. 1940~1941년 사이에 일본은 신체제운동의 후속

---

12) 같은 글, 66쪽.
13) 아사노 아키라의 국민문학론에 대해서는 정창석, 「'전쟁문학'에서 '받들어 모시는 문학' 까지」, ≪일어일문학연구≫ 35집, 343~347쪽 참고.

조치로 조선의 문예잡지를 통합하고 ≪동아일보≫ ≪조선일보≫ 등의 언론을 강제 폐간시켰다. 당시 ≪인문평론≫을 주재하고 있었던 최재서는 총독부의 시책에 발맞추어 조선 유일의 문예잡지인 ≪국민문학≫을 창간했는데, 그가 밝힌 편집요강은 다음과 같다. 1. 국체 개념의 명징, 2. 국민 의식의 앙양, 3. 국민 사기의 진흥, 4. 국책에의 협력, 5. 지도적 문화 이론의 수립, 6. 내선문화의 종합, 7. 국민문화의 건설. 국체 개념의 명징이란 국체에 반(反)하는 일체의 사상, 즉 민족주의, 사회주의, 개인주의, 자유주의 등을 배격함을 의미하며, 국민의식의 앙양이란 일본 국민으로 새롭게 태어날 주체들에게 필수적인 '정열'을 심어주는 것을 가리킨다. 또한 국민 사기의 진흥이란 국민들의 의식을 흐리는 비애, 회의 등의 퇴폐적 기분을 일소하는 것이며, 국책에의 협력이란 문학의 비판적 기능을 포기함으로써 국가 시책을 지지하고 작품화하는 것을 의미한다. 이러한 세부 항목들이 궁극적으로 내선문화의 종합과 국민문화의 건설이라는 내선일체의 논리로 귀결됨은 주지의 사실이다.

최재서는 주지주의 문학론에서 지성을 통해 상실된 절대적 가치를 대신할 전통을 발견하려 했었다. 그에게 있어서 모랄은 '작가적 자각'[14]의 기초이며, 현대의 문제는 "모랄리티가 없이 모랄에의 지향"[15]만이 존재하는 데서 비롯되는 것이었다. 모랄은 "주체와 객체, 감성과 지성, 정서와 사상이 종합하는 곳"[16]에서 성립되지만, 불행히도 그는 30년대의 조선에서 개인의 개성이 깃들일 전통적 의식(도그마)을 발견하지는 못했다. 그렇기 때문에 지성이란 이름으로 행해진 비건설적 문학이론인 주지주의는 회의적 태도로서의 모랄을 가능하게 할지언정 새로운 대안이 되지는 못했다. 그렇지만 주지주의 시기 최재서는 문학이 내셔널리즘으로 환원되는 것에 명확하게 반대했으며, 지성과 모랄을 통해 비평의 비판적 기능, 즉

---

14) 최재서, 「작가와 모랄의 문제」, 『문학과 지성』, 인문사, 1938, 263쪽.
15) 최재서, 「비평과 모랄의 문제」, 『최재서 평론집』, 청운출판사, 1961, 26쪽.
16) 같은 글, 23쪽.

비평의 도그마적 성격을 회복함으로써 서구적 의미의 교양론으로 나아가려 했다. 미키 키요시의 「교양론」의 영향 하에서 집필된 「교양의 정신」(≪인문평론≫ 2호, 1939.11)은 이를 명시적으로 보여준다. 그러나 국민문학론 시기에 접어들면 최재서는 일본과 독일의 문화론의 영향으로 인해 문학이 아닌 문화의 중요성을 강조하기 시작하며, 현대의 새로운 전통을 일본이라는 국가주의 속에서 발견하려는 태도를 보여준다. 1943년에 출간된 평론집 『전환기의 조선문학』의 첫머리에 「전환기의 문화 이론」을 배치한 것은 이런 점에서 매우 상징적이다.

> 그렇다면 국가는 어떤 힘으로 문화에 통일을 부여할 수 있는가? 그것은 국가 이상(理想) 이외에는 있을 수 없다. 전 국민에게 목표와 표준을 부여할 수 있을 만한 높고 원대한 이상이 없으면, 국민문화는 발전은커녕 유지하는 것조차 의심스러울 것이다. 어떤 커다란 국가 이상이 있어서, 그것이 풍속, 도덕, 제도, 법률, 학문, 예술 등의 내부에서 각각 객관시되어 구체화될 때 비로소 국민문화는 성립한다. 원래 문화라는 것은 가치 체계(그것은 이상을 내면적으로 응시하는 모습이다)의 제도화일 뿐이다. 지금까지 개인적인 혹은 외래적인 가치 체계를 신봉하여 온 국민에게 국가적인 가치 체계를 부여하는 것이 오늘날 모든 국가의 당면한 긴급과제여야 한다. 우리 자신을 뒤돌아본다면, 우리들은 전통의 집을 떠나 오랜 동안 타인의 집 앞에서 길을 잃고 헤매고 있다. 서구풍의 생활을 지극히 표면적으로 모방하여 그것을 문화생활이라고 여겼다. 또 이러한 문화의 저속화에 내심 경멸의 마음을 가진 소위 문화주의자들도 영혼의 고향을 소위 '코스모폴리탄적 대기' 안에 두고, 발붙일 곳을 찾다 지쳐 헤매고 있는 꼴이었다.[17]

전통의 지평은 '국가'로 바뀌었지만, '전통'과 '가치체계'에 대한 관심은 주지주의 시기와 동일하게 반복되고 있다. 그 스스로 "일본 국가의 모

---

17) 최재서, 「전환기의 문화이론」, 『전환기의 조선문학』, 영남대출판부, 2006, 19~20쪽.

습을 발견하기까지의 영혼의 기록”이자 “일억 국민의 길”에 대한 승인이라고까지 주장한『전환기의 조선문학』의 서두는 이처럼 ‘문학’이 아니라 ‘문화’에서 시작된다. 이 글에서 최재서는 ‘문화생활’과 ‘문화주의’를 구분하는데, 전자가 근대화(modernization)에 가까운 서구적 근대의 물질성을 의미한다면, 후자는 “합리적으로 자리매김 된 영원성이 있는 것을 문화가치에 부여하는” 것을 가리킨다. 전자가 근대적 일상을 지배하는 물질적인 것이라면, 후자는 “시공을 초월하여 무한하게 추구되어져야만” 하는 정신적인 것이라고 할 수 있다. 최재서는 문화 자체를 목적으로 보는 이 문화주의를 ‘국가적 입장’에서 문제 삼아야 한다고 주장한다. 즉 서구적 문화생활에 젖어 있는 조선의 현실을 문화주의로 극복하되, 문화의 순수성을 옹호한다는 것 때문에 ‘문화를 위한 문화’라는 자유주의적인 발상으로 경사되는 것을 막아야 한다는 것이다. 그에 의하면, 개인주의적인 영리 추구가 종교적·도덕적 제약이나 국가의 통제를 벗어날 때 자본주의와 자유주의의 문제가 발생하듯이, 문화 또한 국가적 통제나 전통의 도그마를 벗어나면 예술 자체를 “멸사봉공해야 할 신”으로 떠받드는 문제를 발생시킨다. 따라서 위기에 처한 문화는 “새로운 국가적 계획과 통제 하에 국민갱생의 길”을 걸어야 하며, 이때 문화적 분열은 극복될 수 있다. 이러한 주장에는 몇 가지 전제가 따르는데 첫째, 서구적 문화생활을 문화주의라는 정신으로 극복해야 한다는 것, 둘째, 국가적 이념의 통제에 의해 문화는 비로소 “국민의 통일과 단결”이라는 “제1의 요건”을 충족시킬 수 있다는 것, 셋째, 그렇게 함으로써 자본주의적·자유주의적 문화 개념과 그에 근거한 코스모폴리폴리타니즘을 극복할 수 있다는 것이다. 이러한 주장의 밑바탕에는 근대 유럽문화가 근본적인 위기에 직면했으며, 그 위기를 일본으로 상징되는 동양적 가치에 의해 극복할 수 있다는 동양주의와 근대초극론의 감각이 짙게 투영되어 있다.

현대 문화의 위기를 좀 더 구체적으로 살펴보면, 세계관에 있어서 자유주의·합리주의의 실격, 사회에 대한 실증주의적 관찰의 부적합, 정치에 있어서 민주주의의 무력화, 세계경제의 파탄, 개인주의적 문학의 막다름 등과 같은 일련의 사상(事象)을 지적할 수 있다. 문학만 보더라도 개인이 인류적인 입장에서, 다만 독창성만을 가지고 인류 문화에 기여한다고 하는 근대적 관념은 더 이상 용인되지 않는다. 말하자면, 모든 민족의 문화적 선수가 모여서 그 창조적 능력을 경연하는 올림피아의 장은 폐쇄되었다. 그런 능력은 좀더 구체적으로 절실한 민족의 생존과 국가의 영위에 바쳐져야만 할 것을 요청받고 있다. 파리의 함락은 많은 교훈과 동시에 많은 문제를 우리들에게 가져다주었다. 프랑스는 문화가 극도로 발달하였기 때문에 독일군에게 패했다고 흔히 이야기한다. 그러나 이것은 피상적인 관찰에 지나지 않는다. 문화의 발달이 국민을 약체화시킨다는 것은 이치에 맞지 않는 이야기로 역사적으로도 증명되지 않는다. 예를 들어 페리크레스 시대의 그리이스, 엘리자베스 시대의 영국은 문화적으로 볼 때 절정에 있었을 뿐만 아니라 국력에서도 가장 충실했었다. 이치로 따져도 문화 유산이 없는 야만인이 문명인보다 전쟁에 강하다고 할 수는 없다. 오히려 조국의 문화를 지키고자 하는 데에서 이론을 초월한 전투력이 생겨나는 것은 아닐까? 때문에 프랑스의 패전 원인은 다른 방향에서 탐색되어야만 한다는 것을 암시한다. 즉 프랑스는 1790년의 혁명 이래 스스로 요람화된 문화의 코스모폴리타니즘 때문에 문화의 국가성을 등한시한 것은 아니었을까? 그래서 이 훌륭한 문화까지도 말발굽에 유린되는 비운에 빠졌던 것은 아닐까? 이것이 당연한 해석이 아닐까 생각한다. 그래서 문화 옹호와 국가 옹호는 별개의 것이 아니라 가깝지도 멀지도 않은 사이임을 우리들은 프랑스의 비극으로부터 배웠다. 문화를 옹호하기 위해서 국가를 옹호한다고 하는 것은 어폐가 있지만, 원래 양자는 동일한 것이기 때문에 문화를 위해서라도 국가를 지켜야만 한다는 말은 지당할 것이다. 그것이 그렇지 않다고 생각한 것은 역시 19세기 코스모폴리타니즘의 환상이었던 것이다. 국가적 굴레를 벗어나서만 문화는 발달할 수 있다고 하는 문화주의적 사고방식은 19세기적 환상과 함께 대포소리로 날아가 버리고 말았다.[18]

최재서는 도덕(전통)의 생명과 작용을 위기에 빠뜨리는 두 가지 현상을 공업화와 도회화라고 지적하는데, 그것은 "세계관에 있어서 자유주의 · 합리주의의 실격, 사회에 대한 실증주의적 관찰의 부적합, 정치에 있어서 민주주의의 무력화, 세계경제의 파탄, 개인주의적 문학의 막다름" 같은 동양주의에 입각한 근대초극론의 문제의식 바로 그것이었다. 그에 따르면 프랑스혁명에서 출발하는 서구의 자유주의 문화가 위기에 처하게 된 까닭은 "문화의 국가성"을 간과했기 때문이며, 따라서 문화를 보호하기 위해서는 먼저 문화와 국가를, 개인과 국가를 유기체로 간주하는 "문화의 국민화"가 선행되어야 한다. 최재서의 국민문학론은 바로 이 문화의 국민화의 한 방편으로 고안된 것이었다. 이러한 맥락에서 그는 조선의 근대문학이 르네상스에서 발원한 서구의 근대정신을 모방한 것이었으며, 세계사적인 대전환기에 직면하여 조선의 근대문학과 모더니즘을 근본적으로 비판한 김기림의 비평을 고평(高評)한다. 국민문학의 관점에서 볼 때 문학이 교육이라는 '신념'을 버리고 "개성을 가치를 보고"로 간주한 모더니즘은 '미신'에 불과하며 심리주의적 리얼리즘은 '역겨운 병적 문학' 이상이 될 수 없다. 그렇다면 문학에서의 국민의식이란 무엇인가? 그것은 "자신은 일개 개인이 아니라 한 사람의 국민이라고 하는 의식, 따라서 자기 자신 한 사람으로는 의미도 가치도 없는 존재이며, 국가에 의해서 처음 의미와 가치를 부여받는다고 하는 자각"[19]이다. 이처럼 문학이 국민의식과 동일한 것으로 간주될 때 "개인의 사생활 — 의식주, 연애, 결혼, 아니 생로병사"[20]까지도 모두 국사(國事)로 간주되기에 이른다.

---

18) 최재서, 「문학정신의 귀환」, 『전환기의 조선문학』, 영남대출판부, 2006, 28~29쪽.
19) 최재서, 「국민문학의 요건」, 『전환기의 조선문학』, 영남대출판부, 2006, 51쪽.
20) 최재서, 「우감록」, 『전환기의 조선문학』, 영남대출판부, 2006, 115쪽.

Ⅳ. 지방문학에서 받들어 모시는 문학으로

1940년대의 국민문학론은 국가총동원이라는 신체제운동의 문학적 표현이었다. 이 시기 일제의 통치전략은 내선일체의 슬로건으로 압축되는 바 국민문학론 또한 신체제운동의 정당성과 내선일체의 역사적 의의에 대한 맹목적 옹호로 채워진다. 그러나 친일문학의 상징으로 여겨지는 40년대의 국민문학론이 일본의 식민지 지배정책을 고스란히 반복하기만 했던 것은 아니었다. 절대다수의 국민문학론자들이 내선일체를 옹호하고 국가주의로 함몰된 것은 사실이지만, 그 속에는 조선적 특수성을 모색함으로써 사유의 차원에서나마 제국 – 식민지 관계로 환원되지 않는 독특한 이론에 대한 모색 또한 존재했다.

1940년대 조선 지식인들의 사유방식을 이해하기 위해서는 먼저 두 가지 사건을 주목해야 한다. 그 하나는 1940년 6월 15일 파리의 함락이고, 다른 하나는 1942년 5월 징병제 실시 선언이다. 1940년 11월에 행해진 최재서의 강연록「신체제와 문학」에서 잘 드러나듯이 유럽의 후발 국가 독일이 유럽의 수도 파리를 함락시킨 역사적 사건은 조선의 지식인들에게도 커다란 충격으로 다가왔다. 1938년 무한 삼진의 함락에서 동양의 신질서 수립을 어렴풋하게 예감했던 조선의 지식인들은 파리의 함락에서 세계사의 전환을 실감했고, 일본이 동양의 맹주가 되어 새로운 질서를 건설하기 시작했음을 인정하지 않을 수 없었다. 서구적 근대에 대한 비판이 본격적인 근대극복론, 근대종언론, 근대초극론으로 나아가게 된 것도 바로 이 무렵의 일이다. 한편 징병제의 실시는 내선일체와 황민화에 새로운 국면으로 작용했다. "작년 12월 8일 아침, 우리는 황공하게도 선전(宣戰)의 조칙을 받들었고, 또 지난 5월 8일 조선에 징병제를 실시한다는 발표를 접하였다. 우리 국민은 그 순간 진리의 모습을 한 태양신의 자태를 우러러, 마음의 암운이 한꺼번에 불식되는 상쾌함을 느꼈던 것이다."[21]라는 진술에서 확인되듯이 태평양 전쟁의 발발은 세계사적 전환의 시작이었고, 징병제는 완전한 내선일체, 즉 내선의 차별이 사라지는 것으로 받아들여졌다. 최재서가 경험한 마음의 '상쾌함'이란 바로 새로운 정체성의 확인에서 기인하는 명확함이었다. 징병제의 실시는 일본에 대한 판단을 망설였던 지식인들이 "자신의 입장을 결정해야만 할 최후의 기회"처럼 느껴졌고, 최재서가 인용하고 있듯이, 조선의 많은 지식인들에게 태평양전쟁의 개전은 "왔구나, 이것으로 올 데까지 왔다고 느꼈다.", "희미하던 것이 환해져 활짝 갠 기분이다"와 같은 느낌을 불러일으켰다.

중일전쟁 이후 일본의 대(對)조선 정책은 두 개의 대립되는 방향으로 동시에 진행되었다. 그 하나는 내선일체와 일선동조론으로 표현되는 동화의 방향이고, 다른 하나는 제국－식민지 관계의 유지를 위한 이화의 방향이다.[22] 일본은 제국－식민지의 범위 안에서 조선에 동화정책을 펼쳤지만, 그것은 역설적으로 제국－식민지 관계를 무력화시키거나 '일본'이라는 정체성 자체를 변화시켜야 하는 역설적 결과를 가져온다는 점에서 사실상 실현불가능한 것이었다. 이런 점에서 조선은 식민지가 아니라 내지의 일부이며 "내선일체의 최후는 내선 무차별 평등에 도달하는 것"[23]이라는 주장은 이데올로기에 불과했다. 동화가 지나치게 강조되어 제국＝식민지가 되는 순간, 즉 식민지가 식민지가 아니라 일본의 일부분이 되는 순간 제국－식민지의 관계는 해체되어버린다. 그러므로 동화는 항상 그 속에 차별화의 전략을 내포할 수밖에 없다. 동아신질서와 대동아공영권을 역사적 정당성으로 삼았던 일본은 동화를 강조하면서도 끊임없이 식민지와 자

---

21) 최재서, 「우감록」, 『전환기의 조선문학』, 영남대출판부, 2006, 138쪽.
22) 일본은 식민지였던 조선과 대만에 대해서는 동화정책을, 괴뢰국가인 만주에 대해서는 일본인 주도의 협화정책을, 군사점령지역이었던 동남아와 북태평양에 대해서는 자립을 표방한 식민지 정책을 각각 펼쳤다. 일본의 식민지 정책에 대해서는 윤대석, 『식민지 국민문학론』, 역락, 2006, 15~41쪽; 윤대석, 「1940년대 '국민문학' 연구」, 서울대 박사논문, 2006, 23쪽 참고.
23) 南次郎, 「事變の將來と內鮮一體」; 방기중, 「조선 지식인의 경제통제론과 '신체제' 인식」; 방기중 편, 『일제하 지식인의 파시즘체제 인식과 대응』, 혜안, 2005, 42쪽에서 재인용.

신을 차별화해야 하는 딜레마를 경험해야 했다. '민족'과 '국가'가 불일치하는 상황에서 내선일체를 주장한 지식인들 역시 비슷한 분열에 직면해야 했는데, '조선인은 어떻게 일본인이 될 수 있는가'라는 최재서의 물음은 바로 이 분열의 딜레마를 단적으로 보여준다. 식민지 지식인의 내선일체관, 즉 민족협동론과 민족동화론의 대립은 이 분열의 구체적 표현이었다.

최재서는 「조선문학의 현단계」에서 이러한 딜레마를 다음과 같이 정리한다. "오늘날 일본문학은 한편으로는 순수화의 도를 점점 높여감과 동시에 다른 한편으로는 확대의 범위를 점점 넓혀 갈 것이다. 전자는 전통의 유지와 국체 명징과 관련된 것이며, 후자는 이민족의 포용과 세계신질서의 건설과 관련된 일이다. 전자가 천황으로 귀일하는 경향이라면 후자는 팔굉일우(八紘一宇)를 드러내는 일이라고 해야 할 것이다. 이 두 가지 면의 작용이 어떠한 모순이나 자가당착 없이 동시에 행해져야 함은 당연하다." '천황귀일'이 일본적인 것을 강조하는 순혈론에 가깝다면, '팔굉일우'는 혼합민족론에 해당한다. 전자가 일본의 순수성을 강조함으로써 결과적으로 이화의 효과를 낳는 것이라면, 후자는 이화작용이 제국―식민지의 관계를 해체시키지 않도록 범위를 제한한다는 점에서 동화의 효과를 낳는 것이라고 할 수 있다. 일찍이 최재서는 일본의 식민지 지배가 이러한 딜레마에 봉착하게 된다는 사실을 깨달았으며, 그 해답을 두 방향의 동시 공존에 의해서만 가능하다고 생각했다. 동화와 이화가 서로를 배척하지 않음으로써 일본적인 것과 조선적인 것이 함께 새로운 국가 일본의 정체를 만들 수 있다는 것, 이것이 바로 주지주의자 최재서가 '지성'으로 돌파하려 했던 지점이다.

일본문학과 대립하여 조선문학이 있는 것이 아니다. 일본문학의 일환으로서 조선문학이 있는 것이다. 다만 조선문학은 충분히 독창성을 가진 문학일 터이므로, 장래의 일이기는 하지만 조선문학으로서의 일부분을 확보하게 될 것이다. 조선문학을 논하는 경우, 그것을 구슈문학이나 북해도문학과 비교하는 사람이 많다. 물론 일본의 지방문학으로 파악할 것이겠지만, 그렇다고 틀렸다 말할 수는 없다. 그러나 양자는 결코 동렬에 나란히 놓을 성질의 것은 아니다. 조선문학은 구슈문학이나 동북문학이 아니면 대만문학 등이 가지고 있는 지방적 특이성 이상의 것을 갖고 있다. 그것은 풍토적으로나 기질적으로도 다르다. 따라서 사고형식상으로도 내지와는 다를 뿐만 아니라, 오랫동안 독자적인 문학 전통을 함유하고 있으며, 또 현실적으로도 내지와는 다른 문제와 요구를 지니고 있다. 앞으로도 조선 문학은 이들 현실과 생활 감정을 소재로 하게 될 것이므로, 내지에서 생산되는 문학과는 상당히 다른 문학이 될 것이다. 굳이 예를 찾는다면, 그것은 영국문학에 있어서 스코틀랜드문학과 같은 것이 아닐까? 그것은 영문학의 일부분이지만 스코틀랜드적 성격을 견지하여 다수의 공헌을 하고 있다. 또 언어 문제가 시끄러웠던 때에 자주 조선문학을 아일랜드 문학에 비교하는 경향도 있었는데, 그것은 위험하다. 아일랜드 문학은 역시 영어를 사용하고는 있지만, 정신은 처음부터 반(反)영국적이며 영국으로부터의 이탈이 그 목표였다. 이런 이유로 나는 조선문학의 멸망을 외치는 절망론에 대해서나 조선문학을 말살하려는 하는 획일론에 대해서도 찬성하지 않는다. 다만 그 취지는 말할 것도 없이, 조선의 창조적 능력을 살려서 신일본 문화건설에 기여하고자 하는 것이다.

1942년 8월에 발표된 이 글에서 최재서는 조선문학을 일본문학의 '지방문학'으로 개념화한다. 이때의 '지방'은 중심의 권력을 전제하는 주변이 아니다. 소위 '신지방주의'라고 불리는 최재서의 국민문학론 구상은 "시국에 협조할 수 있는 최소한의 자존심"[24]인 동시에 '지성'의 방법으로 모색한 일본인 되기의 방편이라고 이해할 수 있다. 그는 일본문학의 범위 내에서 조선문학이 지방문학임을 부정하지 않지만, 또한 지방문학으로서의 조선문학이 큐슈나 동북아 문학과 같은 지역문학으로 평가되는 것에는

---

24) 윤대석,『식민지 국민문학론』, 역락, 2006, 27쪽.

단호하게 반대한다. 이는 조선문학이 중앙 혹은 중심으로 설정된 일본(동경)의 변방이 아니라, 비록 국가이념을 훼손하지 않는 범위 내일지라도 일정한 독자성을 갖는다는 것을 의미한다. 이를 정당화하기 위해 최재서는 조선문학이 "사고형식상으로도 내지와는 다를 뿐만 아니라, 오랫동안 독자적인 문학 전통을 함유하고 있으며, 또 현실적으로도 내지와는 어떻게 다른 문제와 요구를 지니고 있"다고 주장한다. 식민지 시기의 국민문학론에서 이 독자성의 의미를 읽어내는 것은 매우 중요하다. 그것은 정치권력의 힘 관계와 달리 일본문학과 조선문학을 중심과 주변이라는 이항적 관계로 환원시키지 않기 때문이다. 일본문학이 중심이 아니라는 논리는 결국 "외지문학을 포용함으로써 일본문학의 질서" 또한 재조정을 거치지 않을 수 없다는 논리로 확장된다. 어떻게 이러한 논리적 구성이 가능할까? 그것은 앞서 지적했듯이 일본의 식민지 정책이 동화와 이화라는 상반된 방향으로 동시에 진행될 수밖에 없고, 나아가 점령 지역이 확장될수록 일본의 국가 이념 자체가 새롭게 구성되어야 한다는 인식에 근거한다. 최재서에게 있어서 일본의 국가이상이란 이미 존재하는 일본의 정체성과 동일한 것이 아니라 발굴되고 재구성되어야 할 미래적 가치였다. 지방문학으로서의 조선문학이라는 사유는 시인 김종한이 「일지(一枝)의 윤리」에서 주장한 지방문화론을 원용[25]한 것이다. 이러한 관점에서 그는 일본 국민으로서의 입장을 망각하지 않는 한 "조선의 작가가 작품에서 향토색을 띠려고 하는 것은 조금도 나쁜 일이 아니며 오히려 당연한 일"[26]이라고 주장하고, "미국에서 더욱 조악해져버린 유럽의 퇴폐문화"[27]를 형식적으로 모방한 것에 불과한 동경(東京)의 문화도 배격되어야 한다는 주장을 내놓

---

25) 최재서가 인용한 김종한의 지방문화론은 다음과 같다. "동경도 경성도 동일한 전체 내에서 하나의 공간적 단위에 지나지 않을 것이다. 이러한 자부와 자각을 가질 때 처음으로 우리는 지방에서 봉공하는 자신의 직역에 안심입명할 수 있다. 김종한, 「일지의 윤리」, 《국민문학》 1942년 3월호.
26) 최재서, 「국민문학의 입장」, 『전환기의 조선문학』, 영남대출판부, 2006, 99쪽.
27) 같은 글, 100쪽.

는다.

이처럼 최재서의 국민문학론은 비록 신체제운동의 문학적 표현에 불과했지만 상당한 논리로 무장되어 있다. 식민지 시기 민족협동론에 입각해서 내선일체를 주장했던 일군의 사상가들이 동아신질서와 대동아공영권이라는 파시즘적 현실 하에서 자기 정체성을 정당화할 수 있는 이론적 근거를 구했다면, 최재서는 지방문학이라는 개념을 통해 민족동화론과는 다른 차원에서 조선문학의 가능성을 모색하려 했다. 이런 점에서 최재서의 국민문학론은, 그 자신의 주장처럼 단순한 국책문학과는 다르며, 오히려 조선적 특수성을 포기하지 않는 범위에서 어떻게 조선인이 일본인이 될 수 있는가라는 근본적인 물음에 대한 해답의 성격을 지닌다. 이러한 질문과 대답이 지성주의의 산물임은 분명하다. 그러나 조선적 특수성에 대한 사유는 징병제 실시를 계기로 흥미로운 변화를 보여준다.

아무래도 피로써 국토를 지킨다는 각오가 없으면 조국 관념은 생기지 않는다. 지금까지의 내선일체 운동이 관념적인 운동이었던 것은 결코 아니지만, 그것이 단순한 관념론으로 끝난 부분도 있었다. 그것은 반도인이 끝까지 피로써 일본 국토를 지킨다는 외곬의 보장성이 없었기 때문으로 여겨진다. 이번에야말로 반도인이 흔들림 없는 조국 관념을 굳건히 가져야만 하며 또 그렇게 될 것이다. (중략) 지금 조선 문학이 표현할 수 없는 막다른 길에 접어든 근본적인 원인은 작가들에게 국민적 정열이 희박했다는 데 있다. 그러나 이처럼 한 마디로 작가만을 탓할 수도 없다. 젊은 작가들 사이에서 국민적 정열을 가지려 하나 가질 수 없다는 고뇌가 타인의 상상을 넘어서고 있다는 것은 일례이다. 국민적 정열이라는 것이 설득이나 권유나 더구나 명령이나 호령에 의해 생기는 것은 아니다. 조국을 위해서 스스로 피를 흘려 생명을 버리고 싸우는 일에서부터 국민적 정열은 용출한다. (중략) 징병제를 실시로 반도인의 지위가 비약적으로 향상될 것이라는 점은 명료하다. 이미 내선일체 운동의 강령은 조선인이 진정으로 황국신민이 됨으로써 대동아공영권에

지도적 민족이 되어, 그 건설에 참여해야 한다고 하였다.[28]

　　신념은 가르침을 받을 수 있는 것이 아니다. 스스로 획득해야만 하는 것이다. 몸이 그 경우에 처하여 자연히 몸에 배는 것이다. 반도 지식인에게 이와 같은 흔들리지 않는 신념의 기반을 제공해 준 것은 징병제 실시의 발표이다. (중략) 반도인이 일본에 대하여 조국 관념을 가질 유일한 길은 제국 군인이 되어 직접 국토 방위의 임무를 맡는 것 외에는 없다고 생각한다. 그 일이 이루어지기까지 정신적 준비로써 여러 가지 애국운동이 행해졌다. 그런 애국운동이 효과를 봐서 이번에 영예로운 은사를 받을 수 있었던 것이다. 그러나 사상운동만으로는 조국 관념이 생길 수 있을까? 만일의 경우에 자기의 피를 흘려, 아니 가장 사랑하는 자식의 목숨까지도 바치는 데서, 비로소 진정한 조국 관념은 생긴다고 생각한다. 자기와 국가가 피로써 연결된다. 이것을 내지 동포와 관련지어 말하면 어디까지라도 운명을 함께 한다는 것이다. 이로써 만대에 걸친 조국 관념은 확연하게 수립되는 것이다.[29]

　　사실 징병제의 실시는 황민화에 대한 어느 정도의 믿음이 없으면 실현 불가능한 정책이다. 그러므로 조선에서의 징병제 실시를 전후하여 일본인들에게서 "조선인을 징병으로 전장에 내몰았을 경우 조선인 병대(兵隊)가 무기를 어느 쪽으로 향할 것인가"라는 배반에의 우려가 쏟아져나온 것은 당연한 것이었다. 조선에서의 징병제는 병력의 부족을 해소하기 위해 취해진 매우 현실적인 정책이었지만, 동시에 조선인들에게 일본 국민의식을 확립시키기 위해 의도적으로 취해진 전략적 정책이기도 했다.[30] 조선에서의 징병제 실시를 위해 일본은 병역의 의무를 내지인에 국한시킨 명치헌법의 조항을 바꾸었다. 이러한 정책의 변환은 당시 지식인들에게 억압이 아니라 차별의 해소로 받아들여졌는데, 이런 맥락에서 몇몇 지식인들

---

28) 최재서, 「징병제 실시의 문화사적 의의」, 『전환기의 조선문학』, 영남대출판부, 2006, 143~146쪽.
29) 최재서, 「징병제 실시와 지식계급」, 『전환기의 조선문학』, 영남대출판부, 2006, 151~152쪽.
30) 징병제 실시에 대해서는 최유리, 『일제 말기 식민지 지배정책연구』, 국학자료원, 1997, 179~197 참고.

은 병역의 의무는 의무가 아니라 특권이라는 주장을 서슴지 않았다. "의무보다 더 많은 부름"이란 바로 이 특권으로서의 병역을 가리킨다.

징병제의 실시와 동시에 최재서의 일본인 되기는 지성주의에서 감성주의로 급격하게 변모한다. 두 편의 인용에서 확인되듯이 국어의 문제라든가 지방문학이라는 논리적 연관성이 사라진 자리를 '피'와 '신념'에 입각한 동화론이 차지하게 된다. 「징병제 실시의 문화사적 의의」에서 그는 내선일체의 관념성이 피로써 국토를 지킴으로써 극복될 수 있으며, '국민적 정열'이란 고뇌나 설득의 문제가 아니라 "조국을 위해서 스스로 피를 흘려 생명을 버리고 싸우는 일"로써 확립될 수 있다고 주장한다. 흥미로운 점은 조선인이 피흘려 일본을 지킴으로써 조선인이 진정으로 황국신민이 될 수 있으며, 나아가 일본이라는 제국 내에서 조선인의 위치가 "대동아의 지도 민족"으로 상승될 수 있다는 생각이다. 이러한 '피'의 논리는 「징병제 실시와 지식계급」에서 '신념'의 문제로 표출된다. 일본인 되기, 즉 황국신민이 되는 것은 더 이상 논리와 지성을 통한 문제가 아니라 신념을 획득하는 것이며, "반도인이 일본에 대하여 조국 관념을 가질 유일한 길은 제국 군인이 되어 직접 국토 방위의 임무를 맡는 것" 외에는 있을 수 없다는 몰지성주의야말로 이 시기 최재서의 사유가 위치한 지점을 가장 극명하게 보여준다. 이것은 '지성'과 '모랄'이 '피'와 '신념'으로 바뀌는 지성주의의 파탄이 도달할 수 있는 결론은 개인과 국가가 피로써 연결되고, 이를 통해 내지인과 조선인이 공동의 운명으로 묶일 수 있다는 황국신민화에 근거한 내선일체의 논리 이상이 아니다. 그러나 그것은 내선일체의 불가능성을 신념과 결단으로 돌파했다는 점에서 진정한 내선일체와는 거리가 먼 것이었다. 1944년 1월의 창씨개명은 바로 이것의 명시적 표현에 불과하다.

문제는 늘 간단명료하였다. ―너는 일본인이 될 자신이 과연 있는가?
이런 질문은 다시 다음과 같은 의문을 일으켰다. 일본인이란 무엇인가?
일본인이 되기 위해서는 어찌해야 하는가? 일본인이기 위해서는, 조선
인이라는 것을 어떻게 처리해야 하는가? 이들 의문은 이미 지성적인 이
해나 이론적인 조작만으로 되는 일이 아닌 마지막 장벽이었다. 그렇지
만 이 장벽을 뛰어넘을 수 없는 한, 팔굉일우도 내선일체도 대동아공영
권의 확립도 세계신질서의 건설도, 통틀어 대동아전쟁의 의의조차 아
리송해진다. 조국관념의 파악이라고는 하지만 이들 의문에 대한 명확
한 대답을 지니지 않는 한, 구체적 현실적이라고 할 수는 없다. 여기서
나 자신의 체험을 말해보자. 나는 작년 말경부터 여러 가지로 자신을 정
리하리라고 깊이 마음먹고 새해 첫날에는 우선 그 시작으로 창씨를 했
다. 그리고 2일 아침에는 이것을 고하기 위해 조선신궁에 참배하였다.
그 앞에 깊이 머리 숙이는 순간 나는 맑은 대기 속에 빨려들어 모든 의문
에서 해방된 느낌이었다. ―일본인이란 천황에 봉사하는 국민이다.[31]

결국 최재서는 1944년 석전경조(石田耕造)로의 창씨개명과 동시에 지
방문학으로서의 조선문학, 조선적인 것을 완전히 포기하고 천황사상에 귀
의한다. "일본인이기 위해서는, 조선인이라는 것을 어떻게 처리해야 하는
가"라는 질문으로 집약되는 인용문의 내용은 이 시기 최재서의 고민이 무
엇이었는가를 단적으로 보여준다. 체험에 근거한 창씨개명의 변이라고 할
수 있는 이 글은 창씨개명을 전후한 시기 최재서의 내면을 뚜렷하게 보여
준다. "나는 오직 새해 첫날 신궁 앞에서 감득했던 그 맑은 기분을 문학에
다 구현시켜 가자는 염원뿐, 그 밖에 아무런 이론적 준비가 있는 것도 아
니다"라고 밝히고 있거니와 '해방된 느낌'은 이미 지성이나 논리로는 설
명될 수 없는 것이다. "받들어 모시는 문학은 천황에게 봉사하는 문학이
다"라는 인상적인 구절로 시작하는 이 글에서 최재서는 40년대 초반의 국

---

31) 최재서, 「받들어 모시는 문학」, 김병걸·김규동 편, 『친일문학작품집 1』, 실천문학사,
1986, 389~390쪽.

민문학론에 대해 비판적 검토를 개시한다. 그 비판의 요지는 국민문학론이 "『고사기』와『일본 서기』『만엽집』이 인용되고 진연(眞淵) 선장(宣長)이 새삼 거론되고, 혹은 신국론이나 팔굉일우(八紘一宇)나 내선일체가 주장되긴 했더라도 요컨대 그것은 문학론의 전개로서 이론적으로 거기까지 갔"을 뿐 "피맺힌 신념과 정열"을 수반하지는 못했다는 것이다. 이러한 결핍을 그는 "지성적 이해"와 "감성적 습관"의 불일치라고 명명한다.

V. 나오며

1930년대 중반, 최재서의 비평은 주지주의를 통해 현대가 상실한 전통을 회복하려는 모색의 일환에서 시작되었다. 당시 그는 30년대의 모더니즘 문학이 보여주는 분열과 권태가 전통의 상실을 가장 극명하게 보여주는 예라는 점에서 높이 평가했으며, 일단의 영미 비평가들이 보여주었던 지성주의와 과학주의를 통해 그것을 해명하려 했다. 김기림의 코스모폴리탄적인 비전과 달리, 최재서의 모더니즘은 강력한 전통(도그마)의 확립을 통해 현대의 정신에 방향성을 제공하는 것을 목적으로 삼았다. 그러나 그는 식민지 조선에서 현대의 전통을 발견하지는 못했으며, 이러한 비관적 인식은 중일전쟁 이후 급속하게 일본의 국가주의에 포획되는 결과를 가져왔다. 주지하듯이 중일전쟁 이후의 최재서 비평은 넓은 의미에서 친일문학의 범주에 포함되는 것이었는데, "조선인은 어떻게 일본인이 될 수 있는가"라는 질문으로 요약되는 이 시기의 비평적 고민이 지성주의를 포기한 것은 아니었다. 30년대 후반에서 40년대 초반에 걸친 최재서의 비평은, 따라서 한 개인의 문제의식이라기보다는 식민지 조선의 모더니스트들이 공통적으로 직면하고 있었던 문제이기도 했다.

1940년대 초반 최재서는 ≪국민문학≫을 창간·주재하면서 본격적인 친일문학으로 나아갔다. 그러나 이 시기에 주창된 국민문학론은 일본의 내선일체 논리를 그대로 수용한 국책문학이 아니라, 제국－식민지라는 특수한 관계 하에서 조선문학의 특수성을 긍정하기 위한 지성주의의 산물이었다. 최재서가 44년까지 창씨개명을 하지 않았던 것도 이 때문이었다. 그러나 태평양전쟁의 발발과 징병제의 실시로 인해 그의 지성주의는 사실상 무력화되는데, 그것은 이 시기에 발표된 그의 평문들이 '피', '신념', '의지', '결단' 등과 같은 몰지성적 언표로 일관하고 있음에서도 확인된다. 1944년에 발표된 「받들어 모시는 문학」은 결국 지성주의에 의한 일본인되기가 불가능함을 깨달은 최재서가 신념을 통해 그 불가능을 돌파하는 모습을 보여준다는 점에서 40년대 초반의 국민문학론과는 사뭇 다른 양상을 보인다. 그의 비평세계는 결국 천황제파시즘이라는 일본국가주의의 논리로 귀결되고 말았지만, 창씨개명 이전까지의 비평적 행보는 조선의 모더니스트들이 운명적으로 부딪힐 수밖에 없었던 사상의 변동과 굴절을 가장 명확하게 보여준다.

참고문헌

최재서,『문학과 지성』, 인문사, 1938.

최재서,『최재서평론집』, 청운출판사, 1961.

최재서 저, 노상래 역,『건설기의 조선문학』, 영남대출판부, 2006.

김병걸・김규동 편,『친일문학작품집 1』, 실천문학사, 1986.

김윤식,『한국근대문학사상연구 1』, 일지사, 1984.

김윤식,『일제 말기 한국 작가의 일본어 글쓰기론』, 서울대출판부, 2003.

김재용, 「대동아문학의 함정－최재서의 친일 협력」, ≪문학수첩≫ 2005년 가을호.

김종한, 「일지(一枝)의 윤리」, ≪국민문학≫ 1942년 3월호.

방기중 편,『일제하 지식인의 파시즘체제 인식과 대응』, 혜안, 2005.

윤대석, 「1940년대 '국민문학' 연구」, 서울대 박사논문, 2006.

윤대석,『식민지 국민문학론』, 역락, 2006.

이양숙, 「최재서 문학비평 연구」, 서울대 박사논문, 2003.

이양숙, 「최재서와 모더니즘 그리고 국민문학」, ≪문학수첩≫ 2005년 가을호.

정창석, 「'전쟁문학'에서 '받들어 모시는 문학'까지」, ≪일어일문학연구≫ 35
　　　집, 1999.

최유리,『일제 말기 식민지 지배정책연구』, 국학자료원, 1997.

함동주, 「중일전쟁과 미키 키요시(三木淸)의 동아협동체론」, ≪동양사학연구≫
　　　56호, 동양사학회, 1996.

홍종욱, 「중일전쟁기(1937~1941) 사회주의자들의 전향과 그 논리」, 서울대 석
　　　사논문, 2000.

영화와 게임에 나타난 서사와 비주얼의 상호침투 양상
– 영화 「300」과 게임 「스파르타」의 비교 연구

권 유 리 야

Ⅰ. 머리말

문학의 시대가 가고, 영화의 시대가 열렸다는 말은 적어도 얼마 전까지는 유효했다. 하지만 지금은 사정이 다르다. 아날로그 문학과 아날로그 영화는 디지털 시대의 논리에 점령당한 지 오래다. 디지털의 기호와 감성이 고요한 상념보다 충격과 더 큰 충격을 적극적으로 요구하면서, 영화의 문은 이전과는 다른 방식으로 열리고 게임은 준비된 자신감으로 시대를 주도하고 있다. 디지털 영화들이 전성기를 구가하고 있으며, 디지털 시대에 하위문화의 첨병으로 게임이 벌어들이는 놀라운 소득을 빌미로 이제 게임은 주류문화에 강타를 가하고 있다. 게임이 변방에서 주류문화를 풍자하고 통속적으로 거부한다는 논의는 이제 더 이상 적당치 않다. 게임은 주류문화의 틀을 흔들어 대면서도, 또 한 편으로는 다른 장르를 기웃거리면서 스스로 체질 개선을 시도하고 있다. 90년대 이후 소설에서 바통을 이어받아 정통 서사물의 적자로 자처하던 영화도 사정은 마찬가지다. 새로운 요구에 직면하여 디지털 영화들은 시간의 파편화, 사건의 절합과 같은 서사라는 아비를 부정함으로써 흥행과 예술성을 한꺼번에 쥔 영화는 한 둘이 아니었다.

디지털人들의 새로운 감성과 새로운 충격을 위해 이제 '장르 간 엿보기와 틈입하기'는 단순한 트랜드가 아니다. 각 매체 간의 상호침투가 만들어 내는 결과물들은 이제 필수로 인식되고 있으며, 또 그런 만큼 이 결과들은 현실적인 매력을 보여주고 있다. 물론 여기에 가장 신이 난 사람들은 시장의 문화상인들이다. 하지만 이 시대 장르 침투가 시장의 논리로 환원된다는 우울한 진단은 기우에 가깝다. 매체와 매체 간의 제휴는 침체된 문화시장에서 경제적인 활력만을 불어넣은 것이 아니다. 익숙한 매체끼리 연합 혹은 의도적인 착종으로 혁신과 고품질의 예술품을 생산해 낸 예는 지금 눈으로 보고 있다. 브라질의 보사노바가 재즈와 팝 등 다양한 장르의 음악에 접목되면서 침체에 빠진 음반계를 구원하고, 브라질의 야성적인 감성을 세계적인 우아함으로 재탄생시키고 있다. 클래식과 대중가요가 접목된 팝페라도 여기에서 그리 멀지 않은 사례다.

이제 혼혈은 디지털 시대의 운명이다. 문화 간 상호 침투와 틈입은 생존의 필수조건이라는 말이다. 과거 낭만주의 시대와는 달라도 한참 다른 이 시대에 모든 제작자들은 영향에의 불안이 아니라 '영향에의 갈구'에 시달린다. 영화 「300」과 「스파르타 : 에인션트 워」(이하 「스파르타」)에서 '서사와 비주얼의 상호 침투'도 이러한 관점의 연장선상에서 진지하게 이야기할 필요가 있다.[1]

영화 「300」은 과감하게 서사의 자리에 디지털적인 게임 비주얼을 선보인다. 이 영화에 관한 한, 영화가 서사를 영상화한다는 고전적 명제는 이미

---

1) 이 게임은 영화 「300」과는 무관한 러시아의 신생개발사 월드포지(World Forge)가 제작을 맡았다. 게임은 2005에 처음 소개되었고, 그로부터 2년여의 개발기간을 거쳐 2007년 3월에 출시되었다.

효용성이 없어진 듯 보인다. 익숙한 서사를 게임적으로 리세팅하며 현기증 나는 비주얼을 선보인 「300」은 개봉 2주 만에 제작비를 모두 회수하며 대성공을 거둔다. 게임 「스파르타」는 어떤가. 「스파르타」는 게임이 가진 태생적 한계, 즉 서사에 대한 열등감으로부터 벗어나려는 노력이 눈물겹다. 하지만 치밀한 스토리로 인해 오히려 게임의 그래픽이라는 중요한 요소에 소홀하게 했고, 이는 게임의 한계로 남게 된다. 더욱 흥미로운 것은 이렇게 영화 「300」이 '게임을 강하게 예감'케 하고, 게임 「스파르타」가 '서사의 연장선상'에 놓이는 장르 간 상호침투의 현상이 예기치 않게 '이전에는 보지 못했던 낯선 진실'을 이끌어내고 있다는 사실이다. 문화 간 상호침투의 관점, 즉 영향에 대한 갈구가 영화 「300」과 게임 「스파르타」의 내부에 어떤 형질 변화를 일으키고, 또 그것이 어떤 진실을 보여주느냐가 궁금한 것이다.

II. 서사와 비주얼의 제휴, 과잉이 빚어내는 색다른 실험들

올봄 영화 「300」은 헐리우드 블록버스터의 대공습을 알리면서 유난히 요란을 떨었다. 짧고 빠른 스토리 전개와 현기증 날 정도로 강한 이미지가 21세기적인 촬영기법과 화면으로 관객을 압도했다는 소문이 사실이었기 때문이다. 블루스크린을 배경으로 HD 디지털 카메라로 촬영된 장면들은 그래픽 노블이라 불리는 프랑크 밀러의 만화 『300』2)을 완벽하게 재현하

2) 이 영화의 원작은 프랑크 밀러의 동명의 만화 『300』이다. 프랑크 밀러의 만화는 그래픽 노블이라 불릴 정도로 비주얼에 있어서 기존 만화와 차별화된다. 이야기 하나하나가 그림과 글로 전개되는 만화(코믹스)에 반해, 그래픽 노블은 상당히 함축적인 그림을 이야기를 풀어나가는 독특한 장르다. 컷의 그림도 일반 만화에 비해 크게 나오고 압축적인 흑과 백의 선과 면을 강조하여 장면 장면에서 그림이 차지하는 비중은 압도적이다. 말 그대로 그림과 이야기가 들어간 소설인 것이다. 따라서 그래픽 노블은 그림 하나하나가 영화장면에 해당되기에 프랑크 밀러의 많은 작품들은 헐리우드에서 영화로 제작된 바 있다. 「300」 이전에는 그의 만화 『신시티』를 쿠엔틴 타란티노 감독이 영화화하여 세계적인 흥행을 기록한 바 있다.

면서 감탄을 자아냈다. 헐리우드가 이란 국민에게 전쟁을 선포했다, 오리엔탈리즘의 유포다, 고급 포르노그라피다, 영화 「300」이 이렇게 내용에 관한 여러 잡음을 어렵지 않게 잠재우면서 놀라운 흥행을 이끌어 낸 것은 이 영화가 바로 '스타일'에 승부를 걸었기 때문이다. 'BC 480년. 300명의 전사들이 100만 대군과 맞섰다'는 포스터 문장은 단순한 카피에 불과하다. 「300」의 진가는 내용의 비장함에 있지 않다. 이 영화에서 의미 있는 사건의 연쇄라는 서사에 대한 전통적인 발상은 힘을 잃는다. 디지털 시대에 이 영화는 이전과는 아주 낯선 방식으로 만들어졌기 때문이다.

　문제는 '이야기'가 아니라, 그 이야기가 '어떻게 표현되는가'이다. 서둘러 말하자면 '판타스틱한 비주얼을 위해 서사를 양보'한 감독의 전략을 눈여겨 볼 것을 권한다. 그래서 그런지 「300」의 단순한 스토리는 다분히 의도적이다. BC 480년. 세계 정복을 꿈꾸는 페르시아 100만 대군이 작은 나라 스파르타를 침공한다. 스파르타의 레오니다스왕이 300명의 용사를 이끌고 테르모필레 협곡을 지키다 장렬하게 전사한다. 이 짧은 이야기에서 영화는 스팩터클의 극치를 보여준다. 보는 이를 흥분시키는 현대적인 메탈사운드조차 화면 비주얼로 인식될 정도로 영화 「300」의 모든 컨셉은 오직 비주얼의 위해 존재한다. 물론 영화가 비주얼 매체라는 사실을 모르지는 않는다. 요점은 「300」의 비주얼은 일반 영화의 비주얼과는 달라도 한참 다른 '사실적 비사실주의'을 보여준다는 데 있다.

　특별히 배경에 사용되고 있는 색감은 유난스럽다. 사실감을 지우기 위해서 자연 배경은 모두 그래픽으로 만든 인공자연물을 선택했다. 인공자연물과 캐릭터와 합쳐지면서 부자연스러운 합성을 강한 명암대비로 상쇄시켰고, 그래픽 노블을 영화화함에 있어서 최적의 선택인 그래픽 무비로 탄생시킨 것이다. 페르시아 사신이 구렁텅이로 떨어질 때의 검은 바탕, 레오니다스 왕이 300 용사와 출전할 때의 짙은 노랑, 전투 장면에서 종종 튀어 오르는 피의 검붉은 빛. 이때 강렬한 인공 색의 향연에 가담하면서 '게임의 그래픽'을 연상하는 것은 당연하다. 강렬하지만 자연스럽지 않은 색감의 인공주의는 「300」이 자신도 모르는 사이에 게임의 영역으로 침투하고 있음을 보여준다. 최근의 게임 경향이 게임 무비를 지향한다지만, 이는 어디까지나 의도된 부자연스러움까지 포기하지 않는 범위 내의 이야기다. 게임의 부자연스러운 그래픽은 게임의 한계가 아니라 게임의 본질이다. '의도된 부자연스러움, 인공적인 그래픽'을 통해서만 게이머는 지금 이곳이 현실이 아니라 가상공간이라는 흥분을 맛볼 수 있기 때문이다.

다시 말해서 이 영화는 매우 '게임적'이다. 게임에서 가장 중요한 것은 플로어(flow) 상태, 즉 몰입이다. 일시적으로 지각의 안정을 파괴하고, 순간적으로 느끼는 아찔함과 같은 지각의 혼란 상태를 게이머들은 즐긴다. 자연의 경이로움은 인간을 성스럽게 하지만, 인공의 마력은 인간을 도취시킨다. 인공적으로 만들어진 디지털 비주얼의 전투 장면들은 관객을 유사 게임 상태에 빠지게 한다. 이뿐만이 아니다. 영화의 등장인물의 얼굴은 게임에서 클로즈업된 캐릭터의 얼굴 포즈와 닮아 있다. 죽음을 향해 돌진하는 용사들의 얼굴, "I am Spartan"을 외치는 레오니다스왕의 모습 하나하나는 게임의 그래픽처럼 과장되어 있다. 선명한 검노란 색을 배경으로 치아가 다 드러나도록 크게 벌린 왕의 입, 그와 함께 목청껏 내지르는 파워풀한 사운드는 게임의 캐릭터와 조금도 다르지 않다. 어린 레오니다스가 늑대와 사투를 벌이는 장면, 아들의 목이 날아가는 장면, 재색화면에 특수 3D로 촬영된 튀어 오르는 핏방울을 보는 쾌감은 지극히 게임적이다.

이렇게 영화가 서사를 단순화 하고 비주얼에 전력투구한 잭 스나이더 감독의 전략은 주효했다. 소비문화시대의 젊은 층을 겨냥한 만큼, 스파르타와 페르시아를 300개의 복근과 수천만 개의 화살로 대신하면서 게임적 비주얼은 말초신경으로 역사를 감각하는 시대의 기호를 정확히 읽은 것이다.

그러나 아무래도 영화의 압권은 '화면의 속도조절'이다. 빠르게 지나가는 듯하다가 갑자기 속도를 늦추는 화면 미장센은 매트릭스의 슬로우 기법보다 한 발 앞선 것이다. 이른바 슬로우－퀵의 촬영기술은 의도적으로 현실감을 떨어뜨리면서 강렬함과 충격을 이끌어내는 게임 그래픽을 연상케 한다. 그런 점에서 「300」의 비주얼은 단순히 사건의 흐름이나 대사를 대신하는 정도에 머무르지 않는다. 영화의 '게임적 비주얼은 서사를 무력화'시키고 인공의 마술에 도취하게 한다. 인공의 마술은 역사조차도 무력화한다. 고대나 중세를 배경으로 찍는 영화의 대부분이 고증에 상당한 공을 들이는 것과는 달리, 이 영화는 BC 480년 펠로폰네소스 반도라는 시간적 공간적 배경을 비웃듯 뛰어 넘으면서 오로지 레오다니스라는 왕을 부각시키는 데 전력을 다한다. 역사는 단지 레오다니스 영웅만들기를 위해 동원된 풍경에 불과하다. 컴퓨터 그래픽으로 희뿌옇게 처리된 화면은 영웅을 탄생시키는 데 모든 공력을 집중한 리라이팅 클래식의 진수를 보여준다. 역사는 인간을 고뇌하게 하지만, 비주얼은 인간을 유희하게 한다는 게임 일반의 법칙을 「300」은 그대로 이어받고 있는 것이다. 게임이 케이블 TV의 채널을 당당히 차지하고, 게임방이 청소년 오락의 중요한 무대가 되고 있는 이 시대에 「300」이 전세계적으로 7000만 달러를 벌어들일 수 있었던 마력은 바로 이 서사를 비주얼로 대체하면서 여기에 게임적 감각을 과감히 끌어들인 명민한 시대감각에 있었던 것이다.

영화 「300」이 서사를 잠재우고 게임적 그래픽에 근접하는 것과는 또 다르게 게임 「스파르타」가 그래픽보다는 '서사에 힘'을 실어준다는 점이 흥미롭다. 그간 게임에서 이야기는 논의의 대상이 아니었다. 1985년 세계적인 열풍을 일으킨 「테트리스」는 서사 없이도 충분히 매력적이었다. 그러나 이는 옛말이다. 현재 게임 산업이 문화의 첨병으로 각광받으면서 가장 절실한 것이 서사다. 게임에서 이야기는 게임 행위를 흥미진진하게 만들어 준다. 뿐만 아니라 게임의 그래픽을 비롯하여 게이머의 역할, 인터페이스의 설정 등에서 이야기가 전제되지 않으면 일관성을 유지할 수 없기 때문에 그 중요성이 더해지고 있다. 지금까지도 흥행전선에 있는 「리니지」, 「스타크래프트」 등은 스토리와 동영상 제작비로 오프닝에만 영화 1편에 버금가는 엄청난 제작비를 쏟아 부은 바 있다. 디지털 시대 게임에서 서사가 급부상하고 있다는 말이다.

오프닝 동영상이 「리니지」나 「월드 오브 워」 정도 수준에까지는 이르지 못하지만 서사의 비중에 있어서는 「스파르타」도 명함을 내밀만 하다. 물론 이 게임의 스토리가 「리니지」, 「월드 오브 워」처럼 세계적인 성공을 거둘 만큼 특별한 서사 전략이 있는 것[3]은 아니다. 이것이 문제다. 그러나 게임적 요소에 비해 서사의 힘이 상대적으로 강한 '정통 소설의 서사'를 구축하는 점은 분명 이채롭다. 오프닝에만 기반적 스토리를 제공하는 일반적 게임의 법칙과 달리 이 게임은 9개의 레벨마다 나름대로 정교한 서사를 제시한다. 어느 정도 훈련된 게이머라면 하나의 레벨을 통과하는 데 짧게는 10~20분, 길게는 30~40분, 더 길게는 1시간씩 걸리도록 기획되어 있다. 그런데 게임은 각 레벨 초기 화면에 상세한 이야기를 덧붙여 게이머가 단순히 미션에만 매달리지 않게 하고 어떤 서사적 과정을 밟아나가고 있는가를 분명히 인지시킨다. 그러기 위해 역사적 시간과 공간은 방대해진다. 영화 「300」이 좀 더 강한 게임적 그래픽을 창출하기 위해 BC 480년의 쌀라미 전투를 배경으로 삼는다면, 「스파르타」는 소설적 서사를 보여주기 위해 BC 700~300년의 에게해를 둘러싼 소아시아, 유럽, 북아프리카라는 방대한 지도를 펼쳐 놓는다.

게임에서는 접하기 어려운 과거 회상에 의한 액자구성에서 서사에 대한 제작자의 고민이 묻어난다. 과거 회상과 액자기법은 정통 서사물에서 빈도 높게 활용되지만, 게임에서는 좀 낯선 사례다. 게임을 진행할 때는 레벨1부터 레벨6까지가 레오니다스의 과거 회상에 의한 액자 내부 이야기라는 사실을 알 리 없다. 레벨7에 가서야 비로소 레오니다스의 대사에 의해 액자 내부의 이야기가 페르시아와의 전쟁에서 승리해야 하는 이유가

---

3) 이인화, 『한국형 디지털 스토리텔링』, 살림, 2005, 48~54쪽 참조.

되고 있음이 드러난다. 페르시아와 사투를 벌여야 하는 당위성을 뒤늦게 알게 되면서 게이머는 잠시 게임을 중지하고 서사를 이성적으로 인식하게 된다. 게이머는 게임에 몰두하기보다 레오니다스 왕이 정치적 야심을 실현해 나가는 서사적 과정에 흥미를 느낀다.

물론 이러한 점은 게임으로서 「스파르타」의 점수를 깎는 요인인 것만은 틀림없다. 게임 전체의 서사틀로 계획된 짜인 기반 스토리가 강할수록 게이머가 자발적으로 사건을 만들고 그 사건들의 배열을 통해 이야기를 끊임없이 순환시키는 장치, 즉 우발적 스토리의 실현 가능성이 그만큼 희박해지기 때문이다.4) 우발적 스토리의 비중이 많을수록 게이머가 구성하는 허구적 세계에 대한 몰입의 가능성도 커지기 때문이다. 그러나 「스파르타」의 플레이어는 치열한 대전 그 자체에 몰입되기보다, 정적(政敵)인 데모리투스를 제거하며 그리스 내부에서 주도권을 잡아가는 레오니다스 왕의 서사에 더 관여하게 만든다. 영화가 서사를 양보하고 비주얼을 포용함으로써 성공적인 체질 변화를 이룬 것과는 많이 다른 상황이다. 영화가 스파르타와 페르시아의 이원대립 체제로 갈등을 몰아가기 위해 서사 대신 비주얼에 집중하는 데 성공하고 있다면, 게임은 기반 스토리의 비중을 너무 크게 두어 그리스, 페르시아, 이집트의 3국 대립 체제로 서사를 방만하게 운영하면서 게임 몰입을 해치고 있다.

어쩌면 이는 이 게임이 이미 완성된 역사적 사건을 서사의 소재로 택하는 데서 생긴 문제일 수도 있다. 사실 에게해를 둘러싼 소아시아, 유럽, 북아프리카의 방대한 역사가 플레이어의 손끝의 감촉으로 살아나기 위해서는 서사의 규칙을 자제할 필요가 있었다. 주류문화의 사생아 혹은 B급 문화의 대표주자라는 콤플렉스를 벗어날 기회를 서사의 가능성에서 찾았지만, 역사물을 다룸으로써 '완성된 서사, 폐쇄적인 서사'로 인해 게임의 활력을 놓치고 말았다. 에피소드1, 에피소드2 하는 식으로 스토리의 끝을 두

---

4) 전경란, 『디지털 게임의 미학』, 살림, 2005, 36쪽 참조.

지 않는 것이 「스타크래프트」처럼 세계적으로 성공한 게임들의 대체적인 경향이다. 테란의 에피소드, 저그의 에피소드, 혹은 에피소드의 뒷이야기까지 제시하고, 여기에 새로운 유닛을 몇 년에 한 번씩 등장시키는 것은 게임에 완성은 없으며, 만족도 없다는 교묘한 게임 법칙을 감추고 있는 것이다. 「300」에 대한 폭발적인 관심과는 다르게, 「스파르타」는 일부 게임 마니아의 기억에조차 그리 선명하지 않다는 것은 이러한 완성된 서사, 폐쇄된 서사의 책임이 크다는 비판은 그런 점에서 새겨들을 필요가 있다.

서사와 비주얼을 의도적으로 착종한 결과는 이렇듯 성공과 실패라는 극명한 차이로 드러나고 있다. 물론 성공과 실패에는 작품 내적인 또 다른 요인들이 작용했겠지만, 서사와 비주얼의 속성에서 기인하는 점도 분명한 사실이다. 영화 「300」의 경우 비주얼과 게임을 극장에서 경험하게 하는 색다른 즐거움이 컸다. 하지만 게임 「스파르타」의 경우에는 서사의 규칙이 지나치게 엄격한 것이 문제다. 서사의 감옥에 갇힌 유닛이 자유자재로 그래픽을 유도할 수 없다는 점을 유희를 본질로 하는 게임에서는 용납하기 어려웠을 것이기 때문이다.

Ⅲ. 패션이 된 죽음의 저항성, 즐거움 없는 생존 욕구

서사의 체중 조절이 작품의 성취 혹은 시장의 성공과도 관련이 있지만, 두 장르에서 죽음과 생존에 관한 색다른 진실을 보여준다는 것은 뜻하지 않은 소득이다. 비주얼에 올인을 한 「300」이 죽음의 의미를 새로 쓰고, 서사에 강박된 「스파르타」가 예상하지 못했던 생존 논리를 제출하는 것을 통해 장르 간 상호침투가 그리 단순치 않다는 사실을 알게 된다.

고대전쟁을 배경으로 찍은 새로운 스타일의 느와르 영화라는 극찬은 영화 「300」이 '죽음이라는 테마'에서 나오는 것이다. 죽음의 비주얼은 그만큼 마취적이고 고혹적이다. 죽음의 비주얼을 유미주의의 극치로 올려놓기 위해 「300」은 전체를 회상의 방식으로 구성한다. 물론 회상과 비주얼의 결합은 적절했다. 회상의 목소리는 화면 밖 관객이 기꺼이 레오니다스 왕의 욕망에 가담하게 한다. 회상이라는 프레임을 거치면서 레오니다스 왕은 국가의 대의를 위해 악한 나라 페르시아를 거부한 성스러운 존재로 처리된다. 영화 전체에 배음으로 깔리는 회환 어린 보이스 오버는 노을지는 듯한 노란빛 화면으로 환원되면서 죽음의 미학을 만들어 낸다. 보이스 오버는 플롯의 빈곤을 잊게 하고, 영화 속에 내재해 있는 어떠한 이데올로기도 무력화 한다. 회상과 죽음의 이미지는 설득하지 않는다. 그저 도취시킬 뿐이다.

하지만 좀 냉정해질 필요가 있다. 회상은 과거를 그대로 재현하지 않는다. 왜곡의 차원을 넘어 없는 사실을 새로 구성하기도 한다. 단 하나의 사실에서 여러 개의 진실로 구축할 만큼 인간의 기억이 가진 왜곡의 힘은 큰 것이고 보면, 여기에 기억의 서사를 비주얼로 바꾸는 과정에서 왜곡의 가능성은 더욱 커질 수밖에 없는 것이다. 기억하는 자의 욕망이 역사적 사실을 영화적 진실로 바꾸고, 비주얼의 화면 장치를 거치면서 이 영화적 진실이 관객의 감정적 진실로 바뀌는 이중의 왜곡이 발생하게 되는 것이다. 게임 「스파르타」만 보더라도 레오니다스 왕은 권력을 잡기 위해 정적을 제거하는 지극히 속물적인 모습이다. 물론 여기서 레오니다스가 사악한가 아닌가의 여부는 중요하지 않다. 영화는 영화 내적 진실의 영역에서 다루어져야 할 것이지 역사적 진리를 추구하는 것이 아니기 때문이다.

그런데 이렇게 왜곡임을 알면서도 별 거부감 없이 그 왜곡에 동참하는 것은 서사의 비주얼화로 인한 진실이 워낙 흥미롭기 때문이다. 비주얼이 만들어 낸 그 진실은 '패션이 된 죽음'이다. 삶의 고뇌를 목적으로 했다면 이 영화가 굳이 블루 스크린에 감각적인 영상을 펼쳐놓을 필요가 없었다. 선보다는 악이 매력적인 것처럼, 미학적으로 삶보다는 죽음이 훨씬 황홀하고 자극적인 법이다. 원색의 색감 대비 속에 피와 살육이 하나의 미장센으로 배치되는 이 영화는 죽음을 미학화한다. 삶과 죽음만이 있는 극단의 현실에서 모든 스파르타 남성들은 죽기 위해 태어난다. 영화에서 삶이라는 것은 유예된 죽음에 불과하다. 멋지게 죽을 수 있는 자가 바로 강한 자이며, 가장 화려한 죽음은 왕의 몫이라는 믿음은 스파르타와 「300」에 팽배해 있다.

따라서 300가지 죽음을 골라 보는 재미가 제법 쏠쏠한 이 영화에서 오리엔탈리즘을 말하는 것은 그리 적합지 않아 보인다. 물론 이데올로기의 관점에서 볼 때, 이 영화가 오리엔탈리즘을 조장한다는 지적은 당연한 것일 수 있다. 하지만 오리엔탈리즘으로만 이 영화를 설명하기에는 이 영화가 가지는 비주얼의 힘은 너무도 크다. 페르시아를 과도하게 부정적으로 묘사한 것은 사실이다. 하지만 페르시아와 스파르타의 대립을 동양과 서양의 대립으로 보는 것은 영화의 핵심인 비주얼의 힘을 설명하지 못한다. 전투 장면에서 상대를 악한으로 묘사하는 것은 어느 영화에서나 익히 보아온 논리다. 페르시아를 비정상적으로 희화화한 것은 오리엔탈리즘의 논리보다 300용사의 화려한 죽음을 선보이기 위해서이다.

이렇게 이 영화의 죽음은 화려하다. 화려함이야말로 가장 현대적인 미감이다. 영화가 플롯의 빈곤을 감수하고 비주얼을 선택한 것은 영화의 의도가 내용이 아닌 화면 비주얼 그 자체에 있기 때문이다. 맥주의 본질이 거품 그 자체에 있으며, 연예인이 화려한 미관만으로 존재 가치를 다하는 것처럼 「300」의 현란한 비주얼은 그 자체가 중요한 의미인 것이다. 같은 논리로 「300」의 화려한 죽음은 싸구려 볼거리로 치부되어서는 안 된다. 「300」의 화려한 죽음이 싸구려에 머무르지 않는 것은 이 안에서 시대의 안티를 발견할 수 있기 때문이다. 그간 이성의 문화는 지나치게 생명 기르기에만 골몰한 감이 있다. 모든 과학과 종교와 학문의 발전이 생명지상주의에 빠져들면서 죽음을 어둠 혹은 죄악과 동일시하여 왔다. 생명은 소중한 것이 아니다. 생명은 그저 살아있다는 객관적인 상태일 뿐이다. 마찬가지로 죽음도 의미가 되어서는

안 된다. 여기서 잭 스나이더 감독이 의했는지 여부는 알 수 없으나, 죽음
을 화려하게 포장하는 영화 「300」을 통해 이 시대의 '생명지상주의에 대
한 거부'를 발견하게 된다.

영화가 비주얼에 집중함으로써 죽음의 의미를 새롭게 발견하게 한다
면, 게임 「스파르타」는 오히려 비주얼의 빈곤5)을 감수하고 서사를 강화
함으로써 '생존에 집중'하게 한다. 여러 게이머들의 말에 의하면 「스파르
타」에서 그래픽의 한계는 느린 속도와 함께 매우 심각한 문제라는 것이
다. 이 게임은 대규모 전투를 지향하는데 하나의 미션에 동원되는 유닛의
수만 따져도 평균 5천 명 이상이다. 이러한 미션이 싱글플레이에서는 종
족별로 10~12개씩 총 30개 이상이 등장한다. 그러다 보니 게임 중후반으
로 가면 유닛수가 많아지면서 컴퓨터 그래픽카드가 감당하지 못하는 결정
적 결함을 노출하고 있다. 이런 문제는 게임의 본질이 퍼포먼스와 유희라
는 점을 상기시킨다. 하지만 아무리 게임이 퍼포먼스와 유희라 하더라도,
살아있어야 가능한 것이다. 또한 게임의 궁극적인 목표는 전투에서 승리
하는 것이다. 그러나 단순히 승리하는 것이 게임의 주목적은 아니다. 단순
히 자판만을 두드려 적을 무너뜨려야 한다면 굳이 생존해야 할 이유가 없
다. 어디까지나 생존의 의지를 키워주는 것은 이야기다. 자판에서 느끼는
손끝의 쾌감도 살아있어야 가능한 것이다. 그간 게임 일반에 대해 가해진
비판의 상당 부분들이 게임의 파괴력과 살상력에 집중되어 있어왔다. 하
지만 이들 비판은 적을 제거하려는 욕망 뒤에 가려진 생존의 욕구는 고려
하지 않은 표피적인 관찰에 불과하다.

「스파르타」에서는 이 점이 주효하다. 레벨1부터 레벨9까지, 그리고 엔

---

5) 물론 이 게임에서 부분적으로 재미있는 화면들은 가끔 잡힌다. 무엇보다 상대편 건물을
무너뜨릴 때마다 건물 잔해들이 뚝뚝 떨어져 나오는 장면, 건물 본진이 부서져 내리면서
엄청나게 큰 벽돌에 깔려서 중장보병들도 피를 흘리며 죽어가는 장면은 꽤 사실성 있고
하드 고어한 재미를 선사한다. 그러나 이는 화면 그래픽의 문제가 아니라 발상의 귀여움
으로 해석할 수 있는 문제이다.

딩까지 작은 이야기들은 퀼팅하면서 큰 역사 전체를 완성한다. 「스파르타」의 존속은 이렇게 서사의 힘에 전적으로 의존한다. 다시 말해서 게임 「스파르타」의 '서사는 생존을 요구'한다. 게임 화면이 공간적으로 배열된 모든 것을 탑 뷰(top view)로 보여주는 것은 이러한 생존 전략과 관계된다. 대개의 게임들이 그렇듯이 「스파르타」는 일인칭 시점보다 탑 뷰에서 쿼터 뷰(quarter view)에 이르는 삼인칭 시점을 많이 취하고 있다. 그래픽은 높은 고도에서 지상의 모든 지형을 있는 그대로 보여주면서 게이머에게 여기가 살아가야 할 공간이라는 암시를 던져준다. 연료, 생명치, 대사 등 화면 가장자리에 정렬되어 있는 여러 옵션 화면들은 게이머가 끊임없이 움직일 것을 권하며 살아있을 것을 명령한다. 게임의 영상에는 영화 영상에서 보이는 것과 같은 몽타주가 없다. 물리적 시간을 그대로 따라가는 게임 영상은 인간 삶의 연속성 혹은 서사의 연속성을 모사하는 것이다.

생존의 욕망이 「스파르타」의 핵심이라는 점은 이 게임이 RTS장르라는 점을 생각하면 쉽게 이해가 간다. RTS장르의 궁극적인 목적은 전투에서 승리하는 것이다. 그러기 위해 게임은 각 레벨마다 다양한 미션을 지시한다. 건물을 짓고 유닛을 뽑아 적과 물량, 전략전을 펼치게 된다. 레벨이 높아지면서 금, 나무, 식량 등 필요한 자원의 규모는 더욱 늘어난다. 물론 게이머는 처음부터 많은 수의 군사 유닛을 뽑아낼 수 있다. 하지만 군사의 수에 비례하는 금과 식량을 실시간으로 지원해야 하기 때문에 마냥 군사를 늘릴 수만은 없다. 금과 식량을 대주지 않으면 군사들의 이동력 및 공격력이 현저히 저하되는데, 이는 곧 전투의 패배를 의미하기 때문이다. 게임에서 지지 않기 위해서는 먹어야 하고, 내가 죽지 않기 위해서는 적을 살상할 수밖에 없는 것이 게임의 원리다. 게임이 철저하게 생존의 원리에 기대고 있다는 것은 전리품에서도 확인된다. 전투에서 승리하면 적들이 지니고 있던 무기나 갑옷, 자원들을 전리품으로 획득하는 재미는 크다. 스파르타군은 유닛마다 무기, 갑옷, 장신구들을 착용할 수 있다는 특징이 있다. 승리를 통해 적의 강력한 무기들을 자신이 직접 사용한다는 점은 게임이 영화 「300」과 달리 생존의 즐거움을 향하고 있음을 알 수 있다. 이러한 게임의 법칙은 발단에서 결말로 마무리될 때까지 존속해야 하는 서사의 법칙과 같다.

그런데 「스파르타」의 생존 의지는 어느 특정인의 것이 아니다. "Our troops are under attack!", 즉 공격당하고 있으니 살고 싶으면 "공격하라" 하라는 외침은 아테네, 이집트, 심지어 페르시아인에게도 고루 적용된다. 신의 시각으로 위에서 조감하는 「스파르타」의 탑 뷰의 중립적인 시각은 이 게임이 어느 누구의 입장으로도 환원되지 않은 '생명의 평등주의'를 확인시켜 준다. 전투를 눈으로 보아야 하는 영화와 달리, 전투를 직접 실행해야 하는 게임의 속성상 적의 존재가 없으면 게임은 지속되기 어렵다. 와이드 샷, 클로즈업으로 나타난 얼굴은 그 얼굴이 그 얼굴이라는 지적을 받지만, 이는 「스파르타」 그래픽의 한계라기보다는 살아야 한다는 욕망에 관한 한 인종과 국가의 차이가 없다는 보편성으로 볼 수도 있다. 레오니다스의 비중이 압도적인 것은 게임을 진행하기 위해서는 누군가의 입장에 서야 하는 필요성이라는 점에서 이를 영화 「300」처럼 레오니다스에 대한 일방적인 편들기로 보기는 어렵다.

하지만 생존의 보편성이 곧바로 게임의 생동감으로 연결되는 것은 아니다. 사실 생동감이라는 측면에서 「스파르타」는 현저한 문제를 노출한다. 생존 서사에 지나치게 결박된 나머지 '생동감에 대한 기대는 일단 접어야' 하는 아이러니를 경험한다. 이 게임에서 생동감 넘치는 캐릭터는 애초부터 계산되지 않은 것 같다. 서사에 대한 배려가 지나친 까닭이다. 게이머들은 마을을 경영하는 임무부터 떠맡게 된다. 유닛 생산도 직접해야 하는데, 유닛도 복잡하게 구성하도록 설계되어 있다. 무기, 보조무기, 방패, 1,2,3단계 유닛을 한 세트로 조합하여 뽑는 일은 신선하기는 하지만, 이로 인해 대전이 지체된다는 문제를 낳는다. 창과 검은 동시장착을 못하는 규칙도 있다. 일꾼을 빼고 창과 두 번째 방패로 새총도 장착하고 정확히 300명을 뽑아서 부대를 지정하고 공격했더니 유닛들끼리 우왕좌왕하는 해프닝도 종종 발생한다. 영화「300」이 비주얼 과잉이었다면,「스파르타」는 이렇게 규칙 과잉이다. 게이머들이 유닛의 느린 이동 속도에 대해 불만을 토로하는 것은 바로 이러한 '서사의 규칙 과잉' 때문이다. 여기저기 규칙에 걸리다 보니 속 시원하게 유닛이 조종되지 않는 것이다.

대사는 또 어떤가. 게임으로서는 여러 모로 성공작인「스타크래프트」의 경우 유닛들의 공격소리나 비명소리는 종족의 개별성을 잘 살리고 있다. 이런 식이다. 태란의 소리는 "아!"라면 저그 종족의 소리는 "워", 그리고 프로토스의 경우는 "우~에"이다. 이렇게 각기 다른 소리, 다른 음성은 게임의 생동감과 재미에 크게 기여한다. 여기에「스파르타」를 비교하면 이 게임은 단순하기 이를 데 없다. "공격하라"는 지겨울 만큼 동어 반복적이다. 게임의 생존 의지가 즉흥적인 현장 몰입과 유희의 감정으로 연결되기 위해서는 그래픽에 대한 배려와 함께 대사의 자유로움을 의식할 필요가 있다. 영화「300」이 제법 괜찮은 흥행 성적을 낸 것과는 달리「스파르타」가 이름조차 제대로 각인시키지 못한 요인 중에는 대사의 빈곤도 크게 작용한다. 기반 스토리만으로 모든 것을 충족시킬 수는 없다. 기반 스토리는 유희성을 사회적 이념으로 포장하는 역할과 함께 게임 전체를 지속시키는 기둥 역할일 뿐이다. 즉흥적인 쾌감, 끊임없이 자판을 두드리게 하는 현장 몰입은 게임 대사의 몫이다.

서사가 재현 양식이기 때문에 독자나 관객으로부터 감정의 자극을 유발한다면, 게임 대사는 시뮬레이션이기 때문에 플레이어로부터 행동을 유발하는 것이어야 한다.[6] 게이머는 예정된 대사를 듣는 것이 아니라 상황과 갈등에 직접 개입하여 스스로 만들어내는 현장감 넘치는 표현들을 듣고 싶어 한다. 이러한 서사의 과잉은「스파르타」의 생존 욕망을 권리가 아

---

6) 한혜원,『디지털 게임 스토리텔링』, 살림, 2005, 20쪽.

닌 의무로 만들고 있다. 살아있어서 그저 끝을 보아야 한다는 오기가 게임을 지속하게 하는 것이다. 그런 점에서 「스파르타」의 서사에서 나오는 생존 욕망은 그 의미가 매우 제한적이다.

요컨대 영화 「300」은 죽음을 비주얼화 함으로써 생명지상주의의 반대편에 서고 있다. 이와 달리 게임 「스파르타」는 지나치게 서사에 힘을 실어줌으로 인해 생존의 욕망을 부각시키고는 있지만, 그래픽의 빈곤이나 대사의 문제가 해결되지 않아 게임의 가장 중요한 목적인 현장 몰입을 성공적으로 구현하지는 못하는 한계를 보여준다.

Ⅳ. 육체라는 새로운 집단, 아무 것도 하지 않음으로써 저항하는 게으른 비판자

스파르타, 아테네, 이집트, 페르시아라는 국가 명칭에서 알 수 있는 바와 같이 두 장르는 동일하게 국가를 단위로 생각하고 행동한다. 여기에 영화에서 보여주는 동양과 서양이라는 구획짓기가 추가되면 두 장르에서 집단논리는 피하기 어려운 문제다. 하지만 영화와 게임 두 장르가 국가 간 권력 다툼을 소재로 하고 있다고 해도 집단의 문제로 해석되지 않는 점은 분명하다. 「300」과 「스파르타」의 역사적 사실들은 2007년 지금의 틀을 거치면서 색다른 형태로 변형되기 때문이다.

앞서 말한 대로 영화 「300」이 오리엔탈리즘을 조장하느냐에 대해서는 좀더 논의가 필요하겠지만, 우선 이 영화에 동양과 서양이 등장하는 것만은 사실이다. 그런데 과연 이 영화를 보는 일반 관객이 스파르타를 오리엔탈리즘을 조장하는 서양으로 인식할지는 의문이다. 스파르타의 근육질 몸매들이 짐승처럼 묘사된 페르시아 연합군의 피를 튀기는 장면은 영화의 목적이 오리엔탈리즘이 아닌 육체 그 자체에 있음을 말해준다. 무지막지한 강자와 멋진 약자라는 설정은 드라마틱한 장면이 자연스레 보장되고 그만큼 육체로 시선을 모은다. 그런 점에서 오리엔탈리즘은 영화「300」의 본질은 아니다. 인터넷에 올라온 감정 섞인 비난들은 분명한 타당성을 갖고 있음에도 불구하고 익숙한 논리에 기대려는 손쉬운 비판이라는 점에서 영화의 본질과는 거리가 멀다.

이 영화는 애초부터 역사적 진실과는 무관한 방향으로 진행되고 있다. 스파르타라는 역사적 배경은 육체의 향연을 위한 그럴듯한 풍경일 뿐이다. 역사적 사실을 기반으로 하면서도 영화는 페르시아 왕과 병사들을 왜곡하고 존재하지도 않는 가상의 괴물들을 등장시키는 등, 현실과 가상의 경계에서 오로지 육체만을 부각하는 데 공을 들인다.「300」이 몸을 위한 영화라는 사실은 꼽추가 등장하는 장면에서 분명해진다. 키가 작아 페르시아 용사가 될 수 없다는 레오니다스 왕의 말, 그리고 그 앙갚음으로 스파르타를 배신한 꼽추가 페르시아의 신전에서 육체적 향락으로 배신의 대가를 누리는 것은 '육체야말로 새로운 이데올로기'라는 점을 말해준다. 인간 육체는 소비문화시대를 바라보는 창이다. 수세기 동안 육체를 무시해오던 근대의 정신주의자들이 이번에는 거꾸로 육체 담론에 투항하는 모습은 전에는 보지 못했던 일이다. 이 시대에 육체만큼 많은 이야깃거리를 만들어 내는 대상은 찾아 보기 어렵다. 앙각으로 거대하게 압도해 오는 페르시아 황제의 맨몸이 얼마나 그 자체로 이데올로기를 생산하는가는 생각의 여지가 없다. 300명의 용사가 아무 것도 걸치지 않고 전쟁하러 나가는 것, 환각에 빠진 신녀의 아찔한 바디라인만으로도 이 영화의 육체는 어떤 언어보다 강한 설득력을 갖는다. 남성들은 영화에서 레오니다스의 복근과 자신을 비교한다. 여성관객은 여왕과 신녀의 관능적인 몸매에 자신을 겹쳐놓는다. 영화 이후 헬스클럽에서 몸만들기가 열풍을 일으켰다는 뒷얘기는 그저 나온 얘기가 아니다.

이렇게 육체의 미감에 연령, 성별, 지위 고하를 막론하고 사회 모두가

동의한다면 「300」의 육체는 그 자체로 이미 이데올로기이고 '보이지 않는 집단'이다. 이런 논리는 몹시 당황스럽지만 매우 현실적인 힘을 갖는다. 영화 속에서 혹은 그 이후 관객들은 끊임없이 현실의 자신을 영화에 합치시키려는 무의식적인 강박에 시달린다. 따라서 이 영화에서 육체는 어떠한 역사보다 강하다. 이런 시대에 육체의 이데올로기의 강제로부터 자유로운 사람은 그리 많지 않다. 국가도 역사도 아닌 '육체의 이데올로기에 통합되지 않을 수 없는 불안정한 존재'들이 이 시대의 개인들이라는 사실을 깨달은 관객은 그리 많지 않다. 크세르 크세스 황제의 "나는 관대하다"는 명대사는 어쩌면 육체라는 새로운 집단에 가담하지 않을 수 없는 이 시대인들의 강박관념에 대한 반어일 수 있다.

그런 점에서 이 영화의 색깔은 분명하다. 사력을 다해 페르시아와 싸운 스파르타의 강한 정신은 포장에 불과하다는 점을 분명히 한다. 고뇌하는 이성은 가라는 것이다. 당돌하게도 '인간 내면은 인간의 육체 위에서만 존재'하며, 이 육체야말로 가장 강력한 집단이라는 사실을 설득하지도 않는다. 영상의 화려함과 사운드의 향연 속에 근육질의 육체들이 부딪치는 장면들을 보여주기만 하면 자발적으로 여기에 동참하는 행렬이 줄을 이을 것이기 때문이다.

그러나 게임 「스파르타」는 통합에 대한 강박으로부터 자유롭다. 여기에서는 어떤 집단의 논리도 현실성이 없다. 레벨1에서 게임의 기반스토리에 해당하는 스파르타의 선민의식이 등장함에도 불구하고 게임에서는 집단을 규합할 근거로 이를 활용하지 않는다. "불멸의 하나님 만이 중요한 사건 배후의 이유를 아"신다는 이야기, 그리고 "한 나라가 선택되었"다는 선민의식을 페르시아를 대적하는 당위성의 근거로 이용할 법도 한데 이는 그냥 배경 서사로 처리될 뿐이다.

이는 「스파르타」가 RTS게임이라는 데에서 기인한다. RTS게임은 견고하게 짜인 서사에 갇혀 플레이어가 누릴 수 있는 자유는 그리 많지 않다.

반면에 MMORPG나 RPG는 오프닝과 엔딩 정도만 기획이 되어 있고 서사는 게이머가 스스로 창출해 가는 과정 자체가 게임이다. 이들 게임은 특정한 하나의 이야기를 구성하는 기반 스토리가 느슨한 편이다. 대신 게이머가 새로운 이야기를 끊임없이 만들어 내는 에피소드의 비중이 매우 크다. 게이머를 몇만 시간씩 열광시킬 수 있는 힘은 여기에서 나온다.「리니지」가 출시된 지 10여 년이 지난 지금도 무서운 흡인력으로 유저들을 몰두하게 하는 것은 게이머의 자발적 갈등 형성이나 개별적인 스토리 구축이 가능하기 때문이다. 우발적 스토리의 비중이 클수록 플레이어는 스스로 힘을 키워나가야 하는 자립의 문제에 부딪히게 된다. 생존을 위해서는 집단을 형성하지 않으면 안 되는 상황이 되는 것이다. 집단적 결속적이 강해질 수밖에 없는 것이다.

그러나 RTS게임「스파르타」는 기반 스토리가 강하다 보니 우발적 스토리를 형성할 여지를 애초부터 차단당한다. 사실 기반 스토리는 게이머의 수행에 의해 우발적 스토리가 조합되어 구현되는 것이다. 그런데「스파르타」에서 게이머가 누릴 수 있는 자유는 지극히 제한되어 있다. 기껏해야 선택한 캐릭터의 경험치가 쌓이면 그 캐릭터의 힘이 세지는 것을 보는 정도이다. 여기서 캐릭터의 힘을 키워가는 과정은 별 의미가 없다. 그도 그럴 것이「스파르타」는 미션을 시작하면 정해진 서사 목적에 강하게 제약되어 있기 때문이다. 캐릭터의 힘을 키우고, 유닛과 건물을 재빠르게 생산하는 방법에 대한 고려는 되어 있지 않다. MMORPG가 아무런 제약을 주지 않고 캐릭터의 힘을 키우는 과정 자체를 즐기는 것과는 대조적이다. 게이머의 플로우 효과를 지속시키기 위해서 게임은 끊임없이 연장을 해야만 한다. 때문에 온라인 게임에서는 잘 만들어진 게임이라는 완제품의 개념보다는 잘 만들어지고 있는 게임이라는 서비스의 개념이 중요하다.[7] 그러나 유닛의 이동 속도나 게임의 진행 속도가 지나치게 느리다는

---

7) 한혜원, 앞의 책, 34쪽.

게이머들의 불만은 「스파르타」의 서사가 완제품이라는 사실에서 나온다. 여기에서 여기서 집단적으로 힘을 규합할 수 있는 여지는 근본적으로 존재하지 않는다. 「스파르타」의 게이머는 느린 속도를 견디다 보니 집단의 소속감을 느끼지 못하는 고독한 개인일 수밖에 없다. 게임의 서사가 몸이 개입해 들어가는 체험적 서사라는 특성을 살리기 위해서는 우발적 서사로 촘촘히 짜여 빠르게 진행될 필요가 있다. 그러나 느리게 진행되는 「스파르타」는 게이머가 몰입하는 것이 아니라 고민하게 한다. 현실의 자신과 게임 캐릭터인 자신 사이에 거리가 커지면 몰입은 불가능해진다. 이 게임을 영화 「300」의 스토리를 그대로 따라가며 횡스크롤을 사용하는 액션게임으로 기획했더라면 문제를 어느 정도 줄일 수는 있었을 터이다.

이렇게 「스파르타」의 완고한 서사가 게임의 자유도를 현격하게 해치는 점은 게임으로서는 분명 한계다. 하지만 제작자가 의도하지는 않았겠지만 이로 인해서 '비판적인 시선을 확보'할 수 있다는 점에서 보면 「스파르타」의 한계가 장점으로 기능하는 측면도 없지 않다. 자유도와 게임 몰입이 정비례 관계에 있다면, 이는 자연적으로 게임 환경뿐만 아니라 현실 체제에 대해서도 거리를 갖기 어렵게 된다. 다시 말해서 게임에서 자유도는 집단의 진술 체계의 은폐 정도와 깊은 상관이 있다. 게이머는 게임에 참여한다는 느낌을 통해서 자신이 집단 이데올로기에 강요된 진술을 하고 있음을 느끼지 못하는 것이다.[8]

반대로 「스파르타」처럼 서사에 결박되어 게임에 몰입하지 못하는 경우, 집단에 대하여 비판의 시선을 보내게 된다. 「스파르타」는 게임 시작 단계에서 스파르타, 페르시아, 이집트 세 종족 중 하나를 선택하게 된다. 「300」이 레오니다스의 입장만을 대변하는 것과는 달리, 이 게임은 스파르타의 레오니다스 왕도 게이머가 선택할 수 있는 여러 인물 중 하나 정도의 의미

---

8) 박태순, 「꿈과 게임 - 컴퓨터게임에 대한 정신분석학적 접근」, 『한국콘텐츠학회논문지』 제6권 제3호, 한국콘텐츠학회, 2006, 151쪽.

만 가진다. 다시 말해서 일단 게임이 시작하면 종족의 개념보다 개인의 입장에서 게임을 수행하게 되는 것이다. 성벽 위에 병사를 배치하여 공선전이나 수성전을 치루기위 유닛을 생산하고, 무기를 선택하는 모든 판단은 개인들의 몫이다. 주위에 금광 두 개를 먹고, 나무에 시민 3~5명만 배치해주면 자원이 쑥쑥 올라오는 재미도 결국 캐릭터 혼자의 재미다. 연대의식은 찾기 어렵다.

여기서 비판이라고 해서 「스파르타」의 유저들이 적극적으로 집단을 부정하는 것은 아니다. 게임에서 불만을 표시하는 길은 게임을 접는 일밖에는 없다. 따라서 「스파르타」에서 냉정한 입장이라는 것은 자판을 덜 두드리고 마우스 조작을 덜하는 정도에 머무른다. 이 게임은 인공지능이 50% 정도밖에 안 되기 때문에 나머지는 게이머의 성실한 손조작으로 채워야 한다. 그러나 「스파르타」는 '하는' 것이 아니라 '하지 않는' 방식으로 불만을 드러낸다. 금, 식량, 나무 등을 채취하고 유닛을 생산하는 데 덜 적극적인 태도를 보여주는 정도에 머무른다. 그런 점에서 '아무것도 하지 않는 게으른 방식으로 집단에 대한 저항을 수행'한다는 점에서 「스파르타」의 저항은 큰 의미를 발견하기는 어렵다.

이렇게 서사와 비주얼의 차이는 집단의 존재에 대해 영화 「300」과 게임 「스파르타」에서 서로 다른 태도로 나타난다. 「300」은 비주얼의 강조로 인해 육체가 새로운 집단 이데올로기로 떠오르게 되는 원인을 제공하고 있다. 반면 「스파르타」는 서사의 과잉으로 자유도가 현격하게 떨어지고, 이는 다시 집단에 그리 적극적이지 않은 양상을 드러내고 있는 것이다.

Ⅴ. 맺음말

얼마 전 부산국제영화제에 영화감독 피터 그리너웨이가 영화 「야경」의 홍보차 한국을 찾았다. 인터뷰에서 그가 남긴 말이 인상 깊었다. "텍스트에 기반한 영화는 끝났다, 죽었다는 말이다." 이미지에 기반한 영화를 예찬하는 그의 발언은 디지털 시대 장르 간 침투가 이제는 창조의 중요한 소스로 인식되는 것으로 들어도 무방하다. 굳이 문화 간 침투, 혼종, 횡단이라는 용어를 사용하지 않더라도 디지털 시대에 퓨전의 양상은 쉽게 접할수 있다. 자동차, 의상, 음식은 말할 것도 없고 제도와 삶의 패턴, 심지어학문의 영역에까지 경계는 이미 무너져 내렸다. 제휴하지 않으면 생존할수 없는 디지털 시대에 이제는 어떤 미디어도 고립되어 존재할 수는 없다.

물론 우리는 제휴의 당위성을 인정한다. 하지만 중요한 것은 제휴 자체가 아니라 '제휴, 그 이후'다. 모든 실험들이 그래왔던 것처럼, 제휴의 결과가 어떤 진실을 가져다주는지, 그 진실이 어떤 가치를 갖는지, 혹은 현실 사회와 어떤 관계를 맺는지는 아직 실험 중이다. 영화 「300」에서 비주얼이 게임성을 체내에 주입하여 죽음과 육체라는 집단성으로 빠지면서도다른 한편으로는 적극적인 미래를 꿈꾸는 것, 그리고 게임 「스파르타」가정통 서사로 회귀하면서 생존과 개인의 의미를 어떻든 발견하는 것에 어떤 평가를 내려야 할지는 아직도 고민 중이다. 영화감독과 게임제작자가이러한 결과를 의도한 것이 아니기 때문이다. 다시 말해서 '상호 침투의결과들은 우연의 소산'이다. 세간의 합의가 형성되지 않아 불가피하게 주관적 해석을 이제 시도해야 하는 상황, 그리고 그 주관적 판단들이 균질하지 않다는 것은 아직은 매체 사이의 상호침투가 안정된 문화현상은 아니라는 사실을 보여준다. 하지만 미디어 간의 결합으로 인한 결과가 예측할수 없을수록 그 사회는 역동적으로 꿈틀거리면서 무언가를 모색하는 사회라는 역설도 가능하다. 그래서 '상호 틈입에 거는 기대는 불안하면서도 이처럼 흥미로운 것'이다.

따라서 비주얼과 서사의 상호 침투가 영화와 게임에 있어서 새로운 유토피아를 제시했는지는 확신할 수 없다. 하지만 침노하는 자가 천국에 갈가능성을 가지는 것만은 분명하다. '예기치 않은 낯선 진실들이 비록 허구

일지라도 침투는 계속되어야’ 한다. 역사는 이러한 낯선 진실들이 패러다
임을 바꾸면서 진화하기 때문이다.

참고문헌

잭 스나이더 감독, ≪300≫, 2007.

월드포지 제작 전략시뮬레이션, ≪에인션트 워: 스파르타≫, 2007

박태순, 「꿈과 게임 – 컴퓨터게임에 대한 정신분석학적 접근」, 『한국콘텐츠학
회논문지』제6권 제3호, 한국콘텐츠학회, 2006.

이인화, 『한국형 디지털 스토리텔링』, 살림, 2005.

전경란, 『디지털 게임의 미학』, 살림, 2005.

한혜원, 『디지털 게임 스토리텔링』, 살림, 2005.

한국 현대 노년소설 연구사

류 종 렬

Ⅰ. 머리말

한국사회는 1970년대 급격한 산업화의 과정에 돌입하여 여러 가지 사회 변동을 겪게 된다. 중진국으로의 도약, 100억불 수출, 국민소득 만 불 달성, 새마을 만들기 등의 표어를 앞세운 근대화 이데올로기의 선도를 따라 진행되었던 급속한 근대화와 함께 엄청난 지각 변동이 이루어졌다. 농업 중심의 경제가 공업 중심으로 바뀌면서 농민 분해와 농민의 노동자화·도시의 빈민화가 야기되고, 인구의 도시 집중이 가속화되었다. 그 같은 변화는 한국사회의 급속한 자본주의적 발전을 의미하는 것인데, 이에 따라 사회구성체의 내적 모순이 심화되는 양상이 초래되었다. 이러한 1970년대의 문학을 한국 문학사에서는 산업화 시대의 문학이라 이름붙이고 있다.[1]

---

1) 권영민, 『한국현대문학사 2』(1945~2000), 민음사, 2002.8, 245쪽 및 김윤식·정호웅, 『개정증보판 한국소설사』, 문학동네, 2000.9, 421쪽.

이와 더불어 1950년대 이래 세계의 노인 인구는 지속적으로 증가했고, 한국도 예외가 아니어서 노인 인구가 꾸준히 증가하여 2000년대에 이르러 고령화 사회로 진입하였다.[2] 노인 인구의 증가는 필연적으로 노인문제를 야기시키고, 한국 사회 역시 이에서 벗어날 수 없었다. 더욱이 노인문제는 산업화, 도시화와 더불어 인구의 고령화로 특징지어지는 현대사회에서 필연적으로 제기되는 문제이다.[3] 여기서 노인문제라 함은 노년세대에 속한 사람들이나 그의 가족이 생명의 재생산이 불충분하거나 재생산할 수 없는 상태, 즉 노인과 그의 가족이 건강과 문화적인 최저한도의 생활을 영위할 수 없는 상태를 말한다.[4] 한국에서도 1970년대의 산업화시대 이후 노인문제가 사회적으로 중요한 문제로 제기되었고, 이 노인문제는 사회학, 심리학, 가족학 등에서 활발히 논의되어 요즘은 노년학이 중요한 학문으로 자리 잡았으며, 한국 소설 또한 사회 현실 속에서 노인과 그들의 삶의 양상에 관심을 기울이고 있는 작품들이 다수 발표되고 있다. 이들을 노년소설이라 이름 붙일 수 있다. 이러한 노년소설의 생성 원인은 김윤식의 지적처럼 한국 근대문학의 연륜과 작가의 연륜이라는 두 가지로 설명될 수 있다.[5] 즉, 한국에서 노인 인구의 증가는 노인 작가를 많이 배출하게 되었고, 또한 한국 근대문학의 연륜이 100년을 넘어서게 되어 문학적 역량이 갖추어졌다는 것이다.

노년소설이란 용어는 다소 생소하지만 산업화, 도시화와 더불어 인구

---

2) 일반적으로 노인(65세 이상) 인구가 전체 인구의 7%를 넘으면 고령화 사회, 14%를 넘으면 초고령 사회로 분류된다고 한다. 한국은 2000년에 고령화 사회에 접어들었고, 2019년에 초고령 사회에 진입할 것으로 전망된다. 통계청(2001.12) 「장래인구추계」에 의하면, 65세를 기준으로 하여, 노인 구성 비율이 1960년 2.9%, 1970년 3.1%, 1980년 3.8%, 1990년 5.1%, 1999년 6.9%, 2000년 7.2%, 2001년 7.6%, 2008년 10.1%, 2019년 14.4%로 나타나 있다.
3) 임춘식, 『현대사회와 노인문제』, 유풍출판사, 1991, 38쪽 참조.
4) 서병숙, 『노인 연구』, 교문사, 1994, 21~22쪽.
5) 김윤식, 「2001년도 중·단편 읽기」, 『2001(제1회) 황순원문학상 수상작품집』, 중앙일보·문예중앙, 2001.9, 349~370쪽 참조.

의 고령화로 특징지어지는 현대 사회에서 본격적으로 생겨난 새로운 소설 유형이라고 할 수 있다.6) 이 명칭은 이어령이 『신상』 1970년 가을호 「현대문명과 노인」에서 보리스 바이앙의, 우(牛)시장에서 소처럼 팔려가는 노인의 모습을 우화적으로 그린 노년소설 「노인 시장」을 예로 들어 현대문명이 몰고 온 노인들의 몰락한 삶을 설명한 것에서 처음으로 사용되었다.8)

그러나 우리 현대 소설사에서 노년소설에 대한 관심과 연구는 아직까지 미진한 형편이다. 더욱이 19710년대 이후 현재까지 다수의 작품이 발표되었음에도 불구하고 노년소설에 대한 이론적 정립은 충분하게 이루어지지 않고 있다. 이에 이 글은 한국의 현대 노년소설에 대한 연구 성과를 밝혀보고자 씌어졌다. 연구 성과의 검토는 연구자 사이의 입론 방법이나 쟁점 등을 중심으로 행해질 수 있으나, 이 글에서는 노년소설에 대한 학문적 관심을 보이기 시작한 시기부터 현재까지 논의의 전개 과정을 연대기순으로 살펴보고자 한다. 이것은 아직까지 노년소설에 대한 이론적 정립이 미진하고, 연구가 진행형이기에 성과의 진행 과정을 시대별로, 연구자 중심으로 살펴보는 것이 더 타당하리라고 생각하기 때문이다. 아울러 이를 통해서 한국 현대 노년소설의 다양한 양상들을 파악할 수 있을 것으로 기대한다. 그리고 산업화시대 이후 현대사회의 한 소설 유형으로서 노년

---

6) 1970년대 이전에도 노인과 그들의 삶을 서사화한 작품들이 발표되었으나, 이들을 본격적인 노년소설이란 소설 유형으로 다루기는 곤란하다. 노년소설은 사회 속에서 노인의 삶의 문제가 서사의 중심 문제가 되어야 하는 산업화시대 이후에 본격적으로 생겨난 새로운 소설 유형으로 보는 것이 타당하기 때문이다.

8) 서정자, 「하강과 상승 그 복합성의 시학」, 『한국문학에 나타난 노인의식』, 백남문화사, 1996.10, 229쪽. 및 최명숙, 「한국 현대 노년소설 연구」, 경원대학교 대학원 박사학위논문, 2006.2, 6쪽. 이 작품에서 노인들은 현대의 종교인 생산성을 잃었기 때문에 멸시를 당하는 것이라며, 이러한 현상은 날이 갈수록 심화될 것이라고 예고한다. 또한 인간의 문화를 동물적인 것과 식물적인 것으로 나누어, 과거 서양인들은 동물처럼 추악하게 늙어가고 동양인들은 식물처럼 생의 자세를 완성시키면서 늙어갔는데, 현대 노인들의 몰락한 삶을 동서양을 막론하고 식물적인 삶에서 동물적인 삶으로의 변화라고 비유적으로 표현하고 있다.

소설의 개념과 특성도 어느 정도 정리될 수 있을 것이다.

Ⅱ. 본론

Ⅱ－1 : 노년소설에 대한 연구는 1970년대부터 김병익, 천이두 등의 평론가들에 의해 월평과 서평 등에서 한국소설에 있어 문제적 소설로 언급되기 시작하여, 1990년대에 이재선에 의해 도시소설의 한 유형으로 문학사에 기술되고, 김윤식에 의해 노인성 문학이란 명칭으로 소설사의 중요한 유형으로 설명되었다.

김병익은 「노년 소설 침묵 끝의 소설 － 노년과 중년기 작가의 변모와 기대」이란 월평에서, 박영준의 「반자유지대」와 이봉구의 「죽음의 그림자」를 언급하면서 노년 소설이란 용어를 사용한다. 그는 '작가가 어느 날 문득, 나는 늙었다는 비참한 생각에 빠져있음을 깨달을 때 그의 문학은 어떤 양상을 띨 것인가' 라는 질문으로 시작하여 '젊을 때의 날카로운 감수성이 점점 나이가 많아지면서 원숙해지고 말년에는 노인의 지혜로 깊어지는 예를, 가령 톨스토이가 아니라 하더라도 얼마든지 발견될 수 있다'고 하면서 두 작품을 간단히 해설한다. 월평이라 구체적인 개념 정리는 하지 않고 있지만, 노년소설에 대해 '노년기에 처한 한 인간의 내밀한 정돈을 훔쳐보는 즐거움', '노령이 우리에게 가르쳐주는 삶의 원숙한 태도', '인생의 길을 바라보기 시작한 한 인간의 내밀한 분위기', '노인의 소멸의지를 해방시키고 싶은 바람' 등으로 그 특성을 설명하였고, 또한 죽음 앞에 선 노년의 허망함이 센티멘털리즘을 극복하지 못하면 애상적인 신변기를 벗어나지 못한다고 하였다.[9]

김병익의 해설은 노년소설이란 용어를 한국소설에서 처음으로 사용하

---

9) 김병익,『한국문학』, 한국문학사, 1974.4, 304~306쪽.

고, 노년소설의 한 특성을 밝혔다는 점에서 선도적 의의를 지닌다.

천이두는 「원숙과 패기」라는 서평에서, 최정희의 『찬란한 대낮』, 황순원의 『탈』을 해설하면서 '노년의 문학', ' 노대가의 문학'이란 용어를 사용한다. 그는 춘원 이래 한국 소설 문학에서 '소년의 문학', '청년이나 장년의 문학'은 있었지만, '노년의 문학'은 없었다고 하면서, 최정희나 황순원의 작품을 노년의 문학이라 하였다. 그는 나이가 노쇠현상과는 다르다고 하면서, '그 나이를 하나의 기정사실로 받아들이면서 그것을 어떤 삶의 양식으로 확인하려는 자세에서 연유되는, 그러한 것이다.' 라고 하였다.

그리하여 노년의 문학은 '노년기에 접어든 작가가 생산한 문학이라는 의미만이 아니라, 노년기의 작가에서만 느낄 수 있는 특수한 분위기의 문학을 의미하는 것'이라고 정의하면서, 그 두드러진 특징을 '죽음에의 의식'이라고 하였다. 그리고 이 경우의 죽음의 문제란, '자연 현상으로서의 죽음의 의식이 어떤 관념의 너울을 쓰지 않은 구체적인 생활 감정의 형태로 부각'되는 것을 말한다고 하였다. 그리고 이러한 문학 세계는 한국 소설사에서 새로운 국면이며, 소중한 한 가치의 차원으로 승인해야 한다고 설명하고 있다. 아울러 작가의 삶의 구체성을 통하여 이룩된 '체득의 경지'에서만 성취될 수 있는 성질의 문학이라고 하였다.[10]

천이두의 해설은 짧은 글로서 비록 개념 규정이 구체적이지는 않지만, 문학사적 관점에서 접근하였다는 점과 구체적 삶의 체험으로 체득된 서사화의 방법과 노년소설의 중요한 특성으로 '죽음에의 의식'을 들었다는 점에서 그 의의를 지니고 있다.

김승옥은 「빛바랜 삶들」이란 월평에서, 김용운의 「손영감의 어느 날」, 정동수의 「떠도는 섬」, 김원우의 「망가진 동체」, 박완서의 「아저씨의 초상」 등 노인문제를 다룬 소설 네 편을 해설하고 있다. 노년의 외로움, 젊은 이의 무관심, 가난하고 비참한 노년 등의 노인 문제가 한국 사회에도 퍽

---

10) 천이두, 『문학과 지성』 24호, 1976년 여름호, 제7권 제2호, 1976.5, 509~519쪽.

심각한 모습으로 나타난다고 하면서, 효라는 슬로건으로는 이를 해결하지 못하고, 서양식의 사회보장제도나 양로원 등이 필요하다고 하였다. 또한 오늘날 노인의 지위가 격하되고, 그렇게 존경받지 않게 된 것은 젊은이들이 그들을 쓸모없는 사람으로 여기기 때문이라고 하였다. 그 원인으로 과학의 발달과 경제권의 박탈 등을 들고 있다.[11]

김승옥의 해설 역시 짧은 글로서 노년소설의 개념이나 특성에 대하여 구체적으로 설명하지 않았지만, 노인 문제의 해결에 관심을 기울이고 있다는 점에서 그 의의가 있다.

이재선은 『현대한국소설사』에서 1970년대 이후 한국소설의 현저한 특징 중 하나인 도시소설의 한 양상으로, 노년학적(gerontological) 소설 유형을 들고 있다. 노년학적 소설이란 이재선이 명명한 용어로서, 그는 포괄적으로는 노년의 삶, 즉 삶의 구체적인 활동으로부터 은퇴하거나 물러나 있는 노인들의 세계를 다룬 소설이라 할 수도 있겠으나, 협의적으로는 도시소설의 한 종속 장르로서 규정할 경우에는 사회변동기에 있어서 노년의 도시생활 및 도시화와 연계된 삶을 대상으로 묘사하는 소설이라고 하였다.

그래서 도시를 배경으로 노인을 주요 등장인물로 하는 이런 소설에 있어서는, 전통사회와 현대사회의 가치관이나 도덕의 변증법적인 대립의 상호관계나 변모는 물론, 노인의 병과 함께 세대 간의 단층 내지는 가족 관계의 이접(離接)상태가 일반적으로 제시된다고 하였다. 이것은 전통사회의 급격한 붕괴를 표상하는 의의를 지니고 있다. 도시화 및 도시의 생활환경은 직장사회요, 혈연집단에의 접착을 최대한으로 축소시키는 사회이며 아울러 생활공간의 구조적인 분리가 현저해지는 것이 특징이다. 말하자면 가족의 구성이나 가족결합의 기초가 핵화(核化)또는 원자화(原子化)함으로써 도시형의 소수단위로 재분화될 수밖에 없는 것이 사실이다. 이런 도시화에 의한 대가족제도로부터의 가족관계의 핵화와 가정환경의 급격한

---

11) 김승옥, 『문학사상』, 1983년 6월호, 245~248쪽.

변용에서 야기되는 심각한 사회적 문제는 특히 노인들의 추방과 무력화, 고독감, 집 지키기로서의 위계적인 전락, 그들의 도시형 퍼스낼리티에 대한 위화 및 공간의 소외와 단절 등이다. 즉 늙은 아버지나 어머니의 세계는 아들과 며느리의 새로운 삶의 방법에 의해서 붕괴되기 시작하였으며, 도시(아들)와 시골(아버지)의 공생관계는 깨어져 버리게 된 것이다. 이로 인해서 현대 한국의 도시사회에 있어서는 이러한 노인들의 무력화, 가출과 병과 자살 및 노인 추방과 유기(遺棄)의 현상도 적지 않게 나타나고 있다. 또 시골의 경우는 젊은이들의 도시 이주에 의한 노인층의 주요 농촌 노동력화와 젊은이의 공동화현상 때문에 노인의 소외와 고독이 더욱 심화되고 가중되기도 하는 것이다. 그러나 이런 가운데서도 이들 작품이 도시 내지 도시화 속에 내재되어 있는 도덕적인 비뚤어짐의 증후의 상태를 경각시키면서 인간다움의 가치를 암묵적으로 암시하고 있다고 하였다.

그는 노년학적 소설에 속한 작품으로, 이문구의 『우리 동네』 연작, 오영수의 「화산댁」, 최인호의 「돌의 초상」, 최일남의 「흐르는 북」, 전상국의 「고려장」, 김원일의 「미망」, 서정인의 「귤」, 이청준의 「눈길」, 박용운의 「고가」와 「고려장」, 박완서의 「울음소리」, 오정희의 「동경」과 「적료」, 이동하의 「땀」, 안장환의 「서울타령」, 임철우의 「어머니의 땅」 등을 들고 있다.[12]

이재선의 논고는 노년학적 소설을 당당히 한국현대소설사에 자리 매김한 점에서 중요한 의의를 지니고 있지만, 노년학적 소설을 협의로 사용하여 도시소설의 하위 유형으로만 분석하였다는 점에서 아쉬움이 없지 않다. 이로 인하여 노년소설의 범주가 축소되어 노인성의 긍정적인 측면이 간과되었기 때문이다.

김윤식은 「노인성의 문학적 처리 방식―박완서·윤정선」이란 월평에서 박완서의 「오동의 숨은 소리여」와 윤정선의 「사랑이 흐르는 소리」를

---

12) 이재선, 『현대한국소설사』(1945~1990), 민음사, 1991.3, 288~289쪽.

노인성 문학이라 분류하고, 그 분류 기준을 노인의 연령선과 더불어 각각 박의 경우 종이 콤플렉스(성스러움)와 모든 것의 자취 없음을 알아차리는 것으로, 윤의 경우는 단순해지기와 사랑의 잔인성(삶의 잔인성)이라는 정체성으로 설정하고 있다. 그리고 그는 노인 문제를 다룬 소설이 등장하는 것을 우리 문단이 그만큼 연륜을 쌓았다는 증거로 보고 있으며, 나아가 4.19세대(순종 한글세대)에서 우리 문학이 그다운 물줄기를 찾았다고 보았다.[13]

또한 김윤식은 「2001년도 중 · 단편 읽기 – 황순원문학상 후보작의 경우」라는 평론에서, '묘지명(1) – 노인성 문학의 세가지 방식'이란 소제목으로 전성태의 「퇴역 레슬러」, 김원일의 「나는 두려워요」, 박완서의 「그리움을 위하여」 등 세 작품을 소재상 노인성 문학의 범주로 분류하여 해설하고 있다. 그는 노인성 문학을 '우리 사회도 선진국형 고령사회로 진입한 징후인지, 혹은 우리 작가들의 연륜이 노인성 체험의 경지에 이르렀음인지, 그 둘의 상승 작용인지 이 점이 궁금하고요.'하면서 '상승작용으로 봄이 타당하겠지요. 제 감각으로는 이 형국이라는 것. 이것이 믿음직스럽다고나 할까요.'라고 하여 그 가치를 부여하고 있다. 또한 그는 이 세 작품을 각각 시대적 층위, 사회적 층위, 개인사적 층위의 세 가지 방식으로 설명하고 있다. 그리고 「그리움을 위하여」를 해설하면서, '환갑 진갑의 나이도 아니고, 사랑도 아니고, 노인의 당면 과제란 다름 아닌 '그리움의 상실'이라는 사실이 그것. '그리움'이 없는 마음이야말로 늙음의 본질이라는 것. 마음의 메마름이야말로 노인성 문학의 과제라는 것. 굳이 논리화한다면 '그리움이야말로 축복이다'는 명제.' 라고 노인성 문학의 한 특성을 지적하였다.[14]

김윤식은 우리 근대문학의 연륜과 작가의 연륜이 노인성 문학 생산의

---

13) 김윤식, 『90년대 한국 소설의 표정』, 서울대학교 출판부, 1994.4, 353~356쪽.
14) 김윤식, 『2001(제1회) 황순원문학상 수상작품집』, 중앙일보 · 문예중앙, 2001.9, 349~370쪽.

원천이 되었는데, 특히 4·19세대의 작가들에 의해 그것이 시작되었다고 하였고, 또한 노인성 문학의 특성도 지적하였다. 문학사적 맥락에서 노인성 문학의 발생을 설명한 점에서 이 논고의 가치를 충분히 인정할 수 있다. 그러나 소위 한글세대인 4·19세대에 의해 노인성 문학이 생산되었다는 점은 노년소설의 범주를 한정하는 결과를 초래할 수 있다.

Ⅱ-2 : 노년 소설에 대한 다소 본격적인 연구 성과로는 '문학을 생각하는 모임'에서 펴낸 『한국 문학에 나타난 노인의식』, 『한국노년문학연구 Ⅱ』, 『한국노년문학연구 Ⅲ』, 『한국노년문학연구 Ⅳ』 등을 주목할 만하다.[15] 이들 책에 수록된 변정화, 서정자, 유남옥, 조회경, 서순희 등의 논문이 노년 소설을 다루고 있다.

변정화는 「시간, 체험, 그리고 노년의 삶－이선의 ＜이사＞와 ＜뿌리 내리기＞를 대상으로」라는 논문에서, 노인문제는 사회학, 가족학, 심리학 등에서 활발한 논의가 이루어지고 있지만, 문학의 경우는 아직 본격화되지 않고 있다고 전제하면서, 노년 소설의 개념 규정과 그 유형을 명확히 하고, 이선의 「이사」와 「뿌리 내리기」 두 작품을 구체적으로 분석하였다. 그의 설명은 다음과 같다. 먼저 노인의 개념과 그 연령선을 규정하였다. 국제 노년학회(1951)에서는 노인을 인간의 노화과정에서 나타나는 생리적, 심리적, 환경적 행동의 변화가 상호작용하는 복합형태의 과정 중에 있는 사람이라고 정의하였다. 즉 생리적, 신체적 기능의 감퇴와 더불어 심리적인 변화가 일어나서 자기유지 기능과 사회적 기능이 약화되어 있는 사람이라는 것이다. 다음으로, 연령 설정. 연령은 절대연령, 육체연령, 심리적 연령, 사회적 연령 그리고 문화적 연령, 이 다섯 유형의 연령을 포괄할 개념이다. 때문에 노령선을 설정하는 것은 인위적일 수도 있으나, 사회측

---

15) 문학을 생각하는 모임, 『한국문학에 나타난 노인의식』(백남문화사, 1996.10.), 『한국노년문학연구 Ⅱ』(국학자료원, 1998.4.), 『한국노년문학연구 Ⅲ』(푸른사상, 2002.2.), 『한국노년문학연구 Ⅳ』(이회, 2004.3.).

정의 기준의 필요에 의하여 역연령(曆年齡)으로 60세 이상, 65세 이하를 최저 노령선으로 규정하는 것이 일반적이다. 이 노령선은 정년과 환갑을 맞는 시기, 노인 상징 중의 하나인 조부모가 되는 시기, 대한노인회가입이 60세부터 가능한 점과 노인복지법(1981) 상의 노인 규정이 65세 이상으로 되어 있는 점 등을 고려한 것이다.

그리고 노년 소설의 세부 요건으로는 이러한 연령선에 있는 노년의 인물이 주요인물로 나타나야 할 것, 노인이 당면하고 있는 제반 문제와 갈등이 서사골격을 이루고 있을 것, 노인만이 가질 수 있는 심리와 의식의 고유한 국면에 대한 천착이 있어야 할 것 등을 설정해 볼 수 있고, 그 서사화의 방법을 '외부로부터의 묘사'와 '내부로부터의 묘사' 등으로 세분화할 수도 있다고 하였다.

또한 그는 노년 소설을, 이재선이나 김윤식처럼 광의와 협의의 개념으로 분리하며, 또한 소설의 주요 서사공간을 도시로 한정하고, 그리고 그 생산주체를 4 · 19세대 작가들에 국한하여 이를 우리 한글문학의 성숙성과만 관련지어 설명하는 것은, 도촌(都村)을 완전히 분리된 별개의 삶의 영역으로 간주하거나, 이미 우리 사회의 한 문제로 대두되고 있는 노인문제의 '문제성'을 간과하는 제한적인 시각이라고 비판하였다. 그래서 그는 노년 소설의 개념을, 그 서사공간이나 생산 주체에 국한되지 않는 광범위하고 포괄적인 자리에 두어, 이를 우리 사회가 안고 있는 노인문제의 극히 자연스러운 반영으로 보고자 하였다. 예술이란, 문제적 상황의 위기를 재빨리 예감하여 이에 재빨리 반응하는 것이기 때문이다. 농민 노동자소설이나 지식인소설의 발생 요건이 바로 그들의 삶을 규정하고 위협하는, 식민지의 사회구조적인 문제였고 이에 대한 작가들의 재빠른 감응이었듯이 말이다.

아울러 그는 노년소설을 세 가지 유형으로 나누고, 이선의 작품들을 이 분류 속에 넣어 다음과 같이 설명하고 있다.

제1유형 : 우리 시대의 노인들이 현대사의 전개과정에서 겪은 체험
이 오늘의 그들을 억압하고 그들의 삶을 유린하는 양상들을 그린 작품
들. 과거와 현재의 충돌, 그리고 현재를 억압하는 과거의 역사체험이 서
사를 진행시키고 있다. 중편「이사」(『동서문학』, 1990.9), 중편「뿌리 내
리기」(작품집『기억의 장례』, 민음사, 1990), 단편「9월, 흉몽과 길몽」(연
작장편집『행촌아파트』, 민음사, 1991) 등이 여기에 속한다.

제2유형 : 본격적인 노인문제를 형상화하고 있는, 우울한 작품들. 소
외, 병고, 고립 등의 문제적 상황이 서사진행의 슬픈 원동력이 된다. 단
편「종소리 울리는 저녁식탁」(연작장편집『행촌아파트』, 민음사, 1990),
단편「동상이몽」(『문예중앙』, 1992. 여름), 단편「바람 불어 좋은 날」(『샘
이 깊은 물』, 1992.8월), 중편「몰락」(『문학사상』, 1994. 11월) 등이 여기에
속한다.

제3유형 : 노인들의 지혜롭고 아름다운 삶의 방법들을 그린, 기분좋
은 작품들. 우리는 연륜이 곧 삶의 지혜가 되는 세계를 목격하게 되며 자
아의 정체성을 확인할 수 있는 근원을 간직하고 있는 노인들을 만나게
된다. 단편「원장과 촌장」(연작장편집『행촌아파트』, 민음사, 1990), 중
편「주인노릇」(『여성신문』, 1992. 158호부터 연재), 단편「사막에서 사는
법」(『현대문학』, 1994. 1월) 등이 여기에 속한다.

이 세 유형에서 제2유형과 제3유형이 본격적인 노년 소설에 속한다고
하면서도, 제1유형에 주목한 이유를, 이들 작품이 노년의 삶을 이해하고
노인문제에 올바르게 접근할 수 있는 중요한 방향을 제공해 주기 때문이
라고 하였다. 즉 노년에 대한 탐색의 추를 현상 너머의 깊은 근원에까지
내려, 과거와 오늘을 동시에 포착하여 그것을 통일된 유기적인 관계망 속
에서 교차시키고 형상화하고 있기 때문이라는 것이다.[16)]

---

16) 변정화,『한국문학에 나타난 노인의식』, 171~226쪽.
　　변정화의「현대 한국 '노년소설'에 대한 시론적 접근 ─ 이선의 <뿌리 내리기>를 중심
　　으로 ─」(『현대소설연구』 제4호, 한국현대소설학회, 1996.9, 229~264쪽)는 이 논문의
　　일부를 다룬 것이기에 생략한다.

또한 변정화는 「죽은 노인의 사회, 그 징후들」이란 또다른 논문에서 자신의 앞의 논문에서 언급한 제 2유형에 속하는 이선의 「5월, 종소리 울리는 저녁식탁」과 「동상이몽」, 그리고 「바람 불어 좋은 날」 세 작품을 구체적으로 분석하였다. 그는 노년기에는 통합·연속·완성·총체 혹은 절망·종말·전복·총체의 파괴라는 상호 모순되는 삶의 대립적인 가능성이 내재되어 있기 때문에, 노년 소설의 기본서사는 통합과 완성의 서사와, 절망과 전복의 서사로 수렴될 수 있다고 하였다. 그리고 그는 대상작품들이 선택하고 있는 '내부로부터의 묘사' 방법에 주목하였다. 이것은 노인의 실제적·심리적 삶의 문제를 그들의 '육성'을 통해 형상화하는 것으로, 억압되어 온 노인집단의 경험, 일컬어 노인들의 '벙어리 됨'에 구사력을 부여하여 소수의 음성을 드러내는 것이다. 이로써 노인문제의 대상화와 노년의 객체화, 나아가 노년에 대한 낭만적인 호도의 가능성을 배제하여, 노인문제의 실상을 사실적으로 드러내겠다는, 작가의 리얼리즘적 현실 인식 태도와 창작방법론이라고 하였다.[17]

변정화의 논고는 노인의 개념에서부터 노년소설의 서사구조와 특성에 이르기까지 거의 모두를 정리하고 구체적인 작품분석을 하였다는 점에서 노년소설 연구에서 주목할 만한 논문이다.

서정자는 「하강과 상승 그 복합성의 시학 — 최근 10년의 노년 소설에 나타난 노인의식과 서사구조」라는 논문에서, 노년 소설의 개념을 정리하고, 54편의 노년 소설을 대상으로 노인의식과 서사구조와의 관계를 중심으로, 노년 소설의 현황과 경향을 살펴보고, 앞으로의 전망을 탐색하였다.

그는 문학에 있어서 노년 — 나이는 문학연구에서 지금까지 관심을 가져본 바 없는 분야인데, 산업화 사회의 진행으로 대가족제도가 무너지고 도시화 집중화 핵가족화 등이 이루어짐으로써 노인들은 그 명망과 영향력이 줄어들게 되었다고 하면서, 이러한 노인의 위상 변화와 함께 다가오는 고

---

17) 변정화, 『한국노년문학연구 Ⅱ』, 7~65쪽.

령화 사회는 노년에 대한 사회적 관심을 요구한다고 하면서, 이와 같은 상황에서 문학도 노년에 대해 집중적인 관심을 보여야 할 때가 되었다고 하였다.

그리고 그는 '남자는 정년퇴임 이후, 여자는 자녀를 성취시킨 후를 노년으로 보고, 이러한 노인이 주인공으로 등장하는 소설'을 노년 소설이라고 그 개념을 정리하였다. 그리고 1985년부터 1994년까지『현대문학』과『문학사상』에 발표된 단편 1,200편 중 54편의 노년 소설을 찾아내어 이를 연구 대상 작품으로 삼았다.[18) 또한 연구방법으로는 미국의 노년문학이론을

---

18) 서정자가 제시한 노년 소설 목록을 발표 연대순으로 정리하면 다음과 같다. (앞의 책, 259쪽).
조갑상,「사라진 사흘」(『현대문학』, 1985.1); 백용운,「고가」(『현대문학』, 1985.2); 이채형,「인동」(『현대문학』, 1985.2); 최해군,「미련한 사람들」(『현대문학』, 1985.3); 권광욱,「뿌리찾기」(『현대문학』, 1985.11); 최창학,「지붕」(『문학사상』, 1986.2); 최일남,「흐르는 북」(『문학사상』, 1986.6); 오유권,「농부」(『현대문학』, 1986.7); 김문수,「종말」(『현대문학』, 1986.8); 김영진,「북부의 겨울」(『현대문학』, 1986.9); 김지원,「다리」(『문학사상』, 1986.9); 안장환,「밤으로의 긴 여행」(『현대문학』, 1986.9); 황영옥,「황혼」(『현대문학』, 1986.12); 정한숙,「출발이 다른 사람들」(『현대문학』, 1988.1); 안장환,「목마와 달빛」(『문학사상』, 1988.3); 강무창,「외할머니의 끈」(『문학사상』, 1988.4); 이원규,「바다소리」(『현대문학』, 1988.7); 우선덕,「작은 평화」(『현대문학』, 1988.9); 정찬주,「쥐방울 꽃」(『문학사상』, 1988.9); 김의정,「풍경 A」(『현대문학』, 1988.10); 서동익,「모습」(『현대문학』, 1989.1); 손영목,「세월의 더께」(『현대문학』, 1989.4); 박경수,「시골맛」(『현대문학』, 1989.8); 박완서,「가(家)」(『현대문학』, 1989.11); 이철호,「죽음을 훔친 노인」(『현대문학』, 1989.12); 정한숙,「비만증」(『문학사상』, 1990.2); 민병삼,「신나는 달밤」(『문학사상』, 1990.3); 박순녀,「끝내기」(『현대문학』, 1990.4); 우선덕,「그대 가슴에 들꽃 가득하고」(『현대문학』, 1990.4); 정구창,「이장타령」(『현대문학』, 1990.6); 양영호,「혼백의 여행」(『현대문학』, 1990.8); 김성옥,「겨울소나무」(『현대문학』,1990.9); 유현종,「폐촌」(『현대문학』, 1991.1); 김중태,「기적」(『현대문학』, 1991.5); 장한길,「불효자」(『현대문학』, 1991.7); 박경수,「감나무집 마나」(『현대문학』, 1991.10); 안정효,「악부전」(『현대문학』, 1991.11); 이청준,「흉터」(『현대문학』, 1992.2); 이청해,「풍악소리」(『문학사상』, 1992.3); 윤정선,「사랑이 흐르는 소리」(『문학사상』, 1992.4); 이동하,「문앞에서」(『현대문학』, 1992.4); 홍상화,「유언」(『현대문학』, 1992.4); 안장환,「아버지의 영토」(『현대문학』,1992.7); 정연희(중편),「날이 기울고 그림자가 갈 때에」(『현대문학』, 1992.12); 송하춘,「청량리역」(『현대문학』, 1993.3); 임현택,「소리의 벽」(『현대문학』, 1993.3); 이형덕,「까마귀와 사과」(『현대문학』, 1993.5); 김현숙,「삼베 팬티」(『현대문학』, 1993.8); 안장환,「향수」(『문학사상』, 1993. 10); 이승하,「그리운 그 냄새」(『문학사상』, 1994.4); 이동하,「짧은 황혼」(『현대문학』, 1994.5); 정연희(중편),「우리가 사람일세」(『현대문학』, 1994.5); 최예원,「오시계」(『문학사상』, 1994.7); 윤대녕,「새무덤」(『현대문학』, 1994.8); 박명희,「아주

바탕으로 노인의식과 서사구조와의 관계를 규명하였는데, 노년에 대한 부정적 인식을 다룬 하강구조의 '노인문제 소설'과 노년에 이룰 수 있는 보람과 모험 등 새로운 가능성을 다룬 상승구조의 '성숙 소설'로 나누어 해당 작품들을 분석하였다.

'노인문제 소설'은 '노부모의 봉양과 끝내기 의식', '노년의 억압- 노인 소외 문제'를, '성숙소설'은 '노년과 존재의 완성', '노년여성의 성숙'을 다룬 소설들로 구분하여 설명하였다. 특히 그는 우리의 노년 소설이 노인문제 소설에만 머물러 있었던 것에서 나아가 성숙 소설에서 보듯이 노년은 오히려 삶을 완성하는 보람과 발전의 시기이기도 하다면서 이것들에서 노년 소설의 새로운 전망을 찾아야 한다고 주장하고 있다. 그러나 지면관계로 분단과 이산의 시대적 아픔을 다룬 작품과 죽음의 문제를 다룬 작품은 제외하였다고 하였다.[19]

또한 서정자는 「존재 탐구의 글쓰기, 그리움의 시학 – 김의정의 노년에 쓴 성장소설고」라는 논문에서, 김의정의 연작 장편소설 『바람결에 들려오는 시간들』과 『산마루 오르는 시간의 수레』 두 작품을 대상으로 작가가 노년에 이르러 보여주는 자기존재 본질의 탐구와 그 이야기 방식을 살펴보고 성장 소설로서의 문학적 가치를 규명하였다.[20]

그리고 서정자는 「소설에 나타난 노년 남녀의 대비적 연대기」에서, 1930년대 이태준 소설, 1960년대 김정한 소설, 1990년대 김문수·이규희의 소설을 대상으로 노년남녀 주인공을 대비적으로 살펴 우리 사회에 노인의 운명이 어떤 것인가를 살펴보았다. 1930년대 이태준 소설에서는 가난하고 초라하지만 애국지사인 듯한 다소 기인에 속하는 노인을 긍정적인 인물로, 반면에 돈 없고 꿈도 없는 노인은 구박받는 부정적 인물로 그려진다. 1960년대 김정한 소설은 패기와 열정을 지닌 노인들로 부패한 정치권

작은 소원 하나」(『문학사상』, 1994.10); 이선, 「몰락」(『문학사상』, 1994.11)
19) 서정자, 앞의 책, 229~259쪽.
20) 서정자, 『한국노년문학연구 Ⅱ』, 67~109쪽.

력과 싸우는 정의감 넘치는 긍정적 인물로 나타난다. 그런데 이태준과 김정한의 소설에서는 노년 여성을 주인공으로 한 소설은 거의 쓰지 않았다. 1990년대에 이르러 노년남성은 '기로국(棄老國)의 백성'으로 전락하였다. 김문수의 소설 「유 할머니」, 「무덤이야기」, 「탑골공원 고금」, 「서울이 좋다지만」 연작 등에서 노년 남성들은 기로국의 백성들로 묘사되나, 노년 여성의 현실보다 심각하지 않다. 노년 남성의 경우 딸의 구박에도 불구하고 자신들의 삶을 선택할 수 있는 여지가 있는 반면 노년 여성들은 본인의 의사와 관계없이 아들과 함께 살도록 하였기 때문이다. 이규희의 「그 여자의 뜀박질을 끝나지 않았다」, 「황홀한 여름의 소멸」 등에 등장하는 노년 여성은 아들에게 고난과 헌신의 보상으로 효도를 받기는커녕 쓰레기로 인식되는 등 가족들과 철저히 격리되는 삶을 살고 있다.[21]

서정자의 논문은 본격적으로 노년 소설을 연구하였으며, 그것들의 서사구조까지도 분석하였다는 점에서 노년 소설 연구에서 주목할 만하다. 그러나 바바라 프레이 왁스만이 노년에서의 모험과 변화의 가능성을 보여주는 의미에서 사용한 '성숙소설'[22]이란 용어로 상승구조의 노년소설을 설명하는 것을 그 내용의 의미 여하를 떠나서 용어 그 자체 때문에 오해의 소지를 불러올 가능성이 있다. 노년이 삶을 완성하는 보람과 발전의 시기이지만, 성숙이란 유소년기나 청년기의 육체적 · 정신적 성숙을 의미하는 것이 일반적이기 때문이다.

유남옥은 「풍자와 연민의 이중성 — 박완서 소설에 나타난 노인」이란 논문에서, 박완서 소설에 등장하는 노인 인물만을 대상으로 삼아, 박완서 소설의 노인상을 살펴보고 그 의미를 규명하였다. 그는 박완서 소설에 자주 등장하는 노인을 세 가지 유형으로 분류하였다. 첫째, 작가의 어머니로서

---

21) 서정자, 『한국노년문학연구 Ⅲ』, 61~88쪽.
22) 서정자, 「노년, 성, 그리고 창조성」, 『한국 여성소설과 비평』, 푸른사상, 2001.1, 616쪽. (이 글「노년, 성, 그리고 창조성」)은 wyate - Brown and Rosen eds. 『문학에 있어서의 노년과 성』, 앤 와이어트 브라운의 Introduction을 서정자가 번역한 것임)

의 노인상 (「엄마의 말뚝 2 · 3」, 「부처님 근처」, 「카메라와 워커」, 「겨울나들이」), 둘째, 풍자적 노인상 (『도시의 흉년』, 「이별의 김포공항」), 셋째, 사회문제의 대상이 되는 노인상 (일종의 노인문제 소설 : 「로열박스」, 「유실」, 「지알고 내알고 하늘이 알건만」, 「오동의 숨은 소리여」, 「저물녁의 황홀」, 「집보기는 그렇게 끝났다」, 「포말의 집」, 「저문날의 삽화 · 5」). 결론적으로 그는 박완서 소설의 노인은 풍자와 연민의 이중성을 띤다고 하면서, 부정적인 노인상은 풍자의 대상이 되고, 긍정적인 노인상은 연민의 대상이 된다고 하였다.23) 이 논문은 노년 소설이란 명칭을 사용하지 않았지만, 소설 속의 노인의 유형과 그 의미를 밝혔다는 점에서 노년 소설 연구에 일조가 된다고 하겠다.

유남옥의 「최정희 노년기소설 연구」라는 또 다른 논문은 최정희의 『인간사』(1964) 이후에 발표된 노년기 소설을 중심으로, 작가의 노년의식과 그 의미를 살펴보고, 아울러 이것을 이전의 소설과 연계시켜 검토하였다. 죽음에 관한 실존적 물음, 영원한 생명력으로서의 여성성, 모성과 운명에의 순응 등 세 유형으로 나누어 작품을 분석하고 있는데, 두 번째와 세 번째의 유형은 이전 소설에서 꾸준히 보인 양상들이고, 첫 번째 유형은 노년기의 새로운 소설유형이라고 설명하였다. 첫 번째 유형에서 작가가 죽음을 대하는 태도가 거부에서 묵상, 그리고 수용의 3단계적 모습을 보이는데, 「귀뚜라미」는 '죽음 거부하기', 「205호 병실」은 '죽음의 의미 묻기', 「탑돌이」와 「산」은 '죽음 수용하기'를 드러낸다고 하였다. 이들은 노년 소설이라 이름할 수 있는 작품으로, 특히 「산」에서는 죽음 앞에서도 무덤덤하고 그윽한 죽음에 대한 성찰을, 「탑돌이」에서는 탁월하고 원숙한 노년문학의 완성을 이루었다고 평가하였다.24)

조회경은 「노인의 삶을 통해 본 시간의 변주 - 김동리 소설을 중심으로」

---

23) 유남옥, 『한국문학에 나타난 노인의식』, 261~286쪽.
24) 유남옥, 『한국노년문학연구 Ⅱ』, 111~147쪽.

에서 김동리의 소설 가운데서 노인을 주인공으로 내세운 소설에 주목하여, 이 노인들이 삶의 연속성을 유지하기 위하여 벌이는 투쟁으로서의 삶의 양태를 고찰하여 노인 세대가 되어서야 향유할 수 있는 고유한 생명력을 살펴보았다. 「화랑의 후예」, 「산제」 등 1930년대 초기소설에 등장하는 노인을 '비상을 꿈꾸는 이인(異人)의 초상'의 모습으로, 「산화」, 「미수」, 「아들 삼형제」, 「근친기」 등 여성 노인이 등장하는 작품에서는 '거룩한 모성의 체현자'로, 「한내 마을의 전설」, 「석노인」, 「이별 있는 풍경」 등 작가가 중년 이후에 발표한 작품에 등장하는 노인들은 '화해의 전령사'로 노년만이 이룰 수 있는 성숙에 대한 긍정적 시각이 보인다고 하였다.[25]

이 외에 조회경의 「「사소한 그러나 잊을 수 없는 일」의 복원을 위하여 — 박완서론」은 「저문 날의 삽화」 이후 박완서 소설에 재현된 노년 여성의 삶의 양상을 다루었고,[26] 서순희의 「소설 속에 나타난 노인 화법 — 박완서의 소설을 중심으로」에서는 『박완서 단편소설 전집』 5권(문학동네, 1999)에 수록된 소설에 나타나는 노인들의 대화를 중심으로 노인화법의 특성을 살펴보았다.[27]

그 밖에 류종렬은 「위식된 삶의 풍자 — 이주홍의 소설세계」라는 평론에서, 이주홍의 「낙엽기」, 「산장의 시인」, 「바다의 시」 등에서는 노경에 접어든 주인공이 지나온 삶과 현재의 삶을 담담하고도 냉철하게 관찰하는 생의 체관이 담겨 있으며 「풍마」, 「미로의 끝」에서는 죽음에 대한 인식을 통해 삶 자체에 대한 근원적인 물음을 제기하고 있다고 했다.[28] 또한 「이주홍과 부산지역문학」이란 논문에서, 이주홍의 후기소설 중 한 작품군을 검토하는 가운데 '노년 소설'이란 용어를 사용하고 이들을 세 유형으로 나

---

25) 조회경, 『한국노년문학연구 II』, 149~177쪽.
26) 조회경, 『한국노년문학연구 III』, 89~125쪽.
27) 서순희, 『한국노년문학연구 III』, 127~165쪽.
28) 류종렬, 「위식된 삶의 풍자 — 이주홍의 소설세계」, 『부산문화』 제 13호, 1987.3, 266~274쪽 ; 『이주홍과 근대문학』, 부산외국어대학교 출판부, 2004.2, 9~24쪽.

누고 작품을 간략히 해설하고 있다.[29]

첫째, 현대사회에서 도시화에 따른 가족해체와 이에 따른 세태의 비정함을 통해 노인의 소외된 삶이 문제시된다. 이는 도시화에 따른 가치의 불신화, 비인간화, 소외 같은 반윤리적인 사회현실과 전통적인 가족관계의 해체나 유교적 가치관의 허락이나 약화를 보여준다. 이런 작품으로 「땅」(1968), 「서울나들이(촌수상경기)」(1974), 「수병」(1975), 「노인도」(1978) 등이 있다.

둘째, 노년에 접어든 주인공이 지나온 삶과 현재의 삶을 담담하고도 냉철하게 관찰하는 생의 체관을 드러낸다. 이는 「노인도」에서도 어느 정도 드러나지만, 「바다의 시」(1967), 「낙엽기」(1969), 「산장의 시인」(1970), 「부유」(1975), 「달밤」(1980)등에서 잘 드러나 있다.

셋째, 존재 탐구와 죽음의 철학적 성찰을 잘 드러낸다. 죽음의 문제는 노년의 삶과 연계된 향파 소설의 중요한 주제다. 이것은 「승자의 미소」(1966), 「낙엽기」(1969), 「차로」(1974), 「수병」(1975), 「선사촌」(1976) 등에 두루 나타나지만, 「풍마」(1972)와 「미로의 끝」(1984)에 특히 잘 드러난다.

류종렬의 논문은 부산지역의 대표적 작가인 이주홍의 후기소설 중 가장 문제적이고 문학사적 의의를 가진 노년소설을 다루었다는 점에서 그 의의를 인정할 수 있으나, 세 유형으로 나눈 기준이 다소 애매한 것이 문제점으로 지적될 수 있다.

II-3 : 다음으로 노년소설에 대한 최근의 성과로는 김윤식 · 김미현이 엮은 『소설, 노년을 말하다』에 수록된 김윤식과 김미현의 평론,[30] 최명숙

---

29) 류종렬, 『현대소설연구』 제19호, 한국현대소설학회, 2003.9, 537~574쪽 ; 앞의 책, 80~88쪽. 이 책에는 제목을 바꾸어 「이주홍 문학의 재인식」으로 수록되어 있다.
30) 김윤식 · 김미현 엮음, 『소설, 노년을 말하다』(황금가지, 2004.12).
　　이 작품집에는 한승원의 「태양의 집」, 홍상화의 「동백꽃」, 이순원의 「거미의 집」, 한정

의 「한국 현대 노년소설 연구」,[31] 『오늘의 문예비평』의 '한국 문학과 말년(lateness)의 양식' 특집 중 황국명의 평론[32] 등을 들 수 있다.

이들에 의해 노년소설이 한국소설의 새로운 소설 유형으로 그리고 본격적인 관심의 영역으로 자리잡기 시작하였다.

김윤식은 「한국 문학 속의 노인성 문학」이란 평론에서 노인성 문학의 개념 정리를 시도하고 있다. 그는 65세 이상의 작가가 쓰는 작품을 노인성 문학 (A)형이라 하고, 65세 이하의 작가들이 노인성을 소재(주제)로 다루는 경우를 노인성 문학 (B)형이라 규정한다. 노인성 문학 (A)형에는 노인문제도 청년문제도 다루어 질 수 있지만, 원리적으로 그의 의식은 노인성의 사정거리 안에서 진행된다고 하였으며, 노인성 문학 (B)형에는 자발적인 개성에 의한 선택이기에 공리적 성격이 배제되어 있으므로 원리적으로 본격문학이라고 하였다. 염상섭의 「임종」(1949)과 황순원의 「필묵 장수」(1955)를 당시의 한국인의 평균수명을 염두에 두지 않으면 (B)형의 범주에, 박완서의 「마른 꽃」(1995), 이청준의 「꽃 지고 강물 흘러」(2003), 최일남의 「아주 느린 시간」(2000)은 (A)형에 속한다고 하였다. 그러면서 「임종」이나 「필묵 장수」가 씌어지던 시점에서 보면 이들 작가가 나이는 각각 53세, 40세이지만 이미 대가급으로서 노인 작가 층에 들었기 때문에 두 작품도 모두 (A)형에 속할 수 있다고 하였다. 그리고 「임종」을 '풍속사로서의 노인성문학', 「필묵 장수」, 「마른 꽃」, 「꽃 지고 강물 흘러」를 '기질적 개성을 드러내는 노인성 문학', 「아주 느린 시간」을 '고령화 사회 진입 이

희의 「산수유 열 매」, 이청해의 「웬 아임 식스 포티」, 하성란의 「712호 환자」, 이명랑의 「엄마의 무릎」, 한수영의 「벽」 등 여덟 작품이 수록되어 있고, 해설로 김윤식의 「한국 문학 속의 노인성 문학」과 김미현의 「웬 아임 올드」라는 평론 두 편이 수록되어 있다.
31) 최명숙, 「한국 현대 노년소설 연구」, 경원대학교 대학원 박사학위논문, 2006.2.
32) 『오늘의 문예비평』(2008년 가을호, 통권 70호, 산지니, 2008.8). 이 특집에는 공병혜의 「한국사회와 말년의 철학적 의의」, 이경재의 「한국 현대시와 말년성의 한 양상」, 황국명의 「한국소설의 말년에 관한 사유」, 김승환의 「김윤식 유종호 김우창의 말년」 등 네 편의 평론이 실려 있다.

후의 노인성 문학'으로 나누어 구체적인 작품 분석을 하고 있다.

그는 이로써 소설사에서의 노인성 문학의 계보를 작성하고 고령화 사회 진입 이후의 노인성 문학의 현주소를 확인하는 작업을 통해 문학사적 연속성의 확보를 그 목적으로 하고 있다. 말하자면 「임종」을 통해 죽음의 일반적 성격을 단지 당대의 풍속사의 차원에서 검토함으로써 고령화 사회와는 무관한 인간살이를 작품의 성격으로 음미하고, 이런 범주에서 노인의 경지를 다룬 「필묵 장수」, 「마른 꽃」, 「꽃 지고 강물 흘러」 등 세 작품을 검토하였다. 그리하여 고령화 사회 이전을 특징짓는 징표로 늙어감에 대한 인식이란 특정 작가의 기질적 개성에 속한다고 하면서, 황순원의 예(藝)에 대한 감각, 박완서의 삶의 에너지로서의 정욕에 대한 강렬한 애착, 이청준의 심리적 상처로서의 노모 콤플렉스가 이에 해당된다고 하였다. 고령화 사회 이후의 「아주 느린 시간」은 '해찰질 하기로서의 글쓰기'에 해당하는 것으로 설명하고 있다. 해찰은 '사랑하는 마음이 없이 모든 물건을 부질없이 이것저것 해침 또는 그런 짓 하기, 그리고 일에는 정신을 두지 아니하고 쓸데없이 다른 짓을 함'을 가리키는 것으로, 이는 고령화 사회에 접어둔 노인의 심정을 잘 드러낸다고 하였다. 특히 죽음에 대하여 해찰질 하기는 고령화 사회의 노인에게만 가능하다는 것이다. 그리고 김윤식은 문학일 때만 비로소 노인성 문학도 성립된다고 결론짓고 있다.[33]

김윤식의 평론은 앞에서도 언급한 자신의 논지를 발전시킨 것으로, 노인성 문학의 개념에 대해 폭 넓게 접근하여 문학사적 연속성과 현재의 성과를 설명했다는 점에서 그 의의가 충분하다고 할 수 있다. 그러나 65세라는 나이에 초점을 맞추어, 65세 이상의 작가의 작품을 그 내용 여부에 관계없이 즉 노년 문제가 아니라도 노인성 문학이 될 수 있다는 점과, 65세 이하의 작가들이 노인성을 소재로 한 작품을 작가의 개성에 의한 선택이기에 본격 문학으로 취급하였다는 점, 그리고 고령화 사회로의 진입 여

---

33) 김윤식, 김미현 엮음, 앞의 책, 249~280쪽.

부에만 너무 초점을 맞추어 논의를 전개한 점 등은 재고의 여지가 없지 않다. 시대에 따라 노인의 연령이 바뀔 수 있겠지만, 작가의 연령이 고려된 가운데 작품의 내용이 노인문제를 다루어야 노년소설일 수 있다는 점에서 다소 문제가 있다고 하겠다.

김미현의 「웬 아임 올드 (When I'm old)」는 『소설, 노년을 말하다』에 실린 여덟 편의 작품을 분석한 것으로, 김윤식과 마찬가지로 '노인성 문학'이란 용어를 사용하면서 논의를 전개하고 있다. 그는 노인성 문학이란 작가층을 65세 이상을 기준하는 노년층만으로 한정할 필요가 없다고 하면서, 노인만이 노인에 대해 이야기해야 하는 법은 없고 오히려 노인 아닌 사람들이 노인에 대해 할 말이 더 많다고 하였다. 즉 "생물학적 나이를 기준으로 노인들이 지닌 문제 자체"가 아니라 "존재론적 양상으로서의 노인성, 문학의 소재가 아닌 약자나 타자 문제를 호출"하는 것이 노인성 문학이라는 것이다. 그리고 이들 여덟 작품은 "효라는 윤리적 잣대의 적용이나 가족 제도의 변화, 인생의 성숙이나 지혜의 측면에서 보다는 인간과 인간의 관계 속에서 노인과 노인 아닌 사람사이의 갈등이 부각되는 경향"이 강하다고 하면서 "존재 자체만으로 심리적 굴레나 물리적 한계를 상징하는 원초적 억압으로 자리매김하는 노인들이 주로 등장한다." 고 분석하였다. 결론적으로 노인성 문학이란 문학을 위해 노인성을 문제 삼는 것이지 노인성을 위해 문학을 끌어들이는 것이 아니라고 하였다.[34] 김미현의 글은 김윤식의 견해에 동의하면서 전개되기에, 작가의 연령이 고려되지 않아 현대의 노년소설의 범주를 너무 넓게 설정했다는 점과 노인과 노인 아닌 인물과의 갈등 관계만이 부각되고 있는 한계를 지닌다고 볼 수 있다.

최명숙의「한국 현대 노년소설 연구」는 노년소설을 연구한 최초의 박사학위논문으로, 노년소설의 개념에서부터 유형적 특성, 갈등구조, 현실 대응 양상, 문학사적 의의에 이르기까지 현대 노년소설을 본격적이고도 총

---

34) 김윤식 · 김미현 엮음, 앞의 책, 281~290쪽.

체적으로 검토하였다. 이를 요약하면 다음과 같다.

먼저, 연구대상작품으로 1970년대부터 2004년 10월 현재에 이르는 기간에 발표된 노년소설 300여 편 가운데 노년소설의 성격이 잘 드러나 있는 작품 120편을 선별하였다. 객관적 현실을 반영하는 문학의 사회적 성질에 대한 이해를 토대로 하여, 노년소설에 나타나고 있는 노년의 특성과 노인의 문제를 현대사회와 노년의 사회학적 관계를 염두에 두고, 작품에 투영된 노인의식을 고찰하며 분석하였다.

노년소설의 개념은 앞의 변정화(1996)의 개념을 수용하여 "포괄적으로 노년의 삶, 즉 삶의 적극적인 활동으로부터 은퇴하거나 물러나 있는 노인들의 세계를 다룬 소설"이라고 정의하였다.

그리고 노년소설의 특성을 노년소설의 주요 모티프, 초점화자의 다양성과 노년 인식, 임종의 공간, 노인 언어의 특징 등 네 가지로 나누어 설명한다. 소설에 나타나는 모티프들은 노년의 삶 속에 각인된 의식이 무엇인지 유추하게 하며, 그로써 노인의 삶을 이해하고 전망할 수 있게 한다. 다양한 초점화자는 노인 자신에 대하여 이해하는 관점과 가족구성원이 노인의 삶과 문제를 인식하는 관점을 통해, 노년의 삶을 다각도로 바라볼 수 있게 한다. 노인의 삶이나 문제를 바라봄에 있어서 다양성을 가진 화자는 노년인식에 대하여도 다양한 견해를 내보이고 있다. 노인이 선호하는 임종의 공간은 '집' 또는 '고향' 혹은 '모국' 이다. 그러나 현대인들은 편리에 따라서 노인의 임종공간을 선택한다. 장례 역시 집에서 매장으로 치르기를 바라는 노인과 병원에서 화장으로 하기를 원하는 유가족간에 간극이 생긴다. 그러나 노인은 의중을 표출하지 않거나 표출하더라도 소극적이고 위축된 모습을 보인다. 노인의 언어는 노년의 삶을 드러내는 것과 밀접한 관계를 가지고 있다. 노인의 언어에는 노년의 삶이 투영되어 있으며, 소외와 단절로 자신 없는 노인의 입을 통해 나오는 언어는 바로 노년의 삶을 보여준다.

노년소설의 갈등 구조를 외적 갈등과 내적 갈등으로 나누어 보고, 외적 갈등은 역사적 체험이 삶의 현재를 지배하는 체험적 갈등, 문화적 차이로 인한 노인과 젊은이와의 갈등이 주된 서사골격을 이루는 환경적 갈등, 세대와 세대간의 정서적 차이로 생겨난 세대적 갈등으로 분류하여 살펴보았다. 마지막으로는 내면의 자아와 상충되는 내적인 갈등인데, 그것은 과거의 기억이 현재의 정체성을 흔드는 갈등구조로 나타난다.

또한 여러 부분에서 갈등하게 되는 노년기를 노인이 어떻게 받아들이고 적응하는지를 현실적응 양상으로 나누어 살펴보았다. 이것은 크게 긍정적인 적응 양상과 부정적인 적응 양상으로 나타난다. 긍정적 적응 양상으로는 노년의 삶에 적극적인 태도로 적응하는 것과 자아정체성을 획득하는 것, 그리고 현실 순응적 태도로 적응하는 것으로 드러난다. 부정적 적응 양상으로는 신체적 요인에 의한 쇠약과 병고, 환경적 요인에 의한 고독과 종말, 경제적 요인에 의한 실직과 궁핍, 이러한 모든 요인들이 심리적인 부분에 영향을 미쳐 생겨난 소외와 단절로 드러난다.

그리고 노년소설의 문학사적 의의에서는, 1920년대부터 1960년대까지의 노인을 주인공으로 하는 대표적인 노년소설을 분석하여, 1970년대 이후의 현대의 노년소설과의 문학사적 연속성을 검토하였다. 현대 노년소설과는 달리 1970년대 이전의 작품에는 현대적 의미에서의 노인문제나 노년의 현실 대응 양상에서 부정적으로 대응하는 모습은 나타나지 않는다고 하였다.[35]

최명숙의 논문은 방대한 분량의 총체적 연구 임에도 불구하고 대상 작품의 선정 과정이 다소 작위적이고, 개별 작품의 분석이 스토리 중심으로 흐른 감이 없지 않다. 그리고 노년소설의 문학사적 의의를 다룬 부분은 나름의 설명에도 불구하고 논지 전개가 미진하다.

황국명의 「한국소설의 말년에 대한 사유」는 특집 「한국문학과 말년의

---

35) 최명숙, 앞의 논문, 1~210쪽.

양식」중 소설에 관한 평론이다. 그는 노년 혹은 말년은 노년세대가 이전에 어떤 노인도 경험하지 못한 현재를 살고 있기에 가장 새로운 단계에 있는 존재인 동시에, 한편으로 육체의 기능적 약화나 정신심리학적 변화와 고통에서 자유롭지 않은, 즉 죽음이 다가온다는 생애의 마지막 무렵이라는 말년을 뜻하는 복합적 의미를 지니고 있다고 하였다. 이 때문에 노년 경험의 역동성을 주목하여야 하고, 아울러 노년 경험의 다양성을 문제 삼아야 한다고 하였다. 아울러 '존재론적 양상으로서의 노인성' 뿐만 아니라 작중인물이나 작가의 연령선도 무시할 수 없는 요소라고 하였다. 그리고 그는 노작가인 한승원과 박완서와 최일남의 작품에서 늙음이나 죽음에 대한 말년의식을 구체적으로 분석하였다. 이들은 공통적으로는 죽음의 공포 앞에서 우둔해진다거나 섣불리 공리적 목적성을 앞세우지 않지만, 세부적으로는 각기 달리 나타난다고 하였다. 한승원은 시간의 선조성과 싸우는 작가라고 하면서, 그에게 있어 노소, 생사, 과거와 현재, 젊음과 늙음은 상호 유대하고 역설적으로 공존하고 있다고 하였다. 즉 그에게 이것들은 혼재하고 연통하는 우주적 조화인 것이다. 한승원 소설에서 노인의 육체적 쇠락이 고통스러운 것으로 그려지지 않는 것과 달리, 박완서의 소설은 노추의 공포를 정면으로 직시한다. 그는 늙음과 젊음을 날카롭게 분리하고 그 차이를 인정하면서 동시에 그것을 관용한다. 또한 관용과 화해를 통해 박완서의 소설 인물들이 속절없이 늙어가는 자신을 위안할 수 있다고 하였다. 그러나 최일남의 소설에서는 인물들은 차이를 강조하고, 그 차이에 반시대적으로 대응한다. 그리고 죽음에 대한 해찰과 역리의 방식, 곧 희극적인 말년의 양식으로 스스로를 견딘다는 것이다. 그리고 한승원과 박완서의 소설에서 나이를 먹는다는 것은 더 큰 질서에 진입하거나 자연으로 회귀하는 일이기에 시간은 원숙함에 이르는 계몽의 도정으로 보이지만, 최일남의 소설에서 시간의 흐름은 다가오는 죽음에 대한 불안한 경로라고 하였다.[36)]

황국명의 평론은 에드워드 사이드의 '말년'이라는 용어를 차용하여 논의를 전개하는데, 노년소설의 개념 규정에는 비껴나 있지만, 노년의 복합성과 다양성을 인정하면서, 한승원, 박완서, 최일남 세 작가의 작품에 나타난 말년 의식을 구체적으로 분석하였다는 점에서 그 의의가 크다고 하겠다.

전흥남은 「박완서 노년소설의 담론 특성과 문학적 함의 - <저문 날의 삽화>를 중심으로」라는 논문에서 박완서의 「저문 날의 삽화」를 노년소설의 관점에서 담론 특성과 문학적 함의를 밝히고 있다. 여기서 그는 'Ⅱ. 노년소설의 입론과 계보'에서 기존의 연구 성과를 정리하였고, 구체적인 작품 분석을 통해 박완서 노년소설의 담론 특성과 의미를 살펴보았다. 이를 요약하면 다음과 같다.

노년 여성이 주인공으로 등장하는 박완서의 소설들은 대부분 1인칭 화자나 '나'의 고백체를 사용하고 있다. 거기에다가 사소하고 사사로운 이야기를 생각나는 대로 늘어놓는 노인의 화법을 연상시키는 이야기 방식으로 전개되지만 이야기 속에 결코 잊히지 않는 것들을 지극히 선택적으로 배열함으로써 작가의 '가치적 욕구'가 스며있다. 때문에 박완서의 이야기는 수다스러우나 가볍게 지나칠 수 없는 공적 담론의 기능을 수행하게 된다. <삽화>형식은 박완서의 문학적 미덕을 최대한 발휘할 수 있는 용기로서 독자와의 공감대를 넓히고자 작가가 채용한 새로운 담론 형식인 것이다. 다음으로 박완서의 소설은 환상과 현실을 넘나듦으로써 현실에서 이룰 수 없는 꿈을 환상적 풍경을 통해 재현한다. 이는 우리가 몸담고 있는 현실이 인간다움의 근거가 와해된, 반생명적 공간이라는 통렬한 인식을 드러내는 방식이기도 하다. 노년에 느끼는 생의 허망함은 <저문 날의 삽화> 연작을 관통하는 주제이다. 그러나 작가의 시선은 여기에 머무르지 않고 삶 너머의 죽음을 향한다. 이러한 방향전환에 뒤따른 철학적 종교적 조명은 인

---

36) 황국명, 앞의 책, 59~79쪽.

간 삶의 불가해한 부분들을 갈피갈피 비춤으로써 인생에 대한 심오한 성찰과 이해에 도달하도록 이끈다. 이른바 박완서 특유의 "문밖의식"이 있었기에 가능했다.[37]

또한 전흥남은 「노년소설의 초기적 양상과 그 가능성 모색 — 이태준의 노년소설을 중심으로」이란 논문에서, 이태준의 「복덕방」, 「불우선생」, 「영월 영감」 등을 초기적 노년소설로 보고, 이들에 나타난 노인상과 현실 극복 의지를 고찰하여 노년소설의 초기적 양상과 특징을 규명하였다. 이를 요약하면 다음과 같다.

「복덕방」은 세 노인들이 주요 인물로 등장하고 서사의 핵심에 놓인 경우로 지금의 시점에서 보아도 노년소설의 범주에 가정 근접한 작품이기도 하다. 「불우선생」과 「영월 영감」 역시 나름의 개별성을 가지면서 공통적으로 전근대에서 근대로의 이행과 일제침략이라는 질곡의 상황이 맞물린 파행적인 현실 속에서 정체성의 위기에 봉착한 노인들이 그러한 변화에 대해 어떻게 대응했으며 그 결과는 어떠했는가 하는 문제를 다루고 있다. 작품 속에서 노인들은 식민지 상황에 대해서는 극복하고자 하는 의기(義氣)를 보여줌으로써 나름의 대응력을 보이지만, 근대라는 새로운 시대상황에 대해서는 올바른 대응력을 보이지 못하면서 사회에서 이탈되는 몰락의 길을 걷는다. 그러나 새로운 시대를 짊어지고 갈 젊은이들은 노인들이 보여준 의기로운 삶의 자세를 식민지 상황인 현실에서 유용한 가치로서 인정하고 있다. 이러한 일련의 과정이 「불우선생」에서는 징후적으로 제시되지만 「영월 영감」에 이르면 보다 분명하게 드러난다. 그리고 이러한 사실은 이태준 문학에서 노인들의 위상은 '생의 희망을 잃은' 존재들로 국한된 것이 아님을 말해 준다. 이런 점에서 「불우선생」과 「영월 영감」의 노인들은 나름의 역사의식을 바탕으로 파행적인 현실을 극복하고자 하는 의지를 가진 인물들이다. 따라서 이들의 의기로움은 이태준 문학에 나타

---

37) 전흥남, 『국어문학』 제42집, 국어문학회, 2007.2, 33~66쪽.

나는 노인의 위상의 하나로서 자리 잡아야 한다.[38]

　전홍남의 논문은 노년소설의 관점에서 박완서와 이태준의 소설의 담론 특성과 노인상을 구체적으로 분석하였다는 점에서, 그리고 우리 노년소설에 대한 계보와 성격을 정립하려는 노력을 엿볼 수 있다는 점에서 그 의의가 있다고 하겠다. 이 밖에도 노년소설을 다룬 평론들이 많이 있을 것으로 생각되지만, 중요하다고 여겨지는 평문과 논문들은 두루 살펴보았기에, 나머지는 제외하기로 한다.

Ⅲ. 마무리

　지금까지 살펴본 바를 간단히 정리하면 다음과 같다.
　노년소설에 대한 연구는 1970년대부터 김병익, 천이두 등의 평론가들에 의해 월평과 서평 등에서 한국소설에 있어 문제적 소설로 언급되기 시작하여, 1990년대에 이재선에 의해 도시소설의 한 유형으로 문학사에 기술되고, 김윤식에 의해 노인성 문학이란 명칭으로 소설사의 중요한 유형으로 설명되었다. 이재선의 논고는 산업화에 의한 급격한 사회 변동기에 있어서 노년의 도시생활과 도시화와 연계된 삶을 다룬 노년학적 소설들을 문학사적 맥락에서 파악하고, 이들의 여러 양상들을 구체적 작품 분석을 통해 제시했다는 점에서, 김윤식의 평론은 노인성 문학이 근대문학의 연륜과 작가의 연륜에 의해서 발생되었다는 점과 구체적 작품 분석을 통해 그 특성을 밝혔다는 점에서 노년소설 연구에 큰 의미를 지닌다고 하겠다. 다소 본격적인 연구 성과로는 1990년대 후반부터 2004년까지 나온 '문학을 생각하는 모임'에서 펴낸『한국 문학에 나타난 노인의식』,『한국노년

---

38) 전홍남,『현대문학이론연구』제34집, 현대문학이론학회, 2008.8, 161~183쪽.

문학연구 Ⅱ』, 『한국노년문학연구 Ⅲ』, 『한국노년문학연구 Ⅳ』 등을 들
수 있다. 이들 책에 수록된 변정화, 서정자, 유남옥, 조회경, 서순희 등의
논문이 노년 소설을 다루고 있는데, 특히 변정화와 서정자의 논문은 노년
소설의 개념과 서사 구조, 유형적 특성 등을 정리하고 구체적인 작품 분석
을 하였다는 점에서 주목할 만하다.

　최근의 연구 성과로는 김윤식 · 김미현이 엮은 『소설, 노년을 말하다』
에 수록된 김윤식과 김미현의 평론, 최명숙의 「한국 현대 노년소설 연구」,
『오늘의 문예비평』의 '한국 문학과 말년(lateness)의 양식' 특집 중 황국명
의 평론, 그리고 전홍남의 논문 등을 들 수 있다. 여기서 김윤식의 평론은
노인성 문학의 개념과 소설사적 계보를 정리하고, 대표적인 작품을 분석
하였다는 점에서, 최명숙의 논문은 노년소설을 다룬 최초의 박사학위 논
문으로, 개념에서부터 유형적 특성, 갈등구조, 현실대응양상, 문학사적 의
의에 이르기까지 노년소설을 총체적으로 다루었다는 점에서, 황국명의 평
론과 전홍남의 논문은 각각 한승원, 박완서, 최일남의 최근 작품을, 그리
고 박완서와 이태준의 작품을 노년소설의 관점에서 구체적으로 분석하고
노년소설로서의 특성을 규명하였다는 점에서 그 의의가 있다고 하겠다.
이들에 의해 노년소설이 한국소설의 새로운 소설 유형으로 그리고 본격적
인 학문적 관심 영역으로 자리잡기 시작하였다.

　노년소설의 개념과 특성, 서사구조, 유형에 대해서는 큰 틀에서는 대체
로 공통의 내용을 보이고 있다. 그러나 최명숙과 서정자의 경우를 제외하
면, 아직까지 알려진 몇몇 작가들과 그들의 작품에 한정되어 있고, 소설
유형으로서의 명칭과 범주에 대해서는 아직까지 통일된 견해를 보이고 있
지 않다.

　소설유형론은 프란츠 슈탄젤이 말한 바 '유형론적 분류는 한 편의 소설
의 의미구조를 X선 촬영하는 것과 같다. 이런 대강의 윤곽은 독자와 연구
자에게 작품 개성의 골격의 흔적과 작품의 정신적 외양을 안내해 준다. 이

런 방법으로 소설유형론은 작품해석에 도움을 준다.' 고 그 의의를 밝혀 놓은 것처럼,39) 소설 유형의 명칭도 작품의 본질적 성격과 구조를 드러내는 것이기 때문에 적절한 명칭을 사용하는 것이 좋다.40)

노년소설의 명칭도 이런 관점에서 정리할 필요가 있다. 즉, 노년소설, 노년의 문학, 노대가의 문학, 노인문학, 노년학적 소설, 노인성 문학, 노년기 소설 등으로 다양하게 사용되고 있는 것을 노년소설로 통일하는 것이 좋겠다. 노대가의 문학은 작가생활을 오래한 원로급의 문학을 말하는 것이기에 제외하더라도, 노년학적 소설이란 노년학과 연계된 듯한 의미를 가지고 있다는 점에서, 노인문학은 노인이라는 어휘가 주는 다소 부정적 의미와 등장인물만을 중심으로 다룬 듯하고, 그리고 노인성 문학은 노인성만을 중시하는 문학을 의미하는 듯하며, '문학'을 '소설'로 바꾸면 노인성 소설이 되어 소설 유형으로 사용하기에는 무리가 있다. 또한 노년의 문학과 노년기 소설은 창작 주체인 작가의 나이만을 고려하는 듯 하기에 소설 유형의 명칭으로는 곤란하기 때문이다. 그러므로 노년 소설이 작품의 본질적 성격과 구조를 드러내는 명칭으로 비교적 무난하다고 여겨진다.

노년소설의 범주에 대해서는, 노년의 작가가 생산한 작품만을 노년소설로 보아야 하느냐, 아니면 노년소설의 성격이 잘 드러나면 작가의 연령이 문제가 되지 않는다는 내용적 측면을 중시하는, 두 가지로 크게 나눌 수 있다. 후자의 경우를 따른다면 노년소설의 범주가 너무 넓고 또다른 소재주의에 빠질 수 있고, 그리고 노년 작가의 역동성과 다양성을 인정해야

---

39) 조남현, 『소설신론』, 서울대학교 출판부, 2004.4, 154~155쪽 재인용.

40) 슈탄젤의 유형론은 물론 작품의 다양한 양상을 조감할 수 있는 비역사적인 질서나 원리로 이해된다. 그렇게 본다면 노년소설은 이러한 소설 유형의 설명으로 타당하지 않을 수 있다. 즉 노년소설은 시대적으로 1970년대 산업화시대 이후의 현대사회에서 본격적으로 생겨난 새로운 소설 유형으로, 일종의 제재를 기준으로 한 소설 유형이다. 그러므로 제재를 기준으로 한 소설 유형론은 초시공적 성격을 띠기 어렵다. 왜냐하면 제재는 시대에 따라, 지역에 따라 다소 달라질 수 있는 것이기 때문이다. (조남현, 위의 책, 162쪽) 그러나 여기서 명칭의 문제는 그와 같은 차원의 것이 아니고 명칭의 내포와 외연의 의미가 이와 같은 유형의 소설적 특징을 잘 드러낼 수 있느냐 하는 것이다.

노년소설의 성격이 잘 드러나기 때문에 작가의 연령선도 중요시되어야 한다. 그러므로 작가층을 노년의 작가로 한정하는 것이 좋겠다. 여기서 노년의 연령선은 김윤식의 지적처럼 물론 시대에 따라 달라질 수 있다는 점이 고려되어야 한다.

노년소설을 간단하게 정의하면 다음과 같다. 노년소설은 시대적으로는 1970년대 산업화시대 이후의 현대사회에서 본격적으로 생겨난 새로운 소설 유형으로, 노년의 작가가 생산한 소설이다. 그리고 소설의 내용적 측면에서 이야기의 중심 영역이 주로 노년의 삶을 다루고 있고, 서술의 측면에서 노인을 서술자아나 초점화자로 설정하여 서사화된 소설을 말한다. 그 유형으로는 현대사회에서 산업화, 도시화, 인구의 노령화에 따른 가족해체와 이에 따른 세태의 비정함을 통해 노인의 소외된 삶을 다루는 부정적 측면의 소위 '노인문제' 소설과, 노년의 원숙성과 지혜를 보여주거나 존재의 탐구와 죽음에 대한 철학적 성찰을 다루는 긍정적 측면의 소설 두 가지로 나눌 수 있다. 이것은 절망과 전복의 하강구조와, 통합과 완성의 상승구조라는 서사구조와 짝을 이루고 있다.[41] 그러나 실제 작품을 분석하면 양자의 경계선상에 있는 작품들도 상당히 있다는 점을 항상 염두에 두어야 한다.

---

[41] 노년소설이 대체로 세태소설에 속하는 것이기에 작중 사건이 상승과 하강의 모습을 구체적으로 보여주지는 않는다. 그러나 사건의 전개과정에서나 결말에 이르러 작품이 부정적인 혹은 긍정적인 의미를 띠느냐에 따라 이렇게 두 가지 서사구조로 나누어 볼 수 있을 것이다.

참고문헌

권영민, 『한국현대문학사 2』(1945~2000), 민음사, 2002.8.

김윤식 · 김미현 엮음, 『소설, 노년을 말하다』, 황금가지, 2004.12.

김윤식 · 정호웅, 『개정증보판 한국소설사』, 문학동네, 2000.9.

류종렬, 『이주홍과 근대문학』, 부산외국어대학교 출판부, 2004.2.

문학을 생각하는 모임, 『한국문학에 나타난 노인의식』, 백남문화사, 1996.10.

문학을 생각하는 모임, 『한국노년문학연구 Ⅱ』, 국학자료원, 1998.4.

문학을 생각하는 모임, 『한국노년문학연구 Ⅲ』, 푸른사상, 2002.2.

문학을 생각하는 모임, 『한국노년문학연구 Ⅳ』, 이회, 2004.3.

보건복지부 통계청(2001.12) 「장래인구추계」

서병숙, 『노인연구』, 교문사, 1994.

『오늘의 문예비평』, 2008년 가을호, 통권 70호, 산지니, 2008.8.

윤　진, 『성인 노인심리학』, 중앙적성출판사』, 1993.

임춘식, 『현대사회와 노인문제』, 유풍출판사, 1991.

이재선, 『현대한국소설사』(1945-1990), 민음사, 1991.3.

조남현, 『소설신론』, 서울대학교 출판부, 2004.4.

김경수, 「쓸쓸한 그리고 인간적인 ─ 노년소설의 가능성에 대하여」, 『넥스트』34
　　　호, 2006.8.

김미현, 「웬 아임 올드 (When I'm old)」, 『소설, 노년을 말하다』, 황금가지,
　　　2004.12.

김병익, 「노년 소설 침묵 끝의 소설 ─ 노년과 중년기 작가의 변모와 기대」, 『한
　　　국문학』, 한국문학사, 1974.4.

김승옥, 「빛바랜 삶들」, 『문학사상』, 문학사상사, 1983년 6월호.

김윤식, 「노인성의 문학적 처리 방식 ─ 박완서 · 윤정선」, 『90년대 한국 소설의
　　　표정』, 서울대학교 출판부, 1994.4.

김윤식, 「2001년도 중 · 단편 읽기 ─ 황순원문학상 후보작의 경우」, 『2001(제1
　　　회) 황순원문학상 수상작품집』, 중앙일보 · 문예중앙, 2001.9.

김윤식, 「한국 문학 속의 노인성 문학」, 『소설, 노년을 말하다』, 황금가지, 2004. 12.

류종렬,「위식된 삶의 풍자 – 이주홍의 소설세계」,『부산문화』제13호, 1987.3.

류종렬,「이주홍과 부산지역문학」,『현대소설연구』제19호, 한국현대소설학회, 2003.9.

변정화,「시간, 체험, 그리고 노년의 삶 – 이선의 <이사>와 <뿌리 내리기>를 대상으로」,『한국문학에 나타난 노인의식』, 백남문화사, 1996.10.

변정화,「현대 한국 '노년소설'에 대한 시론적 접근 – 이선의 <뿌리 내리기>를 중심으로 –」,『현대소설연구』제4호, 한국현대소설학회, 1996.9.

변정화,「죽은 노인의 사회, 그 징후들」,『한국노년문학연구 Ⅱ』, 국학자료원, 1998.4.

서순희,「소설 속에 나타난 노인 화법 – 박완서의 소설을 중심으로」,『한국노년문학연구 Ⅲ』, 푸른사상, 2002.2.

서정자,「하강과 상승 그 복합성의 시학」,『한국문학에 나타난 노인의식』, 백남문화사, 1996.10.

서정자,「존재 탐구의 글쓰기, 그리움의 시학 – 김의정의 노년에 쓴 성장소설고」,『한국노년문학연구 Ⅱ』, 국학자료원, 1998.4.

서정자,「노년, 성, 그리고 창조성」,『한국 여성소설과 비평』, 푸른사상, 2001.1.

서정자,「소설에 나타난 노년 남녀의 대비적 연대기」,『한국노년문학연구 Ⅲ』, 푸른사상, 2002.2.

유남옥,「풍자와 연민의 이중성 – 박완서 소설에 나타난 노인」,『한국문학에 나타난 노인의식』, 백남문화사, 1996.10.

유남옥,「최정희 노년기소설 연구」,『한국노년문학연구 Ⅱ』, 국학자료원, 1998.4.

전흥남,「박완서 노년소설의 담론 특성과 문학적 합의 – 저문 날의 삽화를 중심으로」,『국어문학』제42집, 국어문학회, 2007.2.

전흥남,「노년소설의 초기적 양상과 그 가능성 모색 – 이태준의 노년소설을 중심으로」,『현대문학이론연구』제34집, 현대문학이론학회, 2008.8.

조회경,「노인의 삶을 통해 본 시간의 변주 – 김동리 소설을 중심으로」,『한국노년문학연구 Ⅱ』, 국학자료원, 1998.4.

조회경,「「사소한 그러나 잊을 수 없는 일」의 복원을 위하여 – 박완서론」,『한국노년문학연구 Ⅲ』, 푸른사상, 2002.2.

천이두,「원숙과 패기」,『문학과 지성』, 24호, 1976년 여름호, 제7권 제2호,

1976.5.

최명숙, 「한국 현대 노년소설 연구」, 경원대학교 대학원 박사학위논문, 2006.2.

황국명, 「한국소설의 말년에 대한 사유」, 『오늘의 문예비평』, 2008년 가을호, 통권 70호, 산지니, 2008.8.

현대시에 나타난 현해탄 체험의
형상화 양상과 의미

박 경 수

I. 서론

근대 계몽기 이후에 바다를 제재로 한 시작품들이 그 이전에 비해 크게 늘어났다. 고전문학에서도 바다를 제재로 한 작품들을 여러 장르에 걸쳐 찾을 수는 있으나, 대부분 설화나 각종 「표해록(漂海錄)」류의 실기 문학에 집중되어 있고, 시가로 창작된 작품들은 매우 제한되어 있는 편이다.[1] 윤선도의 「어부사시사」, 박인로의 「선상탄」, 김진형의 「북천가」, 김인겸의

---

[1] 조규익, 「고전문학과 바다」, 『지평의 문학』 통권 2호, 1994.3, 20~40쪽 참조. 조규익은 고전문학에서 바다 제재의 작품이 폭넓고도 다양하게 나타났다고 하면서도, 시가문학에서는 대체로 부진했다고 파악했다.

　조규익과 달리 오세영은 고전문학에서 바다에 관한 관심이 후기로 갈수록 부진했다고 보았다. 그것은 예와 중용, 그리고 금욕적 성윤리를 중시하는 유교가 반규율적이며 모험과 도전이 충일된 세계의 바다와 조화되지 못하고, 성과 관련된 여성을 상징하는 바다에 자연 소홀했기 때문이라고 그 원인을 파악한 바 있다. 오세영, 「한국문학과 바다」, 『20세기 한국시의 표정』, 새미, 2001.12, 321쪽. 그런데 오세영이 검토한 바다 제재의 작품들이 매우 제한되어 있으면서, 바다를 성 상징으로 보는 관점과 유교의 금욕주의를 대비한 것은 상호 배타적 관점에 의한 합리화의 측면이 강하기 때문에 일반화할 수 있는 견해로 받아들이기 어렵다.

「일동장유가」 등이 비교적 잘 알려진 바다 제재의 시조나 가사 작품들이다. 그런데 이들 고전시가 작품들은 바다 자체에 대한 형상화를 추구했다기보다 작자의 심회를 일시적으로 나타내기 위한 소재로, 바다를 관조적으로 바라본 경우가 대부분이다.

근대 계몽기 이후 바다는 다양한 감각과 정서, 그리고 세계인식의 토대 위에서 형상화되었다. 고전시가와 달리 바다에 대한 직접적이고 구체적인 경험을 바탕으로 시적 형상화의 폭을 넓히면서 이른바 '바다시'의 한 계보를 형성할 정도가 되었다고 말할 수 있다. 최남선을 필두로 정지용, 신석정, 김기림, 임화, 서정주 등의 바다 제재 시작품들로 이어진 흐름이 그것이다.[2] 여기에 현해탄(玄海灘)은 바다에 대한 다양한 체험적 인식을 바탕으로 한 형상화의 중요한 대상 공간이 되었다는 것이 이 글의 전제이다.

현해탄은 1905년 9월 부산과 시모노세키(下關)를 연결하는 관부연락선이 처음 취항한 이후 1945년 광복을 맞이할 때까지, 근 40년 동안 식민지 조선과 일본, 나아가서 세계와 연결되는 중심적인 통로로 숱한 사연을 가진 사람들이 오고 갔던 뱃길이었다. 특히 식민지 조선의 많은 청년 지식인들은 새로운 세계나 근대 체험을 위한 도정으로 현해탄을 건너게 되었고, 이런 과정에서 현해탄 체험은 청년 문학인들에게 각별한 생각과 느낌을 갖게 했던 것으로 보인다.

그런데 현해탄(玄海灘)이란 용어는 안타깝게도 불행한 역사 속에서 생겨난 명칭이다. 본래 현해탄은 일본 큐슈(九州)의 북서부에 펼쳐진 해역으로, 쿠로시오해류(黑潮)가 지나면서 바다색이 검으면서도 수심이 비교적 얕다 하여, 일본인들이 겐카이나다(玄界灘) 또는 겐카이(玄海)라고 부르는

---

2) 오세영, 「한국문학과 바다」, 위의 책, 327~333쪽에서 최남선, 신석정, 김기림, 서정주의 일부 시작품을 중심으로 미학적 관점에서 바다시의 흐름을 짚어보았으며, 양왕용은 「한국 현대 해양시와 현해탄·대양·연근해 체험」, 『한국시문학』 제15집, 한국시문학회, 2004.12, 48~76쪽에서 최남선, 정지용, 임화로 이어진 일제 강점기의 '해양시'와 박인환, 김성식, 김보한, 이충호, 진경옥, 송유미 등 광복 이후 현대 시인들의 시작품들에서 해양시의 새로운 양상을 검토한 바 있다.

곳이다. 현해탄이란 우리가 이 명칭을 한자로 바꾸어 부르면서 일반화된 용어3)로, 우리가 주체적으로 명명한 명칭이 아니다. 더구나 현해탄이라 불리는 해역은 엄밀히 말하면 일본 시모노세키(下關)와 대마도를 연결하는 스시마해협의 동남쪽에 위치한 일정 해역에 한정되며, 지리학상 부산과 대마도 사이를 지칭하는 대한해협과는 구별되는 해역에 위치한다. 그럼에도 우리는 현해탄이란 용어를 분별력을 가지고 사용하지 못함으로써 부산과 시모노세키, 즉 한국과 일본 사이에 당시 관부연락선이 오고 갔던 해역 전체를 지칭하는 용어로 인식하게 되었다.

현해탄이란 명칭과 그 지리학적 위치에 관한 정확한 인식도 중요하지만, 이보다 더 중요한 관심사는 역사적 이해와 연관되어 있다고 본다. 그것은 현해탄이 일제 강점기를 포함한 40년의 역사에서 숱한 희비가 교차되었던 역사의 현장이기도 했기 때문이다. 즉, 현해탄은 근대의 문물이 수용되었던 공간이기도 했지만, 일제의 조선 경제 침탈로부터 동북아로의 군국주의 확장을 위한 전진 통로로 기능했다. 이뿐만이 아니다. 현해탄은 식민지 조선의 숱한 젊은이들이 근대적 지식과 학문을 동경하여 유학을 떠나고 또 돌아왔던 뱃길이었으며, 조선의 수많은 노동이민자들이 일본에서 새로운 삶을 개척하기 위해 떠났던, 즉 민족 이산(離散, Diaspora)의 비극적 행로가 되기도 했다. 그리고 이 뱃길에서 더러는 민족 해방의 의지로 반제국주의를 위한 결의를 다지거나 실천적 투쟁을 도모하기도 했을 것이며, 더러는 제국주의의 거대한 벽과 민족차별의 현실에 부딪쳐 좌절하거나 또는 분노하기도 했을 것이다. 이처럼 현해탄은 근대와 전근대, 민족과 친일, 침략과 투쟁, 제국주의와 반제국주의, 이상과 현실 등 여러 이항 대립적 가치들이 분기되거나 상호 교차하는 지점에 놓여 있는 역사적 공간이었던 셈이다. 이 글에서 현해탄에 관해 갖는 문학적 관심은 바로 이러한

---

3)『학원세계대백과사전(2)』, 학원출판공사, 1994. 5, 138~139쪽에 있는 「겐카이나다」 항목 참조.

역사적 공간에 대한 이해로부터 출발되는 것임은 물론이다.

현해탄을 문학적 제재나 배경으로 삼은 작품들은 시, 소설, 희곡, 시나리오(또는 영화) 등 다양한 문학예술 장르에 걸쳐 있다.[4] 이들 다양한 문학예술 작품들을 전체적으로 고찰하는 일이 필요하겠지만, 이 글은 일제강점기에 발표된 시작품들에 한정하여 현해탄 체험의 시적 형상화 양상과 그 의미를 파악하는 데 목적을 둔다. 여기서 역사적 공간에 대한 체험적 인식이 주체에 따라 다양할 수 있듯이, 문학작품에서 현해탄 체험의 문학적 수용 역시 다양한 세계인식을 투영하는 언어의 코드(code)로 문맥을 형성한다는 점을 전제로 한다. 물론 현해탄은 역사적 공간으로서의 세계인식의 대상 공간이기 이전에 '물'에 대한 원형적 이미지로서 다양한 형상적 인식[5]을 보여주는 것으로 파악할 수도 있다. 그러나 이 글은 이런 관점을 근본적으로 부인하고자 하는 것이 아니라, 현해탄 체험을 바탕으로 한 시작품의 맥락을 기본적으로 세계인식의 투영이란 관점에서 접근하되, 그것이 시인에 따라 또는 시의 유형적 성격에 따라 어떻게 변주되어 나타나는지 그 양상과 의미를 구체적으로 파악하고자 한다. 이를 위해, 그동안 많이 논의된 바 있지만, 정지용과 임화의 바다시 중에서 현해탄 관련 시작품들을 연구목적에 따라 다시 꼼꼼하게 읽어보고자 한다. 그리고 지금까지 제대로 논의되지 못했던 '도일(渡日)' 노동이민자들의 현실을 반영한 김

---

4) 『문학도시』 통권 64호, 부산문인협회, 2006.5에서 '한국 현대문학과 지리지─현해탄'이란 기획주제를 설정하고, 시, 소설, 희곡, 영화 분야에서 현해탄을 제재로 한 작품들을 검토한 바 있다.
　시 장르 외에 이병주의 소설 「관부연락선」(1995), 김우진의 희곡 「난파」(1926), 한운사의 시나리오 「현해탄은 알고 있다」(1960, 김기영 감독에 의해 1961년 영화화됨), 박기채 감독의 영화 「조선해협」(1943) 등이 현해탄을 제재로 한 주요 문학예술 작품들로 파악된다. 국내에서 발표된 작품 외에도 '재일(在日)'이라는 특수한 상황에서 발표한 문학작품들도 상당수 찾을 수 있다. 광복 이후에 일본어로 발표된 김달수의 소설 『현해탄』(1954)과 허남기의 국문 시집인 「조선해협」(1959)이 특별히 관심을 끄는 작품들이다.
5) 아지자·올리비에리·스크트릭 공저(장영수 옮김), 『문학의 상징·주제 사전』, 청하, 1989.7, 147∼158쪽에서 물은 시간, 재생, 죽음 등을 상징하는 다양한 이미지로 형상화된다는 점을 밝히고 있다.

석송, 정노풍, 심훈 등 이른바 유민시[6] 작품들과 당시 재일 한국인에 의해 일본문단에서 발표된 시작품들 중에서 현해탄 체험을 반영한 김병호, 백철, 김용제의 일어시 작품들을 주목해서 검토하고자 한다. 특히 이들 시작품들을 통해 현해탄이 민족 이산의 비극적 행로를 형상화한 중심적 대상 공간이었다는 점을 강조해서 새롭게 부각시키고자 한다.

Ⅱ. 현해탄 체험의 시적 형상화 양상과 의미

1. 지식인의 주체 성찰과 세계인식의 두 양상

1) 주체 긍정의 내면풍경과 낙관적 세계인식: 정지용의 시

정지용(鄭芝溶: 1902~1950)에게 현해탄의 체험은 여느 시인들과 달랐다. 그가 유달리 바다시편을 많이 남겼다는 사실만으로도 바다 체험이 그에게 각별했음을 알 수 있다. 내륙지방의 충북 옥천 태생인 그가 휘문고보를 졸업하고 일본 동지사대학으로의 유학길에 오른 이후 여러 차례 넘나들어야 했던 현해탄은 그에게 특별한 느낌과 생각을 갖게 했을 것이며, 그에 따라 상당수의 바다시편을 창작했을 것으로 짐작하는 일은 어렵지 않다.

정지용은 일본 유학기간인 1923년 5월부터 1929년 6월까지 10편의 바다시를 썼고, 유학 이후에도 9편의 바다시를 남겼다.[7] 이들 19편의 바다

---

6) 윤영천, 『한국의 유민시』, 실천문학사, 1987, 12쪽. 이 책의 158~172쪽에서 일본 유이민의 현실을 시적 소재로 끌어들인 시 작품들을 한 항목으로 잡아 별도로 논의했다.

7) 정지용이 유학기간에 쓴 바다시로 「갑판 우」, 『문예시대』 2호, 1927.1; 「바다 1」·「바다 2」·「바다 3」·「바다 4」, 『조선지광』 64호, 1927.2; 「바다 5」, 『조선지광』 65호, 1927.3; 「선취」, 『학조』 2호, 1927.7; 「풍랑몽」, 『조선지광』 69호, 1927.7; 「갈매기」, 『조선지광』 80호, 1928.9; 이외 일어로 발표된 「해(海) 2」, 『근대풍경(近代風景)』 제2권 2호, 1927.2가 있으며, 유학 이후 쓴 바다시로 「바다 1」, 『시문학』 2호, 1930.5; 「바다 1·2」, 『신소설』 5호, 1930.9; 「바람은 부옵는데」, 『시문학』 3호, 1931.10(『정지용시집』에는 「풍랑몽 2」로 수록됨); 「해협의 오전 두시」, 『가톨닉청년』 1호, 1933.6(『정지용시집』에는 「해협」으로 수록됨); 「갈닐레아 바다」, 『가톨닉청년』 4호, 1933.9; 「다시 해협」, 『조선문단』 24호, 1935.7; 「바다 2」, 『시원』 5호, 1935.12; 「선취」, 시집 『백록담』, 1941.9 등이 있다.

시 작품들이 모두 현해탄의 체험과 관련된 것이라 보기는 어렵지만, 현해
탄의 체험을 직접적으로 알 수 있는 표지를 남기고 있거나 작품의 문맥에
서 그런 점을 충분히 짐작할 수 있는 작품을 여럿 찾을 수 있다. 그런 작품
이 「갑판(甲板) 우」, 「선취(船醉)」란 제목의 두 작품, 「해협(海峽)의 오전
두시(午前 二時)」, 「다시 해협(海峽)」 등이다. 먼저 유학시절에 씌어진 다
음 작품을 보자.

> ① 나지익한 하늘은 白金빛으로 빛나고
> 물결은 유리판처럼 부서지며 끓어오른다.
> 동글동글 굴러오는 짠 바람에 뺨마다 고흔 피가 고이고
> 배는 華麗한 짐승처럼 짓으며 달려나간다.
> 문득 앞을 가리는 검은 海賊같은 외딴섬이
> 흩어저 날으는 갈매기떼 날개 뒤로 문짓 문짓 물러나가고,
> 어디로 돌아다보든지 하이얀 큰 팔구비에 안기여
> 地球덩이가 동그랐타는 것이 길겁구나.
> 넥타이는 시언스럽게 날리고 서로 기대슨 어깨에 六月볕이 시며들고
> 한없이 나가는 눈ㅅ길은 水平線 저쪽까지 旗폭처럼 퍼덕인다.
> ―「갑판(甲板) 우」[8]

> ② 배 난간에 기대 서서 회파람을 날리나니
> 새까만 등솔기에 八月달 해ㅅ살이 따가워라.
>
> 金단초 다섯 개 달은 자랑스러움, 내처 시달품.
> 아리랑 쪼라도 찾어 볼가, 그전날 불으던,
>
> 아리랑 쪼 그도 저도 다 닞었읍네, 인제는 버얼서,
> 금단초 다섯 개를 삐우고 가쟈, 파아란 바다 우에.

---

8) 『문예시대』 2호, 1927.1. 인용 시는 최종본인 『정지용시집』, 시문학사, 1935.10, 42쪽에
　수록된 작품임.

담배도 못 피우는, 숫닭같은 머언 사랑을
홀로 피우며 가노니, 늬긋 늬긋 흔들 흔들리면서.

─「선취(船醉)」 전문⁹⁾

위에서 시 ①은 발표 당시 작품 끝에 "1926.6 현해탄(玄海灘) 우에서"
라고 밝히고 있다. 부산에서 연락선을 타고 현해탄을 건너면서 느끼는 소
회를 밝고 긍정적인 감각으로 노래하고 있다. 백금빛으로 감각화 된 하늘,
유리판처럼 부서지는 물결, 피부를 자극하는 "동글동글 굴러오는 짠 바람
"의 묘사가 모두 갑판 위에 서 있는 화자의 명랑한 마음을 표상한다. 여기
에 배는 "화려한 짐승"처럼 달려 나간다고 해서, 관능적인 감각도 덧붙인
다. 화자를 둘러싼 주위의 모든 세계도 화자와 정서적 동일화를 보여준다.
"해적같은" 외딴섬이 비켜가고, 갈매기들도 날개짓을 하다 물러가는 정황
의 묘사가 화자의 즐겁고 들뜬 마음이 투사되어 있다. 그리고 시원스럽게
바람에 날리는 넥타이, 유월의 따듯한 햇빛을 받는 어깨의 묘사도 화자의
밝고 명랑한 마음을 환유하는 이미지들이다.

②의 시 「선취」도 제목처럼 배를 타고 가는 흥겨운 마음을 노래하고 있
다는 점에서 ①과 같은 맥락을 보이는 작품이다. "배 난간에 기대 서서 회
파람을 날리"고, "새까만 등솔기에 八月달 해ㅅ살"을 따갑게 받고 있는
화자의 모습은 ①에서 바람에 시원스럽게 넥타이를 날리며 유월의 따듯
한 햇빛을 받고 있는 화자의 모습과 다르지 않다. 그리고 "금단추 다섯 개
달은 자랑스러움"을 느낀다. 현해탄의 뱃길에서 일본 동지사대학 영문과
에 유학하고 있는 정지용 자신에 대해 강한 자긍심을 나타내고 있는 대목
이다. 그러다 내처 아리랑조의 노래를 찾아본다고 했다. 아리랑조의 노래
가 무의식에 잠복된 자기 정체성과 연결되어 있는 것으로 본다면, 유학길
에 오른 화자의 들뜬 감정과 자긍심을 타고 자기 정체성에 대한 감정이 무

---

9) 『학조』 2호, 1927.7. 인용 시는 『정지용시집』, 58쪽에 수록된 작품임.

의식 속에서 자연스럽게 분출된 셈이다. 그렇지만 이내 "아리랑 쪼 그도 저도 다 닞었읍네, 인제는 버얼서"라고 변덕스럽게 너스레를 친다. 고향을 멀리 떠나온 화자의 들뜬 감정과 기대가 지나친 나머지 일본에 먼저 닿아 있기 때문이다. 그러니 "숯닭같은 머언 사랑"이나 꿈꾸고 있는 화자의 동요된 마음이 "늬긋 늬긋 흔들 흔들리"는 선취의 감정에 빠지게 된다. 여기서 화자의 자기 정체성에 대한 자각은 분명 둔화되어 보인다.

　다음 시는 일본 유학 이후에 쓴 현해탄 체험의 시이다. 처음 발표 때는 「해협(海峽)의 오전 두시(午前 二時)」였는데, 『정지용시집』(1935.10)에서는 「해협(海峽)」으로 제목을 바꾸어 실었다. 한밤에 현해탄을 건너오는 화자의 시선이 여전히 낙관적인 세계인식에 기초하고 있다.

砲彈으로 뚫은듯 동그란 船窓으로
눈썹까지 부풀어 오른 水平이 엿보고,

하늘이 함폭 나려 앉어
큰악한 암닭처럼 품고 있다.

透明한 魚族이 行列하는 位置에
훗하게 차지한 나의 자리여!

망토 깃에 솟은 귀는 소라ㅅ속 같이
소란한 無人島의 角笛을 불고

海峽午前二時의 고독은 오롯한 圓光을 쓰다.
설어울리 없는 눈물을 少女처럼 짓쟈.

나의 靑春은 나의 祖國!
다음날 港口의 개인 날세여!

航海는 정히 戀愛처럼 沸騰하고
이제 어드메쯤 한밤의 太陽이 피여오른다.

—「해협(海峽)」 전문10)

이 시는 처음부터 "동그란 船窓으로" "水平이 엿보고"라고 해서, 선창 밖에서 선실의 내부를 들여다보는 시선에 의해 자아를 투시하고 있다는 점에서 특별하다. 그러니까 이 시는 자아가 바라보는 외부세계의 모습을 묘사하는 데 중점을 둔 작품이 아니다. 마치 거울에 자아를 비추어봄으로써 자아의 정체성을 인식하듯이, 이 시는 외부세계의 시선으로 자아의 내면풍경을 그려내 보이고자 한다. 그런데 자아를 바라보는 외부세계의 시선이 따로 있는 듯하지만, 자아의 내면에서 상상된 풍경과 외부세계가 분리되어 있지 않다는 점을 유의할 필요가 있다. 자아와 세계가 정서적으로 연결되어 있는 것이 서정시의 본질이듯이, 이 시에서도 자아는 세계와 동일화된 상태, 오히려 거대한 외부세계에 자아가 감싸여 있는 모습을 보여준다.

그래서 "오전 두시"인 한밤의 시간에 자아가 위치하고 있음에도 어떤 두려움이나 공포감을 느끼지 않는다. "하늘이 함폭 나려 앉어/큰악한 암닭처럼 품고 있"는 바다가 자아를 아늑하게 감싸고 있기 때문에 오히려 정서적 포근함과 안정감을 자아에게 부여한다. 그래서 이 시의 자아는 '훗하게', 즉 마음이 홀가분하게 앉아 있다. 이 시를 두고 선창 안에 갇힌 고독감을 표출하고 있다고 하거나,11) "절망적인 chaos의 자기 인식"12)을 보여주는 것으로 해석하기도 했지만, 이런 해석은 시의 화자가 위치한 선실의 정황을 지나치게 폐쇄적인 것으로 확대 해석한 데서 기인한 것으로 보인다.

---

10) 『정지용시집』, 22~23쪽.
11) 문덕수, 『한국 현대 모더니즘시 연구』, 시문학사, 1981, 80쪽.
12) 이사라, 「정지용 시의 기호론적 연구」, 오세영 외, 『구조와 분석 I 』, 도서출판 창, 1993, 259쪽.

이 시의 자아는 한밤의 깨어있는 정신을 통해 "무인도의 각적(角笛)" 소리가 들리는 듯이 민감한 감각을 발산한다. 그리고 "해협의 오전 두 시"라고 했지만, "한밤의 태양"으로 비유된 밝은 달이 "오롯한 원광(圓光)"으로 자아를 감싸고 있다. 이런 분위기에 자아는 "설어울리 없는 눈물을 少女처럼 짓쟈"고 했다. 실제로는 서럽지도 않지만 달무리가 환하게 감싸는 낭만적인 정경에 소녀처럼 서러운 분위기에 젖어본다는 것이다.

그런데 이 시에서 눈여겨 볼 대목이 "나의 靑春은 나의 祖國!"이라는 언술이다. 이 언술은 소녀같이 낭만적 분위기에 휩싸인 화자의 감정이 고조되면서 급작스럽지만 진지한 자기 인식의 전환을 보여주는 것으로 파악할 수 있다. 나의 청춘이 곧 조국이라는 동일성의 인식은 젊은 시절 꿈을 품고 현해탄을 건너간 시인의 내면에 잠복되어 있던 자기 정체성의 인식이 겉으로 표출된 것으로 볼 수 있기 때문이다. 그런데 청춘과 조국의 동일성 인식이 다음 행에서 "다음날 港口의 개인 날씨여!"라고 하며, 엉뚱하게 날씨에 관한 진술로 변화되어 있다. 그렇지만, '청춘=조국=다음날의 개인 날씨'의 언어 연쇄가 미래지향적이고 희망적인 기대를 담고 있다는 공통점을 찾을 수 있다. 정지용이 청년시절 희망을 품고 현해탄을 건너며 가졌던 낙관적 세계인식이 조국의 미래에 대한 희망적인 기대와 연결되어 있음을 보게 된다. 이 시의 화자는 그래서 현해탄을 항해하면서 연애처럼 들뜬 감정으로 충만하고, "한밤의 太陽이 피여오르는" 상승적 에너지의 세계를 경험하게 되는 것이다.

이상의 시에서 보았듯이, 정지용의 시에서 현해탄은 청년시절 유학의 길에 오른 지식인의 뿌듯한 자긍심과 연결되면서 낙관적 세계인식과 주체 긍정의 내면의식을 표출하는 공간으로 형상화되어 있다는 점에서 특징을 찾을 수 있다.

2) 주체의 자기성찰과 비판적 세계인식: 임화의 시

임화(林和: 1908~1953)에게 현해탄은 특별한 의미를 지닌다. 1938년에 낸 첫 시집 이름을 『현해탄』으로 붙였을 정도이니, 현해탄과 관련된 시인의 의식을 남달리 나타내고자 했음을 쉽게 알 수 있다. 이 시집에는 1934년부터 1937년 사이에 창작된 시작품들이 실려 있는데, 현해탄 체험의 시편들이 집중적으로 들어 있다.

그런데 임화는 정지용처럼 현해탄을 오고갔던 경험이 그렇게 많지 않았다. 1929년 7월에 그는 김기진과 박영희의 도움으로 연극과 영화를 배우기 위해 도일했다가, 1년여 동안 카프(KAPF) 동경지부에 속한 이북만, 김두용, 김남천, 안막 등과 어울려 지내다가 1931년 초에 귀국했다.[13) 도일 후 귀국하기까지 임화가 현해탄을 얼마나 자주 넘나들었는지 알 수는 없다. 그리고 1931년 귀국 이후에 그가 다시 도일했다는 기록을 찾아보기 어렵다. 이처럼 임화는 현해탄을 자주 넘나들지는 않았지만, 시 「눈물의 해협(海峽)」에서 나오는 표현처럼, 현해탄은 임화에게 "바다의 이상한 운명"으로 심중과 뇌리에 깊이 새겨져 있었음을 시집을 통해 분명히 파악할 수 있다. 먼저 시집 『현해탄』의 「후서(後書)」를 보자.

> 현해탄이란 제(題) 아래 근대 조선의 역사적 생활과 인연 깊은 그 바다를 중심으로 한 생각, 느낌 등을 약 이삼십 편 되는 작품으로 써서 한 책을 만들어볼가 하였다.
> 이 가운데 맨 뒤에 실린 바다가 많이 나오는 일련의 작품이 그것이다.

---

13) 김용직, 「간추린 임화의 생애」, 『임화문학연구』, 새미, 1999, 282~284쪽. 임화의 정확한 도일 시기가 1929년 7월임은 그의 수필 「현해탄(玄海灘)의 백일몽(白日夢) (9)」, 『조선일보』, 1934.7.13에 "일천구백이십구년, 내가 아즉 나이 스물두 살 때 지금으로부터 여섯 해 전 七月 어느 몹시 더운 날 아침에 나는 이천돈짜리 관부연락선 우에 삼등손님이 되엇든 일이 잇다"고 한 것에서 알 수 있다. 그리고 그는 김기진과 박영희가 마련해준 비용으로 도일하게 되었음을 김팔봉, 「카프문학시대」, 강진호 편, 『한국문단이면사』, 깊은샘, 1999, 107쪽에서 확인할 수 있다.

임화는 현해탄이 "근대 조선의 역사적 생활과 인연 깊은 그 바다"라고 했다. 현해탄을 일본 유학을 위한 뱃길로서 단순히 인식하고 있는 것이 아니라 근대 식민지 "조선의 역사적 생활" 즉 역사현실의 차원에서 갖는 문제의식을 진지하게 생각하고 또한 느꼈던 바를 시작품으로 남겼다는 것이다.

그런데 김윤식은 일찍이 임화의 시집 『현해탄』을 대상으로 현해탄 제재의 시작품들을 논의하는 자리에서, "당시 한국 지식인의 서구편향과 그것이 일본을 통한 왜곡을 포함하면서 이 양자의 한계와 독소적 요소를 판별한 능력을 스스로 잃고 있었음을 증거하는 것"[14]으로 '현해탄 complex'라는 용어를 사용하면서 임화의 현해탄 시편들을 매우 비판적으로 읽은 바 있다. 말하자면 김윤식은 임화가 식민지 지식인이 당면했던 조선의 근대화 내지 진보적 개혁의 표준을 서구로부터 일본에 유입된 지식, 즉 사회주의 사상에 두고 이를 무비판적으로 추종함으로써 "한국문학에 서구취향의 너울을 쓰고 소박 건강한 자연적 의식을 압살함"에 공헌했다는 것이다.[15] 당시 김윤식이 서구와 일본편향의 추종적 태도뿐만 아니라 좌편향의 사회주의 문학에 대해서도 일정한 비판을 가하면서 그 중심에 임화의 문학, 특히 현해탄의 시편을 두었던 것이다. 물론 '현해탄 complex'는 임화에게 한정되는 것이 아니었다. 정지용, 김기림의 경우, "현해탄 연락선과 바다의 이미지를 부각시킨 시풍"도 서구편향과 일본을 통한 왜곡을 포함한다는 점에서 임화의 '현해탄 complex'와 동질적인 것으로 보았다. 이처럼 '현해탄 complex'는 일제하 지식인의 올바른 역사의식이 '대륙적 이미지'로 현실에 맞서 치열하게 투쟁하는 의식이나 '국내적 심상구조'로서 순수하게 고양된 민족의식, 또는 민족문학의 전통과 연결되어야 바람직하다[16]는 전제에서 일정한 한계와 문제점을 지닌다고 본 것은 타당한 일면을 지닌다.

---

14) 김윤식, 「임화연구」, 『한국근대문예비평사연구』, 일지사, 1973, 558~559쪽.
15) 김윤식, 위의 책, 561쪽.
16) 김윤식, 위의 책, 560쪽.

그러나 임화의 현해탄 시편들을 대상으로 김윤식이 명명한 '현해탄 complex'는 카프 해체 이후 임화가 취했던 현실 타협적 태도와 상황을 그의 시에 덧씌움으로써 비판적 독서를 이끌어가고자 했다고 본다. 여기에 시 텍스트에 대한 해석 주체자의 선입견이나 독단이 작용하기 쉽고, 상황 논리로 본 연역적 해석의 오류가 내포될 개연성이 많다. 아울러 이 '현해탄 complex'는 1970년대 초반 김윤식 자신의 학문적 방향성과 연결되어 있는 것으로, 임화의 이식사관에 대한 비판과 극복이라는 문제의식을 드러내는 것으로 파악[17]될 수 있다. 임화의 현해탄 시편은 해석 주체자의 선입견이나 상황 논리를 덧씌워 연역적으로 해석함으로써 빚어질 수 있는 오류를 가능한 배제하면서 작품 자체에 대한 좀 더 면밀한 검토와 해석을 요청한다.

그러면 임화의 시집 『현해탄』에서 현해탄 시편의 첫 자리에 있는 작품인 「해협(海峽)의 로맨티시즘」을 보자.

바다는 잘 육착한 몸을 뒤척인다.
海峽 밑 잠자리는 꽤 거친 모양이다.

맑게 갠 새파란 하늘
높다란 해가 어느새 한낮의 카브를 꺾는다.
물새가 멀리 날아가는 곳,
釜山 埠頭는 벌써 아득한 故鄕의 浦口인가!

그의 발 밑,
하늘보다도 푸른 바다,

---

17) 김윤식 비평에 나타난 '현해탄 complex'가 1970년대 이래 축적된 '내재적 발전론'을 고려한 토대 위에서 주체의 정립을 위한 타자와의 대결의식을 보여주지 못한 임화의 이식사관의 한계를 지적하는 용어라는 지적이 있다. 이명원, 「김윤식 비평에 나타난 '현해탄 콤플렉스' 비판」, 『전농어문연구』 제11집, 서울시립대 국어국문학과, 1999, 247~274쪽.

太陽이 기름처럼 풀려,
뱃전을 치고 뒤로 흘러 가니,
옷깃이 머리칼처럼 바람에 흩날린다.

아마 그는
日本列島의 긴 그림자를 바라보는게다.
흰 얼굴에는 분명히
가슴의 「로맨티시즘」이 물결치고 있다.

藝術, 學問, 움직일 수 없는 眞理……
그의 꿈꾸는 思想이 높다랗게 굽이치는 東京,
모든 것을 배워 모든 것을 익혀,
다시 이 바다 물결 위에 올았을 때,
나는 슬픈 故鄕의 한 밤,
해보다도 밝게 타는 별이 되리라.
靑年의 가슴은 바다보다 더 설레었다.
─「해협(海峽)의 로맨티시즘」에서

위의 시는 처음 '현해탄(玄海灘)'이란 이름으로 『중앙』(1936.3)에 발표
되었으나, 시집에 수록되면서 제목이 바뀌었다. 특별히 '로맨티시즘'이란
용어를 붙인 까닭을 작품을 통해 알 수 있다. 이 작품이 부산 부두에서 연
락선을 타고 일본열도를 향해 가는 청년의 부푼 기대와 희망을 노래하고
있기 때문이다. 이런 점에서 정지용의 시 「선취」와 흡사한 낭만적 세계인
식을 읽을 수 있다. 맑게 갠 새파란 하늘, "한낮의 카브를 꺾는" 즉 정오를
지나는 높은 태양, 멀리 날아가는 물새의 풍경이 명랑한 분위기를 형성하
듯이, 시적 화자의 마음 역시 명랑함에 기대가 부풀어 있다. 그래서 일본
열도를 바라보는 "흰 얼굴"의 지식인 화자는 "가슴의 「로맨티시즘」이 물
결치고 있다"고 하며, 3인칭의 전지적 시점에서 스스로를 객체처럼 대상

화시키고 있다.[18)

그런데 이 시에서 말하는 "가슴의「로맨티시즘」"은 정지용의 시「선취」의 화자가 가졌던 낙관적 세계인식과 그에 따른 들뜬 감정과는 분명히 구별되는 것이다. 이 시의 화자는「선취」에서 금단추를 자랑스럽게 생각하고 연애의 감정에 젖는 화자와는 본질적으로 다르기 때문이다. "가슴의「로맨티시즘」"은 식민지 조선의 한 청년 지식인이 분명한 자기 정체성과 목적의식을 가지고 있는 것을 전제로 한다. 임화가 현해탄의 뱃길에 올랐던 당시 꿈꾸었던 사상, 그것은 "움직일 수 없는 眞理"를 찾는 학문과 예술로 표명된 것이지만, 식민지 조선의 암담한 현실을 벗어날 수 있는 진리의 표적이 바로 사회주의의 이념과 이상에 있다고 믿었다. 그래서 이 시의 화자는 "슬픈 故鄕의 한 밤"으로 표현된 식민지 조선의 어두운 현실에서 그 현실을 비추는 "해보다 밝게 타는 별"이 되겠다는 다짐을 하며 부푼 기대감으로 현해탄 뱃길에 올랐던 것이다. "靑年의 가슴은 바다보다 더 설레었다"고 표현한 부분은 바로 기대와 설렘에 부풀어 있던 청년 지식인, 곧 임화 자신의 모습을 그대로 보여주는 것에 다름 아니다.

다음 시「현해탄」은 앞의 작품처럼 청년 지식인을 화자로 삼되, 기대와 희망을 가지고 현해탄을 건너는 청년의 당시 심정이 아니라, 과거의 현해탄 체험을 생생한 기억을 통해 재생시키면서 현재의 심정을 표명하고 있는 작품이다. 길이가 긴 작품이지만 중요한 대목을 중심으로 보자.

> 이 바다 물결은
> 예부터 높다.
>
> 그렇지만 우리 靑年들은

---

18) 김정훈은 임화의 현해탄 시에서 시의 화자가 전지적 시점에서 서정적 주인공의 생각을 들려주는 형식을 취하고 있음을 주목하는 한편 현해탄의 공간인식이 이중적으로 드러난다고 파악한 바 있다. 김정훈,『임화 시 연구』, 국학자료원, 2001, 176~182쪽.

두려움보다 勇氣가 앞섰다.
山불이
어린 사슴들을
거친 들로 내몰은게다.

對馬島를 지나면
한 가닥 水平線 밖엔 티끌 한 점 안 보인다.
이곳에 太平洋 바다 거센 물결과
南進해온 大陸의 北風이 마주친다.

몬프랑보다 더 높은 파도,
비와 바람과 안개와 구름과 번개와,
亞細亞의 하늘엔 별빛마저 흐리고,
가끔 半島엔 붉은 信號燈이 내어걸린다.

아무러기로 靑年들이
平安이나 幸福을 求하여,
이 바다 險한 물결 위에 올랐겠는가?

……(중략)……

청년들은 늘
希望을 안고 건너가,
결의를 가지고 돌아왔다.
……(중략)……

그러나 인제
낯선 물과 바람과 빗발에
힌 얼굴은 찌들고
무거운 任務는

고든 잔등을 농군처럼 굽혓다.

나는 이 바다 위
꽃잎처럼 흩어진
몇 사람의 가여운 이름을 안다.
어떤 사람은 건너간채 돌아오지 않았다.
어떤 사람은 돌아오자 죽어갔다.
어떤 사람은 永永 生死도 모른다.
어떤 사람은 아픈 패북(敗北)에 울었다.
─그中에 希望과 결의와 자랑을 욕되게도 내어판 이가 있다면,
나는 그것을 지금 기억코 싶지는 않다.

오로지 바다보다도 모진
大陸의 삭풍 가운데
한결같이 사내다웁던
모든 靑年들의 名譽와 더불어
이 바다를 노래하고 싶다.

비록 靑春의 즐거움과 希望을
모두다 땅속 깊이 파묻는
悲痛한 埋葬의 날일지라도,
한번 玄海灘은 靑年들의 눈앞에,
검은 喪帳을 내린 일은 없었다.

……(중략)……

三等船室 밑 깊은 속
찌든 寢床에도 어머니들 눈물이 배었고,
흐린 불빛에도 아버지들 한숨이 어리었다.
어버이를 잃은 어린 아이들의

아프고 쓰린 우름에
대체 어떤 罪가 있었는가?
나는 울음 소리를 무찌른
외방 말을 歷歷히 기억하고 있다.

오오! 玄海灘은, 玄海灘은,
우리들의 運命과 더불어
永久히 잊을 수 없는 바다이다.

—「현해탄」에서

시「해협의 로맨티시즘」이 "움직일 수 없는 진리"로 믿었던 사회주의의 학문과 예술을 배우고자 현해탄의 뱃길에 오른 화자 자신의 내면의식에 초점을 맞추고 있다면, 이 시는 화자를 둘러싸고 있었던 외부세계의 현실, 즉 당대의 식민지 현실과 현해탄을 건너는 연락선과 그 뱃길의 광경에 더 비중을 두면서 그에 대한 화자의 심정을 드러내고 있다.

이 시는 처음부터 "이 바다 물결은/예부터 높다"고 하여 현해탄이 역사의 거친 격랑을 이루어왔음을 강조하고 있다. 말하자면 현해탄에 대한 역사적 관심이 처음부터 부각되어 있는 셈이다. 그런데 이런 현해탄에 대한 역사적 인식은 "두려움보다 용기"로 헤쳐 나가고자 하는 청년들의 행동이 사실은 자의적인 판단보다 타의적인 상황인 당대 식민지의 현실에 대한 불안의식에서 기인되었음을 말하는 대목에서 한층 뚜렷이 드러난다. 그것은 "山불이/어린 사슴들을/거친 들로 내몰은 게다"라고 비유적으로 표현된 부분인데, 여기서 식민지의 암담하고 불안한 현실에 대한 화자의 비판적 성찰을 읽을 수 있다.

식민지 현실에 대한 화자의 불안의식은 "가끔 반도엔 붉은 신호등이 내어걸린다"란 구절에서도 드러나지만, 그렇다고 청년들의 현해탄 행이 결코 개인적 평안과 행복을 위한 것이 아니었음을 강조한다. "靑年들은 늘/

希望을 안고 건너가/결의를 가지고 돌아왔다”고 했다. 이때의 희망과 결의는 식민지 현실의 모순과 불안을 제거하기 위한 사회주의적 개혁의지와 연결된 것이었겠지만, “무거운 任務는/고든 잔등을 농군처럼 굽혓다”고 했듯이, 현실의 장벽은 너무나 높고 가혹한 것이기도 했다. 이런 현실의 가혹한 정황이 “어떤 사람은”으로 시작되는 구절의 연속을 통해 언술되고 있다. “어떤 사람은 건너간채 돌아오지 않았다./어떤 사람은 돌아오자 죽어갔다./어떤 사람은 永永 生死도 모른다./어떤 사람은 아픈 패북(敗北)에 울었다.”는 구절들이 그것이다. 현해탄의 행로가 삶의 희망만을 좇아가는 길이 아니라 이별과 죽음, 그리고 패배의 쓰라린 고통을 동반하는 길임을 냉정하게 성찰하고 있다. 그런데 현해탄의 행로가 다다르게 되는 현실의 냉혹함에 대한 성찰은 현실에 대한 강력한 저항의 태도로 연결되지 못하고 있다. “그中에 希望과 결의와 자랑을 욕되게도 내어판 이가 있다면,/나는 그것을 지금 기억코 싶지는 않다.”고 덧붙이는 말이 이점을 반증한다. 시의 화자가 기억하고 싶지 않은 현실로 말하는, 사회주의에 대한 희망과 결의와 자랑을 가졌던 이들이 하나 둘 변절해가는 현실, 이런 현실에 대한 망각의 욕망은 일종의 자포자기적, 현실도피적 태도를 드러내는 것으로 볼 수 있기 때문이다. 1935년 카프 해산계를 제출한 이후 임화의 정신적 충격이 자칫 정신적 공황 상태로 비약될 수 있는 소지가 내재되어 있는 셈이다.

그렇지만 임화는 바로 이 지점에서 정신적으로 재무장하는 쪽으로 방향을 선회한다. 이 시에서 현해탄을 건너는 청년들의 임무가 결코 중단될 수 없다고 최종적으로 선언하고 있기 때문이다. “한번 玄海灘은 靑年들의 눈앞에/검은 喪帳을 내린 일은 없었다”고 한 구절에서 청년의 희망과 기대가 아무리 암담한 상황에 놓일지라도 중단 없이 결의를 다져야 한다고 애써 의지적인 면모를 드러내고 있다. 이제 시의 화자는 현해탄을 피할 수 없는 ‘운명’처럼 대면할 수밖에 없다. 여기서 화자가 대면하는 운명적 관계의 현해탄은 "바다란 이상한 운명"으로 표명되기도 했지만, 그 "이상한 운명"이란 우리 민족 전체가 대면해서 이겨나가야 할 식민지의 암담한 현실과 그대로 대응되는 것이다. 그런데 식민지 현실에 대한 운명적 대응의 태도에는 표면적 명분과 대의로 사회주의를 내세우고 있지만, 그 저변에 놓인 현실인식은 계급 모순보다 민족 모순의 현실에 더 강하게 반응하는 것으로 나타난다.[19] "三等船室 밑 깊은 속/……(중략)……/나는 울음 소리를 무찌른/외방 말을 歷歷히 기억하고 있다."에서 보듯이, 현해탄의 뱃길에서 인식되는 모순의 현실은 조선인 대 일본인, 조선어 대 일본어의 대립적 상황으로 드러나고 있기 때문이다. 현해탄이 "우리들의 運命과 더불어/永久히 잊을 수 없는 바다"라고 표명한 것도 이러한 민족 모순의 현실에 대한 임화의 성찰이 작용한 결과라고 말할 수 있다.

이상 임화의 현해탄 시편에서 현해탄은 식민지 지식인이 암담한 현실을 성찰하면서 운명처럼 마주할 수밖에 없는 공간으로 설정되어 있다. 시의 화자는 이 현해탄의 뱃길에 오르며 식민지 현실의 비극을 벗어날 수 있는 진보적 지식을 사회주의에서 구하고자 했던 한편, 또 다른 측면에서 식민지 현실의 문제를 민족 모순에서 파악하면서 이를 극복하기 위한 역사의 주체자로 서고자 하는 결의를 보이기도 했다. 이런 점에서 임화 시에서 현해탄은 역사적 현실에 대한 구체적 인식을 바탕으로 주체의 자기성찰을 진지하게 도모했던 공간이었다고 말할 수 있다.

2. 민족 이산(離散, Diaspora)의 경험적 현실과 역사의식

1) 노동이민의 비극적 행로와 민족 파탄의 현실: 김석송 등의 유민시

일제 강점기에 부산과 시모노세키를 잇는 관부연락선에는 근대적 지식과 학문에 대한 갈증을 풀고자 유학을 떠나는 조선의 젊은 청년들도 있었

---

19) 김정훈, 앞의 책, 180쪽.

지만, 이 땅에서 궁핍한 삶을 이기지 못하고 일본으로 살 길을 찾아 노동이민을 떠나는 숱한 조선인들이 있었다. 이런 점에서 현해탄은 민족 이산의 비극적 행로였다.

그런데 현해탄을 건너 일본으로 떠나는 조선의 노동이민자들은 거의 대부분 농촌의 농민 출신이었다. 이들은 이 땅에서 농사를 짓다 동양척식회사를 앞세운 일제의 토지조사사업의 마수에 걸려 농토를 빼앗긴 농민들이거나, 지주의 착취와 횡포를 견디지 못하고 곤경에서 신음하던 소작 농민들이었다. 이들은 농촌의 궁핍한 현실 때문에 일본인 노무알선업자의 감언이설에 쉽게 빠져서 막연한 희망을 가지고 일본으로 가는 연락선에 몸을 실었던 것이다.

동아일보 사회부 기자로 동경특파원(1923.5~1924.5)[20]을 지낸 바 있는 김석송 [金石松: 본명 김형원(金炯元), 1900~?] 은 현해탄을 건너가는 이들 노동이민자들의 비참한 처지를 들추는 시 「연락선(連絡船)에서」를 다음과 같이 썼다.

連絡船의 三等室
한구석에 모여안즌
힌옷입은 사람들아

머리에는 手巾쓰고
동저고리 바람으로
말도쓰도 못하면서
맨손쥐고 어대가나

궤딱지의 집이나마
倭債로 빼앗겻나

---

20) 주근옥,『석송 김형원 연구』, 도서출판 월인, 2001, 24~38쪽 참조.

薄土나마 논밧떼기
移民에게 빼앗겼나

너의고장 네땅에서
이것저것 다빼앗긴
네身勢도 可憐하나
가는곳이 어듸메뇨

— 「연락선(連絡船)에서」에서[21]

위의 시는 2음보의 규칙적인 리듬에 따라 노래조로 불리기 쉬운 민요시의 형태로 창작된 작품이다. 시적 형상화의 측면에서 부족한 점이 있지만, 일제 강점기의 비극적 현실을 담고 있다는 점에서 예사로 볼 작품이 아니다. 부관연락선의 삼등실에 실려 현해탄을 건너 일본으로 떠나는 노동이민자들의 모습이 처참하게 그려지고 있기 때문이다. "말도쓰도 못하면서/맨손쥐고 어대가나"에서처럼 일본어를 말하지도 쓰지도 못하면서 삶에 대한 막연한 기대만 가지고 부관연락선을 타고 가는 조선인 노동이민자들의 모습은 일제의 식민지 수탈로부터 비롯된 궁핍의 현실을 구체적으로 담고 있다. "궤딱지의 집이나마/倭債로 빼앗겻나/薄土나마 논밧떼기/移民에게 빼앗겼나"라고 하여, 노동이민자들의 궁핍이 일본인 이민자를 위한 동양척식회사의 농지 강탈과 일본인 지주의 수탈로부터 비롯되었음을 드러내고 있다. 이런 점에서 이 시는 민족사의 아이러니를 보여준다. 일제에게 집과 논밭을 빼앗기고도 생존을 위해 도리어 일본으로 떠나는 노동이민자들의 행로 자체가 민족사의 비극적 아이러니이기 때문이다.

일본 쿄토제국대학에 유학하여 사회과학을 전공한 바 있는 정노풍 [鄭蘆風: 본명 정철(鄭哲), 1903~?][22]은 특히 현해탄을 건너는 노동이민자들

---

21) 『동아일보』, 1923. 6. 17.
22) 박경수, 「정노풍의 계급적 민족의식의 문학론」, 『정노풍 문학의 재인식』, 도서출판 역락, 2004, 531~535쪽.

의 비극적 행로를 집중적으로 포착하여 시에 올렸다. 「연락선(連絡船) 레
뷰」란 큰 제목 아래 발표된 다음 두 작품을 보자.

① 련락선 배깐에다 몸을던진채
정처업시 떠나는 집일흔아이
玄海灘 힘한물결 배ㅅ장을칠때
외로이 흔들리는 의지업는몸
눈물이 흐릅니다 고향그립어

오래서 가는길은 차저나가고
정한곳 가는길은 맘이나편치
오라는 길아니오 갈길아닌데
목숨이 원수라서 떠나가는길
눈물이 흐릅니다 고향그립어

— 「고향 그립어」에서

② 昌慶丸 잡아타고 외고장갈땐
원수늠의 돈돈 돈벌러갓지
내오늘날 또다시 이배를타고
집차저서 오건만 돈못벌엇네

떠갈때도 빈빈손 올때도빈손
열열번 또펴본들 힘업는빈손
무엇하러 외고장 내떠낫든고
후회한들 무어리 살려고간걸

천대라니 말마소 눈물이라니
이내힌 고이적삼 얼롱에찻네
외거랑이 이신세로 또쫏겨온들
내집인들 잇스랴 이놈의살이

현대시에 나타난 현해탄 체험의 형상화 양상과 의미 | 박경수　　261

－「돈 못 벌엇네」 전문[23]

  두 작품 모두 7·5조를 중심으로 한 3음보 리듬과 4행 또는 5행의 반복 구문을 취하고 있어 형태적 탄력성을 제대로 확보하지 못하고 있다. 그런데 이런 한계에도 불구하고 두 작품에 형상화된 시적 현실은 현해탄을 배경으로 매우 심각한 민족 현실을 담고 있다는 점에서 주목된다. ①의 시는 연락선에 몸을 싣고 일본을 떠나는 노동이민자를 화자로 삼고, ②는 일본으로 갔다가 다시 연락선을 타고 고향으로 돌아오는 귀향노동자를 화자로 했다. 이처럼 두 시의 화자는 노동이민과 귀향노동이란 서로 다른 처지에 놓여 있다. 그렇지만, 현해탄을 건너가든 건너오든 두 화자의 행로가 비극적이란 점에서 공통적이다. 집을 잃고 정처 없이 일본으로 떠나는 ①의 화자는 "목숨이 원수라서 떠나는 길"에서 막연한 삶에 대한 불안감과 함께 이향에 대한 슬픔의 심정을 그대로 표출하고 있다. ②의 화자 역시 돈을 벌기 위해 일본으로 떠나 노동으로 품팔이를 했지만, "떠갈때도 빈빈손 올때도 빈손"이라 했듯, 천대와 멸시를 받고 걸인 신세가 된 처지에 한탄의 눈물만 흘리다 도리어 고향으로 돌아온다는 하소연을 하고 있다. 일본으로 떠난 노동이민자들이 차별적 학대와 저임금 등으로 '산지옥'과 같은 노동조건에서 시달리다 다시 빈털터리로 귀환하는 뼈아픈 현실을 그대로 반영하고 있는 것이다. 이처럼 현해탄은 노동이민자나 귀향이민자에게 앞길이 막막한 비극적 행로인 점에서는 마찬가지이다. 다음 시 「집 일흔 아이」는 현해탄의 비극적 행로를 한층 사실적으로 보여준다.

        미칠듯 슬어질듯 업푸러질듯
        물결따라 지향업시 떠도는아희
        젓먹든 힘다쏘다 쌍고동뛰뛰

---

23) ①, ②는 『동아일보』, 1929.11.5.

트는비명 이내비명 이결에비명

지향일흔 이배마지 조와라할이
이천지 넓다한들 그누굴런가
외고장 떠나본들 북간도간들
천대박대 눈물인저 집일흔아희

······ (중략) ······

풍랑비고 외엇치는 저고동소리
뛰뛰뛰 그리소리뿐 우리군호가
눈물짓는 동포네야 손마조잡소
슬어진들 살아난들 한목슴인걸

―「집 일흔 아희」 중에서[24]

시의 형태상 앞의 작품들과 동일한 모습을 띤 이 작품은 현해탄의 험한 물결에 "미칠듯 슬어질듯 업푸러질듯"하는 뱃멀미로 고통을 받고 있는 '집 잃은 아이'의 처지를 드러내고 있다. 그런데 이 '집 잃은 아이'의 처지는 곧 민족 전체의 처지와 동일시되어 있다. "물결따라 지향업시 떠도는 아희"는 민족 이산의 모습을 전형화해서 보여주는 것이기 때문이다. 그래서 뱃멀미로 내지르는 "이내비명"은 "이결에비명"으로 확대되면서 공동 운명체로서 같은 처지에 놓이게 된다. 그런데 이 시는 민족 이산의 고통스런 현실을 비극적 상황으로만 몰아가지 않는다. "눈물짓는 동포네야 손마조잡소/슬어진들 살아난들 한목슴인걸"이라 했듯이, 민족공동체로서의 일체감과 연대감을 상호 확인하면서 비극적 현실을 극복하고자 하는 의지를 보여주고 있다.

관부연락선을 타고 현해탄을 건너갔던 사람들의 여러 사연과 심정을

---

24)『조선일보』, 1929.11.15.

복합적으로 담아내고 있는 시 작품이 심훈 [沈熏: 본명 심대섭(沈大燮), 1901－1936]의 「현해탄(玄海灘)」이다. 그는 1927년 초부터 약 6개월간 영화공부를 위해 도일한 것으로 알려져 있는데,[25] 이 작품은 바로 당시 현해탄을 건너며 관부연락선에 몸을 실었던 사람들의 여러 사연과 함께 특별히 자신이 경험했던 민족 이산의 비참한 광경과 조국 상실의 현실을 착잡한 심경으로 묘사하고 있다.[26] 우선 작품을 보자.

> 달밤에 玄海灘을 건느며
> 甲板위에서 바다를 내려다보니
> 몇해 전 이 바다 어복(魚腹)에 생목숨을 던진
> 靑春 男女의 얼굴이 환등(幻燈) 같이 떠오른다.
> 값 비싼 오뇌(懊惱)에 백랍(白蠟) 같이 蒼白한 인테리의 얼굴
> 虛榮에 찌들은 女流藝術家의 풀어 헤친 머리털,
> 서로 얼싸안고 물우에서 소용도리를 한다.
>
> 바다우에 바람이 일고 물결은 거칠어진다,
> 憂國志士의 한숨은 저 바람에 몇 번이나 스치고
> 그들의 불타는 가슴 속에서 졸아 붙는 눈물은
> 몇 번이나 비에 섞여 이 바다우에 뿌렷던가
> 그 동안에 얼마나 數 많은 물건너 사람들은
> 「人生到處有靑山」을 부르며 새땅으로 건너 왔던가.

---

25) 이어령, 『한국작가전기연구(상)』, 동화출판공사, 1975, 197쪽 참조.

26) 이 작품의 끝에 창작시기를 "一九二六. 二"라고 부기하고 있으나, 이는 1928년 2월의 오류일 가능성이 높다. 왜냐하면 이 작품의 1연에서 "몇해 전 이 바다 어복(魚腹)에 생목숨을 던진/靑春 男女의 얼굴이 환등(幻燈) 같이 떠오른다."고 했는데, 이 구절은 전후 문맥으로 볼 때 1926년 8월 4일 김우진과 윤심덕이 현해탄에 투신한 사건을 떠올리는 표현으로 파악되기 때문이다. 따라서 김우진과 윤심덕의 현해탄 투신 사건이 일어나기 전인 1926년 2월에 이 작품을 썼다는 것은 명백한 모순이며, 이 사건이 일어난 1926년으로부터 햇수로 2년이 되는 1928년에 이 시를 쓰면서 "몇해 전"이라고 당시의 사건을 떠올려 말할 수 있는 것이다.

甲板위에 섰자니 시름이 겨워
船室로 내려가니 「漫然渡航」의 白衣群이다,
발가락을 억지로 째여 다비를 꾀고
상투 잘른 자리에 벙거지를 뒤집어 쓴 꼴
먹다가 버린 벤또밥을 엉금엉금 기어다니며
강아지처럼 핥아 먹는 어린것들!

同胞의 꼴을 똑바루 볼수 없어
다시금 甲板위로 뛰어 올라서
물속에 視線을 잠그고 脉 없이 섰자니
달빛에 明鏡 같은 玄海灘 우에
朝鮮의 얼굴이 떠오른다!
너무나 또렷하게 朝鮮의 얼굴이 떠오른다.
눈 둘곳없어 마음 붙일곳 없어
이슥도록 하늘의 별數만 세노라.

— 「현해탄(玄海灘)」 전문[27]

위의 시에서 시적 화자는 현해탄을 건너며 가장 먼저 김우진과 윤심덕이 1926년 8월 4일 현해탄에 함께 투신자살한 사건을 떠올린다. 촉망받던 극작가이지만 유부남이었던 김우진과 <사의 찬미>를 부른 조선 최초의 소프라노 가수이자 배우로 활달한 성격을 가진 윤심덕이 사랑을 이루지 못하고 현해탄에 목숨을 던진 사건을 매우 비판적으로 그려내고 있다. 두 연인을 "값 비싼 오뇌(懊惱)에 백랍(白蠟) 같이 蒼白한 인테리"와 "虛榮에 찌들은 女流藝術家"로 묘사한 대목에서 비판적 시선이 분명히 드러난다.

이 시의 2연부터 시적 화자는 부정적 잔상과 연결된 잡념을 정리하고 진지한 현실인식의 태도로 전환한다. 현해탄의 바람과 물결을 우국지사의 '한숨'과 '눈물'과 동일시하며, 그 한숨과 눈물이 그칠 사이도 없이 당시 조

---

27) 심훈, 『그날이 오면』, 한성도서주식회사, 1949, 133~135쪽.

선의 수많은 이민자들이 새 땅인 일본으로 살길을 찾아 현해탄을 건너고 있는 현실을 생각한다. 그런데 이들 연락선에 몸을 실은 조선 이민자들의 모습은 비참하기 그지없다. "발가락을 억지로 째여 다비를 꾀고/상투 잘른 자리에 벙거지를 뒤집어 쓴 꼴"이고 "먹다가 버린 벤또밥을 엉금엉금 기어 다니며/강아지처럼 핥아 먹는 어린것들"로 극한의 가난과 궁핍 때문에 인간 이하의 행동도 서슴지 않는 참담한 현실로 내몰려 있음을 보게 된다. 여기서 시인이 목도하고 있는 연락선 선실의 비참한 모습이 "同胞의 꼴" 곧 한민족의 모습이며, 그것이 또한 '조선의 얼굴'임을 분명이 인식한다.

이상 김석송, 정노풍, 심훈의 유민시 작품들에서 보듯, 이들 시는 당시 조선 노동이민자들의 도일과 귀향을 목도하는 도정으로서 현해탄을 설정하고, 이 현해탄을 오가는 연락선의 현장으로부터 민족 이산의 비참한 현실을 직접 생생하게 경험함으로써 민족 파탄의 역사현실에 대한 진지한 자각과 성찰을 보여주었다. 현해탄 체험의 시편들이 이렇듯 경험적 현실에 대한 리얼리티와 민족적 정체성을 확보함으로써 문학사적 측면에서 민족시의 중요한 맥락을 형성했다고 말할 수 있으며, 사회사적 관점에서는 이들 시가 당대 역사현실에 대한 증언을 진지한 목소리로 들려주고 있다고 평가할 수 있다.

2) 재일 노동이민의 비극적 삶과 민족 차별의 현실: 재일 한국인의 일어시

민족 이산의 비극과 그 고통스런 현실은 현해탄의 뱃길 위에서만 목도되었던 것이 아니다. 일제 강점기 일본 문단에서 일본어로 발표된 재일 한국인의 시 작품들 중에서 현해탄 체험을 반영한 김병호, 백철, 김용제 등의 시는 현해탄을 건너간 조선인 노동이민자들이 겪는 민족 차별과 생활의 고통을 구체적으로 형상화하고 있다는 점에서 이미 논의한 시작품들과는 또 다른 양상을 보여준다.28)

---

28) 안용만의 시 「강동의 품 ─ 생활의 강 '아라가와'여」, 『조선중앙일보』, 1935.1.1는 재일

먼저 1925년부터 일본의 시전문지인 『일본시인(日本詩人)』에 여러 편
의 시를 발표하기도 했던 김병호(金炳昊: 1904~1959)는 1929년 3월『전
기(戰旗)』에 그의 대표작이라 할 수 있는 일어시인 <나는야 조선인이다
(おりやあ 朝鮮人だ)>를 발표했다.29) 작품을 보자.

> 나는야−조선인이다!/나라도 없으면 돈도 없다/즐거운 일이라곤 물
> 론 없지만/애처로운 눈물도 없애버렸다//도덕이란 도대체 무엇인가!/
> 일조융화(日朝融和)란 어떤 것인가!/우리들은 너무나 속고 있다/조상
> 대대로 살아온 집은 누군가가/조상 대대로 전해온 논밭은 누군가가/걸
> 신들린 듯이 앗아가 버렸다/지금은 몸둥아리 하나뿐인 이 몸이 남아있
> 을 뿐이다//너희들은 일하라고만 말하는 것인가!/너희들은 우리들이
> 게으름이라도 피우고 있다는 것인가/도대체 일할 곳이 없는데 어떻게
> 하는가!//그리운 고향의 산천을 뒤로하고/북으로는 남만주 동으로는
> 일본으로/밀려가는 여보들은 어떻게 하라는 것인가/나조차 몸을 적국
> (敵國)에 옮겨갈 수밖에 없는 마음을/너희들은 알 수 없을 것이다!//어디
> 로 갈 곳도 없고/그저 행복을 염원하는 마음이/영주할 땅이 있다고 기어
> 이 믿고야 마는 마음이/오늘도 오늘도 수백의 백의인(白衣人)을 태웠다/
> 관부연락선(關釜連絡船)이 뿌−소리를 낸다!/마지막이 막장 끝인가 탄
> 광에서 종말을 맞이하더라도
>
> ―<나는야 조선인이다(おりやあ 朝鮮人だ)>에서30)

한국인의 일어시 작품은 아니지만, 현해탄을 건너간 재일 한국인 노동자의 비참한 현실
을 동경의 강동지구에 위치한 당시 조선인 특수부락의 힘든 삶의 현실을 통해 서정적으
로 포착하고 있는 작품이다. 논지의 전개상 안용만의 시는 제외하고 재일 한국인 일어시
만을 대상으로 논의하기로 한다.

29) 박경수 편, 『잊혀진 시인, 김병호의 시와 시세계』, 국학자료원, 2004에서 김병호의 생애
와 문학을 전체적으로 조사하여 논의하고, 관련 작품을 모아 공개했다.

30) 『戰旗』, 1929.3. 전체 원문은 다음과 같다. "おりや―朝鮮人だ!/國もなければ 金もな
い/樂しい事つてもちろんないのだが/哀れをこふ淚もかたづけてしまつたんだ//道德
がなんだ!/日鮮融和つて　何物だ/おれらはあまりにだまされすぎてゐるんだ//先代か
ら住みなれた家は何者が/祖先からつたへてきた田畑は何者が/むさぼり取つてしま
つたんだ!/今は裸一本の此の身が殘つてゐるばかりだ/君等は働けといふのか!/君等
はわしらが怠けてゐるとでもいふのか/だいたい働く所がないのをどうするんだ!//な

이 시는 "나는 - 조선인이다"라는 선언으로부터 시작된다. 시적 화자가 민족 정체성에 대한 인식을 처음부터 확고하게 보여주고 있는 셈이다. 그러나 이 확고한 자기 정체성의 선언은 곧 바로 일제 강점기의 현실에 대해 비판과 분노의 목소리로 바뀐다. "나라도 없으면 돈도 없고/즐거운 일이라곤 물론 없지만/애처로운 눈물까지 없애버렸다"고 함으로써 일제에 의해 무산계급의 상황으로 내몰린 현실을 비장한 어조(tone)로 말하고 있다. 그리고 "도덕이란 도대체 무엇인가!"부터 "도대체 일할 곳이 없는데 어떻게 하는가!"까지의 구절에서 보듯, 일제의 속임수로 집과 논밭을 모두 빼앗기고 빈털터리의 신세로 전락하여 일도 없이 유랑민으로 떠도는 식민지 조선의 비참한 현실을 이 시는 구체적으로 묘사하면서 비판의 화살을 일제를 향해 바로 겨냥한다.

문제의 심각성은 여기서 그치지 않는다. 시에서 분명히 '적국(敵國)'으로 표명된 일제에 의해 무산계급의 상황으로 전락하면서도 살기 위해 도리어 적국인 일본으로 떠나는 민족사의 비극적 아이러니를 만나게 된다. "나조차 몸을 적국(敵國)에 옮겨갈 수밖에 없는 마음을/너희들은 알 수 없을 것이다!"의 대목에서 드러나듯이, 적국 일본으로의 도일이 생존을 위한 극단의 불가피한 선택이었음을 고백한다. 그러나 관부연락선을 타고 떠나는 노동이민자들의 뱃길은 행복을 염원하는 기대만 있을 뿐, 암담한 미래만 놓인 길이다. 그래서 "마지막이 막장 끝인가 탄광에서 종말을 맞이하더라도"라는 구절은 삶에 대한 비장한 결의를 보여주는 것이기도 하

つかしい故鄕の山川を後にして/北は南滿州東は日本へと/押流されるヨボたちをどうせうといふのか/我と我が身を敵國に運び行く心持を/君等は知る事が出來ないであらう!/何處へ行くとてあてもなく/たゞたゞ幸あれかしと願ふ心が/永住の地好しとあせる心が/今日も今日とて數百の白衣人たちを乘せた/關釜聯絡船がボーとなる!/末は場末が　炭坑で果てるのぢやけれど//日本人はおれたちのXぢや/しかし全日本の無産者はおれらの味方ぢや/おれら　いつくしみ助けてくれるのも/全日本のプロレタリヤぢや/君等の思つてゐることを我等も思つてゐるし/君等のなさんとすることを/わし等もなし通すであらう!/同志たち手を握つてくれたまへ/そして一仕事しつかり賴むぜ!"

지만, 여전히 일제의 비인간적 착취와 수탈이 이민지 일본에서도 자행될 것이라는 탄식과 비감의 목소리로 들린다. 오히려 이 시가 일본문단에 발표됨으로써 일제의 식민지 정책의 모순을 직접적으로 비판하면서 피압박 민족으로서 느끼는 분노와 저항의 감정을 더욱 호소력 있게 표현할 수 있었던 것이다. 현해탄 체험을 반영한 이 일어시 작품을 통해 우리는 이민지 일본에서 겪는 노동이민자들의 고통을 한층 생생하게 떠올릴 수 있다고 본다.

1927년 일본 동경으로 떠나 동경고등사범학교에 유학하여 졸업을 할 무렵부터 1931년 10월 귀국하기까지 상당한 일어시 작품을 발표한 백철(白鐵: 1908~1985)[31])의 일어시 중에서도 현해탄 체험을 형상화한 작품을 찾을 수 있다. 그의 시 <그들이라도……(彼等だって……)>가 해당 작품인데, 이 시는 현해탄을 건너간 도일 노동이민자들이 겪는 일제의 민족 차별과 폭력, 착취와 탄압, 강제 송환 등 온갖 만행을 고발하고 있다. 작품을 보자.

> 매일-/저 저주받은 부산항에서 연락선의 기적이 뽀-하고 울린다/그때마다 백 명도 넘는 흰옷 입은 노동자들이 배에 올라타고 있다/그들은 9시간 후에 시모노세키에 줄줄이 상륙한다./그래서 너희들은 곤란하다고 말하는가./그들을 멈추게 할 무슨 방법이 없을까 하고 초조해 한다./아니, 사실, 너희들은 온갖 수단을 써서 그것을 방해하고 있다./──그래 여행권이다, 증찰증명서다……하고,/하나라도 조건이 구비되지 않으면, 고함치고, 때리고, 발로 찬다./(실제 저 부산부두에 서 있는 ××만큼 사람 아닌 사람은 아무도 없다)/하지만, 그들은 결코 그 정도로 포기하지 않는다/(포기하기에는 그들은 너무나 굶주려 있다)/몇 번이고 베어도 묵묵히 무성하게 자라나는 잡초처럼/어떠한 방법을 써서라도 현해탄을 넘는다./그것이 지금에는/가는 곳마다 길가에 보이는 잡초처

---

31) 박경수, 「백철의 일본에서의 문학활동 연구」, 『한국 시가의 사상적 모색』, 부산: 실헌이
동영박사정년기념논총간행위원회, 1998, 582~583쪽.

럼/일본의 어느 시골에서도 삼삼오오 몰려있는 때묻은 흰옷이 눈에 띤다./그래서 더 어떻게 할 방책이 없노라고 너희들은 씩씩거리며 화를 내고 있다./그렇게 되면 너희들은 할 수 있는 모든 비열한 수단을 다 사용한다/2천명의 조선 노동자들을 조선으로 돌려보냈다……고/당당하게 위협을 주듯이 너희들의 신문에 실려 있다.//××의 정치가들이여/일찍이 너희들의 동료들은 잘도 ××을 둥그렇게 말아 두었다/그 이후 그들의 손에 의해 그곳에서는 무슨 일이 일어났는가/문화통치이니 산업진흥이니 입으로 떠들었지만/그 모두가 착취와 탄압의 수단이 아니었던가/온갖 속임수를 다 부려서 모든 것을 다 빨아들인 것이다/그들은 말린 정어리처럼 졸라맨 채로 짜내어 국물이 되었다/지금 이미 그들의 손에는 경작해야 할 논밭이 남아있지 않다/정말 모든 농촌이 빈궁화되어 있는 것이다/그들은 중농에서 소작농으로 그리고 자유노동자로/급격한 비탈길을 밟을 여유도 없이 곤두박질해 떨어졌다/그들 일부는 만주로, 일부는 일본으로 떠나갔다/꾹 참고 지내려고 했지만 어쩔 수 없다./그런데 그들은 너희들을 되돌려 보내려고 하는 것이다/이천 명이나 되는 수많은 노동자들을.//아아 ××의 정치가들이여/너희들에게도 눈물이 있고 피가 있을 것이다/강제로 되돌려 보내는 너희들 쪽은 사정이 통할지 모르지만/강제로 되돌아가는 쪽에서는 도대체 어떻게 해야 할 것인가라고 말하는 것이다/굶주림과 죽음!/그것은 눈에 보이는 사실이 아닌가/너희들은 그들로부터 토지를 빼앗고 양식과 옷까지도 빼앗은 후에/그들의 생생한 생명까지도 빼앗으려 한다/하지만, 기억하는가/아무리 물고기같이 순종하는 그들이라도/그렇다, 아무리 무지한 그들이라도 그렇게 쉽게 죽어가겠는가—/그들도 여차하면 땅을 박차고 뛰어오른다/이제 두고 보라/그들의 분노와 복수에 타오르는 주먹이/너희들의 거만한 모습 앞에 들이닥칠 날이 올 것이다.

— <그들이라도……(彼等だって……)> 전문[32]

---

32) 『地上樂園』, 1930. 1. 인용 시의 원문은 다음과 같다. "每日—/あの呪はれた釜山港で連絡船の汽笛がボート鳴る/その度ごとに百名も以上の白衣の勞働者が乘込むのだ/それが九時間の後には下關でゾロゾロと上陸する/それで君等は困ると云ふのだらう/何んとかせき止めてやる方法はなきかとあせつてる/いや、事實、君等はあらゆる手段でそれを防禦しつつある/—それ旅行劵だ、證察證明書だ……と/一つでも條

위의 시는 일제가 일본 내지인의 실업을 줄인다는 명목으로, 일본에 와서 온갖 고초를 겪으며 살아가고 있는 조선인 노동이민자 2천명을 강제로 송환한 사건을 취재한 작품으로 매우 사실적인 서술 맥락을 보이고 있다. 그런데 위 작품에서 주목되는 바는 당시 조선인 노동자의 강제송환사건을 시인이 어떤 서술의 관점에서 형상화하고 있는가 하는 점이다. 당연히 시인의 서술 관점은 재일 조선인 노동이민자의 편에 있으면서 일본 제국주의의 비인간적 행위를 고발하고, 식민지 지배정책의 허위와 모순을 예리하게 들추는 한편 이를 신랄하게 비판하고 있다.

위의 시는 크게 3연으로 구성되어 있는 만큼, 서술의 맥락도 이에 따라 3부분으로 나누어 볼 수 있다. 첫째 부분은 일제 강점기에 가난을 벗어나

件が備らないと、ドナル、ナグル、ケル。/(實際あの釜山埠頭に立つてるXXほど人非人はない)/だが、彼等は決してそれ位であきらめやしないのだ/(あきらめるためには彼等はあまり飢え過ぎてゐる)/幾度刈りとつても默々と茂げ行く雜草のやうに/あらゆる防禦の柵をぬけ出て玄海灘を越えるのだ/それが今となると/到る所の道端に見えてる雜草のやうに/日本のどんな田舍にも三三五五のよごれた白衣が目につく/だから愈々策に窮したものだと君等はブンブンと怒つてる/さうなると君等のやりがちな卑劣極まる手段を使ひ出す/二千名の朝鮮勞働者を朝鮮へ返す........と/堂々とおびやかすやうに　君等の新聞にかゝれてた//XXのセイ治家たちよ/嘗て君等の仲間はうまいぐあいにXXを丸めて置いた/それ以來 彼等の手によつてそこではナニが行はれたか/文化統治とか　産業ショーレイとか　口では云つてたが/それ孰れもがサクシュとダンアツの手段でないものがあつた/あらゆるギマンを盡してアリツタケのものを吸ひとつたのだ/彼等はカツオブシのやうにしめるがまゝにしぼられダシにな/つた/今はもう彼等の手には耕すべき田も畑も殘つてはゐない/ほんとうに、どこの農村も如何に貧窮化されてることだらう/彼等は中農より小作人へそれから自由勞働者へ/急激なる坂を踏み止るいとまもなくころび落ちた/それが一部分は滿洲へ、他は日本へと溢れだす/ぢつとしてゐようともしてゐようがなくて。/だのに、それを君等は又あべこべに抑し返すと云ふのだ/二千名と云ふ多數の勞働者を。//あゝXXのセイ治家たちよ/君等にも涙があり、血があるハズだ/抑し返す君等の方は都合がいいかも知らないが/抑し返される方ではイツタイどうなると云ふのだ/ウエジニ!/それは目に見えてる事實ではないか/君等は彼等から土地を奪ひ食と服とを奪つた後に/彼等のナマナマしい生命迄も奪ひとらうとするのだ/だが、オボエテゐるのがいゝ/幾らメジカのやうに從順なる彼等だつて/さうだ、幾ら無智なる彼等たつてそんなにやすやすと死んで/行くものか/彼等だつて　いざとなれば地を蹴つてはね起きるんだ/今に見ろ/彼等のフンヌとフクシューに燃えあがるこぶしが/君等の太つぱらにヂリヂリと迫る日が來るのだ。”

기 위해 저임금 노동자로 현해탄을 건너온 조선인 노동이민자들이 인간 이하의 온갖 대접과 고초를 겪는 상황과 이들이 다시 강제 송환되는 내용을 서술하고 있는 부분이며, 둘째 부분은 조선인 노동자들의 일본 이민이 근본적으로 일본 제국주의의 식민지 수탈과 착취의 결과로 비롯되었음을 이야기하는 부분이다. 그리고 마지막 셋째 부분은 재일 조선인 노동이민자들이 핍박과 착취를 일삼는 일본 제국주의자들에 대한 저항과 분노의 심경을 나타내고 있는 부분이다. 이 3부분에서 첫째 부분은 조선인 노동이민자들이 도항을 위해 겪는 처절한 상황과 강제송환의 상황을 현재적 시점에서 사실적으로 묘사하고 있다면, 둘째 부분은 그 근원적 원인이 되는 식민지 수탈과 착취의 과거 행위를, 그리고 셋째 부분은 그럼에도 현실의 질곡을 넘어서기 위한 전망을 제시하고자 한 것으로 파악할 수 있다.

시인은 이처럼 위의 시를 통해 재일 한국인 노동이민자들의 현해탄 도항 현실과 강제송환사건을 연쇄적 고리로 삼아 일본 제국주의의 비인간적 행위와 식민지 지배정책이 갖는 허위와 모순을 강경하게 비판하고, 일제에 맞서는 민족적 대립과 저항이 기본적으로 계급적 착취와 탄압으로부터 비롯되었음을 분명하게 드러내고자 했다. 이를테면 "문화통치이니 산업진흥이니 입으로 떠들었지만/그 모두가 착취와 탄압의 수단이 아니었던가"라거나, "너희들은 그들로부터 토지를 빼앗고 양식과 옷까지도 빼앗은 후에/그들의 생생한 생명까지도 빼앗으려 한다"라고 하여, 일본 제국주의 정책의 허위와 비인간적 착취를 매우 노골적으로 비판하고 있다. 그리고 일제의 비인간적 착취에 대하여 "아무리 물고기같이 순종하는 그들이라도/그렇다, 아무리 무지한 그들이라도 그렇게 쉽게 죽어가겠는가—/그들도 여차하면 땅을 박차고 뛰어오른다/이제 두고 보라/그들의 분노와 복수에 타오르는 주먹이/너희들의 거만한 모습 앞에 들이닥칠 날이 올 것이다."라고 하여, 재일 조선인 노동이민자들이 일제의 정책에 대하여 갖는 불만과 분노를 매우 강경한 어조로 말하면서, 혁명적 세계에 대한 전망을 제시하고자 했다.

현해탄을 민족 이산의 비극이 놓인 체험적 공간이면서 동시에 일제의 감시와 탄압, 그리고 이에 맞서는 민족적 투쟁의 상징적 현장으로 형상화하고 있는 또 다른 작품이 김용제(金龍濟: 1909~1994)의 시 <현해탄(玄海灘)>이다. 그런데 앞의 백철의 시가 서술적 맥락의 구체성을 확보하고 있는 장점이 있는 대신 서정적 형상화에 실패한 결점을 안고 있다면, 김용제의 <현해탄>은 서술적 맥락과 서정성을 조화롭게 결합하고 있다는 점에서 한층 진전된 시적 수완을 보여준다.

> 오오 현해탄의 거친 파도는/오늘밤도 차가운 비에 해면이 후드득거리면서/무겁고 괴로운 감정과 같이/어둠 속에서 넘실거리며/망해 가는 고국의 곶(岬)을 깨물며/어슴푸레 하얀 물안개를 뿜으며 소리치고/멀리서 관부연락선이 뿌―하고 신음하는데/바쁘게 경적을 울리며 달리는 순시함의 순경이 든 붉은 전등이/미친개의 눈동자같이 빛나고 있다/…(중 략)…/오오 수만의 동포가 이산의 눈물을 흘리며/지난해 조방(朝紡)의 스트라이크가 실패한/애처로운 투쟁에서 자매들의 상처투성이 노래가 울려 퍼졌다/우리들의 바다! 현해탄은 출렁인다/오오 언제 저녁 바람이 잠잘지 모르는 현해탄의 거친 파도여!/우리들의 고통스러운 투쟁의 노래도/이 바다처럼 퍼져가며 파도처럼 높아가고 있는 것을 알고 있는가?/―「3월 1일」을 ×××날로써 기념하라!
>
> ― <현해탄(玄海灘)>에서[33]

---

33) 『プロレタリア詩』, 1931. 3. 인용 시의 원문은 다음과 같다. "おお 玄海灘の荒波は/今夜も氷雨に海づらを叩かれながら/重つ苦しい感情のやうに/闇の中に黑くうねり/亡び行く 故國の岬を嚙んでは/囚白い水煙を吐いてざわめく/遠く關釜連絡船のポーが唸ねり/せわしいポンポン汽艇の巡警の赤電燈が/狂犬の瞳みたいにチラついてゐる//…(中略)…/おお 數萬の同胞が離散の涙をそそぎ/去年「朝紡」のストライキに敗れた/いとしい戰ひの妹たちの傷だれけの歌がひびいた/俺たちの海! 玄海灘はざわめく/おお 何時も夕凪を知らない玄海灘の荒波よ!/俺たちの苦しい戰ひの歌も/この海のやうに擴がり この波のやうに高まるのを/知つてるか?/―「三・一」をXXXイキで記念せよ!"

위의 시는 암담한 민족현실과 '조선방직공장'의 파업 실패라는 구체적 현실을 거친 파도가 몰아치는 현해탄의 어두운 밤의 상황과 적절하게 연결시킴으로써 시적 형상화에 비교적 성공하고 있다. 그런데 시적 자아가 고국을 떠나 현해탄을 건너오는 관부연락선을 바라보는 시선은 대단히 무겁고 착잡한 감정에 휩싸여 있다. "현해탄의 거친 파도"는 "망해가는 고국"의 상황을 더욱 암담하게 고조시키는 것으로 파악되고, 관부연락선의 기적소리마저 '신음'으로 들리게 된다. 이와 같이 현해탄은 고국의 막막한 미래와 동일시되는 공간으로 표상된다. 여기에 일경 순시선의 경적과 "미친개의 눈동자"같은 감시의 눈초리가 극도로 불안한 상황을 조성한다. 그런데 이 시는 암담하고 숨 막히는 민족의 현실에 좌절하지 않는다. 오히려 수많은 민족 이산의 '눈물'과 조선방직공장의 파업에 실패한 여직공들의 '노래'가 현해탄의 높은 파도를 이룬다고 하면서 일제에 대한 투쟁의 의지를 높이고 있다.

물론 시적 자아는 민족 이산과 파업 실패로 이어지는 고국의 현실과 일제의 탄압 현실을 대립시키면서도 이를 민족 대 민족의 대립의 관점보다는 계급적 차별에 의한 대립의 관점으로 인식하고 있다. 여기서 고국의 파멸과 민족 이산으로 이어지는 역사현실을 경직된 이념으로 파악하는 한계를 보여주고 있으나, 현해탄의 시적 형상화가 역사현실을 거시적으로 인식하는 관점에 토대를 두면서 당대 역사현실의 중요한 현장과 매개의 공간적 상징으로 나타난다는 점에서는 이의를 달기 어렵다.

Ⅲ. 결 론

이 글은 일제 강점기에 발표된 시작품들 중에서 현해탄 체험을 중요한 제재로 삼아 형상화한 작품들을 조사하여, 이들 작품에서 현해탄 체험이 형상화되는 양상과 그 의미를 파악하고자 했다. 그런데 현해탄이란 지리적 공간이 여러 다양한 개인적, 역사적 경험과 조우되면서 다양한 경험적 공간으로 시작품에 형상화되어 나타났음을 파악했다.

먼저 정지용의 시에서 현해탄은 청년시절 유학의 길에 오른 지식인이 낙관적 세계인식을 바탕으로 자신에 대한 강한 자긍심을 표출하는 공간으로 형상화되어 있는 있었다. 이와 달리 임화의 현해탄 시편에서 현해탄은 식민지 지식인이 암담한 역사현실을 구체적으로 인식하는 계기적 공간이면서 역사의 주체자로 이를 극복하기 위한 결의를 보이는 공간으로 형상화되어 있었다. 즉, 정지용의 시에서 현해탄은 주체 긍정의 내면풍경을 보여주었다면, 임화의 시에서 현해탄은 주체의 자기성찰을 진지하게 도모했던 공간이었던 것이다.

한편 김석송, 정노풍, 심훈의 시에서 현해탄 체험을 형상화한 작품들은 당시 조선 노동이민자들의 도일과 귀향을 목도하는 도정으로서 현해탄을 설정하고, 이 현해탄을 오가는 연락선의 현장으로부터 민족 이산의 비참한 현실을 직접 생생하게 경험함으로써 민족 파탄의 역사현실에 대한 진지한 자각과 성찰을 보여주었다.

일제 강점기에 일본에서 발표된 김병호, 백철, 김용제 등 재일 한국인의 일어시 작품들에서도 민족 이산의 비극적 공간으로 현해탄을 형상화하고 있었다. 그런데 이들 작품들은 일본 내지에서 겪는 재일 한국인 이민자들에 대한 일제의 감시와 탄압, 그리고 비인간적 착취와 민족 차별의 현실을 직접적으로 폭로하는 데 중점을 두면서, 일제에 맞선 민족적 저항과 계급적 투쟁의식을 강하게 표명하는 상징적 공간으로서 현해탄을 그려내고자 했다.

사실 현해탄의 시편들을 역사적 문맥에서 검토하는 일은 일제 강점기의 역사현실에 대한 반성적 성찰을 진지하게 도모하는 일이다. 이는 과거의 불행한 역사를 또다시 반복해서는 안 된다는 교훈과도 연결되어 있는 문제이다. 하지만 오늘날 현해탄이란 용어는 이런 역사적 성찰을 동반하지 않은 채 너무나 쉽게 사용되고 있는 것은 아닌지 짚어볼 일이다. 물론 현해탄의 의미를 과거적 상황과 관련된 의미로 고착시킬 필요는 없다. 한일 관계의 발전적 미래를 구축하는 일이 중요한 과제로 부여되어 있지만, 그렇다고 과거의 역사에 대한 회피나 방관적 태도를 보이는 것은 오히려 한일 관계를 어렵게 할 것이다. 역사 발전의 주체로서 자아를 정립하면서 역사현실에 대한 진지한 자기반성과 비판적 성찰을 이끌어야 바람직할 관계 진전의 토대가 구축될 것이다. 따라서 현해탄 체험의 시적 형상화에 대한 문학적 관심도 과거의 역사에 대한 단순한 반추를 위해서가 아니라 현해탄의 역사적 의미를 발전적인 차원에서 재인식하려는 노력이 필요한 것이다.

▪참고문헌

강진호 편,『한국문단이면사』, 깊은샘, 1999.

김용직,『임화문학연구』, 새미, 1999.

김윤식,「임화연구」,『한국근대문예비평사연구』, 일지사, 1973.

김정훈,『임화 시 연구』, 국학자료원, 2001.

문덕수,『한국 현대 모더니즘시 연구』, 시문학사, 1981.

박경수 편,『잊혀진 시인, 김병호의 시와 시세계』, 국학자료원, 2004.

박경수,「백철의 일본에서의 문학활동 연구」,『한국 시가의 사상적 모색』, 부산:
　　실헌이동영박사정년기념논총간행위원회, 1998.

박경수,「정노풍의 계급적 민족의식의 문학론」,『정노풍 문학의 재인식』, 도서
　　출판 역락, 2004.

박경수,「한국 현대시와 현해탄」,『문학도시』통권 64호, 2006.5.

심　훈,『그날이 오면』, 한성도서주식회사, 1949.

양왕용,「한국 현대 해양시와 현해탄·대양·연근해 체험」,『한국시문학』제
　　15집, 한국시문학회, 2004.12.

오세영,「한국문학과 바다」,『20세기 한국시의 표정』, 새미, 2001.12.

윤영천,『한국의 유민시』, 실천문학사, 1987.

이명원,「김윤식 비평에 나타난 '현해탄 콤플렉스' 비판」,『전농어문연구』제11
　　집, 서울시립대 국어국문학과, 1999.

이사라,「정지용 시의 기호론적 연구」, 오세영 외,『구조와 분석 I 』, 도서출판
　　창, 1993.

이어령,『한국작가전기연구(상)』, 동화출판공사, 1975.

정지용,『백록담』, 문장사, 1941.9.

정지용,『정지용시집』, 시문학사, 1935.

조규익,「고전문학과 바다」,『지평의 문학』통권 2호, 1994.3.

주근옥,『석송 김형원 연구』, 도서출판 월인, 2001.

아지자·올리비에리·스크트릭 공저(장영수 옮김),『문학의 상징·주제 사전』,
　　청하, 1989.7.

『학원세계대백과사전(2)』, 학원출판공사, 1994. 5.

문학교육의 이데올로기와
공론장의 구조 변동
- 정부 수립 전후 시기를 중심으로

박 형 준

I. 들머리

이 글은 문학교육에 관한 연구가 문학 텍스트보다 문학교육 현상 그 자체를 대상으로 분석하고 설명하는 데서 학문적 방향성을 획득할 수 있다는 전제에서 출발한다. 문학교육학의 연구 대상은 크게 세 부분으로 나눌 수 있다. 그것은 첫째, 문학 텍스트에 관한 연구, 둘째, 문학교육에 관한 연구─무엇을, 어떻게 가르칠 것인가에 관한 연구, 셋째, 문학교육의 현상에 관한 연구이다. 지금까지의 문학교육학은 첫째와 둘째에만 치중한 경향이 강하였다. 교과내용학의 측면을 강조하든, 교과교육학을 강조하든 첫째와 둘째의 범주에서 크게 벗어나지 못하였던 것이다. 이들 연구가 의미가 없다는 것이 아니라, 문학교육학이 독자적인 학문적 정체성을 확보하고 그 이론적 대상과 범위, 내용 등을 확정하기 위해서는 다양한 접근 방식이 필요하다는 것이다.

해방 이후, 교육과정과 교과서 개편이 여러 차례 이루어졌음에도 불구하고, 문학교육은 주입식 교육을 탈피하지 못하고 있다. 이와 같이 문학교육과정과 문학교과서에 대한 비판이 지속적으로 이루어지고 있음에도 불구하고, 학교 현장의 문학 교수·학습을 개선하기 어려운 것은 문학교육학의 이론적 틀이 제대로 마련되지 못했기 때문이다. 따라서 문학교육학에 대한 비판과 반성은 현재의 문학교육의 체계가 성립된 시기를 되돌아보는 것에서부터 출발해야 한다. 문학교육제도의 근대적 형태가 마련된 개화기부터 해방공간, 그리고 제1차 교육과정부터 제7차 교육과정에 대한 엄밀한 연구가 이루어져야 한다. 그러나 일부의 연구 성과를 제외하고 나면, 아직까지 문학교육 현상에 관한 연구는 미비한 실정이다.

물론 문학교육학이 제도 비판에만 치우치는 것 또한 우려하지 않을 수 없는 것이 사실이다. 그러므로 문학교육 현상에 대한 관심은 제도의 목록을 열거하는 데 그쳐서는 안되며, 기존의 문학교육제도가 사회의 어떠한 기능적 필요성에 의해 만들어졌는가－우리가 속해 있는 사회는 문학을 둘러싼 제도에 대해서 왜 그 같은 이미지를 부여했는가－하는 것, 즉 문학교육의 장을 둘러싸고 있는 담론 분석의 차원에서 이루어져야 하는 것이다. 이와 같은 문제 인식은 필연적으로 정전(正典, Canon) 문제와 만나게 된다. 우리의 문학 정전은 선택과 배제의 과정을 통해 형성되었으며, 이데올로기적 근거를 은폐하는 중립성의 이름으로 위장되고 재생산되어왔다.

해방 직후의 문학교육제도는 표면적으로 좌/우익 성향을 모두 포괄하고 있었다. 그러나 정부 수립 이후, 문학교육제도는 획일적인 방향으로 재편된다. 국정 국어교과서와 검인정 문학교과서에서 좌익 성향의 작가와 월북 작가의 작품이 삭제 조치되면서, 좌익 성향의 문학 텍스트－텍스트의 내용 자체는 전혀 좌익적이지 않은 작품－가 제도교육의 장에서 축출되는 현상이 대표적이다. 이는 좌익 작가에 대한 이념 통제와 문학적 소통 방식의 차단이 미학적 심급에 의해 결정된 것이 아니라, 사회·정치적 심급에 의해 중층결정된 것임을 암시한다. 그러나 지금까지의 문학 텍스트는 그것이 마치 미학적 자율성에 의해서만 형성된 것처럼 간주되어왔다. 이와 같은 문학교육제도의 형성 기원은 해방 직후까지 거슬러 올라가며, 그 영향력은 1970년대 이후까지 지속된다.

따라서 한국 문학교육장의 발생론적 배경을 올바르게 이해하기 위해서는 문학교육제도의 구조 자체가 변화되는 정부 수립 전후의 문학교육 현상을 살펴보아야 한다. 이것은 문학교육제도의 내적 체계 분석만으로는 파악하기 어려우며, 문학교육제도의 외적 체계와 내적 체계의 중층적 변화 양상을 고려하여야 한다. 문학교육제도의 외적 체계를 구성하는 것은 문학교육제도와 접합되어 있는 교육·문화 담론—문학교육제도가 문학 혹은 문학교육만으로 구성되어 있다는 것은 환상이기 때문이다—이며, 이것은 문학교육제도의 내적 체계 요소인 문학교육과정, 문학교과서, 문학평가(입학시험) 등과의 관계 속에서 확인할 수 있다.

이 글에서는 정부 수립 전후 시기의 국정 국어교과서와 검인정 문학교과서의 정전 형성 과정을 중심—정부 수립 전후의 문학교육과정은 교수 요목의 문건 수준을 벗어나지 못한 상태였으므로—으로 논의를 전개하고자 한다.

Ⅱ. 문학교육제도의 외적 체계 변화

1. 교육—문화 진영의 이념 교섭

해방공간에서는 좌·우익 대립에 따른 혼란과 미군정 당국의 우리 고유 문화에 대한 인식 부족으로 문화의 육성 및 진흥 방안에 대한 일관된 정책을 실시할 수 없었다. 그러나 정부 수립 이후, 국가 주도적인 예술문화 운동이 이루어지면서, 예술문화 육성을 위한 여러 단체가 조직되기 시작했다. 이것은 문학·문화운동단체의 역량을 집약하고 총체화하는 방향으로 나타났는데, 중앙문화협회의 결성이 그 시작이다. 중앙문화협회는 다시 전국문필가협회, 한국문학가협회(약칭 문협), 전국문화단체총연합회(약칭 문총) 등으로 점차 확대되는 양상을 보이는데, 이것은 문화적 성격의 연대가 아니라 우익 조직의 이데올로기적 결집을 의미하는 것이었다.

> 우리는 문화인이다. 우리는 문화가 쇠퇴하거나 발전하지 못하는 환경 속에서 생존할 의욕을 가지지 못하는 자이다. 문화는 정신이오, 문화야말로 가장 진실한 생활이며, 또한 생활의 부단한 비판인 까닭이다. (…중략…) 보라, *순천·여수의 반란사건은 해방 후 이북의 악랄한 계획과 이남의 온상에서 육성된 공산당의 치밀하고 조직적인 학살행동이라고 하겠으나 의식없이 이에 유도되고 기만되어 가담한 동포의 정신적 황혼은 과연 총검과 投監으로써만 해결될 문제일까?* 총검의 윤리를 시비하거나 감옥의 교화를 무시함이 아니로되 우리의 급선무는 민족의 생명에서 구현되는 민족정신의 건전한 앙양에 있으니 민족의 사는 데는 나라가 있어야 한다.(강조─인용자)[1]

이 취지서에는 "민족의 생명에서 구현되는 민족정신의 건전한 앙양"이 공산당의 "기만"에서 벗어나는 데서 가능하다고 주장하고 있다. 의식없이 행해지는 정신 교육은 "공산당의 치밀하고 조직적인 학살행동"보다 더 무섭다는 것이다. 그러니 그러한 "기만"에 유도되지 않는 "부동의 이념"이 필요하며, 그것은 "영원한 정신적 생산의 모태가 되어 민족의 안전을 보장하고 민족의 영예를 보전케"할 수 있는 것이어야 한다는 것이다. 그렇다면 그것은 무엇인가. 다름 아닌, "민주주의를 민족화"하는 것이다. "민족이 살려면 나라가 있어야"하며, 그것은 "민족정신의 건전한 앙양"을 통해 가능하다는 것이다. 이러한 논리 속에는 여타의 이념이 개입할 여지가

---

1) ≪국제신문≫, 1948년 12월 21일.

없다. 즉, 민주주의 민족화란 좌익 이념에 대한 배제를 명시화한 것에 다름 아닌 것이며, 이 문건에서 제시하고 있는 "민족정신"이란 반공(反共) 정신의 다른 이름일 뿐이었다. 이를테면, 그것은 "이북 문화인에게 보내는 경고문"[2]에 가까웠다.

그렇다면 '문총'은 어떠한 단체인가. 문총은 우익적 성향의 문화운동단체 29개가 모여 결성한 교육·문화·예술 등의 연합 단체인데, '문협'의 회장인 박종화가 대회준비위원장으로, 조지훈, 서정주 등이 준비위원을 맡고 있어 눈길을 끈다. 김윤식은 정부 수립 다음해 문총 속의 전국문필가협회와 그 외곽단체인 청년문학가협회가 발전적 해소를 거쳐 문협을 만들었으며, 이로써 문협은 자동적으로 문총 밑으로 들어왔을 뿐 아니라 사실상 문총을 이끄는 몫을 맡았던 것이라고 하였다.[3] 그러나 그렇다고 해서 한국문학가협회의 이념적 논리가 교육계에 그대로 수용되었을 것이라고 보기는 어렵다. 왜냐하면 교육은 그 구체적 모양과 됨됨이를 스스로 정당화시키고 또 변화시킬 수 있는 힘을 지니고 있기 때문이다.[4]

이데올로기적 국가장치들의 통일성이란 교육과 문화의 상호작용 속에서 배태된다. 교육과 문화가 상호작용함으로써 일정한 이데올로기 형식이 그 사이에서 배태되는데, 그것은 지배이데올로기가 일련의 사회적 분할 제도화를 통하여 동일한 이데올로기를 재생산하는 기능을 하게 된다.[5] "모든 비민족적·반국가적 공식주의를 배격"한다는 문협의 강령이 문총의 이념적 성격과 일치하는 것은 우연이 아니다. 그것은 "민족정신 앙양 전국문화인 총궐기대회" 준비위원회의 인적 구성을 통해서 확인할 수 있다.

조선교육심의회 교육이념 분과위원이었던 안재홍, 정인보, 백낙준, 교

---

2) ≪서울신문≫, 1949년 12월 4일.
3) 김윤식, 「해방후 남북한의 문화운동」, 『해방공간의 문학운동과 문학의 현실인식』, 한울, 1989, 21쪽.
4) 김기석, 『문화재생산이론』, 교육과학사, 1994, 8쪽.
5) 다이안 맥도넬(임상훈 옮김), 『담론이란 무엇인가』, 한울, 1992, 41~45쪽

육행정 분과위원이었던 현상윤 등이 대회임원으로 포함되어 있으며, 교육
행정 분과위원이었던 최두선과 최규동이 각각 회장과 부회장을 맡고 있
다. 또한 교과서 분과위원이었던 최현배, 장지영 등이 준비위원으로 포함
되어 있으며, 해방공간의 국어교과서 출판을 주도하였던 조선어학회의 이
희승, 정인승, 그리고 진단학회의 손진태 등이 준비위원으로, 초대 문교부
장관인 안호상이 대회임원으로 포함되어 있다. 해방공간 교육제도의 핵심
영역을 담당하고 있던 교육계 인사들이 '문총'의 핵심적인 위치를 차지하
고 있다는 사실은 정부 수립 이후의 교육제도가 어떠한 방향성을 지향하
게 될 것인가 하는 점을 암시해 준다.

문학·교육운동단체의 이념적 결속은 다른 이념의 접근을 허용하지 않
는 것이었다. 해방공간의 교육개혁을 주도했던 조선교육심의회의 이념적
성향은 우익에 가까웠지만, 그것은 어디까지나 좌익을 포괄하는 태도를
견지한 것이었다.[6] 표면적으로 좌익을 배척할 수 없었던 해방공간의 교육
정치적 상황도 그러하지만, 당시 조선교육심의회가 좌익인사와 조선교육
연구회 소속의 신민족주의자를 소수파(26.4%)로 포함하고 있었다는 사실
또한 좌익 이념을 쉽게 배척할 수 없었던 원인 중 하나가 된다.

표면적이기는 하지만, 신민족주의 세력은 좌우익의 이념을 아우르고자
하였다. 그렇기 때문에 교육계에서도 노골적인 좌익 배척은 이루어질 수
없었다. 그러나 정부 수립 이후 우익 문화단체가 전국적으로 결속하게 됨
으로써, 교육계 또한 일련의 구조 변동을 겪게 된 것이다. 좌익 세력은 정

---

6) 조선교육심의회 구성원의 이념적 분포는 다음과 같다. 군정청 미국인 15.3%, 기독교 및
한민당 소속 한국인 58.3%과 좌익 인사 및 조선교육연구회 소속의 한국인 26.4%이다. 김
용일은 한국인 중에서 전자를 다수파, 후자를 소수파로 불렀는데, 그것은 조선교육심의
회의 주도권이 우익과 보수적 민족주의 세력에게 있었음을 의미하는 것이다. 이것은 정
부 수립 후, 신민족주의 사상과 좌익 사상이 보수적 민족주의에 흡수되거나 배제되는 요
인으로 작용한다. 조선교육심의회 구성원의 이념적 분포에 대해서는 김용일, 「미군정기
조선교육심의회에 관한 교육정치학적 고찰」, 『교육문제연구』 제6집, 고려대학교 교육문
제연구소, 1994, 322쪽 참조.

부 수립 이전까지 포섭과 설득의 대상이었던 반면, 정부가 수립된 이후에
는 교육 체제의 축출 대상이 되었다. 조선교육심의회의 대표적인 인사들
또한 우익적 성향의 문화·문학운동단체와의 결속을 당연시 여기게 되었
는데, 그것은 단순한 문화적 연대가 아니라 정치적 논리에 따른 이념적 결
속을 의미하는 것이었다.

　물론, 이와 같은 교육·문화적 연대와 별개로 교육계 자체적으로도 좌
익 이념을 배제하고자 하는 움직임이 활발하게 나타났다. 이러한 배제 전
략의 이념적 기반을 마련한 것이 초대 문교부 장관 안호상의 일민주의(一
民主義) 교육정책이다. 일민주의 교육정책에 대한 기존의 연구 성과를 참
조한다면, 일민주의는 문자 그대로 같은 혈통과 운명이라는 민족의 공동
적 기반 위에서 형성되었는데, 이승만 대통령은 이를 초대 정부의 지도이
념으로 채택하였다. 그는 일민주의를 통하여 민족도 하나이며, 국가도 하
나요 국민성, 정치, 문화도 하나임을 강조하였다.[7]

　이처럼 안호상의 일민주의는 국가 정책의 일환으로 확대되는데, 그것
은 "일민의 정신으로 나라를 구하자는 이념 밑에 널리 일민주의를 보급시
키고자 하는 일민주의보급회의 제1차 전국대의원대회는 작 18일 상오 10
시 30분부터 종로 YMCA강당에서"[8] 시행하는 등 전국적인 규모로 확대
되게 된다. 안호상은 이 단체의 부회장을 맡고 있었는데, 그것은 명목상이
었을 뿐 실질적인 회장은 안호상이나 다름없었다.

　해방 이후의 학교교육은 줄곧 민주주의와 민족주의를 지향하고 있었지
만, 초대 정부의 일민주의 교육정책으로 인해 전자보다 후자쪽에 더욱 무
게가 실리게 된다. 이러한 일민주의 교육정책은 안호상에 의해 더욱 이론
적으로 체계화되고, 학원의 사상적인 안정과 반공체제의 확립을 위한 기
제로 작동하게 된다. '일민(一民)'은 매우 강력한 혈연주의를 지향하므로,

---

7) 손인수, 『한국교육운동사 : 1950년대』, 문음사, 1994, 143쪽.
8) 《조선일보》, 1950년 3월 21일.

민족 내부의 갈등을 고려하지 않는다. 따라서 일민주의는 민족 내부의 갈등, 즉 계급과 계급 간의 갈등을 민족이라는 상상적 개념으로 은폐하고, 사회주의 이념에 대항하는 이론적 위상 ─ 대외적으로 반공 이데올로기로 작용할 수 있는 조건 ─ 을 확보하게 되는 것이다.

이러한 교육정책은 처음부터 파시즘으로 치달을 수 있는 위험을 내포하고 있었지만, 당시 교육·문화계의 상호 교섭 작용으로 인해 은폐될 수 있었다. 왜냐하면 일민주의는 민족 내부의 갈등을 전제하지 않는 신민족주의 진영의 교육 담론과 접합될 수 있는 여지를 상당 부분 지니고 있었기 때문이다. 이러한 논리 아래 교육계 자체적으로 광범위한 좌익 숙청 작업이 이루어진다. 교육이 국가 건설의 계몽적 수단으로 간주되고 있던 상황에서 정부의 건국이념(교육이념)과 상반되는 이념을 배제하는 것은 당연한 조치였다. 그것은 안호상을 중심으로 한 일민주의 교육정책의 주요 문교시책 중 하나였다. 당시의 혼란스러운 상황을 고려한다면, 학원의 사상적 안정과 반공체제의 확립은 무엇보다 시급한 과제였기 때문이다.

2. 좌익 이념의 통제와 배제 전략

문교부의 좌익 이념 배제는 정책적 차원에서 실시되는데, 그것은 첫째, 좌익 교직원 숙청, 둘째, 좌익 학생 교화 및 처벌 등의 양상으로 나타난다. 교직원 숙청과 학생 처벌은 교육적 소통 주체와 객체를 완전하게 소거하는 방식으로, 교육 담론의 소통 자체를 차단하고 통제하는 기능을 하게 된다. 교육 담론의 생성 자체가 차단되었을 경우, 교육제도는 획일적인 방향만을 지향하게 된다.

(문) 이번 실시된 교육계의 교원숙청 문제는 이것이 전국적으로 실시되는 것인가? (답) *물론 전국적으로 숙청하는 것이다. (문) 그 숙청문제의 중점은 어디다 두는가? (답) 사상에 중점을 둔다. 교원으로서 좌익*

적 사상을 가진 자는 전면적으로 숙청할 것이다. (문) 그러면 좌익이라
는 것을 무엇으로 밝히게 되는가? (답) 그것은 교장과 학생 또는 일반의
여론과 경찰의 신원조사로써 밝힌다. (문) 동료간의 불친목인 자도 숙
청 대상이 되는 모양인데 그 한계는? (답) 역시 동료간의 불친목은 결국
학교 내에서 학교당국에 협의 않는 것을 의미하며, 특히 좌익사상은 아
니되 학교와 학생간의 중간적 입장으로 학원을 파괴하는 자는 그러한
사람들이다.(강조 - 인용자)[9]

안호상은 "좌익적 사상"과 "숙청"이라는 용어를 사용하고 있다. 그 대
상자는 시내 초·중등학교 교직원 중 (1) 사상이 불온한 자 (2) 무실력한
자 (3) 당국에 협력치 않은 자 (4) 동료간에 불목한 자 등 네 가지 조건에 해
당하는 교직원이다.[10] 교원 숙청의 핵심 논리는 첫째, 반민족 교원 단호
숙청, 둘째, 민족교육의 철저한 정화에 있다. 그것의 사상적 기반을 제공
해 준 것이 "민주주의 민족교육"[11], 즉 일민주의이다. 이것은 좌익이라는
특정한 사상적 대상을 공론장의 바깥으로 몰아내고자 하는 시도이다.

이것은 일부 지역에서만 실시된 소규모 숙청이 아니라, "전국적으로 실
시"된 것이었다. 경상남도 학무국에서는 "각 부·군의 장학사의 조사가
경찰당국의 의견 및 지방유지의 견해를 종합하여 정확한 근거를 얻어 대
폭 숙청을 단행하"[12]였다. 또한 전라남도 학무국에서도 "애국적 정신을
몰각하고 공산계열의 走狗로써 반민족이며 반국가적 사상을 抱持한 악질
도배의 교직원이 자기의 사상을 은폐하고 교묘한 술책으로써 가면을 쓰고
학원에 침입하여 계획적이고 비밀적 수단으로써 소기의 목적을 달성하려
하는 것"이라며, "실은 去般 여수·순천사건에서 명백히 폭로되었으므로
본도에 있어서는 반민족적이고 반국가적인 비양심적 교직원을 철저히 조

---

 9) ≪조선일보≫, 1949년 3월 12일.
10) ≪경향신문≫, 1949년 3월 12일.
11) ≪동광신문≫, 1949년 4월 14일.
12) ≪부산일보≫, 1949년 3월 15일.

사하여 엄정한 처단을 내리는 동시에 미급한 점을 화급 조사하여 숙청을 단행하며 교단에서 추방"13)한다고 하였다.

좌익 교원 숙청과 동시에 실시된 것이 사상 불온 학생에 대한 처벌이었다. 그것은 표면상 학생운동단체의 정비 작업으로 등장하였으나, 실제로는 좌익 사상을 지니고 있는 학생에 대한 숙청 작업이었다. 앞의 '문총' 문건에서 살펴본 것처럼, 당시 우익 교육계 인사들은 좌익 세력에 의해 "의식없이 이에 유도되고 기만되어" 학생들이 "순천·여수 반란 사건" 등에 가담하였다고 생각하고 있었다. 실제로 10개교 280명의 학생들이 순천·여수 지방의 사건에 가담하였는데, 그것은 학원사상 단속의 빌미를 제공하였다.14)

당시에는 좌익 학생운동단체의 활동이 매우 조직적으로 진행되었는데, 그에 비해 우익 학생운동단체의 활동은 매우 미비한 실정이었다. 이에 문교부는 좌익 학생운동단체에 대립되는 우익 학생운동단체를 결성하기에 이르는데, 그것이 바로 학도호국단이다. 학도호국단의 강령은 "모든 반민족적 행동과 반국가적 사상을 철저히 쳐부수고", "학원노력을 바로잡아 민족문화 앙양을 위하여 분투"15)하는 것이었다. 총재를 대통령이, 부총재를 국무총리가, 단장을 안호상 문교부 장관이 맡았다. 이것은 학도호국단이 순수한 교육적 목적에 의해 창설된 것이 아니라, 이데올로기적 국가 장치의 기능으로 만들어진 것임을 보여주는 것이다. 다시 말해 학도호국단의 결성과 학생 운동단체의 정비는 좌익의 이념 통제와 우익의 이념적 우위를 확보하기 위한 장치였던 셈이다.

> 安문교부장관은 30일 담화를 발표하여 학도호국단 이외의 일체의
> 학생단체는 내년 1월 말일 이내에 해체하고 해체보고를 중앙학도호국

---

13) ≪동광신문≫, 1949년 4월 14일.
14) 손인수, 앞의 책, 164쪽.
15) ≪자유신문≫, 주보 제4호, 15~33쪽.

단 사무국에 제출해야 한다고 미해체 학생단체에 경고를 발했다. 현하 학도호국단 이외의 여러가지 학생단체가 난립하고 있는 바, 이것은 대통령령 대한민국 학도호국단 규정에 위반될 뿐만 아니라 본 단 운영에 있어서도 지대한 지장이 있는 것이므로 학도호국단 이외의 각 학생단체는 즉시 해체하는 동시에 해체완료보고서를 단기 4283년 1월 말일까지 중앙학도호국단 사무국에 제출하여 주기 바란다.[16]

위의 기사문에서 살필 수 있듯이, 문교부는 "학도호국단 이외의 일체의 학생단체"는 해체하여야 한다고 언급하고 있다. 그것은 학생단체의 난립을 해소하는 차원에서 제기된 것이지만, 실질적으로는 좌익 이념 통제의 방편으로 실시된 것이었다. 학도호국단은 실제 학교 현장에서도 "공산주의 기타의 반민족적 사상행동을 배격"[17]하는 차원에서 조직되었다. 교장이 대장을 맡고 교감이 부대장을 맡았으며, 체육교사가 훈육주임을 맡았는데, 이러한 사실은 당시의 교육체제가 이데올로기적 국가 장치의 통일성으로 작동하고 있음을 적나라하게 보여준다. 이후에도 학도호국단은 교련을 정식과목으로 채택하는 등 반공교육의 제도적 장치 역할을 지속적으로 담당하게 된다.[18]

III. 문학교육제도의 내적 체계 변화

1. 좌익 작가의 작품 삭제와 사용 금지

문교부의 이념 배제 전략은 학교교육의 일반적 제도뿐만이 아니라, 문

---

16) ≪국도신문≫, 1949년 12월 31일.
17) 무학 60년사 편찬위원회, 『무학 60년사』, 신원인쇄사, 2000, 75쪽.
18) 안호상은 "좌익전향자 기간에 자수한 학생들 중 제명처분된 학생은 복교시킬 수 없으나 정학처분을 받은 학생들에 대하여는 복교를 허락할 수 있다. 그러나 일반학생과 같이 평등한 자격은 줄 수 없다"고 언급함으로써, 학교교육의 이념적 선별을 분명히 하였다. ≪서울신문≫, 1949년 12월 6일.

학교육이라는 특수한 제도에도 직접적으로 작용하였다. 그것은 좌익 교직원과 좌익 학생 숙청 등과 같은 물리적 차원의 문제가 아니라, 좌익 작가의 작품 삭제라는 상징적 차원의 문제였다. 즉, 좌익 및 친일 성향의 작가가 편찬한 교과서 정비가 그것이다. 어느 한 성향의 작가를 교과서에서 인위적으로 배제하는 것은 문학 작품 감상에 직접적인 영향을 미치게 되는데, 이는 문학 작품 감상자의 "취향과 자발성"[19]을 처음부터 무시하는 결과를 초래하게 된다. 따라서 다양한 작품의 감상과 이해 자체가 불가능해지는 것이다.

> 학원 내에 잔존하고 있는 대한민국 국책에 어긋나는 모든 사상을 전적으로 배제하고 배움의 길로 정진하는 젊은 학도들의 정신을 국토통일과 민족자주독립국 건설에 집결하고자 문교부에서는 금 학년용으로 檢認定한 교과서를 전부 재검하여 국책 추진에 방해가 되는 교재를 취소 또는 그 부분을 작폐하고 그 대신 적당한 교재를 보충키로 되었다고 한다. 그런데 문교부에서는 이의 실천방법으로 금후 사상적으로 불순하다고 인정되는 교과서를 발견하는 때에는 그 삭제를 지시하고 보충교재가 완성되는대로 해당 교과서 간행출판사로 하여금 채용학교에 배부하도록 응급조치를 취하리라고 하는데 이에 앞서 安문교부장관은 지난 3일부로 서울시장과 각 도지사에 공문을 발하여 관하 각 학교에 교재 선택과 개선에 대하여 항상 遺漏없이 지도 감독할 것을 지시하였다고 한다.[20]

문교부는 "대한민국 국책에 어긋나는 사상을 전적으로 배제"하기 위한 사상 정비의 일환으로 교과서 정비를 실시하였다. 교과서 정비가 왜 중요한 화두로 떠올랐는가하면, 그것은 공식적인 교육과정이 마련되지 못한 상황에서 교과서가 실질적으로는 교육과정의 역할까지 담당하고 있었기

---

19) 피에르 부르디외(최종철 옮김), 『구별짓기 : 문화와 취향의 사회학』, 나남, 2005, 135쪽.
20) ≪한성일보≫, 1949년 11월 11일.

때문이다. 이러한 사실을 고려한다면, 교과서란 곧 교육이념의 반영에 다르지 않았다. 교과서 정비가 교수·학습의 내용(제재), 학습 요소, 학습 방법 등을 고려한 것이 아니라, 특정 사상의 배제를 목적으로 이루어졌다는 사실은 이 당시 교육개혁이 이념 정비의 차원에서 실시된 것임을 확인할 수 있게 해주는 증거가 된다. 즉, 교원 숙청, 학생 숙청, 교과서 정비가 철저하게 좌익 성향의 교육적 소통 방식을 차단하기 위한 차원에서 실시되었다는 것이다.

그것은 "檢認定한 교과서를 전부 재검하"는 방식으로 시행되는데, "국책 추진에 방해가 되는 교재"는 "취소 또는 그 부분을 작폐"하는 방식을 취하였다. 문교부의 이러한 교과서 정비는 두 가지 방향에서 이루어진다. 그 대상은 첫째 친일 역사가와 친일 작가에 대한 숙청이며, 둘째 좌익 역사가와 좌익 작가에 대한 숙청이다. 좌익 성향의 문학가를 친일 작가와 동일시하는 방식을 취한 것이다. 그것은 국정 교과서에서 전자와 후자에 해당하는 내용을 삭제하는 방식과 국정 교과서가 아닌 검인정 교과서 중에서 해당 저자의 저서를 사용 금지하는 형태로 나타난다. 세부적인 내용을 살펴보면 다음과 같다.

첫째, 친일 역사가 및 친일 작가에 대한 숙청이다. 이 경우는 국정 교과서에 포함되어 있는 경우는 드물었으며, 검인정 교과서의 형식을 취하고 있는 경우가 많았다. 이를 금지하기 위하여 "6. 명년도부터는 반드시 검정된 교과서를 사용할 것 7. 사용금지 교과서에 관한 것(좌기서적)" 등과 같은 금지 항목을 설정하였다. 금지된 교과서는 최남선(崔南善)의 『중등국사』, 『조선본위 중등동양사』, 『동양본위 중등서양사』, 『성인교육 국사독본』, 『쉽고 빠른 조선역사』, 『국민조선역사』 등과 이광수(李光洙)의 『문장독본』[21]이었다. 이 저서들은 교과서를 염두에 두고 출판된 것은 아니지만, 당시에는 상당히 많은 학교에서 교재 혹은 부교재로 이 저서를 채택하고 있었다. 당

---

21) ≪조선일보≫, 1948년 10월 12일.

시의 검인정 시스템이 무용지물에 가까웠던 것은 이러한 일반 출판물의 교과서 사용을 부채질하였다. 국정 교과서에 수록된 작품이야, 삭제 조치하면 그만이지만 별개로 출판되어 있는 저서를 교재로 사용한다면, 해당 목록에 대한 삭제 조치만으로는 실질적인 통제 효과를 거둘 수 없었을 것이다. 그것은 검인정 시스템의 강화를 통해서만 가능하였던 것이다. 교과서 편수 국장이었던 손진태가 "국어교과서 같은 것은 모르나 다른 것은 방임해 두는 것이 좋을 것"[22]이라고 할만큼 당시의 출판 상황은 열악하였다. 그러한 상황에서 이와 같이 출판 금지를 강행하였다는 사실은 문교부의 이념 통제가 얼마나 강력한 것이었나 하는 점을 잘 보여준다.

둘째, 좌익 성향의 역사가 및 문학 작가 숙청인데, 그것은 다시 두 가지 방향에서 이루어진다. 국정 교과서의 좌익 작가 삭제와 검인정 교과서의 사용 금지령이 그것이다. 먼저 역사·문화·정치 영역을 살펴보면 다음과 같다. 문교부는 "당장 취소 내지 삭제키로 지명된 교과서명 및 삭제부분은 다음과 같"이 밝히고 있다. "을유문화사 출판 정갑 著 : 중학교 사회생활과 먼 나라 생활(지리부분)은 검정허가 취소, 을유문화사 출판 정영술 저 : 산업경제(경제편)는 검정허가 취소, 동지사 출판 육지수 저 : 중등 사회생활과 먼 나라의 생활(지리부분)의 소비에트연방의 생활 중 7. 정치와 경제기구는 절거(切去) 소각할 것, 탐구당 출판 노동양 저 : 중등 사회생활과 먼 나라(지리부분)의 소비에트연방 중 註 5개년계획과 6. 소련의 연혁 7. 정치와 경제를 절거 소각할 것"[23] 등이었다. "절거(切去)", "소각"이라는 표현을 사용할 만큼 그것은 과격한 것이었다. 정갑, 정영술 등 좌익으로 분류된 저자들의 책은 검정 허가를 취소하고, 좌익 저자가 아닌 경우에는 공산주의 관련 항목을 삭제(절거, 소각) 처리하였다.

---

22) ≪서울신문≫, 1948년 10월 22일.
23) ≪한성일보≫, 1949년 11월 11일.

2. 이념의 배제와 고전교육의 강화

문교부의 대대적인 교과서 정비작업은 문학교육에 직접적인 영향을 미치게 된다. 안호상 문교부 장관은 1949년 10월 4일 중앙청에서 기자단과 회견하고 문교행정 기타에 대하여서 다음과 같이 말하였다. "검인정 교과서에서 좌익 작가의 작품은 삭제"한 데 대해서 안호상은 "친일 작가의 작품은 물론 좌익 작가의 작품도 모두 삭제해서 발간하도록 했다. 편집자만 보고 인정을 했기 때문에 그 중에는 좌익 작가의 작품이 끼게 되었던 것이다. 국정 교과서에서도 모두 삭제해 버리었다."[24]라고 하였다. 조금 길지만, 기사의 전문을 인용하면 다음과 같다.

문교부에서는 건전한 국가이념과 철저한 민족정신의 투철을 기하고 특히 학도들에 대한 정신교육에 유감이 없도록 하기 위하여 관계 기관과의 협의하에서 국가이념과 민족정신에 위반되는 저작자의 저작물, 괴흥행물의 간행·발매·연출·수출입 등을 일절 금지하기로 방침을 결정하고 우선 지난 15일 각 중등학교에 장관명의로 공문을 발하여 중등교과서 중에서 삭제할 저작자와 저작물의 내용을 지시하여 실시하게 하였는데 동 공문에 지적된 글과 작자명은 다음과 같다. △ 중등국어(1) 가을밤(박아지) 고양이(박노갑) 연(김동석) 봄(박팔양) 채송화(조운) 고향(정지용) 부덕이(김남천) △ 중등국어(2) 금붕어(김기림) 선죽교(조운) △ 중등국어(3) 옛글 새로운 정(정지용) 춘보(박태원) 경칩(현덕) 전원(안회남) 궤 속에 들은 사람(이근영) 오랑캐꽃(이용악) 3월 1일(박노갑) △ 중등국어(4) 소곡(정지용) 시와 발표(정지용) △ 국어(1) 잠자리(김동석) 살수꽃(현덕) 향토기(이선희) 진달래(엄흥섭) △ 국어(2) 채송화(조운) 양(오장환) 연(김동석) △ 중등국어(1) 잠자리(김동석) 잠언 한 마디(김윤제) △ 중등국어(2) 꾀꼬리와 국화(정지용) 나의 서재(김동석) 노인과 꽃(정지용) △ 중등국어(3) 크레용(김동석) 조이심매(김용준) 별들을 잃어버린 사나이(김기림) 첫 기러기(김기림) △ 중등국어(3) 초춘음(신

---

24) ≪한성일보≫, 1949년 10월 5일.

석정) △ 중등국어(4) 황성의 가을(조중곤) 한하원(김철수) 선천(정지용)
소곡(정지용) △ 신생 중등국어(1) 말별똥(정지용) 부덕이(김남천) 진달
래(엄흥섭) 봄의 선구자(박팔양) △ 신생 중등국어(2) 松京(조운) 별똥 떨
어진곳 더 좋은데 가서(정지용) △ 신생중등국어(3) 大간디의 私邸(김용
준) △ 중등국어 작문 32頁 김남천, 62頁 김동석, 67頁 정지용, 70頁 안회
남, 134頁 조중흡 △ 현대중등글짓기(3) 41頁 오기영 △ 중등국어(1) 향토
기(인성희) 소(박찬모) 文教部(國定)[25]

정지용, 엄흥섭, 김남천, 박팔양, 오장환 등 좌익 성향 작가들의 작품이
주요 삭제 대상이 되었다. 이러한 작품 삭제는 작품의 성격이나 이념과는
무관한 것으로, 단지 저자의 경력만을 고려한 것이다. 작가의 전반적인 작
품 성향이 사회주의와 무관하다고 하더라도, 좌익 문학운동단체에 가입하
였거나, 그 단체를 지지하였던 경우에는 교과서에서 삭제되었던 것이다.
그것은 당시의 교과서 정비가 매우 감정적인 차원에서, 그리고 이념 배제
의 차원에서 이루어진 것임을 보여주는 것이다. 좌익 작가의 삭제 목록을
만드는 데 있어서 당시 문단을 장악하고 있던 한국문학가협회 소속 조선
청년문학가협회의 영향력이 작용했을 것이라는 사실은 짐작할 수 있다.
　앞에서 살펴본 바와 같이, 이 시기에는 '문총'과 '문협'의 이념적 결속
이 이미 이루어진 상태였다. 그러나 '문협'의 이념적 논리가 교과서 정비
과정에 직접적으로 반영된 것이라고는 보기 어렵다. 왜냐하면 '문협'이 문
학 작품 목록을 수정하는 데 상당한 영향력을 행사하였다고 하더라도, 그
것은 대한민국 정부의 수립 이후에 '교육'이라는 미시담론의 공간에서 펼
쳐지는 이념 선택의 한 단면을 반영한 것에 불과하기 때문이다. 교육계와
문학계의 이념 교섭이 교과서 정비를 이끈 것이 아니라, 교육계 자체적으
로 이루어진 이념 정비 과정에서 교육계와 문학계의 이념 교섭이 이루어
졌다고 보는 것이 타당하다. 즉, 국정 국어교과서와 검인정 문학교과서에

---

25) 《조선일보》, 1949년 10월 1일.

서 좌익 작가의 작품 삭제는 정부 수립 이후에 단행되었던 교원 숙청, 좌익 학생 숙청 등과 같은 이념 정비의 한 단면인 셈이다.

교육의 3요소는 교사, 학생, 교육매체이다. 이것은 교사 − 매체 − 학생이라는 일정한 소통 양식을 가진다. 그러나 이 당시에는 이러한 소통 방식이 완전히 차단된 상황이었다고 볼 수 있다.[26] 이러한 상황에서 제대로 된 문학교육을 바랄 수는 없다. 특히, 그것은 현대문학교육의 공백을 초래하는 것이었다. 위의 기사에 따르면 상당히 많은 분량의 작품이 삭제 조치된 것으로 확인되는데, 수록된 분량 자체가 적었던 현대문학 작품의 경우 그 효과는 이루 말할 수 없는 것이었다.

예를 들어, 정지용의 경우 이 자료에서만 9편이나 된다.[27] 당시 현대문학 제재의 수록 양상을 고려한다면 이것은 엄청난 분량이라고 할 수 있다. 정지용은 "문학사적 측면과 문학적 측면 모두에서 그의 시를 빼고 한국현대시를 논할 수 없을 정도의 위치를 가지"[28]고 있는 작가이다. 그러한 작가의 작품이 미학적 선별 기준이 아니라, 교육・문학운동단체의 이념적 논리에 따라 삭제 조치된 것은 현대문학교육을 더욱 위축시키는 결과를 초래하였으며, 고전문학교육이 강화되는 계기로 작용하였다.

---

[26] 피에르 부르디외는 "교육적 의사소통 관계는 단순한 의사소통 관계가 아니면서도 이런 사실을 은폐함으로써 상징과 교육 차원에서 독특한 효력을 발휘한다"고 말한다. 즉, 교육적 의사소통 방식의 차단은 자의적 문화(문교부의 사상 배제 정책)를 정당화하며 재생산하게 되는 것이다. − 피에르 부르디외・장 클로드 파세롱(이상호 옮김), 『재생산 : 교육체계 이론을 위한 요소들』, 동문선, 2000, 45쪽.

[27] 박태일에 따르면, 이 당시 "정지용의 작품이 가장 많이 삭제 대상으로 올라, 10편이나 되었다"고 한다(이 내용은 필자가 이 논문을 발표한 이후에 확인한 것이어서 당시에는 참고하지 못했다). 박태일, 『한국 근대문학의 실증과 방법』, 소명, 2006, 85쪽.

[28] 참고로 삭제 조치된 작가들의 작품이 회복되기 시작하는 것은 1988년 납・월북작가작품 해금 조치 이후이다. 정지용의 경우, "1992년부터 시작된 제6차 교육과정(1992~1997)에서 정지용의 시는 중・고등학교 국어과 교과서에 6편이나 학습 제재로 올려지는 단계로 변화되었"으며, "제7차 국어과 교육과정에서 정지용의 시는 중・고등학교 국어 교과서와 18종 문학 교과서에 모두 9편이 본문이나 본문 외에 실리게 되"었다. − 박경수, 「정지용 시의 학습 제재 편성과 교수・학습 문제」, 『한국시문학』 제14집, 한국시문학회, 2004, 114~121쪽 참조.

그것은 검인정 문학교과서에서도 예외가 아니었는데, 방종현·김형규의『문학독본』판본 연구를 통해서 이러한 사실을 확인할 수 있다. 앞에서 살핀 것처럼 방종현·김형규의『문학독본』은 해방 이후 두 가지 판본을 가지고 있는데, 첫 번째가 1946년 동성사 판본이고, 두 번째가 1949년 조문사 판본이다. 각 판본별 수록 작품을 비교하면 다음과 같다.

	① 동성사(東省社), 1946.9.20.	② 조문사(朝文社), 1949.7.30.
전체 구성	· 전체 30장으로 구성되어 있으며, 현대문이 17장, 고대문이 13장으로 구성되어 있다.	· 전체 39장으로 구성되어 있으며, 현대문이 10장, 고대문이 29장으로 구성되어 있다.
현대문 구성	· 이태준 : 「물」, 「册」 · 현진건 : 「불국사에서」 · 장덕조 : 「국화」 · 이은상 : 「竹頌」 · 이효석 : 「落葉을 태우면서」 · 양주동 : 「爐邊雜記」 · 김진섭 : 「窓」 · 문일평 : 「藝術의 聖職」 　　　　　「百濟의 歌謠」 · 박종화 : 「湯氷俱水의 二老」 · 정지용 : 「逝往錄」 · 민태원 : 「靑春禮讚」 · 엄흥섭 : 「진달래」 · 이병기 : 「僧伽寺」 · 안재홍 : 「春風千里」 · 17장 '詩' 단원에서 김억, 정지용, 김기림, 임학수, 모윤숙, 노천명의 시를 각각 한 편씩 수록	· 안재홍 : 「민족문화의 진로」 · 문일평 : 「예술의 성직」 · 민태원 : 「청춘예찬」 · 이은상 : 「죽송」 · 양주동 : 「노변잡기」 · 김진섭 : 「채루송」 · 김광섭 : 「수필문학 소고」 · 유진오 : 「소설론」 · 정인보 : 「순국 성렬 추문념」 · 조윤제 : 「"은근"과 "끈기"」 · 10장 '詩' 단원에서 김억, 조지훈, 노천명의 시를 각각 한 편씩 수록하고 있다
고전문	· 「베틀노래」, 「時調」 등이 18장에서	· 시조, 고전소설, 가사, 고려가요,

구성	25장까지 구성되어 있으며, 26장부터는 「두시언해」 등 고(古)문법 교육을 병행할 수 있는 자료를 수록하고 있다.	향가 등 다양한 작품이 장르별로 수록되어 있다. 동성사 판본에 비해 고전문의 비중이 크게 높아졌음을 알 수 있다.

①에서는 이태준, 정지용, 엄흥섭, 김기림, 임학수 등의 작품이 상당수 수록되어 있지만, ②에서는 이들의 작품이 모두 삭제 조치되고 고전으로 대체되었다. 이태준의 「册」과 같은 작품은 전혀 좌익적 색채를 띠지 않는 작품이다. 이 작품은 이태준의 의고주의를 보여주는 작품일 뿐, 이념적 색채를 보이는 작품이 아니다. 그것은 정지용과 김기림의 경우에도 마찬가지이다. 그런데도 ②의 '詩' 단원에서는 이들 작품이 삭제 조치되었으며, 조지훈의 「마음의 태양」 한 작품이 삭제된 세 작품을 대신하고 있다. 조지훈의 「마음의 태양」이 지닌 미학적 자질보다는 정부 수립 이후의 이념적 논리에 따른 결과임을 쉽게 짐작할 수 있다.

이러한 교과서 구성 방식은 고전교육을 더욱 강화하는 기제로 작용한다. 왜냐하면 고전은 이념적으로 중립적인 위상을 부여받을 수 있었으며, 현대문학의 미학적 공백을 메울 수 있는 것으로 인식되어졌기 때문이다. ②에서 확인할 수 있듯이 현대문학의 미학적 공백을 메우기 위해서 고전문학 텍스트가 두 배 이상 재배치된다. 안재홍의 「민족문화의 진로」를 교과서의 서두에 제시하고, 조윤제의 「"은근"과 "끈기"」를 수록하고 있는 것도 눈여겨 볼 일이다. 전자와 후자 모두 신민족주의 사상을 근거로 하고 있으며, 민족 문화의 이념적 동질성을 중요하게 생각하고 있다. "조선 문학 내지 조선인 생활의 특질"을 "은근과 끈기"로 설명하고자 했던 조윤제의 글은 민족주의 교육에 매우 유용한 제재였다. 이처럼 대한민국 정부 수립 이후, 확고한 문학 정전으로 그 자격을 부여받아왔던 고전 제재는 미학적 기준뿐만 아니라, 이념적·정치적 선별 기준에 의해서 선별된 것임을 알 수 있다. 그것은 문학적 가치의 신념을 재생산하고 문학교육제도의 우선권을 부여받게 된다.

현대문학 텍스트의 상당 분량을 차지하고 있던 좌익 작가의 작품들이 국정과 검인정을 가리지 않고 교과서에서 삭제 조치됨으로써, 문학교육은 그 미학적 방향성 자체를 상실하게 되었다. 이는 정부 수립 이후의 문학교육제도가 미적 자율성이라는 논리에 의해 형성된 것이 아니라, 정치적·이념적 논리 속에서 형성된 것임을 시사한다. 정부 수립 전후를 기점으로 하여 문학교육 장은 급격하게 변화하였다. 이것은 고전교육을 더욱 강화하는 계기로 작용하였고, 고전이 한국 문학교육 정전의 지위를 부여받을 수 있는 당위성을 제공하였다. 고전이 1950년대 이후에도 지속적으로 문학 정전의 자격을 부여받을 수 있었던 것은 이러한 맥락을 고려할 때 이해 가능하다. 제1차 교육과정 이후에도 현대문학 작품의 제재 선정 과정은 이념적 논리를 벗어나지 못했으며, 고전과 국문학사에 대한 관심은 상대적으로 더욱 높아질 수밖에 없었다. 그것은 정부 수립 이후의 문학교육장을 고착화시키고, 순수/민족문학 중심 그리고 고전문학 중심의 문학교육 담론을 재생산하는 메커니즘으로 작동하게 된다.

Ⅳ. 마무리

지금까지의 내용을 요약하면 다음과 같다. 정부가 수립되자, 해방 이후 표면적이나마 좌우를 중재해 오던 신민족주의 세력이 보수적 민족주의 세력과 이념적으로 접합하게 된다. 신민족주의가 이처럼 쉽게 보수적 민족주의 세력과 결속할 수 있었던 것은, 처음부터 좌익과는 화해할 수 없는 인식론적 차이를 가지고 있었기 때문이다. 다만 해방공간에서는 그것이 가시적으로 드러나지 않았을 뿐이다. 신민족주의의 시각으로 볼 때, 좌익의 계급투쟁은 민족 내부의 갈등을 조장한다는 혐의를 벗을 수 없었다.

교육·문화계의 좌익 숙청은 세 가지 방향에서 실시되었는데, 그것은 첫째, 좌익 교직원의 숙청, 둘째, 좌익 학생의 처벌 및 교화, 셋째, 좌익 및 친일 성향 작가들이 쓴 작품을 제재로 수록하고 있는 교과서 정비였다. 이 것은 교사, 학생, 교육매체라는 교육적 소통 방식을 원천적으로 차단한 것이다. 특히 문학교육은 세 번째와 같은 조치에 의해 직접적인 영향을 받게 된다. 그것은 문학 텍스트의 교수·학습 내용, 학습 요소, 학습 방법, 평가 등을 고려한 조치가 아니라, 철저하게 이념적 배제만을 목적으로 한 것이었다. 당시의 매체 담론과 검인정 문학교과서를 분석해 본 결과, 정지용, 엄홍섭, 김동석, 이태준 등의 작품이 비미학적 기준에 의해 삭제 조치되었다는 사실을 확인할 수 있었다.

이러한 현상은 문학 감상 주체의 자발성을 박탈하는 것이었다. 그렇지 않아도 현대문학 텍스트의 교육적 위상이 높지 않았던 상황에서, 이와 같은 비합리적 조치는 현대문학 텍스트의 교육적 빈곤을 더욱 심화시킨다. 다시 말해 현대문학교육은 미학적 좌표 자체를 상실하게 되는 것이다. 이러한 결과, 고전에 대한 중요성은 더욱 부각되었으며, 고전은 현대문학 텍스트의 미학적 공백을 메울 수 있는 교육적 위상을 부여받게 된다. 이처럼 고전이 한국 문학교육의 정전으로 자리잡게 되는 과정에는 현대문학의 교육적 빈곤과 이념적 배제가 한 요인으로 자리잡고 있었던 것이다. 이러한 현상은 제1차 교육과정 이후 더욱 심화되는 양상을 보인다.

참고문헌

1. 기본 자료

《국제신문》, 《경향신문》, 《동아일보》, 《동광신문》, 《매일신보》,
《부산일보》, 《서울신문》, 《조선일보》, 《자유신문》, 《중앙신문》,
《조선교육》, 《조선중앙일보》, 《한성일보》
방종현·김형규 편,『文學讀本』, 동성사, 1946.
방종현·김형규 편,『新訂 文學讀本』, 조문사, 1949.

2. 국내 논저

김기석,『문화재생산이론』, 교육과학사, 1994.
김윤식 외,『해방공간의 문학운동과 문학의 현실인식』, 한울, 1989.
구모룡,『한국문학과 열린체계의 비평담론』, 열음사, 1992.
무학 60년사 편찬위원회,『무학 60년사』, 신원인쇄사, 2000.
송무,『영문학에 대한 반성 : 영문학의 정당성과 정전 문제에 대하여』, 민음사,
        1997.
중앙대학교부설 한국교육문제연구소,『문교사 : 1945~1973』, 중앙대학교출판
        부, 1974.
박경수,「정지용 시의 학습 제재 편성과 교수·학습 문제」,『한국시문학』제14
        집, 한국시문학회, 2004.12.
정재찬,「현대시 교육의 지배적 담론에 관한 연구」(서울대 박사학위논문, 1996)
최지현,「한국 현대시 교육의 담론 분석 : 1940년대 저항시를 중심으로」, 서울대
        석사학위논문, 1994.

3. 국외 논저

다이안 맥도넬(임상훈 옮김),『담론이란 무엇인가』, 한울, 1992.
렉스 깁슨(이지헌·김회수 옮김),『비판이론과 교육』, 성원사, 1989.
마이클 애플(박부권·이혜영 옮김),『교육과 이데올로기』, 한길사, 1985.
미셜 푸코(이정우 옮김),『담론의 질서』, 서강대출판부, 1998.

사라 밀즈(김부용 옮김),『담론』, 인간사랑, 2001.

피에르 부르디외(하태환 옮김),『예술의 규칙 : 문학 장의 기원과 구조』, 동문선,
　　1999.

피에르 부르디외·장 클로드 파세롱(이상호 옮김),『재생산 : 교육체계 이론을
　　위한 요소들』, 동문선, 2000.

피에르 부르디외(최종철 옮김),『구별짓기 : 문화와 취향의 사회학』, 나남, 2005.

김지하와 횔덜린 문학에 나타난 여성 상징 비교 연구
- '애린'과 '디오티마'를 중심으로

정 훈

1. 머리말

오늘날 사회 전반에 걸쳐 여성에 대한 인식이 달라지고 있다. 그리고 여성 자신부터 적극성을 띤 인식·행동 주체로 여기는 분위기가 날이 갈수록 확산되고 있다. 대체로 보아 지난 세기 후반기부터 문학이 '여성' '여성성'에 대해 주목할 만한 성과와 가치 있는 담론을 창출해내고 있다면, 이는 우리 사회의 문화 풍토가 새로운 발돋움을 하고 있는 신호로 보아야 할 것이다. 그렇지만 일부 급진적인 사회학자나 페미니스트들의 인식에서 보였던 과격한 문제 해결방안이 마치 그들이 극복하려 했던 인식틀 속에 갇혀버리는 결과로 치닫지 않으려면, 작가를 포함하여 담론을 생산하는 주체들의 자기검토, 자기반성이 늘 뒤따라야 할 것이다. 또한 지엽에 매달려 부분을 전체로 오해하는 편협한 시각을 버려야 한다.

이 글은 자신들의 문학 활동 기간 동안 곧바로 '여성주의' 시각을 내세우지는 않았지만, 오히려 '주의(主義)'가 갖는 일면성과 단순성을 넘어 자신의 실존과 예술작업을 온전히 바쳐서 더욱 높은 미학 차원으로 승화시키고자 했던 두 시인의 작품에 드러난 여성 존재를 서로 비교 검토하는 데 목적이 있다. 김지하, 프리드리히 횔덜린(Friedrich Hödlin)이 그 대상이다. 이들을 연구대상으로 삼은 이유는 생애 말년에 이르기까지 좀더 나은 세상을 위해 문학을 통해 구체적 노력을 행했던 시인이었기 때문이다. 독일 시인 횔덜린의 경우 정신착란 증세가 일어나기 전까지 자신의 이상향을 시와 소설을 통해 줄곧 표현했다. 이 두 시인들에게 또다른 공통점이 있다면 자신들이 처한 시대를 근원부터 파헤치고 극복하여 억압과 모순이 사라진 참된 세계를 이룩하는 중요한 방법이자 핵심 연결고리로써 '여성성'의 확인에 그 인식이 미쳤던 점이다. 횔덜린에게 주제테 곤타르트(Susette Gontart, Diotima)는 조화와 통일의 그리스 정신의 화신이었다. 그리고 김지하는 80년대 중반 서정성 짙은 시집『애린』을 펴냄으로써 투사 이미지를 벗고, 그간 여러 산문을 통해 간간히 보여주었던 생명론을 시적 형상화로 드러낸 계기로 삼았다. 그의 생명사상과 철학이 어떻게 '애린'으로 압축되고 응결되는지 살펴보는 일은 흥미로운 작업이 될 것이다.

이 글은 이들 두 시인의 생애와 문학을 기술하고 이어 애린·디오티마로 수렴하는 개인·사상적 배경과 그 상징성을 비교 분석하면서 검토하는 순서로 진행할 것이다.

II. 생애와 문학

1. 김지하 - 부드러움의 힘

담시 「오적」과 「타는 목마름으로」란 시로 우리에게 잘 알려진 김지하(金之夏)의 본명은 김영일(金英日)이다. 1941년 목포에서 태어나 서울대학교에서 미학을 전공한 그가 '지하(之夏)'란 필명을 처음 쓰기 시작한 때는 1963년 조동일 등과 함께 '우리문화연구회'의 일원으로 활동하기 시작할 무렵부터이다. 대학 재학 당시 각종 반정부 시위에 앞장섰으며 특히 1964년 서울대 문리대의 '대일굴욕외교반대투쟁'을 위한 '민족적 민주주의 장례식 및 규탄대회'에 참가하여 비상계엄령 발동으로 체포되어 약 4개월간 옥고를 치렀다. 이 때 옥고를 겪은 이래 '오적필화사건' '비어(蜚語)필화사건' '민청학련사건' '고행…1974필화사건' 등으로 지금까지 7년이 넘게 투옥되는 고초를 겪었다. 1973년에 소설가 박경리씨의 외동딸 김영주(金英珠)와 결혼했다. 1975년 6월 투옥기간 중 '아시아 · 아프리카 작가회의(AALA)'에서 '로터스(LOTUS)상 특별상'을 수여하기로 결정하여 그간 석방된 지 일년이 지난 1981년에 이 상과 함께 '세계시인회의(Poetry International)'가 주는 '위대한 시인상'과 '브루노 크라이스키 인권상'을 동시에 받았다. 1980년 출옥 후에는 생명운동을 활발하게 펼치면서 <생명 가치를 위한 민초들의 모임>(생명민회, 1994) <신풍류회의>(1996) <율려학회>(1999)등 모임을 결성하여 우리 고대사상과 전통문화를 창조적으로 재해석, 새로운 문명의 빛과 대안을 찾으려는 상생, 평화운동을 계속하고 있다. 1999년 봄부터 명지대 국문과 석좌교수로 임명되어 매달 한 차례씩 미학과 시학에 관한 특강을 마련하고 있다.

1969년 『시인(詩人)』지에 시 「황톳길」 등을 발표하면서 작품 활동을 시작한 이래 시집 『황토』, 『타는 목마름으로』, 『五賊』, 『애린』, 『검은 산 하얀 방』, 『별밭을 우러르며』, 『중심의 괴로움』, 『花開』, 『절, 그 언저리』, 『새벽강』, 『비단길』 등을 펴냈으며 『밥』, 『남녘땅 뱃노래』, 『살림』, 『사상기행』, 『예감에 가득 찬 숲 그늘』, 『김지하 사상 전집』, 『김지하의 화두』, 『흰 그늘의 미학을 찾아서』 등 수많은 저서를 펴냈다.[1]

---

1) 이상 생애와 연보는 『김지하 사상전집』, 실천문학사, 2002; 『흰 그늘의 길』, 학고재, 2003; 계간 『시와 시학』, 2005년 겨울호에 제 10회 시와 시학상 수상자로 선정되어 실린 연보 등을 참조하여 정리했음.

이분법에 익숙한 사람들에게 '김지하'란 이름은 단순히 한 사람의 문학인이나 시인으로서 라기 보다는 「타는 목마름으로」와 「오적」으로 반독재 투쟁 문화전선의 전위에 서 있었던 민주주의투사로 각인되었다. 그가 80년대 무렵부터 생명·평화운동을 주축으로 상생을 위한 제언과 실천을 시작했을 때 이른바 '김지하 비판'이 고개를 들기 시작하여 마침내 학생운동가와 노동운동이 절정에 이를 때인 1991년 5월 『조선일보』에 기고한 「죽음의 굿판 당장 집어 치워라」가 계기가 되어 민주화 투쟁을 둘러싼 김지하와 민주세력간의 대립과 갈등이 첨예해졌다. 이른바 분신정국이 불러일으킨 시대의 아픔이기도 했다. 죽임의 문화·생명파괴의 문화를 비판하고 생명의 세계관과 문법에 입각한 민주화운동을 주창했던 그로서는 스스럼없이 자기를 죽여서라도 민주운동의 분기점을 마련하고자 했던 젊은이들의 무모한 열정에 일침을 날리지 않을 수 없었던 것이다. 1999년 『말』지에서, 지금도 그의 생각에는 변함이 없다고 말했다. 그는 화해를 청하면서도 혁명이나 투쟁이나 개혁은 살기위해 있는 것인데, 왜 몸에 불을 질러 죽느냐고, 몸에 불지르는 것은 정치적인 비겁이라고 주장한다.[2] 독재/반독재, 민주/반민주의 단단한 이분법적 인식이 뿌리 깊은 한국 민주운동세력의 논리에 타격을 가한 발언이다. 그가 '민중'을 말하면서 '상대적 규정'을 강조, "왜 민중이 주인이라고 했는가? 왜 절대적 규정을 할 수 없는가? 그것은 살아 움직이고 있는, 끊임없이 생동하는 생명체이므로 '이것이다'·'저것이다' 말하기는 어렵다."고[3] 한 생각의 바탕에 깔려 있는 불연기연(不然其然)[4] 사고방식에 근거한다.

실상 그가 초기에 담시 「오적」·「비어」등을 비롯한 일련의 사회풍자 시들을 창작한 무렵부터 우리 전통사상과 민요에 대한 관심은 남달랐다.

---

2) 김지하, 「인간 사회 자연 하나되는 길 찾아나선 '생명파' 시인」, 『월간 말』, 1999년 9월호, 120쪽.
3) 김지하, 「생명의 담지자인 민중」, 『생명』, 솔, 1999, 78쪽.
4) 『東經大全』

이는 건강한 민중성에 대한 믿음이 있었기에 가능하고 그에게서 문학과 사회참여를 동일한 차원의 삶의 운동으로 간주하는 세계관의 한 표현으로 바라 볼 때만 위 발언의 참뜻을 헤아릴 수 있다. 김지하를 둘러싼 세력이 김지하에게 내밀었던 '요청의 손'과 조선일보 기고문이 있고 나서 들불처럼 번지기 시작했던 '손가락질' 사이에 존재하는 양극단의 평가는 민주투사로서 시인 김지하의 상징성이 그만큼 컸었기에 발생했던 일이었다. 그러나 언젠가 그 자신이 이후 어떠한 비평문도 쓰지 않았다고 실토한 「풍자냐 자살이냐」(1970)에 담긴, 추상성으로 얽힌 선언적 발언은 그 함의의 치열성을 떠나 이중택일적 문학실천을 이끌어낸다는 점에서 초기 그의 문학론의 한계이자 결점이었다. 이는 그가 80년대를 지나면서 지금까지 늘 주창해 온 '생명문법'의 일그러진 도식이요 영글지 못한 예술론이었다. 민중문학 진영에게는 값진 문학성과였는지는 몰라도 91년의 '사태'를 일으킨 김지하에게는 어쩌면 자득(自得)의 씨앗이었다.

> 시인이 민중과 만나는 길은 풍자와 민요정신 계승의 길이다. 풍자, 올바른 저항적 풍자는 시인의 민중적 혈연을 창조한다. 풍자만이 시인의 살 길이다. 현실의 모순이 있는 한 풍자는 강한 생활력을 가지고, 모순이 화농하고 있는 한 풍자의 거친 폭력은 갈수록 날카로워진다. 얻어맞고도 쓰러지지 않는 자, 사지가 찢어져도 영혼으로 승리하려는 자, 생생하게 불꽃처럼 타오르려는 자, 자살을 역설적인 승리가 아니라 완전한 패배의 자인으로 생각하여 거부하지만 삶의 고통을 견딜 수가 없는 자, 삶의 역학(力學)을 믿으려는 자, 가슴의 한(恨)이 깊은 자는 선택하라. 남은 때가 많지 않다. 선택하라, '풍자냐 자살이냐.[5]

'풍자와 민요 정신 계승'이란, 인용문에서도 알 수 있듯이 '시인과 민중의 만나는 길'이다. 문학예술의 시각이 곧바로 현실과 시대에 개입하는 참

---

[5] 김지하, 「풍자냐 자살이냐」, 『생명』, 솔, 1999, 259쪽

된 통로로써 기능하기 위한 접점을 살피는 그의 논리는 장엄하지만 그만큼 감상적이다. 즉 이 무렵부터 '김지하'란 이름이 사회에 던진 상징성은, 그것의 파장이 너무나도 강렬해서 김지하 시인의 독자와 지식인들에게 어떤 선입관을 심어주었던 측면이 있었던 반면, 시인으로서 민중문학과 사회의식, 생명관에 대한 꾸준한 사색과 글쓰기는 그의 이름에서 번지는 사회성 바로 뒷면에서 서서히 영글어가고 있는 또 다른 얼굴이었다. 따라서 「풍자냐 자살이냐」를 쓴 지 15년이 지난 뒤에 발표한 「민중문학의 형식문제」(1985)란 글에서 알 수 있는 문학논리의 발전적 변모는, 이윽고 동학의 생명사상과 전통미학 탐구의 바탕으로 꾸준하게 전개할 그의 문학·미학·사상의 단면을 확인하는 중요한 글이다. 그는 민중문학의 형식문제의 해결을 "'삶'·'죽임'·'살림'이라는 역동적인 움직임 속에 있는 민중적 삶이 곧 민중문학과 민중문학 형식의 현실적이면서도 실질적인 창조주체라는 이 이상한 말을 문자 그대로 이해하는 데서부터 출발하는 수밖에 없습니다."[6]라고 분명하게 밝혔기 때문이다.

'민중적 삶'의 시적 형상화의 발전과정을 살펴보는 일이야말로 그의 시쓰기 도정을 파악하는 첩경이다. 시집 『黃土』(1970)를 전후로 한 그의 시쓰기의 특징 중 하나는 역사의 굴곡에 수난당하는 민중들의 한 맺힘이 주조를 이루고 있는 점이다. "황톳길에 선연한/핏자국 핏자국 따라/나는 간다 애비야/네가 죽었고/지금은 검고 해만 타는 곳"(「황톳길」)과 같은 선명한 이미지에는 시대와 역사에 신음하는 시인의 고통이 투영되어 있다.

> 우리들의 의식은 가위 눌려 있다. 반은 잠들고 반은 깨인 채, 외치려 하나 외쳐지지 않고, 결정적으로 깨어나고자 몸부림치나 결정적으로 깨어나지질 않는다.[7]

---

6) 김지하, 「민중문학의 형식문제」, 위의 책, 274쪽.
7) 김지하, 『黃土』後記, 『타는 목마름으로』, 창작과 비평, 1993, 170쪽.

이러한 의식은 기나긴 감옥 생활을 하고 나서 시선집『타는 목마름으로』
(1982),『애린』(1986),『검은 산 하얀 방』(1994),『중심의 괴로움』(1994)등
의 시집을 내면서부터 단순한 민중적 삶의 형상화 또는 시인의 체험이 투영
된 민중의식에서 벗어나 좀더 근원적인 민중성에 천착하는 모습을 보인다.
생명운동에 눈을 뜬 그는 이제 생명이 삶과 죽음이라는 도식을 가르는 기준
이 아니라 살림과 죽임의 경계에서 피어나는 경이이자 신비가 된다. 민중은
역사의 규정된 실체라기보다는 끊임없이 움직이면서 변덕을 부리는 존재
이다. 그의 말을 빌면 '활동하는 무(無)'이며 '틈'이다. "내 속에/텅빈 속에/
바람처럼 움트는/웬 첫사랑 우주사랑//그 새밝음을/본다/공허하므로/공허
하므로 움직인다."(「無」부분)처럼 움직이는 무에 대한 확인은 시「예전엔」
에서 나타나는 새로운 자기 인식과 깨달음에서 비롯된 것이다.

> 예전엔 풍성했던/온갖 생각들 자취없고//빈 자리에 /메마른 나무 그
> 림자 하나//새야/와 앉으렴//새빨간/동백의 노래//내 안에 다시 태어나
> 는/나 아닌 나의 노래.
>
> ― 「예전엔」[8]

그의 문학은 그의 사상과 떼어내서 생각하기 어렵다. 어느 대담에서 그
는 20년 동안의 생명운동의 결론이 바로 '접화군생(接化群生)'[9]이라고 했
다. 그는 시로써 호흡하려고 했으며, 그 자신이 어두운 터널과도 같은 역
사를 견뎌왔듯 앞으로 그의 언어는 그가 줄곧 바라마지 않는 참된 세상을
앞당기는 실천이 되고자 한다. 피 냄새 나는 저항에서 부드러운 흙으로 돌
아가는 도중에 그의 문학이 있다.

---

8) 김지하,『중심의 괴로움』, 솔, 1994.
9) 김지하,『예감에 가득찬 숲 그늘』, 실천문학사, 1999, 295쪽.

2. 프리드리히 횔덜린－하나이면서 전체인 것의 탐색과 여정

프리드리히 횔덜린은 독일 시인으로 우리에게는 서간체 소설『히페리온(Hyperion)』과 비가「빵과 포도주(Brot und Wein)」으로 잘 알려져 있다. 가난한 시대에서 시인의 사명을 노래한 그는 20세기에 들어서서 하이데거에 의해 시인 중의 시인이란 평가를 받으며 시인의 사후 그 존재 가치를 인정받게 된 시인이다. 그는 1770년 네카 강변의 라우펜(Lauffen am Neckar)에서 태어났다. 어릴 때 아버지를 여의고 계부마저 세상을 떠나 어머니와 여동생과 함께 자랐다. 1788년 튀빙겐 신학교에 들어가서 헤겔·셸링 등과 교우하며 라이프니치·칸트·스피노자의 저작들을 읽었다. 튀빙겐 대학의 신학부를 마친 횔덜린은 시인으로서 천직을 자각하고 목사의 길을 버렸다. 이후 그의 고난의 일생이 시작되었다. 1791년 연초 스위스로 방랑을 하였고, 시인 슈토이들린(Gottold Stäudlin)의 ≪1792년 연감시집 Musenalmanach fürs Jahr 1792≫에 횔덜린의 시가 몇 편 실렸다. 1792년에 신학교에 프랑스 혁명의 사건들에 대해 논평하는 혁명적·애국적 성향의 정치클럽이 조직되었고 횔덜린 또한 이러한 경향에 호의를 가졌다. 1794년 실러와 괴테를 만났고 1796년 프랑크푸르트의 가정교사로 들어가 여주인 주제테 곤타르트(Susette Gontart)를 만나 연정을 품게 된다. 주제테는 당신 26세로서 시인보다 한 살 많았지만 희랍적인 아름다움과 깊은 교양을 지니고 있어서 시인을 잘 이해하고 그의 일생의 마음의 애인이 되었다. 횔덜린은 주제테 부인을 디오티마(Diotima)라 이름지어 찬미하였는데 줄곧 그의 작품에 나타나는 여인상이었다. 1792년부터 계획된『히페리온』은 1797년 제1권 출판에 이어 1799년 제2권이 출간되었다. 1798년 곤타르트가에서 생활하는 일이 점점 견딜 수 없게 되어 집을 나온다. 1800년 마지막으로 주제테와 만나고 난 뒤 슈투트가르트에서 지내면서 비가(悲歌)들인 「디오티마에 대한 메논의 비가」(Menons Klagen um

Diotima), 「나그네」(Der Wanderer), 「빵과 포도주」(Brot und Wein)등을 썼다. 1802년 정신착란 증세가 나타나기 시작했으며 그 해 7월 주제테가 세상을 떠났다는 소식을 받았다. 1804년 소포클레스 비극 「외디푸스」(Oedipus)와 「안티고네」(Antigonae)번역을 출간했다. 그 뒤 병세가 심해져서 1807년 병원에서 약 7개월 정도 입원한 후, 횔덜린은 목수인 에른스트 짐머(Ernst Zimmer)에게 의탁되어 그 집에서 1843년 죽을 때까지 어둡고 그늘진 여생을 보냈다.

대표작으로 소설 『히페리온』과 비극 『엠페도클레스의 죽음』(Der Tod Empedokles), 송시 「고향」(Die Heimath), 「인생행로」(Lebenslauf), 비가 「슈톳트가르트」(Stuttgart), 「빵과 포도주」, 「귀향」(Die Heimkunft), 후기 찬가인 「파트모스」(Patmos), 「평화의 제전」(Friedensfeier)등이 있다.[10]

후반생(後半生)을 암흑에 갇혀 살았던 횔덜린의 문학은 그가 살았던 당대에는 빛을 보지 못했지만 이십세기에 들어서서 다시 조명을 받기 시작하였다. 괴테와 실러라는 두 거장이 건재했던 그 때에 그의 문학은 그들의 그늘에 가려 빛을 보지 못했다. 또한 신학교 시절 헤겔·셸링 등과 교우하며 프랑스 혁명의 여파 속에서 민주주의와 자유주의의 분위기에 휩싸인다. 그의 작품 세계를 검토하는 데 튀빙겐 시절에 영향 받은 정치성향[11]을

---

10) 이상 횔덜린의 생애와 작품은 황윤석, 『횔덜린 연구』, 삼영사, 1983; 피에르 베르토(김선형 역), 『횔덜린－천재와 광기의 시인』, 책세상, 1997; 염승섭, 『횔덜린』, 건국대출판부, 1996; 천병희, 『횔덜린의 핀다르 수용에 관한 연구』, 삼영사, 1986; 프리드리히 횔덜린(박설호 역), 『빵과 포도주』, 민음사, 1997, 참조.

11) 횔덜린은 튀빙겐 신학교를 1788년 10월에 입학하여 약 5년 간 수학했다. 이 시절인 1789년 7월 프랑스 혁명이 일어나는 데 많은 신학도들이 혁명에 공감하여 민주주의적 분위기가 생겼다. 횔덜린은 자유·평등·박애라는 프랑스 혁명 사상에 도취했으며, 프랑스와 오스트리아 간의 전쟁 때부터 자국의 정치적 혁신과 인권을 위해 과감히 일어난 프랑스쪽에 동정심을 가졌다. 프랑스에서 전제군주제가 공식적으로 폐지되고 국민회의(Konvent)가 다스리기 시작한 몇 달 뒤이자, 오스트리아－프러시아 동맹군과 프랑스 혁명군 사이의 제1차 동맹전쟁이 일어나 곳곳에서 프랑스군의 승리가 있은 뒤인, 1792년 11월 어머니에게 보낸 편지에서 공화정을 위한 희생정신과 결사적 용기를 찬미한다. 이 편지의 한 부분을 인용하면 다음과 같다. "독일에서 전쟁이 터진 곳은 어디서나, 착한 시민을 잃은 것이라곤 거의 없고 얻은 것은 많습니다. 그리고 불가피하다면 재산과 생명마

비롯한 공화정 이념의 경도는 좀 더 나은 세계를 바라는 시인의 이상주의
적 성향을 잘 보여준다.

그의 이러한 이상주의의 실체가 가장 잘 구현된 시대는 고대 그리스 시
대였다. 그의 시적 사유는 헤라크리트(Heraklit)의 단편(斷片)들 가운데 단
한마디인 '하나이자 모든 것'[12]으로 모아진다. '하나이자 모든 것'은 전체
성이라 할 수 있다. 다시 말해 단순성과 복잡성, 인성(人性)과 신성(神性),
대지와 하늘(우주)가 하나로 합쳐지면서 서로 별개의 존재로 인식될 수 없
는 것이다. 그러나 현실은 그가 이상으로 설정하고 상상했던 것과는 큰 차
이가 있었다. 조국 독일의 현실은 비참했고 시인은 절망한다.[13]

> 노란 배와 거친/장미들이 가득 매달린,/호수로 향한 땅,/너희, 고결한
> 백조들,/입맞춤에 취한 채/성스럽게 담백한 물 속에/머리를 담근다.//슬
> 프도다, 겨울이면, 나는/어디서 꽃을 얻게 될까? 또한/어디서 햇빛과/지
> 상의 그림자를?/장벽은 말없이 냉혹하게/그냥 서 있고, 바람결에/풍향
> 기 소리만 찢긴다.
>
> — 「생의 절반」

저 조국에 바치는 것도 즐겁고 위대한 일입니다. 만약 제가 몽스(Mons)의 대승리 [1792
년 10월 31일의 전투]에서 죽은 영웅들 중의 하나의 아버지라면, 저는 자식의 죽음 때문
에 쏟아져 나오려는 눈물 방울 마다에 분노할 것입니다."—Adolf Beck, Hödlin als
Repudlikaner, in : Hödlin — Jahrbuch, BD 15, 1967/68, S. 28~52, Z, tat S.35. 이상은 황윤
석의 위의 책, 33~38쪽. 이 시기에 「자유에 바치는 찬가」(Hymne an die Freiheit), 「조화의
여신에게 바치는 찬가」(Hymne an die Göttin der Harmonie), 「사랑의 노래」(Lied der Liebe)
등의 찬가들을 썼다.

12) 횔덜린(장영태 역주), 『궁핍한 시대의 노래』, 혜원출판사, 1990, 20쪽.
13) 『히페리온』에서 주인공 피헤리온은 횔덜린 자신의 목소리를 빌어 다음과 같이 독일의
상황을 비판한다. "옛부터 야만인이었던 그 독일인들은 근면과 학문, 심지어는 종교에
의해서 한층 더 야만스러워졌다. 신적인 감정을 느끼기에는 너무나 우둔하며 우미(優美)
의 여신의 행복을 맛보기에는 골수까지 썩어 있다. (…)이 국민에게는 어떤 성스러운 것
도 순수한 것도 없으며 무엇이나 비참한 일시적인 것뿐이다. 그리고 원시인에게까지도
신성한 대로 청순하게 보존되어 있었던 일들을 이 야만인들은 타산에만 치우쳐 소일이
나 하듯 해치운다." F.횔덜린(홍경호 역), 『히페리온』, 범우사, 1990, 204~205쪽.

Mit gelben Birnen hänget/Und voll mit wilden Rosen/Das Land in den See,/Ihr holden Schwäne,/Und trunken von Küssen/Tunkt ihr das Haupt/Ins heilignüchterne Wasser.//Weh mir, wo nehm' ich, wenn/Es Winter ist, die Blumen, und wo/Den Sonnenschein,/Und Schatten der Erde?/Die Mauern stehn

—「Hälfte des Lebens」[14]

전반부와 후반부의 시적 대비가 어우러진 이 시는 1803년에 씌어졌다. 1802년 나폴레옹의 독재체제가 굳어지고 1804년 황제가 되는 한편, 뷔르템베르크 공국의 프리드리히 2세가 나폴레옹과 손을 잡은 시기에 즈음해서 횔덜린은 혁명정신의 상실에 절망했다. 그 누구보다도 시대에 민감했던 시인은 좀더 나은 세계가 아니라, 혁명을 계기로 해서 그 분위기와는 달리 점점 강도를 더해가는 전제정치의 폭압에 몸서리를 쳤다. 이러한 정치상황에 대한 비판의식은 그가 신들 또는 신성한 힘들이 결여되어 있는 밤의 문화라 생각한 '서양문화'와 대비해서 고대 희랍의 '낮의문화'에 대한 희구와 관련지어 생각할 수 있을 것이다. 이런 뜻에서 제1연의 성스럽고 풍요로운 이미지와 제2연의 차갑고 상실의 이미지를 통해서 밝은 삶과 암울한 삶·천상의 복된 생활과 지상의 부정적 생활의 대비를 엿볼 수 있다.

횔덜린이 활동하던 시기 독일은 근대화로 몸부림치던 시대였고 독일 역사의 여명기였다.[15] 그의 문학은 고전주의와 낭만주의 사이에 위치한 자리에 있다.[16] 그리고 시인의 사명에 대해 누구보다도 투철한 인식을 원했고[17] 그의 문학 또한 '진실되고 아름다운 것'[18]으로서 문학을 하는 일

---

14) 프리드리히 횔덜린(박설호 역),『빵과 포도주』, 민음사, 1997
15) 김주연,『독일시인론』, 열화당, 1983, 87쪽.
16) 김주연은 위 책에서 횔덜린이 낭만주의자들과 거의 동시대를 살았는데도 낭만주의자가 아니라 고전주의자에 가깝다고 한다. 예컨대 횔덜린에게 '신비스러운 밤'의 이미지가 노발리스의 밤과 달리 시인이 깨어 있는 밤이기 때문이다. 그렇지만 그를 고전주의의 범주 속에 묶어 놓고 만족한다는 것 또한 어색한데, 왜냐하면 시인은 늘 그 찬란했던 그리스의 시대, 그리스도의 세계에서 멀리 추방되어 홀로 방황하고 잇다는 자기인식에서 한 번도 벗어난 일이 없었기 때문이라 말한다. 89쪽 참조.

이 그에게는 더없이 고귀한 일이요 또한 인간들에게 유익한 것을 가져다
준다는 의식을 강하게 드러냈다.

고대 그리스 시대의 이상적 세계는 그가 살던 독일, 아니 서양 전체의
결핍된 상황에서 채워 넣어야 할 요소들을 갖춘 공간이었다. 그가 안정된
생활이 보장된 목사의 길을 버리면서까지 문학과 이상을 위해 힘겨운 길
을 걸을 수 있었던 것은 자신의 의지와 시인으로서의 성공에 대한 욕구 못
지않게 참된 시인으로 남아 있길 원했던 내부의 운명의 소리 때문이 아니
었을까.

Ⅲ. 여성 인물 창조의 내적 원리와 상징 비교 분석

1. 사상 및 내적 원리의 측면에서 바라 본 '애린'과 '디오티마'

20세기 중·후반부터 작품 활동을 시작한 김지하와 18~19세기에 걸
쳐 활동한 횔덜린의 문학을 단순 비교하는 작업은 그리 쉽지 않다. 이들이
속한 나라의 역사 풍토와 문화 전통이 다른데다가, 김지하의 경우 현존하
는 시인이기 때문에 사후 객관적인 평가가 어느 정도 이루어지고 자리매
김 되는 횔덜린과 나란히 놓기에는 무리가 따른다. 그러나 두 시인은 그들
의 시 쓰기에서 일정한 작품성향을 보였고 여러 산문들을 통해 사상적 편
린들을 피력했다. 시인으로 더 잘 알려졌으며, 자신들 또한 영원한 시인으
로서의 정체성을 부여받길 원했다. 이 사실과 함께 이들은 자신들의 문학
에 뚜렷한 방향을 설정하고, 어두운 시대를 극복할 새로운 대안을 적극 사
유했다. 이 과정에서 김지하는 '애린'을, 횔덜린은 '디오티마'를 창조했다.

---

17) 그의 시중 「시인의 사명」(Dichterberuf)이 있다. 무엇보다도 「빵과 포도주」 7연에서 말한
"궁핍한 시대에 시인들은 왜 존재하는가를 나는 모른다."(Weiß ich nicht und Dichter in
dürftiger Zeit?)란 구절이 유명하다.
18) 황윤석, 『횔덜린 연구』, 삼영사, 1983, 113쪽.

김지하는 시집 『애린』[19]을 펴내고 나서 십여 년이 지난 자리에서 이렇게
말했다.

> 애린이 누구냐고 묻는 사람이 더러 있었다. 물어 뭘 하자는 것이었을
> 까? 그 무렵 들리는 소문으로는 이리역 앞에 '애린'이라는 카페가 있다
> 고도 했다. 나와 가까웠던 어느 유명한 살롱의 여자 주인은 애린은 카페
> 제목이 제격이라고까지 말했다. 그럴까?(…)나는 그 무렵의 나의 시경
> (詩境)은, 아라공의 엘자 찬가(讚歌)가 우뚝하니 서 있어 밤안개와 축축
> 하고 찬 안개로부터 그것을 뚫고 솟아오르는 새하얗고 여성적이고 식
> 물적인 아픔과 사랑과 아름다움의 이미지로 파시즘을 포위하는 일련
> 의 레지스탕스 시들을 쓰고 싶어했다.[20]

초현실주의자에서 공산주의로 변모한 아라공이 극심한 허무주의에 빠
졌을 때 그를 구원해 준 존재가 바로 엘자 트리올레(Elsa Triolet)였듯, 김지
하는 기나긴 수형생활에서 비롯된 마음의 병을 고치기 위해 '애린'을 불렀
다. 그에게 감옥은 그 자체로서 이미 파시즘이었기 때문이다.[21] 그러나 이
것은 단면에 지나지 않는다. 『애린』(솔, 1995) 자서 제목인 '아직도 부르
고 싶은 그러나 이젠 부르지 않는'이란 말에서도 알 수 있듯 '애린'은 하나
의 역설이자 모순어법으로 존재한다. 즉 "이 시절(감옥생활을 마치고『애
린』을 펴내기까지 겪었던 내면의 고통과 마음 상태가 혼란했던 때로 추정
－발표자) 내겐 민주주의가 아닌 아니마에 대한 둥근 삶에 대한 그리움이
나를 이끌었"던 사실로부터 "내 자신 속에 살아 있는 애린에의 깨달음",
달리 말해 "이제 밖에서 구하지 않"고 "내 안의 무궁한 우주생명, 그 소방
(疏放)한 그물의 생동, 그 신령한 빛과 그늘, 이제 나의 애린은 그것"[22]이

---

19) 시집 『애린』은 실천문학사에서 1986년에 첫째권과 둘째권이 나왔다. 이 글에서는 솔 출
   판사(1995)에서 재간행된 텍스트를 참조했음을 밝힌다.
20) 김지하,『흰 그늘의 길3』, 학고재, 2003, 90~91쪽.
21) 김지하, 위의 책, 91쪽.

라는 각성에 이르기까지의 심정변화는 시집『애린』을 넘어 그의 문학 전체에서 발견할 수 있는 주제의 미규정성을 보여주는 것이기도 하다. 이러한 주제의 미규정성은, 그가 동학사상과 고대 상고사에 대한 관심이 지대했고 작품을 통해서 그것을 표현한 사실로 보아서도 알 수 있다.23)

> 내 오른쪽 손을 이젠/잘못하지 마세요/오른쪽 손은/당신 아들에게 중요하니까//내 오른쪽 손을 더는 잘못하지 마세요/오른쪽 손끝에/이월 추운 시절 늘 그때마다/매화가 자라는 것을
>
> —「매화」24)

> (…)해남에서의 정신의 어둠속에서 어느 새벽녘 문득 매운 한 가지 매화로 돌아왔으니 바로 내 아내의 얼굴이었다. 그러나 바람 찬 이월 매화를 보기까지 나는 나의 오른쪽 손을 내내 잘못했으니, 왼쪽 손이 행동이요 사상이라면, 오른쪽 손은 곧 시요 사랑이었다. 그 시와 사랑을 내내 잘못한 것이다. 그러나 그럼에서 이월 매화는 늘 피고 있었던 것이다./ 애린은 그 매화 한 가지 속에 있었다. 서양 쪽의 페미니즘이나 제3세계 쪽의 에코페미니즘 이전에 감옥에서 읽은 동학계 사상에서 먼저 내게 다가온 이월 매화, 그 애린이 바로 나의 페미니즘이었다.25)

'행동과 사상'보다는, 그가 고백하듯이 '내내 잘못'했다는 시와 사랑에 대한 중요성의 확인은 보통의 시인에게 그리 특별한 인식은 아니다. 동서양을 막론하고 시인의 마음에 가장 깊숙하고 넓게 퍼져있는 의식이 바로

---

22) 이상 인용은 김지하,『애린』, 솔, 1995, 자서부분.
23) 1999년 5월 20일 문예아카데미 강좌에서 한 말(20년 전 감옥에서『동경대전(東經大全)』을 읽었는데, 하느님이 수운에게 계시를 주는 내용이 감동적이었습니다….) '애린'은 분명 존재에 대한 이름이고 시인이 감옥생활을 하는 중에 읽었고 사유했던 동학사상의 시적 표현이요 형상화이다. 특히 최수운과 해월의 '페미니즘', 즉 <안심가(安心歌)>나 '婦人道通'이라는 아녀자들의 득도에 대한 가름침을 담은 '內則'과 '內修道文'이 그 바탕이 된다고 밝히고 있다. 김지하,『흰 그늘의 길3』, 학고재, 2003, 96쪽.
24) 김지하,『애린 · 2』, 솔, 1995.
25) 김지하, 위의 책, 95~96쪽.

시와 사랑이기 때문이다. 그러나 김지하에게 '시와 사랑'의 확인은 각별한 뜻을 지닌다. 그가 감옥에 들어간 기본적인 원인은 행동이었고 사상이었다. 그러한 그가 자신의 행동과 사상에 반성을 하게 된 계기는 직접적으로는 동학사상을 만나거나 참선을 한 것이었지만 좀 더 외연을 확장시키면 사회와 세계에 대한 인식의 전면적인 수정이었다. 그러나 이 둘은 서로에서 스며들면서 소통한다. 1980년 이후 그가 줄곧 관심을 가지고 공부했던 동학과 상고사는 그의 시와 세계인식에 충격을 주면서 인식 틀을 바꾸어 놓았다. 특히 1990년대 들어 현실사회주의 붕괴와 함께 민중론과 민족론 등이 모두 깨져 버려, 이제라도 수운과 들뢰즈와 천부사상과 함께 새로운 민중적 중심을 세우면서 유불선을 비롯해서 기독교와 과거의 우주론·과학 사상들 모두를 새롭게 재구성하고 재평가해야 한다는[26] 생각은, 그의 시 쓰기에서 이전 시들에서 보였던 피와 저항이미지를 지양해서 부드러움과 모심(侍)을 바탕으로 한 시를 쓰게 만들었다.『애린』은 이러한 정신이 그 자신이 말한 바 있는 삼단계·삼대(三代)에 걸쳐 계승하고 '동학사(東學史)의 페미니즘'[27]과 함께 어우러져 창조된 문학의 결실이다.

디오티마는 횔덜린의 시와 소설에 자주 등장하는 이름이다. 그는 튀빙겐 시절 고대 희랍의 철학자들을 열심히 읽었는데, 그 중에서도 플라톤에 많은 관심을 가졌다. 디오티마는 플라톤의『향연』(Symposium)에서 에로스의 본질에 대해 탁월한 식견을 피력하고 있는 현명한 여인의 이름이다. 앞서 말했듯이 횔덜린은 프랑크푸르트에서 가정교사로 일할 때 그 집안의

---

26) 김지하,『예감에 가득 찬 숲 그늘』, 실천문학사, 1999, 174쪽.

27) 삼단계와 삼대는 수운·해월과 김일부의 ≪정역≫을 말한다. 김지하에 따르면 ≪정역≫의 '페미니즘'은 다음과 같다. "김일부의 ≪정역≫은 우주의 주체를 율려律呂에 두었으나 율려가 선천시대, 즉 지나간 왕권시대, 가부장제와 봉건 시대의 남성적이고 제왕적인 하늘의 음률, 즉 '황종黃鐘'을 중심음으로 택했음에 비해 여성적이고 평면적인 땅의 음률, 즉 '협종夾鐘'을 '황종'자리에 대체했으니(皇裳元吉, 坤卦), 율려는 이미 율려가 아닌 '여율呂律'이 된 것이다. 우주음양이 비로소 '음'과 '여'를 앞세운 음양이요 여율로 변한 것이니, 이것이 '우주적 페미니즘'이요 '음악적 페미니즘'아니겠는가?" 김지하,『흰 그늘의 길3』, 학고재, 2003, 97쪽.

부인인 주제테 곤타르트와 사랑하게 되자 그 여자를 디오티마라 부르고
문학작품에 형상화시켰다. 소설『히페리온』의 여주인공도 디오티마이며,
수많은 시들에서 디오티마를 노래하며 중심에 두었다.[28]

> 그 때 내 아직 그대의 장막을 맴돌아 놀았으며/한 송이 꽃인 양 그대
> 에게 매달려/나의 연약하게 숨쉬는 가슴을 에워싼/모든 소리 가운데에
> 서 그대의 가슴을 느꼈었노라./그 때 내 아직 그대처럼 믿음과 동경으로
> 가득 차/그대의 모습 앞에 서 있었고/내 눈물 흘릴 한 곳/나의 사랑을 위
> 한 한 세계를 찾아내었노라.
>
> —「자연에 부쳐」1연

> Da ich noch um deinen Schleier spiette,/Noch an dir, wie eine Blüthe
> hieng,/Noch dein Herz in jeden Laute fühlte,/Der mein zärtlich bebend Herz
> umfieng,/Da ich noch mit Glauben und mit Sehnen/Reich, wie du, vor deinem Bilde
> stand,/Eine Stelle noch für meine Thränen,/Eine Welt für meine Liebe fand.
>
> —「AN DIE NATUR」

> 디오티마! 고귀한 생명이여!/누이여, 성스럽게 나에게 근친인이여!/
> 그대에게 손길 내밀기도 전에/나는 멀리서 그대를 알았었노라./그 때
> 이미 내 꿈길에서/해맑은 날에 이끌리어서/정원 나무들 아래/한 만족한
> 소년 누워 있었을 때/잔잔한 열락과 아름다움 가운데/내 영혼의 오월이
> 시작되었을 때/그 때 벌써, 부드러운 서풍의 소리처럼/신적인 여인이
> 여! 그대의 영혼 나에게 속삭였노라.
>
> —「디오티마」2연

> Diotima! edles Leben!/Schwester, heilig mir verwandt!/Eh' ich dir die Hand
> gegeben,/Hab' ich ferne dich gekannt./Damals schon, da ich in Träumen,/Mir
> entlokt von heitern Tag,/unter meines Gartens Bäumen,/Ein zufriedner knabe

---

28) 횔덜린(장영태 역주),『궁핍한 시대의 노래』, 혜원출판사, 1990, 65쪽.

lag,/Da in leiser Lust und Schöne,/Meiner Seele Mai begann,/Säuselte, wie
Zephirstöne,/Göttlich! dein Geist mich an.

— 「DIOTIMA」[29]

위 시에서도 알 수 있듯 디오티마는 횔덜린에게 완전한 사랑과 아름다
움으로 존재한다. 시인은 자연으로부터 점점 멀어져 본성을 잃어버린 인
간세계를 부정하고 근원으로 돌아가고자 한다. 그리고 이 자연은 본질적
인 의미에서 시인이 바라는 미(美)이다. "오 자연이여! 그대의 아름다움의
빛으로부터/힘듦도 억지도 없이/사랑의 단단한 열매/마치 태고의 수확처
럼 영글었도다."(「자연에 부쳐」6연 부분)처럼 사랑을 가르쳐 주는 살아
있는 대상으로서 자연을 발견한다.[30] 자연과 미는 횔덜린에게 인간이 찾
아야 하고 지향해야 하는 대상이다. 『향연』에서 디오티마는 소크라테스
에게 미의 세 단계를 설명하는데 그 단계의 종착점은 바로 아름다움의 계
시이다. 육체적 아름다움과 정신적 아름다움을 거쳐 육체적·정신적 미
의 근원을 이루는 것은 미 자체이다. 마지막 더 높은 단계의 미에 대한 인
식은 "피안의 아름다움 자체에 대한 인식이며 궁극적으로 아름다운 것 자
체를 직관하는 것"[31]이다.

횔덜린은 훼손되지 않은 자연에서 미의 최종 단계인 아름다움의 계시
를 실현시키는 방법을 찾으려고 했으며, 디오티마는 이러한 정신적 갈구
를 채워주는 존재이다. 사랑의 이상과 미의 계시는 플라톤의 이데아 사상
과 관련된다. 그는 주제테를 만나기 전에 이미 '디오티마'란 이름을 영원
한 사랑의 상징으로 사용하기 시작하였다. 주제테를 만나기 전인 1794년
소설 『히페리온』 초안들에서 쓰던 이름 '멜리테' 대신 그 여주인공을 '디
오티마'라 명명하고 있다. 시인은 디오티마를 통해 "영원한 미"의 화신으

---

29) 횔덜린(장영태 역주), 위의 책.
30) 횔덜린(장영태 역주), 위의 책, 32쪽.
31) 플라톤(박희병 옮김), 『향연』, 문학과 지성사, 2003, 141~142쪽.

로, 즉 인간의 시간 세계에서 영원한 것의 현현(顯現)으로, 또 존재의 의미로 제시하고자 했다. "그것은(존재는) 바로 미(美)로서 우리를 기다리고 있다." 왜냐하면 그 속에서 "존재가 그 단어의 유일한 의미에서", 즉 "모든 평화의 평화로서" 현존하고 있기 때문이다.[32]

'애린'과 '디오티마'는 김지하와 횔덜린의 문학 전개 과정에서 이들에게 하나의 지향점으로 존재한다. 특히 자신이 처한 시대 현실은 시인들의 눈에 극복·부정해야 할 오염된 것이었다. 이들에게 4·19혁명(1960)과 프랑스 혁명(1789)는 이들의 나이 스무 살 무렵에 일어난 큰 사건이어서 감수성이 예민한 그들에게 큰 영향을 미쳤다. 김지하에게 4·19는 독재가 사라진 민주주의에 대한 열망을, 횔덜린에게 프랑스 혁명은 드높은 자유과 평등이 실현된 공화정을 향한 열망을 심어주었다. 그러나 그들이 본격적으로 시를 쓰기 시작할 무렵부터 미학적 깊이와 사상의 형성이 이루어져 좀 더 치밀성을 갖게 된다.

김지하는 70년대를 가득 채운 감옥생활을 통해 반민주·반독재 투쟁성향을 드러낸 일방향적인 자신의 시적 경향에 회의를 품게 된다. 감옥에서 명상과 동학사상의 학습을 함으로써 생명의 신비에 눈을 뜨게 되고 이후 자신의 시들에서 부드러움과 곡선의 이미지를 주된 정조로 삼았다. '애린'은, 이름에서 풍기는 가냘픈 이미지 이전에 시인에게 잊고 있었던 여성적 속성을 환기시키는 존재이다. 하지만 단순하게 여성성의 재확인에 머물지 않는다. 여기에는 온갖 모순된 것들이 섞여 있고 갈등하고 널브러져 있는 작은 존재들의 실상을 바라보고, 이로써 좀더 높은 생명관·우주관으로 확장하는 시인의 의지를 엿볼 수 있다. 이런 면에서 그는 횔덜린이 프랑스 혁명 뒤의 독일 정치 상황에 실망하고 방황하면서 주제테를 만나 '디오티마'를 구심으로 그의 미적 인식과 사상을 형성하는 것과 닮아 있다.

횔덜린은 김지하의 고대 사상에 대한 관심과 마찬가지로 고대 그리스

---

32) 염승섭, 앞의 책, 37~38쪽.

철학(특히 플라톤)과 그 세계를 사랑과 아름다움이 조화·통일된 이상향으로 보았다. 그리고 이들은 모든 존재에는 신성이 깃들어 있다고 생각했다. 살아 있는 '미의 화신'으로써 주제테(디오티마)는 김지하에게 이름붙일 수 없는 온갖 존재(애린)의 처절한 얼굴과 대비된다. 이를 작품 『애린』과 『히페리온』 분석을 통해 살펴보기로 하자.

2. 『애린』의 '애린'과 『히페리온』의 '디오티마' 비교 분석

김지하는 시집 『애린』에서 "모든 죽어간 것, 죽어서도 살아 떠도는 것, 살아서도 죽어 고통 받는 것, 그 모든 것에 대한 진혼곡"[33]을 애린이라 이름 붙였다. 심우도(尋牛圖)[34]에 나오는 소를 찾아가는 형식을 취하면서 시

---

33) 김지하, 『애린』 간행에 붙여, 『애린』, 실천문학사, 1986.
34) 본성을 찾아 수행하는 단계를 동자(童子)나 스님이 소를 찾는 것에 비유해서 묘사한 불교 선종화(禪宗畵). 본래 도교의 팔우도(八牛圖)에서 유래된 것으로 12세기 중엽 중국 송나라 때 확암선사(廓庵禪師)가 2장면을 추가하여 십우도(十牛圖)를 그렸다. 도교의 팔우도는 무(無)에서 그림이 끝나므로 진정한 진리라고 보기 어렵다고 생각하고 이 그림을 그렸다고 한다. 청거(淸居)선사가 처음 그렸다는 설도 있으나 확실치 않다. 모두 10개의 장면으로 구성되어 있는데 소는 인간의 본성에, 동자나 스님은 불도(佛道)의 수행자에 비유된다. 한국에는 송(宋)나라 때 제작된 확암본과 보명(普明)본이 전해져 2가지가 조선시대까지 함께 그려졌는데 현재는 보명본보다 확암본이 널리 그려진다. 확암본과 보명본은 용어와 화면 형식이 달라서 확암본은 처음부터 마지막 단계까지 원상(圓相) 안에 그림을 그리는데 보명본은 10번째 그림에만 원상을 그린다. 확암본을 기초로 한 심우도 장면의 용어와 내용은 다음과 같다. ① 심우(尋牛): 동자승이 소를 찾고 있는 장면이다. 자신의 본성을 잊고 찾아헤매는 것은 불도 수행의 입문을 일컫는다. ② 견적(見跡): 동자승이 소의 발자국을 발견하고 그것을 따라간다. 수행자는 꾸준히 노력하다 보면 본성의 발자취를 느끼기 시작한다는 뜻이다. ③ 견우(見牛): 동자승이 소의 뒷모습이나 소의 꼬리를 발견한다. 수행자가 사물의 근원을 보기 시작하여 견성(見性)에 가까웠음을 뜻한다. ④득우(得牛): 동자승이 드디어 소의 꼬리를 잡아 막 고삐를 건 모습이다. 수행자가 자신의 마음에 있는 불성(佛性)을 꿰뚫어보는 견성의 단계에 이르렀음을 뜻한다. ⑤ 목우(牧友): 동자승이 소에 코뚜레를 뚫어 길들이며 끌고 가는 모습이다. 얻은 본성을 고행과 수행으로 길들여서 삼독의 때를 지우는 단계로 소도 점점 흰색으로 변화된다. ⑥ 기우귀가(騎牛歸家): 흰소에 올라탄 동자승이 피리를 불며 집으로 돌아오고 있다. 더 이상 아무런 장애가 없는 자유로운 무애의 단계로 더할 나위없이 즐거운 때이다. ⑦ 망우재인(忘牛在人): 소는 없고 동자승만 앉아 있다. 소는 단지 방편일 뿐 고향에 돌아온 후에는 모두 잊어야 한다. ⑧ 인우구망(人牛俱忘): 소도 사람도 실체가 없는 모두 공(空)임을

인은 '애린'을 부르고 있다. '애린'은 어느 특정한 존재가 아니라 살아서도 죽음과 다름없이 고통에 신음하는 가녀린 것들을 통칭하는 말이다. 이들의 영혼을 달래는 시인의 진혼 의식은 고통스럽지만 담담하다. 서시 「소를 찾아나서다」에서 보이는 애린 찾기는 사소하고 비루한 시대의 모서리에서 이루어진다. 불가에서 불성(佛性)또는 본성을 뜻하는 '소'대신 시인은 애린을 그려넣음으로써, 찾고자 하나 찾기 힘든 어떤 존재성에 대해 말한다.

> 네 얼굴이/애린/네 목소리가 생각 안 난다/어디 있느냐 지금 어디/기인 그림자 끌며 노을진 낯선 도시/거리 거리 찾아 헤멘다/어디 있느냐 지금 어디/캄캄한 지하실 시멘트벽에 피로 그린/네 미소가/애린/네 속삭임 소리가 기억 안 난다/지쳐 엎드린 포장마차 좌판 위에/타오르는 카바이트 불꽃 홀로/가녀리게 애잔하게/가투 나선 젊은이들 노래소리에 흔들린다.

─「소를 찾아나서다」

'낯선 도시'와 '캄캄한 지하실'과 '포장마차 좌판'등 어두운 시대 현실을 암시하는 공간에서 애린의 얼굴과 목소리는 시인이 찾아 헤매는 거리 거리의 저편에서 늘 갸웃거리지만 그 모습은 나타나지 않는다. 이 시에서는 애린 찾기의 과정에서 드러나는 시인의 내적 여정이 전면으로 드러나 있다. 분명한 모습으로 형상화 하지 않은 존재 애린은 불성을 찾아나서는 구도자의 심정처럼 갈증과 안타까움으로 가득 차 있다. 『히페리온』에서 디오티마를 찾은 히페리온의 마음이 성스럽고 행복에 가득 찬 것이었다

깨닫는다는 뜻으로 텅빈 원상만 그려져 있다. ⑨ 반본환원(返本還源):강은 잔잔히 흐르고 꽃은 붉게 피어 있는 산수풍경만이 그려져 있다. 있는 그대로의 세계를 깨닫는다는 것으로 이는 우주를 아무런 번뇌 없이 참된 경지로서 바라보는 것을 뜻한다. ⑩ 입전수수:지팡이에 도포를 두른 행각승의 모습이나 목동이 포대화상(布袋和尚)과 마주한 모습으로 그려진다. 육도중생의 골목에 들어가 손을 드리운다는 뜻으로 중생제도를 위해 속세로 나아감을 뜻한다.

면, 애린은 움켜쥐면 빠져나가는 물처럼 말랑말랑하고 형체가 불분명하기에 시인은 좀처럼 갈피를 못 잡는다. 그러나 이것은 오히려 시인이 '애린'이라는 표상을 은근히 내비치기 위한 전략이요 시적효과에 지나지 않는다. 이런 특성에서 애린과 디오티마는 구분된다. 애린이 불완전한 존재라면 디오티마는 완전한 존재의 상징이다.

『히페리온』은 주인공 히페리온이 희랍의 독립을 쟁취하기 위한 봉기에 참여하였다가 구사일생으로 살아나서는 조국을 등지고 독일에 가서 면학생활을 하다가 다시 조국의 품으로 돌아와 그가 객지에서 사권 독일인 친구 벨라르민에게 보내는 편지들을 통해 그의 과거사를 성찰하는 것을 내용으로 삼고 있다. 소설은 제1부와 제2부로 구성되어 있는데, 제1부에서는 히페리온의 청년시절이 그려져 있다. 고향을 떠나 폭넓은 인생 경험을 쌓던 중 청년 알라반다를 만나 극진한 우정을 나누지만 의견 충돌로 헤어지게 된다. 제2부에서는 고향으로 돌아온 히페리온이 가까운 섬에 살고 있는 디오티마를 만나 나누는 사랑의 극치를 주제로 삼고 있다. 제2부의 앞부분의 내용은, 희랍에 대한 터키의 압제에 대항하여 봉기할 기회가 왔으니 함께 전투에 참가할 것을 재촉하는 알라반다의 편지를 받고 히페리온은 디오티마가 말리는데도 아랑곳하지 않고 전쟁터로 떠난다. 후반부에는 주인공이 죽음을 무릅쓴 전투에서 심한 부상을 입어 의식을 잃고 있던 중 알라반다의 극진한 간호를 받고 의식을 회복한다. 그동안 서신 왕래를 통해 히페리온의 운명을 지켜보던 디오티마는 그의 죽음이 불가피한 것을 예감하고 여위어 가다가 마침내 죽고 만다. 히페리온은 디오티마의 소망에 부응해서 민족의 시인이 되기 위해 독일로 유학을 떠난다.

이 소설은 합일철학35)을 철학적 바탕으로 하고 있으며, 이 철학을 시적

---

35) 합일철학(vereinigungsphilosophie)은 플라톤적인 전통에서 전래되었으며 18세기 영국에서 Schaftesbury와 캠브리지 학파 등에 의해서 찬란한 르네쌍스를 맞았다. 네델란드에서는 Hemsterhuis가 독일에서는 Friedrich Heinrich Jacobi와 Johann Gottfried Herder, Friedrich Schiller 등이 합일철학의 모티프를 수용하여 발전시켰다. 이 철학은 당시 교양

이고 서정적으로 구성한 작품이다. 합일철학은 모든 살아 있는 것의 조화
로운 통일을 궁극적인 것으로 파악한다. 또한 인간이 자신을 에워싸고 있
는 모든 것들과 합일하는 것을 인간의 고귀한 특성으로 본다. 합일철학의
본질적인 문제는 인간이 개성을 잃지 않고, 또 세계와 융합하지 않은 채
어떻게 그러한 통일에 다다르느냐는 것이다.36) 『히페리온』에서는 이러한
주제들 가운데 가장 중요한 것으로 미(美)를 말한다. 미의 본질은 헤라클
리트(Heraklit)37)에 따르면 '다양성 속의 통일'과 밀접하다. 히페리온이 디
오티마를 처음 만났을 때 환희에 겨워 내뱉은 말은 그가 디오티마를 얼마
나 자신이 발견하고자 했고 완성된 미의 존재로 바라보고자 했는지 짐작
할 수 있다.

> 나는 한 때 행복한 적이 있었다, 벨라르민이여. 그렇다면 지금도 나
> 는 행복한 것이 아닐까. 내가 그녀를 본 성스런 순간이 만약에 한번에 그
> 쳤다 하여도 나는 역시 행복하다고 말할 수 있지 않을까.(…) 항상 최고
> 최선의 것을 찾느라 끊임없는 그대들이여. 그대들은 그 이름을 알고 있
> 는가. 하나로서 모두인 것의 그 이름을. 그의 이름은 바로 아름다움이
> 다.(…)그리고 그 길을 나에게 제시해 준 것은 당신이다. 당신과 함께 나
> 의 삶은 시작한 것이다. 내가 당신을 아직 몰랐을 때의 나날들은 삶이라
> 고 부를 수 조차 없다. 오오, 디오티마여, 디오티마여. 그대 숭고한 사람
> 이여!38)

디오티마의 완전무결한 미의 속성은 횔덜린이 늘 가슴에 품었던 이상과
아름다움의 결집체이다. 그리고 자연과 인간의 신성이 서로 소통하면서 영

시민 계층의 이상이었으며, 그들은 고대 정신(Antike)을 통해 세계와 인간과의 합일을 추
구하였다. 최영래, 「프리드리히 횔덜린의 <휘페리온> 연구」, 성균관 대학교, 1991.
36) 최영래, 위의 논문, 3~4쪽.
37) 그리스어로 Hereklitos(B.C 540?~480?) 그리스의 철학자이며 철학사에서 최초의 탁월한
변증법의 대가.
38) F.횔덜린(홍경호 역), 『히페리온』, 범우사, 1990, 73~74쪽.

원한 생명을 영위하는 복된 세계이다. 그리스 정신의 조화와 통일은 디오티마를 통해 재발견되며, 젊은 히페리온의 사상을 매개로 횔덜린은 자신의 이상을 맘껏 펼친다. 이러한 특징은 애린의 속성, 즉 중심에서 벗어나 있고 소외받지만 둥글고 부드러워서 쉽사리 부서지지 않는 생명의 신이성(神異性에) 관심을 가졌던 김지하 사상과 대비할 수 있다. 이는 '우주생명운동'을 제창하면서 "온갖 고난과 천대, 질병과 죽임 속에서도 끊임없이 일하고 자식을 낳고 키우며 삶의 희망을 잃지 않는 민중의 생존 속에는 이미 활동하는 우주 생명 곧 한울님의 씨앗이 간직되어 있다."39)는 시인의 신념과 연결된다. 민중의 삶(생존)이 바로 우주 생명의 씨앗을 품고 있다는 인식은 『애린』에서 "매순간 죽어가며 매순간 태어나는"40) 민중 생명성을 확인하는 것과 다르지 않다. 그러나 인위적인 죽임과 이 때문에 신음하는 존재의 상황은 오히려 깨뜨려야 할 벽이다. 생명의 문법을 더럽히는 것은 본성을 자유로이 펼치는 자연물의 활발한 생성 원리에 위배되는 것으로서 과감히 척결해야 한다. 따라서 "햇빛 없는 날/오늘에 너를 묶는 나라는 사람/바람 없는 곳/추억에 너를 가두는 사람/그 마음의 감옥//부셔라/애린/끊어라 애린/탈출하라 바람 부는 저 벌판으로/내 사랑하는 애린/한 떨기 들꽃으로 시뻘건 흙으로/살아나라/다시 다시 살아나라."(「살림」 부분)처럼 '마음의 감옥'을 부수고, 끊고, 탈출하려는 시도가 생긴다.

앞에서 살펴 본 '애린'과 '디오티마'의 속성 대비는 동학과 그리스 철학이라는 동·서양 사상의 차이에서 쉽게 이해할 수 있을지도 모른다. 그러나 나는 김지하와 횔덜린이 4·19와 프랑스 혁명의 물결에 휩쓸렸으면서도 거기에서 자신들의 문학·사상적 기반을 다지지 않고 왜 고대 전통에 관심을 돌려 애린과 디오티마라는 여성적 존재를 창조, 문학 방향의 계기로 삼았는지에 문제의 핵심이 있다고 본다. 단순하게 옛날의 호시절로 돌

---

39) 김지하, 『옹치격』, 솔, 1993, 105쪽.
40) 김지하, 「『애린』 간행에 붙여」, 『애린』, 실천문학사, 1986.

아감으로써 현재를 이겨내는 것이 아니라 이 두 시인들에게 그것은 자신들의 개인의 구원의 측면에서 반드시 이루고 획득해야만 하는 것이었다. 이와 함께 횔덜린이 디오티마를 통해 확인하려 했던 아름다움·조화·질서·통일은 김지하의 '애린'에서 볼 수 있는 주변성·생명성·민중성과 긴밀한 관계를 맺고 있다. 둘 다 본디 자연의 속성에 어긋나지 않고 모든 존재에 신성이 편재해 있다는 자각을 갖고 있음을 알 수 있다. 또한 순환성을 들 수 있다.『히페리온』의 마지막 부분에 전쟁터에서 돌아와 예술과 신성을 무시하는 독일을 비판하고 곧이어 죽은 디오티마에게 독백과도 같은 말을 하는 장면이 나온다. 이 부분은 히페리온이 아름다움의 화신으로 여겼던 디오티마를 잃고 나서 그가 가졌던 존재의 교호성과 영원성·순환성을 말하는 것이기에 더욱 의미 있다.

> 디오티마여, 우리들도 결코 떨어져 있는 것이 아니다. 당신을 아파하는 눈물은 그것을 이해하지 못한다. 우리들은 생기에 넘친 음향이어서 그 울림이 합쳐 자연의 화음에 섞여 있다. (…) 세계의 불협화음은 서로 사랑하는 자끼리의 언쟁과 같은 것이어서 그 다툼의 한복판에는 화해가 이미 존재한다. 뿔뿔이 헤어진 자들은 또다시 돌고 돌다가 만나는 것이다. 혈관은 심장에서 헤어졌다가 또다시 심장으로 돌아가며 일체는 하나이며 영원히 작열하는 생명이다.

마찬가지로 애린도 생명의 순환성과 존재의 영원성을 띤다. 이 경우 디오티마가 나타내는 대상성 ― 히페리온과 주·객체 관계를 이루는 ― 과는 달리, 애린은 마침내 자신과 하나가 되기도 하는 존재이다. 달리 말해 시인이 그토록 찾고 싶었던 존재가 실은 '나'안에 자리 잡고 있었다는 깨달음과 관련된다.

> 흙이 똥을 마다 안함/오곡이 장차 가득가득히 익어 끝내는/열매 열

리게 될 터이어설 게야/똥 속에서 배시시/애린이 웃어설 게야/꼭 그럴
게야.

―「똥」부분

　땅 끝에 서서/더는 갈 곳 없는 땅 끝에 서서/(…)/변하지 않고는 도리
없는 땅 끝에/혼자 서서 부르는/불러/내 속에서 차츰 크게 열리어/저 바
다만큼/저 하늘만큼 열리다/이내 작은 한 덩이 검은 돌에 빛나는/한 오
리 햇빛/애린/나.

―「그 소, 애린 50」부분

　곡식을 익혀 밥이 되면 목구멍으로 들어가 마침내는 똥이 되어 흙으로
다시 돌아가듯, 생명도 한 생명이 다음 생명으로 존재의 전이가 일어나 새
삶을 살게 된다. 생명의 순환성은 그 고리가 끊어짐이 없이 무궁한 운동을
하게 되는 것이다. 이는 '애린'이 「그 소, 애린50」에서 보듯 "더는 갈 곳
없는 땅끝"이라는 절체절명의 순간에, 실은 자기 속에 도사리고 있었다는
자각으로 이어진다.

　김지하와 횔덜린에게 '애린'과 '디오티마'의 발견은 중요한 의미를 지
닌다. 지금까지 살폈듯 횔덜린은 그의 그리스적 이상과 아름다움을 주제
테 부인을 만나 작품에서 '디오티마'라 이름지어 여러 편의 시와 소설 『히
페리온』에서 주제를 드러내는 핵심적인 모티프로 삼았다. 김지하는 오랜
감옥 생활을 하고 난 뒤 여성적 부드러움과 생명 운동의 주축이 되는 속성
을 '애린'이라는 존재로 형상화시켜, 그 때까지 그가 미처 깨닫지 못했던
민중성의 본질을 터득하고 이를 바탕으로 그의 문학세계를 개진해 나가는
계기로 만들었다. 본문에서 미처 살피지 못한 특성의 비교분석은 이 두 시
인의 생애와 작품 세계를 면밀히 궁구하는 과정에서 도출해야 할 것이다.

Ⅳ. **맺음말**

김지하 시인은 시 「횔덜린」에서 "횔덜린을 읽으며 운다"라고 썼다. 횔덜린의 무엇 때문에 그는 울었을까. 지상의 삶 중에서 후반생을 정신착란 증세에 시달리다 고향의 목수 집에서 조용히 숨을 거둔 횔덜린의 비극 같은 삶에 시인으로서 깊은 동정심을 느꼈을지도 모른다. 그러나 김지하 시인 자신도 감옥 생활에서 얻은 벽면증을 비롯한 수감 휴유증과 잦은 술로 극심한 정신병을 앓았던 적이 있다. 묘하게도 이 두 시인은 문학세계와 개인의 정신병력 및 4·19와 프랑스 혁명이라는 역사의 소용돌이에 직·간접으로 영향을 받은 점에서 친연성을 띤다.

'아름다움' 자체가 여성적이면서 '여성적'이라는 수식적 함의를 뛰어넘는다. '애린'과 '디오티마'는 동·서양의 미(美)인식을 비교하는 데 좋은 본보기가 되나 동양과 서양이라는 이분법에 사로잡혀 차이만을 이끌어내는데 치중한다면 두 시인이 '애린'과 '디오티마'의 존재(성)에 대해 부여하고자 했던 문제적 인식의 본질을 제대로 이해하지 못할 수가 있다. 이들의 문학 생애 전반에 걸쳐 나타나는 예술·사상적 편력과 특징을 검토하는 전체의 맥락 가운데서 살펴보아야 하지만 과제로 남기기로 한다.

■참고문헌

김지하, 『애린』, 실천문학사, 1986.

김지하, 『애린1·2』, 솔, 1995.

김지하, 『중심의 괴로움』, 솔, 1994.

김지하, 『타는 목마름으로』, 창작과 비평, 1993.

김지하, 『화개』, 실천문학사, 202.

김지하, 『김지하 사상전집』, 실천문학사, 202.

김지하, 『흰 그늘의 길3』, 학고재, 203.

김지하, 『예감에 가득 찬 숲 그늘』, 실천문학사, 1999.

김지하, 『생명』, 솔, 1999.

김지하, 『옹치격』, 솔, 1993.

F.횔덜린(홍경호 역), 『히페리온』, 범우사, 1990.

횔덜린(장영태 역주), 『궁핍한 시대의 노래』, 혜원출판사, 1990.

프리드리히 횔덜린(박설호 역), 『빵과 포도주』, 민음사, 1997.

피에르 베르토(김선형 역), 『횔덜린 – 천재와 광기의 시인』, 책세상, 1997.

황윤석, 『횔덜린 연구』, 삼영사, 1983.

염승섭, 『횔덜린』, 건국대 출판부, 1996.

천병희, 『횔덜린의 핀다르 受容에 관한 研究』, 삼영사, 1986)

최영래, 「프리드리히 횔덜린의 <휘페리온> 연구」, 성균관대학교, 1991.

플라톤(박희영 옮김), 『향연』, 문학과 지성사, 2003.

김주연, 『독일시인론』, 열화당, 1983.

그 외 『시와 시학』, 2005년 겨울호; 『월간 말』, 1999년 9월호; 『東經大全』 등.

고봉준

문학평론가. 부산외국어대학교 국어국문학과 및 동 대학원 졸업. 경희대학교 대학원 박사과정 졸업(문학박사). 2000년 <서울신문> 신춘문예 평론 등단. 제12회 고석규비평문학상 수상. 현 경희대학교 연구교수. 평론집『반대자의 윤리』,『다른 목소리들』과 연구서『모더니티의 이면』외 평론과 논문 다수.

권유리야

문학평론가. 부산외국어대학교 국어국문학과 졸업. 부산대학교 대학원 석사·박사과정 졸업(문학박사). 2004년 <작가세계> 여름호 평론부문 당선. 2006년 <부산일보> 신춘문예 평론 당선. 현 부산대학교·부경대학교·부산외국어대학교 강사. 평론집『야곱의 팥죽 한 그릇』과 연구서『이문열 소설과 이데올로기』외 평론과 논문 다수.

류종렬

부산대학교 국어국문학과 졸업. 동 대학원 석사·박사과정 졸업(문학박사). 현 부산외국어대학교 한국어문학부 교수. 저서로『가족사·연대기 소설 연구』,『이주홍과 근대문학』,『이주홍의 일제강점기 문학 연구』등.

박 경 수

부산대학교 국어교육과 졸업. 한국학중앙연구원 한국학대학원 석사과정, 부산대
학교 대학원 박사과정 졸업(문학박사). 부산외국어대학교 한국어문학부 교수. 저
서로 『한국 근대문학의 정신사론』, 『한국 근대 민요시 연구』, 『한국 현대시의 정
체성 탐구』, 『한국 민요의 유형과 성격』, 『잊혀진 시인, 김병호의 시와 시세계』,
『정노풍 문학의 재인식』 등.

박 형 준

부산외국어대학교 국어국문학과 및 동 교육대학원 졸업. 부산대학교 대학원 국어
교육학과 박사과정 수료. 논문 「해방 직후, 유인본 국어교과서의 발견과 해석」 외.

정　　훈

문학평론가. 부산외국어대학교 국어국문학과 졸업. 부산대학교 대학원 석사과정
졸업, 동 대학원 박사과정 수료. 2003년 <부산일보> 신춘문예 평론 등단. 현 부
산외국어대학교 강사. 논문 「백낙청 비평 연구」 외.

차 선 일

부산외국어대학교 국어국문학과 및 동 대학원 졸업. 경희대학교 대학원 박사과정
수료. 현 경희대학교 강사. 논문 「박태원 문학의 미적 자율성 연구」 외.

1930년대 **문학의 재조명과 문학의 경계 넘기**

초판 1쇄 인쇄일	2010년 2월 25일
초판 1쇄 발행일	2010년 2월 26일

지은이	고봉준, 권유리야, 류종렬, 박경수, 박형준, 정훈, 차선일
펴낸이	정구형
총괄	박지연
편집 · 디자인	이솔잎 채지선 채지영
마케팅	정찬용
관리	한미애 강정수
인쇄처	태광
펴낸곳	**국학자료원**

등록일 2006 11 02 제2007-12호
서울시 강동구 성내동 447-11 현영빌딩 2층
Tel 442-4623 Fax 442-4625
www.kookhak.co.kr
kookhak2001@hanmail.net

ISBN	978-89-6137-486-6 *93800
가격	23,000원